論創ミステリ叢書

23

西尾正探偵小説選Ⅰ

論創社

西尾正探偵小説選Ⅰ

目次

創作篇

評論・随筆篇

凡　例

一、「仮名づかい」は、「現代仮名遣い」（昭和六一年七月一日内閣告示第一号）にあらためた。
一、漢字の表記については、原則として「常用漢字表」に従って底本の表記をあらため、表外漢字は、底本の表記を尊重した。
一、難読漢字については、現代仮名遣いでルビを付した。
一、あきらかな誤植は訂正した。
一、今日の人権意識に照らして不当・不適切と思われる語句や表現がみられる箇所もあるが、時代的背景と作品の価値に鑑み、修正・削除はおこなわなかった。
一、作品標題は、底本の仮名づかいを尊重した。漢字については、常用漢字表にある漢字は同表に従って字体をあらためたが、それ以外の漢字は底本の字体のままとした。

西尾正探偵小説選 I

創作篇

陳情書

There are more things in heaven and earth, Horatio, Than are dreamt of in your philosophy.
《Shakspeare, Hamlet.》

ハムレット「――この天地の間にはな、いわゆる哲学の思いも及ばぬ大事があるわい。……」
《シエクスピア》

M警視総監閣下

日頃一面識も無き閣下に突然斯様な無礼な手紙を差し上げる段何卒お許し下さい。俗間のいわゆる投書には既に免疫してしまわれた閣下は格別の不審も好奇心をも感ぜられず、御自身で眼を通すの労をすら御厭いになることかとも存じますが、私のこれから書き誌す事柄は他人の罪悪を発かんとする密告書でも無ければ、閣下の執政に対する不満の陳情でも御座いません。実は私は一人の女を撲殺した男でありまして、――と申しましても私自身その行動については或る鬼魅の悪い疑問を持っているのでありますが、しかも己が罪悪を認めるにいささかも逡巡する者でなく会う人ごとに自分は人殺しだと告白するにもかかわらず、市井の人は申すに及ばずいわゆる警察署の刑事までが私を一介の狂人扱いにして相手にしてはくれません。閣下の部下は、閣下は、我が日本国の捜査機関は、一人の殺人犯を見逃してそれで恬然と行い済ませて居られるのでありましょうか？　私は私の苦しい心情を、殺人犯でありながらその罪を罰せられないという苦しさを、閣下に直接知って戴いた上その罪に服したいとの希望を以て此度こうして筆を取った次第であります。一個の文化の民として、罪を犯しながらその罰を受けないというのは、如何ばかり苦しいことでありましょうか？――。これはその者に成ってみなければ判らない煩悶でありましょう。何よりも私は世間の者より狂人扱いされることが堪らなく苦痛なのでありまして、このままこの苦痛が果てし無く続くものであるならば、いっそ首でも縊って我と我が命を断つに如かないとしばしば思い詰めたことでありました。私が何故一人の女を、私自身の妻房枝を殺さなければならなかったか？――。その理由を真先に述べるよりも、私が初めて妻の行動に疑惑を抱いた一夜の出来事から書きつづることに致しましょう。《斯く申し上げれば閣下は「お前の女房は焼け死んだのではないか」と反駁なさるかも知れませんが、私は他ならぬその誤謬を正し、私と共々この不気味な問題を考えて頂きたいのでありますから、短気を起こさずと何卒先を読んで下さいまし。》それは昨年の二月、日は判乎《はっきり》とは記憶にはありませんが、何でも私の書いた原稿がM雑誌社に売れてたんまり稿料の這入《はい》った月初めの夜のことでありました。現在でも私は高円寺五丁目に住んで居りますが、その頃も場所こそ違え同じ高円寺一丁目の家賃十六円の粗末な貸家を借りて、妻の房枝と二歳になる守《まもる》と共々に文筆業を営んでいたのであります。元々私の生家は相当の資産家で、私が学生で居る間は、と申しましても実際は一月に一時間くらいしか授業を受けずただ単に月謝を払って籍を置いていたに過ぎませんが、その間は父から毎月生活費を受けていたのでありますが、一度学校を卒えるや、その翌日から、――前々から私の放蕩無頼に業を煮やしていた父は、ぴたりと生活費の支給を止めてしまったのでありまして、そうなると否でも応でも自分から働かねばならず、幸か不幸か中学時代から淫靡な文学に耽溺していた御蔭で芸が身を助くるとでも謂うのでありましょうか《玉ノ井繁昌記》とか《レヴィウ・ガアルの悲哀》とか言う低級なエロ読物を書くことによって辛うじて今日まで口を糊して参ったのであります。或る秘密出版社に頼まれて、いわゆる好色本の原稿を書き綴って読者に言外の満足を与えたことも再三でありました。…………

さて、こうして家庭が貧困の裡に喘いでいながらも、金さえ這入れば私は酒と女に耽溺することを忘れませんでした。病的婬乱症《ニンフォマニィ》――この名称が男子にも当て箝るものであるならば、その当時の私のごとき正にその重篤患者に相違ありませんでした。最早二歳の児があるほどの永い結婚生活は、水々しかった妻の白い肉体から総ての秘密を曝露し尽くしてしまいまして、妻以外の女の幻影が私の淫らな神経を四六時中刺戟して居りまして、そのため大事な理性《フエルヌンフト》を失っていたくらいであります。その日、二月某日の夜は寒い刺すような風が吹いて居りました。金を懐に七時頃家を飛び出し、その頃毎夜のごとく放浪する浅草の活動街に姿を現しました。都バアで三本ばかりの酒を飲んでから、レヴィウ見物に玉木座の木戸を潜りました。婦人同伴席にそっと混ぎれ込んで、――これは私の習癖で御座いまして、一時間あまり痴呆のようになって女の匂いを嗅ぎながら、猥雑なレヴィウを観ているうちに、たちまちそんな場所に居ることが莫迦莫迦しくなり一刻も早く直接女との交渉を持った方が切実だという気になりましてすぐさま其処《そこ》を飛び出してしまいましたものの、なにぶん時間が早いので一応雷門の牛屋に上がりまして鍋をつっ突き酒を加えながら、どっち方面の女にしようかと目論見を立てることに致しました。飲むほどに酔うほどに、――《と申しましても私は如何ほど酒精分を摂っても足許を掬《すく》われるほどいわゆる泥酔の境地はかつて経験したことなく、ただ幾分か頭脳が茫乎《ぼんやり》して来ましていいわゆる軽度の意識溷沌に陥り追想力が失われるようであります。従って酔中の行動については覚醒後全然記憶の無い場合が往々あったのであります》——ますます好色的な気分に成っていまだ当ての定まらないうちに最早その牛屋に座って居ることに怺えられなくなり、歩きながら定めようと元の活動街の方へ引き返して参りました。池ノ端の交番を覗くと時間は意外に早く経過したものと見え時計は十一時半頃を示して居りました。閉館後の建物は消燈して仄暗い屋根を連ね人脚もばったり途絶えて、偶に摺れ違う者があれば二重回しに凍えながら寒々と震えて通る人相の悪い痩せた人達ばかりで、空には寒月が皎々と照り渡って居りました。酔中の漫歩は自ずから女郎屋に這入る千束町の通りを辿りまして、やがて薄暗い四辻に出た時です。——旦那、……もしもし、……旦那。……と杜切れ杜切れに呼ぶ皺枯れた憶病そうな声が私の耳の後で聞こえました。私は立ち止まって振り返る必要は無かった、と言うのは電柱の蔭にそれまで身を潜めていたらしい一人の五十格好の鳥打ち帽にモジリを着た男が、素早く私と肩を並べてあたかも私の連れのごとく粧いながら、ぶらりぶらりと歩調を合わせて歩き始めたからであります。私はその男が春画売りか源氏屋に相違ないことを、しばしばの経験から直ちに覚ることができました。案の定男は、相手の顔からいささかの好色的な影も逃すまじとの鋭いその癖如才無い眼付きで、先生、十七八の素人は如何です？——と切り出して参りました。やはり源氏屋だったのであります。私とてこれまで彼らの遣り口には疑いながらも十度に一度は《真物《ほんもの》》に出喰わさないこともなかろうと微かな希望を抱き、従ってずいぶんしばしばその方面の経験はありましたが、その範囲内では毎時《いつも》ペテンを喰わされていました。三十過ぎにも見える醜い女が、小皺だらけの皮膚に白粉を壁のように塗りたくり、ばらばらの毛髪をおさげに結って飛んでもない十七八の素人に成り済まし、比類稀なる素晴らしきグロテスクにさすがの私も匆々に煙を焚いたほどの非道い目に会ったこともありまして、当時は一切その方面の女には興味を失って居る時でしたが、その夜は奇妙なことに、十七八の素人と謂う音が魔術のごとく私の婬心を昂らせたのであります。十七八の素人か、悪くはないな、だけど君達の言うことは当てにならないんでね、と私は平凡な誘惑に対して平凡な答をしますと、男は慌てて吃り吃り、と、と、飛んでもない、旦那、ほ、ほんものなんでさあ、デパアトの売り子なんで、……堪りゃせんぜ、あったく、サアヴィス百パアセットですよ。と掻き立てながら相変わらずにやついて居ります。売り子だとすると朝は早えな、と訊きますと、へえ、其処を一つ勘弁なすって、何ひょろ、もう一つ職業《しょうばい》が有りますんで、と揉み手をしながら答えます。忙しいこったね、と此方もにやにやしながら冷やかしますと、男は頭を押さえて、へへへへ、こいつも不景気故でさあ、お袋が病気で動きがとれねえんで、そういうことでもしないてえと――と、答えます。私はますます乗り気になって、まさか、お前さんの娘じゃあるまいね、と追求すると、相手は急に間誤間誤し出して、と、と、飛んでもねえ、と、ムキになって否定しましたが、ふとパセティックな調子となり、でも、しみじみ考げえりゃあ他人事《ひとごと》じゃ御座んせん、と滾《こぼ》しました。並んで歩きながらこんな会話を交わして居ると、知らないうちに遊廓の横門の前まで出てしまいましたが、気付いて立ち止まった時には私の心はその男の案内に委せるべく決まって居りました。承託を受けると男は忽然欣喜雀躍として、弱い灯を受けつつ車体を横たえて客待ちをして居る陰気な一台の円タクを指先で呼び寄せました。嗟《ああ》、閣下よ、その夜その男の誘いに応じたがために、その行先の姪売宿で不可解な事実に遭遇し貞淑であった妻に疑惑の心を抱き始め、ついには彼女を撲殺しなければならない恐ろしい結果を導いてしまったのであります。

男は運転手に行先を命じはしましたが、小声であるために私には聞き取れず、遠方かい、と訊きますと、いいえ、すぐ其処です、と答えるばかりで、自動車は十二時過ぎの夜半の街衢《まち》を千束町の電車停留所を左に曲し《カーヴ》、合羽橋菊屋橋を過ぎて御徒町に出で、更に三筋町の赤い電燈に向かって疾走して行きました。遊廓付近はそれでもおでん立ち飲みの屋台が車を並べ、狭い横丁からカフェの女給仕の、このまま別れてそれでよけりゃ、気強いお前はやはり男よ、いえいえ妾は別れられぬ、別れられぬ――と音律も哀愁も無視した黄色い声が聞こえて来、酔漢や嫖客が三々五々姿を彷徨《さまよ》わせて居り、深い夜更けを想うためには時計を見る等しなければなりませんが、一度その区域を外れ貧しい小売商家街に這入りますれば、深夜の気配が求めずして身に犇々《ひしひし》と感ぜられます。更けるとともに月はますます冴え、アスファルトの道に降りた夜露は凍ってその青い光を吸い込んで居ります。自動車が三筋町の電停を一二町《いちに》も過ぎなおも疾走を続けようとした折に、それまで石のように黙り続けていた男が、運ちゃん、ストップ、と陰気な嗄《かす》れ声を発しました。閣下に是非ともその場所の探索を命じて戴きたいために地理的正確さを以て誌し続けたいとは存じますが、何分その際軽度ながら酔って居りましたし、酔えば必ず記銘力を失い、時間と地理の観念が極端に薄れてしまうのが至極遺憾であります。男の案内に蹤いて上がった問題の家と言うのは、電車街路に面した古本屋と果物屋、――たぶんこうだったと思いますが、――の間の狭い路次を這入り、その突き当たりの二階家だったのであります。奥に二坪ばかりの空地が有りまして、共同水道が設置されてあり水の洩れて石畳の上に落ちる規則的な点滴の音が冷たそうに響いていたのが私の耳に残って居ります。その家は、――判乎記憶には在りませんが、その貧相な路次の中では異彩を放つ粋な小造りの二階家で、男が硝子格子に口を押し付けるほど近寄せて、今晩は、と声を懸けると、内部からはいと答える四十女らしい者の婀娜めいた声が聞こえて来、それまで消えていた軒灯にぽっと灯が這入りまして、私達の立って居る所が薄茫乎《ぼんやり》と明るくなりました。と同時に、家の内部で人の動く気配がして誰かが階段を登る軋音が微かにミシリミシリと聞こえたようであります。少々お待ちを、と男は言って、私を戸外に待たせたまますると格子を開けて忍びやかに内部へ姿を消しましたが、それと同時にその家の二階に雨戸を引く音が聞こえたので思わず見上げますと、隣家の側面に向いた小窓から島田に結った真白い顔を覗かせ、柔軟な腕を現しつつ雨戸を引きながら私の方を見下ろして嫣然と流し目を送って来たのであります。閣下よ、女は悪くないものです。その夜の一夜妻がその小娘であることを直ちに悟り、期待した以上の上物なので情炎の更に燃え上がるのを覚えました。稍々あって男が二三寸格子戸を開き、どうぞ、と声を掛けたので、いそいそと内部へ這入りましたが、男は私を玄関の三和土《たたき》の上がり框に座布団を置いて座らせただけで、何故か室内には招じ入れませんでした。まことに恐れ入りますが、もう少々お待ちを願います、と言われてみれば詮方無く、不性無精命じられた所に腰を下ろして、暫時合図を待つことに致しました。こういう家が客を極端に警戒するものであることは、特に説明する必要も有りますまい。私の腰掛けた場所の右手のちょうど眼の位置に丸く切り抜かれた小窓が有りまして、障子と障子の合わせ目がわずかに三四分ほど開いて、その隙間から細い光線が流れて居ります。その部屋は茶ノ間と覚しく凝乎《じっと》耳を済ますと鉄瓶の沸る音がジインジインと聞こえ、部屋には最前の男を加えて三四人は居るものと想像され、時折大きな影坊師がユラリユラリとその丸窓に映るのであります。しばらくの間私を案内した男はその宿の内儀と、——たぶんこう想像するのですが、——周旋料について小声で秘鼠秘鼠《ひそひそ》と相談し合っている様子でありました。何事か符諜を用いて争って居るらしいのであります。ややともすると両者の声の高まる所から想像すると、話がなかなか妥協点に達しないらしく時折内儀の叩くらしいぽんぽんと響く煙管の音が癇を混じえて聞こえて参ります。私は所在無さに室内の空気に好奇心を覚え障子の隙間に片眼を当てて、ついふらふらと内部を覗いてしまいました。私の想像した通り、隙間の正面には、長火鉢の傍らに四十格好の脂肪肥りにでっぷりした丸髷を結った内儀が煙管を弄びながら悠然と控えて居るのが見え、右手に座って居る男、——これは見えませんでしたが内儀の視線の方向からそれと想像されます、——に向かって熾んに捲くし立てて居るのであります。内儀の隣に、すなわち私の方から向かって左手に、正しくもう一人の女が居ることが想像されました。彼女は南京豆でも噛って居るらしく時折ぽきんぽきんと殻を割る音を立てながら、内儀の言う言葉に賛同を示すらしく至極下品な調子で含み笑いをしつつ男に揶揄的な嘲笑を浴びせて居ります。最初の裡こそ私は単なる好奇心を以て窺いていたのでありましたが、閣下よ、次のごとき内儀の吐いた言葉を突如耳にして、ギクリと心臓の突き上げられるような病的な驚愕を覚えたのであります。内儀は眉をキリキリとヒステリックに釣り上げ、首垂《うなだ》れて居る男に向かってこう叫んだのでありました。——バラされない内に、へえ左様ですかと下手に出たらどうだい、女だからってお前さん方に舐められるような妾じゃないんだよ、ねえ、おふささん？　…………

　この台詞は、普通に聞いたのではさほどの意味も感ぜられますまい。陰惨な荒み切った娼売宿の内儀がこのくらいの啖呵を切ったからとていささかも不思議はないので、私とてもこれまで場数を踏んで居りましていわゆる殺伐には馴れて居りますから、何事か血腥い騒動が持ち上がりそうな雰囲気に腰を浮かせた訳ではありません。私のギクリとしたと言うのは、その言葉尻の、明らかに同席の今一人の女に賛同を求めるために吐いた《ねえ、おふささん》という呼び名を突嗟に聞いたからでありました。おふさ、房枝、おふさ、おふささん——言うまでもなく私自身の女房の名を聯想したからであります。閣下は、同名異人が居るではないか？——とおっしゃるかも知れません。元より房枝などと言う平凡な名前は東京中にても何百となく在りましょう。しかしながら、私があの場合ぎょッと衝動を受けたのは理窟ではありません。虫ノ知ラセと言うのはこういうのでありましょうか。普通の場合ならば平気で黙過するはずであるのに、異様な好奇心に燃えてその女の顔を確かめたいという衝動を覚えたのであります。私は腰を泛かしそっと息を殺してその女の姿が視野に這入るよう二尺ばかり位置をずらせました。そうすることによって女の側面の一部を窺うことができたのであります。髪を真黒な丸髷に結い地味な模様の錦紗の揃いを滑らかに纏い、彼女が芸者上がりの人妻らしい女であることが直ちに想像され、チラリチラリと仄かに視野に入る横顔の噛み付きたいほど愛らしい鼻の上に淡褐色の色眼鏡が懸けられ、長火鉢の縁に肱を突きながら南京豆を噛じって居るのですが、そのために袖口が捲くれて太股のような柔らかい肉付きの腕が妖しいほど真白い色に輝いて居ります。私はその横顔を覗いて、思わずあっと息を呑んでしまいました。と言うのは、服装こそ異えそれがカフェ時代の房枝の再現だったからであります。閣下よ、よくお聞き下さい。私は其処で、その魔性の家で、私自身の妻を発見したのであります。これは断じて錯覚でも無ければ、いわゆる関係妄想でもありません。ましてや嘘言を吐く必要が何処にありましょう？が、次の瞬間、ふん、莫迦莫迦しい、今夜はどうかしてるんだナ、ふん……と心中呟いて、自分の卒直な認識を否定してしまいました。と言うのは、現在の妻がその女ほど美しく装い得るはずがないからで、如何にも房枝は女給仕時代並びに同棲生活の当初においてこそ経済的にも裕福であり、逞しいほどの肉体的魅力を全身から溢れさせて居りましたが、その後の家庭的困窮疲憊は残らず彼女から若い女の持つ魅力を奪い去ってしまい、一として私に関心を起こさせる秘密を失って居るのであります。しかも最も根強い理由は、世間からは遊戯女《いたずらもの》の稼業のごとく思われて居るカフェの女給仕を勤めた身ではあるが、女の中でこれほど貞淑な女は居まいと思い込んでいた房枝が、仮にも夜更けの婬売宿になど姿を現すはずがないという確信でありまず。妻房枝は、その時刻ともなれば亭主の放蕩に女らしい愚痴を滾すことすら諦めてしまい、水仕事と育児労働と、——子供は生来の虚弱体質で絶えず腸カタアルやら風邪に冒されていて手の掛かることは並大抵でなく、更に内職の針仕事に骨の髄まで疲れ果ててぐらぐら高鼾を掻いて前後不覚に寝入って居るはずであります。私は自分の莫迦らしい妄想を嘲笑《わら》い、何時の間にか眼の前で両手を確乎《しっかり》固めて居るので急いでその拳を解き、ふう……と溜息を洩らしました。そのうちに室内の談合は旨く梟《けり》が付いたものと見え、森と鎮まって居りました。女の事はどうしたんだろう。一つ催促でもしてみようか、と立ち上がるなり悪く逆上して眼鏡が曇っていたので何心無く取り外し、二重回しの袖でレンズを拭き始めた時に、私は再びはっと奇妙な一致に撃たれてふらふらと腰を落としてしまいました。室内のおふささんの懸けていた淡褐色の金縁の日除け眼鏡を反射的に思い泛かべたからで、つまり、彼女の懸けて居る色眼鏡とそっくりの、しかも金縁のそれを、私の学生時代新派役者や軟派のヨタモンにかぶれて常用していたことがあり、最近ではとんと顧みず壊れ箪笥の曳出しにでも蔵い込んで、そのまま房枝の処置に委せていた事実を思い出したのであります。私の眼は再び執拗に障子の隙間に吸い付かなければなりませんでした。室内のおふささんは最早南京豆を嚙じることは止めて、小楊子をせせりながら敷島か朝日の口付き煙草の煙を至極婀娜っぽい手付き唇付きで吹き出していましたが、何かの拍子に居住《いず》まいを組み直した瞬間、——彼女の全貌を真正面から眺めることができました。嗚呼、閣下よ、そのおふささんは、瓜二つ以上、双生児《ふたご》以上の、くどいようですが、——カフェ時代の房枝ではありませんか？　そして更に私の疑惑を深めた所作というのは、しばらく凝乎彼女を瞶め続けて居ると彼女は時折眼鏡の懸け具合が気になるらしく真白い指先で眼鏡の柄を弄くるのでありますが、——それは間違いなく眼鏡の故障を立証する所作であって、私の眼鏡も大分以前にその柄が折れ掛かったまま放置してあったのであります。閣下はまたしても、ふふん、救い難き関係妄想じゃ、とお嘲笑いになるかも知れません。従ってここで、如何に私の衝動《ショック》が烈しいものであったかを説明申したとて無駄でありましょう。私はその宿に来た目的も打ち忘れて、不可解な一致に茫然自失したまま、襖が開いて男が現れ、どうぞお上がりを、と掛けた言葉を夢のような気持ちで聞いて居りました。一端否定した疑惑が眼鏡を認めるに及んで更に深まったのであります。万が一に、その女が私の女房であるとして、何の目的を以て夜半娼売宿なぞに姿を現して居るのでありましょうか？　——閣下よ、《私の悲劇》は右のごとき一夜にその不気味な序幕を開けたのであります。干涸《ひか》らび切った醜女があんなにも水々しい妖麗な女と変じ、貞淑一途の女が亭主に隠れた淫売婦であろうとは？——この世にこんな不可思議な事実が有り得るであろうか？　私は自分が正気であることを確信するために、一歩一歩脚に力を入れて案内された二階への階段を登って行きました。………

　相手の女は期待したより上タマではありましたが、私の情《こころ》には既に最前の色情気分《エロテイシズム》は消えて階下の疑問の女に注意が惹かれるばかりでありました。如何にして歓楽を尽くしたか、——については記述の中心から離れる事ですし、或いは閣下は、精神病学的見地より私の性欲の詳しい説明を欲せられるかも知れませんが、これはこの場合遠慮して直接口頭にて御答えすることに致しましょう。相手の女は初々しいSpasmo《スパズム》を以て私を攻め立てて来ましたが、一方私は御義理一点張りのEjaculation《エジヤキユレエシヨン》にてそれに応じる責を果たしたに過ぎません。その労働部屋は四畳半で、枕許には桃色《ピンク》のシエエドを被うたスタンド・ランプが仄かな灯を放ち、薄汚い壁には、わたしやあなたにホーレン草、どうぞ嫁菜になり蒲公英《たんぽぽ》、云々の戯句《ざれく》が金粉模様の短冊に書かれて貼ってありました。私は外面何気なく粧いその戯句を繰り返し眺めながら、今まで階下《した》にいた眼鏡を懸けた円髷の女も客をとるのか、と第一の質問を発してみました。すると女の答えるには、その眼鏡を懸けたおふささんには、もう情人が付いていて、その夜もその男の来るのを待っているとのことでありました。この家で馴染みに成ったのか、と重ねて訊きますと、ええそうよ、今はとても大熱々の最中よ、フリのお客なんかテンデ寄せ付けないわ、貴方、一眼惚れ？――と突っ込んで参りますので、いや飛んでもない、よしんば惚れた所で他人《ひと》の情婦《いろ》じゃ始まらない、ただちょっと気んなる事があったんでね、ととぼけますと、気んなる事って何あに、此方がかえって気ンなるミタイダワ、と来ますので、名前はおふささんと言うんだろ、実はあの女《ひと》と同じ名前の、しかも顔から姿までそっくりの女を知っているんでね、何かい、あの人は丸髷を結っていたが、人の細君なのかい、旦那は何をしているんだい？――とさり気無く追求して参りますと、相手はいささか此方の熱心に不審を抱いたものか、ちょっとの間警戒の色を示しましたが、生来がお喋りなのでありましょう、ええそうよ、お察しの通りよ、何でも御亭主っていう人が破落戸《ならずもの》みたいな人で、小説書きなんですって、文士って駄目ね、浮気者《もん》が多くって、貴方、文士だったら御免なさい、と答えました。私の疑惑はここに確定的なものと成りました。一時はぎょッと致しましたが表面はますます落ち着いて、あんな綺麗な女の色男になるなんて果報者だな、その果報者は何処の何奴だと空呆けて訊きますと、相手は一層調子に乗って来て、それはそれは綺麗な美男子なのよ、まるで女みたいな。貴方、浅草の寿座に掛かっている芝居見たことある？　その人は一座の女形なんですって、今夜ももう今頃はお娯しみの最中よ、そりゃ仲が良くって、妾達妬けるくらいだわ、と野放図も無く喋り立てます。最後に私の確心にとどめを刺す心算で、おふささんは何処に住んで居るんだい、まさか高円寺じゃあるまいね、と大きく呼吸しながら質しますと、あら、やっぱし高円寺よ、きっとおんなじ女じゃない？　何でも男の子が一人有るんですって、でも御亭主が御亭主だからおふささんも大っぴらで好きな事をしているらしいのよ、と淡々然と答えたのであります。酒精《アルコオル》の切れた時の私の心臓は非常に刺戟に弱いのでありまして、男の子が一人あると聞いた瞬間はドクドクと物凄い速力でしばしの間鳴って居りました。何故私がこれほどの動揺を受けたのかと申しますと、それは妻の不貞の事実よりも、――それはそれとしてさして問題にすべき事柄ではありませんし、――その時高円寺の襤褸家《ぼろいえ》で口を開け高鼾で眠って居る妻の姿を想像すると同時に、今その家で別のもう一人の妻を発見したという、彼の恐ろしいDOPPELGAENGER《ドッペルゲエンゲル》の神秘を想起したからでありました。閣下は、ここで二重体《ドッペルゲエンゲル》を持ち出したことに、わっはわっはと呵々大笑なさることでしょう。しかしながら、閣下よ、これは古今東西にしばしば実例を見る動かし難い事実でありまして、その実例を挙げる者が何々教授何々博士と、――無学文盲の徒に非ずして、謂わば最高の科学的智能を備えた学者連であるというのは、何たる皮肉で御座いましょう。詳しい事は独逸のDr. WERNER (Die Reflexion über dem Geheimnis《神秘の省察》)(Die Untersuchung für die Geistes welt《心霊界の探求》)の二書についてお知り下さいまし。閣下は、この陳情書を閣下の御屋敷の豪華な書斎の暖炉に向かいつつ、半ば嘲笑を混じえながら御読みのことでありましょう。そうして居られる閣下が、別の場所、例えば新橋何々家で盃を嘗めながら芸者と歓を共にして居るもう一人の自分が居るなどと想像することは、あまり気味の好い話ではありますまい。私自身とて斯くのごとき事実には全く信を措かざる者であります。が、前陳のおふささんと房枝の問題を、どう解釈したらいいのでありましょう? 私は形式的に女と同衾しながら、果たしてそれが同名異人であるのか、房枝の早業か、はたまたドッペルゲエンゲルの怪奇に由来するものであるか、――確かめねば気の済まぬ気持ちにまで達してしまったのであります。それには女の言葉によればおふささんは同じ家で密夫と逢曳きの最中とのことであるから、夜の白むのを待たず高円寺の自宅に取って返し、房枝の存在を確かめることが一番近道であります。私はこう決心すると、矢も楯も堪らず女の不審がるのも耳にせず起き上がって着物を着換えました。しかしながら、閣下よ、何と言う不運でありましょう、私は階段の降り口で、十五歳の折一度経験してそれ以来更に見なかった祖父譲りの癲癇発作を起こし、仰向けざまに泡を吹いて顚落し、そのまま意識を失い、その夜は肝心の疑惑を晴らすことが不可能に終わったのであります。

　右のごとく、奇妙な経験が動因となって、閣下よ、私は疑惑十日の後、ついに妻房枝を殺害してしまったのであります。以下、錯雑した記憶を辿り辿り、その経路をできるだけ正確に叙述した上貴重なる閣下の御判断を仰ぎたいと存じます。

　さて、それからの私は、妻の日常生活——些細な外出先からその一挙手一投足に至るまで、万遺漏無き注視の眼を向けることを怠りませんでした。問題の眼鏡について確かめたことは言うまでもありません。ところが、如何なる解釈を施すべきか、その眼鏡は私がかつて無造作に投げ込んで置いた通り、壊れ簞笥の曳出しに元通り蔵ってあるのでした。あの夜の妻の行動について問い質した所、彼女は無論夜半外出したことも無く、近所の家から依頼された縫物を終えるとそのまま朝まで寝入っていたとの返事を、何の憶する所無く淡々と述べるのでありました。もし房枝があの夜のおふささんであるならば、私の癲癇発作を目撃したはずでありまして、左様だとすれば到底斯くのごとき平静な答弁はなし得るはずがなく、なおさら、房枝の水仕事にかさかさに成った両手を見るに及んで、ややともすれば私の疑惑は晴れかかるのでありました。この醜い手が、あのなよなよした真白い指に変わり得ることは不可能と考えねばなりません。閣下は、奇妙な一夜の出来事を逐一妻に語り聞かせて卒直に返事を聞き取り、疑いを晴らそうとしなかった私の不注意を詰られることでありましょう。しかし、私は私で、何としてもただのようにこびり付いた猜疑の心を払い切ることができず、いささかも此方の心を悟られないよう注意を配り、その油断を見済ませてのっぴきならぬ確証を掴んだ上できるだけの制裁を加えてやろうと深く企む所があったのであります。

御推察通り、房枝の生活には何の変哲も見られませんでした。そこで私は第二段の予定行動として、当夜の敵娼の言を頼り、毎夜終演までの三十分間を、――浅草の寿座の楽屋裏に身を潜めることに致しました。すなわち、偶《たま》には妻の方から誘いに出張ることもあろうと推察し、逢曳きの現行犯を捉えるべく企んだ訳であります。その月の寿座には御承知のクリエータア・ダンディ・フォリイズ・レヴィウ団が公演され、相当の観客を呼んで居りました。劇場正面に飾られた“CREATER DANDY FOLLIES”のネオンサインが浅草の人気を独占していたかのようであります。房枝の情夫が女形であると言うのはまことに解せない話であります。何故ならこのレヴィウ団は、ドラマとしてよりもスペクタクルとしての絢爛華麗な効果を狙った見世物《ショウ》を上演する団体であって、美男俳優やギャッグ専門の喜劇役者を始めそれぞれ一流の歌姫や踊児などを多数専属せしめ、絶対に女形を必要とするようなレペルトアールは組まないからであります。そこで私は、女形というのをあの夜の女の思い違いであると断定し、大勢の男優達の中から、房枝の情夫と考えて最も可能性のある美男のジャズ・シンガア三村千代三を選び出しました。と言うのも、彼が最も柄の小さく平素一見して女形のごとき服装をして居る点を考えたからであります。御承知の通り、寿座の楽屋口は隣接の曙館の薄暗い塀に面して居りまして、斜かいに三好野の暖簾が向かい合いに垂れて居ります。或る晩は泥酔者を粧い曙館の塀に蹲《うずくま》ったり、或る晩は向かいの三好野に喰いたくもない汁粉の椀などを前に置いて、絶えず楽屋に出入りする女に注視の眼を見張ったり、――こういう無為の夜が三日ばかり続きまして、ついに最後の夜、二月末の生暖かい早くも春の前兆を想わせる無風の一夜――人眼を憚りつつ楽屋口に現れた妻房枝の、換言すればおふささんの紛い無き姿を発見することができたのであります。

…………

その夜は、暖かい、――むしろ季節外れの暖かさでありまして、外套はもちろん毛製のシャツなどかなぐり捨てたくなるような不自然な暑いとでも謂いたい気温が、浅草中の歓楽街を包み、ちとも風の動かないために凝乎《じっと》していても汗が滲み出るくらいで、さりとて何時寒くなるとも限らぬ不気味な天候なので、思い切り薄着になることもできず、平素に増した人波に群集はむんむん溜息を吐きながら、人息れの中をぞろぞろ歩いて居るのでありました。妻は、雷門方面から伏眼加減に曙館の正面を通り危うく衝突しそうになる行人を巧みに避けながら、あたかも役者の楽屋を訪問することなぞ尠くとも初めてではないことを証明するように馴れ切った態度で、それでもさすがちょっと四囲に気を配ってから、軽く声を掛けると、首を出した楽屋番とも顔馴染みらしく、そのままするすると戸の内部に姿を消してしまったのであります。平素の身汚さを尽く払い落とし、服装から姿態から眼鏡まで、あの水々しい姪売宿のおふささんに成り済ませて……。楽屋口から指す灯を微かに半面に受けて、真白い横顔を薄暗の中に浮かび上がらせた女が、閣下よ、私の古臭い女房なのでありましょうか？　予期した事とは言いながらその予期通りの現実が腹立たしく、憎悪と嫉妬の片鱗を覚えながら他方できるだけ苛酷な処置を施してやろうと、狂い上がる感情を押さえ押さえともすれば失われ勝ちの冷酷さを呼び起こそうと、懸命に努力して居りました。それから約二十分の間、私は曙館の塀に身を潜めて妻とその相手の現れるのを凝乎と待っていたのであります。逸る心を抑えようとすればするほど、口腔は熱し二重回シの両袖が興奮から蝶の羽根のごとく微かに震動して居りました。しかしながら、閣下よ、それから二十分の後に現れた妻の情夫は、情夫と思われる人物は、――意外にも三村千代三ではありませんでした。まことに色の真白な女のごとき優男ではありましたが、五尺三寸にも足らぬ小柄な華奢な肢体を真黒なモジリで包み襟元から鼻の辺まで薄色のショオルで隠し灰色の軽々しいソフト帽子を眼深に冠った、一見して旧派の女形然たる千代三とは似ても似つかぬ別人物ではありませんか？　そして全身から陰気な幽霊のごとき妖しい魅力を漂わせている所は、どちらかと言えば明朗な美男である千代三の潑剌性とは全く異なった雰囲気であります。閉館《はね》時の群集のために、ややともすれば二人の姿を見失い勝ちでありましたが、かえってその足繁き人波が屈強の隠れ蓑と成りまして、肩を並べ伏眼加減に人眼を憚りつつ足早に歩み去る二人の跡を、或る時は走り或る時は立ち止まりなどして辛うじて尾行して行くことができました。二人は曙館万歳座の前を通って寿司屋横丁を過ぎ、田原町の電車停留場まで脇眼も振らずに歩んで参りましたが、其処に客待ちして居る自動車を呼び寄せ素早くその内に姿を隠してしまいました。もちろん私は、飽くまでも尾行する決心だったので、間髪を容れず同じく自動車に乗り込みあの前の自動車《くるま》を追え、と運転手に命じたのであります。先の自動車は、相当の速力で菊屋橋を過ぎ車坂に現れ、更に前進して上野広小路の角を右に曲《カーヴ》して、本郷方面に疾走して行きました。ははあ、天神下の待合だな、——と彼らの行先をひそかに想像して居りますと、意外や自動車は運転手自身期待しなかったものか、キュキュ……っと急停車の悲鳴を挙げて、湯島天神石段下で停まったようでありました。私も反対側の車道で停車を命じ、席《シート》の窓から容子を窺って居りますと、二人は四辺に人無きを幸いに手に手を取って一段一段緩然《ゆっくり》とその石段を上って行くのであります。上の境内には待合や料理屋のごときものは在るはずはありません。さては暖かいので散歩と洒落《しゃれ》るのか、と思いつつ、私も急ぎ車を捨てて二人が上り切った頃を見計らって石段を駈け上がって行きました。

私がこうして尾行して居るうちに、異常な快感の胸に迫るのを覚えたことを告白しなければなりません。他人の弱点を抑え雪隠詰めに追い詰めるということは気味の宜しい事で、殊に自分の女房が美しい女に成り済まし男との、RENDEZ-VOUSの現場を取り押さえる事は、淫虐的《サディスティック》な興奮さえ予想させたのであります。妻とその誰とも判らぬ男は、人無き境内の御堂のそばのベンチに腰を下ろして、その背後の樹立に私の潜んでいることも知らずに、堅く手を組み合わせ肩と肩を凭れ合わせたまま、しばしは動きませんでした。高台であるがために二人の縺《もつ》れ姿が、ぽっかりと夜空に泛かび上がり、その空の下には十一時過ぎの街衢《まち》が眠た気なイリュミネエションに瞬いて居ります。よほどの馴染みなのでありましょうか。二人はかなり永い間沈黙を続けて居りましたが、閣下よ、最初に彼らの口から洩れた音というのが、何と、哀調綿々たる歔欷《すすりなき》ではありませんか？　凝然《じっ》と黙っていた二人は、同じように肩を顫わせてしくしくと哭き始めたのであります……。

浮気な悪戯《いたずら》と思っていた私にとって、このことは甚だ意外でありました。はっと息を呑んでそのまま注視して居りますと、まず泣き歇んだ男が、鼻を鳴らしながら、泣くのよそう、ね、泣くのよそうよ、と妻の脊を擦りつつ優しく劬わり始めたのであります。泣いたってしようがない、ね、一緒に死んだ方がいいよ、と妻の顔を覗き込んで呟きますと、妻はこの哀愁《かなしみ》をどうなとしてくれといったような、いっそ自棄《やけ》半分の乱調子で、いやいや、私は死なないわ、死なない、死なない、だって……だって一緒に逃げれば、死ななくても済むんですもの、と逆襲して行きました。男がそのまま返事に詰まって黙って居りますと、私だって役者くらいやれます、ね、そうして、一緒にどっかへ、遠い所へ逃げてしまいましょうよ、と重ねて泪混じりに男を口説いて居る様子なのであります。そして二人が黙ると、次第に胸が苦しくなって来るものか再びさめざめと声を揃えて歔欷を始めるのでありました。そういう言葉の抑揚が、泪を混じえたその雰囲気が、何か夢の中の悲哀の場面のごとく感ぜられて、その二人が悲しみの裡にもその境遇を享楽して居ると言ったような、或る種の芝居がかった余裕が判乎と分かるので、かえって逆に私の方ははっと現実的に返ったのであります。畜生、巫山戯《ふざけ》てやアがると、思わず心の裡で呟きました。そうして泪を流すことが彼らの睦事なのではないのでしょうか？　続けて語られた密語は最早記憶には有りません。思わず赫ッとなってスティックを握ったまま、二人の前へ飛び出たのであります。……

閣下は、私がその女を最早決定的に「妻」と認定して居ることを、もしや早計と批難なさるかも知れません。醜悪な妻が有りもしない衣裳を何処からか引き出して来、斑らな髪を真点な丸髷に結い亭主の留守を見済ませて、密夫と逢曳きを遂げるなどということは、或いは不可能なまたは奇蹟かも知れません。が、私は付け難い判別にさ迷うよりは、その焦燥を捨てていっそ妻と決定してしまった方が楽だったのであります。不時の闖入者を見て二人は、はっと身を退けましたが、私はむらむらと湧き起こる憎念の抑え難く、房枝っ、と叫びざま、握っていたスティックを右手に振り上げ呆気にとられて茫然たる妻の真向眼がけて、力委せに打っ叩いたのであります。男は、何事か、私の無法を口の中で詰りながら、無手で私の体に打《ぶ》つかって来ましたが、私の右手はほとんど機械のごとき正確さで第二の打撃を相手に加えることに成功しました。呀《あ》ッと面を押さえて退《の》け反《ぞ》った時に、今度は妻の方が再びもぞもぞと起き上がる気配なので、我を忘れて駈け寄るが早いか、体と言わず顔と言わず滅多矢鱈に殴りつけました。まことにそれは忘我の陶酔境でありまして、右手が疲れると左手に持ち直し、息の根絶えよとばかりスティックの粉々に折れ尽きるまで殴り続けたのであります。最初の裡くねくねと体を蠢かしていた妻も、やがては気力尽きてぐったり動かなくなったのを見済まして、私は悠然と落ちた帽子を拾い着崩れた着物の襟を合わせ、これでいいんだ、ふん、これでいいんだ、と呟きながら、一歩一歩念を押す気持ちで石段を下り、来懸かる円タクを留めようと至極呑気な気持ちで待って居りました。

訝《おか》しな陽気だと思って居りましたよ、旦那、やっぱり風が出て来ましたね、と言うハンドルを握った運転手の声に、それまでウツラウツラ居眠っていた私ははっと気付いて窓の外を眺めますと、何処を通っているのか郊外の新開地らしく看板の並んだ商店街の旗や幟がパタパタ風に翻って居りました。車が動き出すと同時に私は苦痛に近い疲労を覚え、割れるような頭痛と絞られるような吐き気に攻め立てられ、到底眼を開けて居ることに堪えられずそのまま崩折れるように席の上に居眠っていたのであります。そしてそういう肉体的変調が、閣下よ、持ち前の肉体痙攣——癲癇発作の前兆だったのであります。むん、そうのようだね、と曖昧に答えまたウトウト始めますと、運転手はとても寒くなりました、旦那、風邪を惹きますよ、と注意を促して居るようでしたが、後は耳に入らずそのまま車の震動に身を委せて居眠りを続けてしまいました。どのくらい経ったか全く憶えが有りませんが、旦那、火事です、火事ですよ、旦那、……と言う声にはっと眼を寤《さま》しました。其処は高円寺駅付近の商家道路で、乗って居る自動車はその隅の方に停車して居るので、どうしたんだ、と訊きますと、もうこれ以上這入れません、済みませんが降りて下さい、と言うので、火事では大変だと思い遽てて道路に駈け降りますと、外は烈風に加うるに肉の斫りとられるような寒さで、寝巻の上にどてらを羽織った男女が大勢道路の両側に立っていて、火事だ、火事だ、何処だ、行って見ろ、等と口々に叫びながら脛を丸出しにして駈け去って行く人達の後から、ウ——ウ——と癇高い警笛を鳴らしつつ数台の消防車が砂塵を立てて疾走して行くのでありました。私も茫乎《ぼんやり》立って大勢の人の向いて居る方を眺めますと、南の空に火の粉がボーボー舞い上がって、立って居る所は風上でありましたが、折柄の烈風で南へ南へと焔が次第に拡大して行く様子なのであります。地勢から見て、私の借家はその頃鉋屑のごとく他愛無く燃え落ちた時分なのでありましょう。子供の顔が眼先にちらついたのは憶えて居りますが、それから後のことは全く追想することができません。私は、道端の人達の間にそのまま意識を失って倒れてしまったらしいのであります。……

何時だかまるで見当も付きませんが、翌日眼を寤した所が、閣下よ、A警察署なのであります。刑事部屋へ呼び出されますと、黒い服を着た男が茫乎して居る私に姓名と住所を訊き糺した上、御気の毒だね、昨夜《ゆんべ》の火事で、あんたの奥さんと御子さんが逃げ遅れて焼け死んでしまったよ、と悔やみの言葉を吐くではありませんか？　昨夜人事不省に陥っていた私は、その警察署で保護を受けていたらしいのであります。有り難いことです、至極有り難いことです、が、――警察は昨夜湯島天神境内で私が妻を殴打した事実を知らないのでありましょうか？　恐らくあれくらい殴れば息は切れたことと思います。それなのに、如何なる錯覚を起こしてか、子供はともかく妻までが、あのおふささんまでが焼け死んだと言うのは？　可笑しいので思わずニヤニヤしながら、嘘ですよ、嘘ですよ、私に女房は二人ありませんからね、何かの間違いでしょう、と言いますと、相手は私の顔を不思議そうに凝乎黙って瞶めて居りましたが、たぶんこの頃から私を狂人扱いにしたらしいのです、――君は哀しくはないのかい？　念のためにもう一度訊くが、君は高円寺一丁目の文士青地大六さんでしょ？　ふん、ふん、そんなら焼死体は、君の家主の好意で三丁目の大塚外科病院に収容してあるから、早く行って始末をして来たまえ、と殊勝らしく注告するのであります。私はますます可笑しくなりまして、刑事さん、私の女房は姦婦でして、昨夜或る所で男との密会最中を発見し、私がこの手で撲殺して来たのですよ、一応取り調べて下さい、と言いますと、相手はぐっと乗り気になって、一体それは何時頃か、と追究して参りました。私は大体の時間を割り出して、十一時過ぎだったと思いますよ、と答えますと、相手はちょっとの間考えていたが、急にいやアな苦笑いをし、変に憐愍の眼眸を向け、ふふふふ……何を言ってるんだ、君は、昨夜の火事は十一時頃から熾え出して十二時過ぎまで消えなかったんだぜ、君はどうかしているよ、君は、同じ奥さんが二人居るなんて、そんな馬鹿なことがあるもんかい、ささ、帰りたまえ、行って早く始末をせにゃいかんよ、と到頭私を署外へ追い出してしまったのであります。

その後のことは、たぶん閣下もよく御存知のことと思います。すなわちその日の朝刊は、二つの小事件を全然別個のものとして全市に報じていたのであります。私は後々のためにその二つの記事をスクラップして置きましたが、次に貼布して閣下の御眼に供することに致します。

高円寺の大火——昭和八年二月二十三日午後十一時頃、高円寺一丁目に居住する文士青地大六（30歳）の外出中の借家より発火し火の手は折柄の烈風に猛威を揮って留守居たりし大六氏の内妻房枝（29歳）及び一子守（2歳）は無惨にも逃げ遅れて焼死を遂げた。乳呑み子を抱えた房枝さんの半焼の悶死体が鎮火後発見せられ、当の青地氏は屍体収容先三丁目大塚病院にて突然の不幸に意識が顚倒したものか屍体を前にして頑強にそれが房枝さんでない、人違いだと主張し、俺の女房は綺麗な着物を着た美人だと叫んで居るが、屍体は裾の摺り切れたよれよれの銘仙を着したまま発見せられた。目下原因を精密に調査中である。

昨夜十一時頃浅草寿座出演中のダンディ・フォリイズ・レヴィウ団専属女優美貌の踊児《ダンサア》島慶子（25歳）が本郷湯島天神境内にて突如暴漢に襲われた。顔面その他に数個の打撲傷を負い、その場に昏倒して居るのを暁方になって境内の茶屋業主人成田作蔵さんが発見し、驚いて交番に駈けつけたものである。その夜慶子嬢は何故か大島の対、黒羅紗のモジリを着し男装をしていた。現場に日本髪用の簪ピン、女下駄等が捨てられてある所より、痴情怨恨から犯人は女性ならんとの見込みもあるが、現場に数片に裂けたステッキの遺棄ある所より主犯はやはり男で、その杖で殴打したものであろう。慶子嬢は意識を取り戻したが、この暴行事件については単に女の介在して居ることを肯定せるのみで何故かその他の事情については、口を緘して語らぬ。茫然自失、恐怖の表情を顔に表し多く語るを避けて居る。因みに同嬢は男装癖のある変態性欲者で異性には皆目興味を持たぬと謂われて居る。不気味な事件で、裏面に男女の情痴を繞る複雑な事情が潜んで居るらしい。云々。

閣下よ、――閣下はこの二つのスクラップから不可解な謎をお感じになりませんか？　すなわち、この世に同一人物である私の妻房枝が同時に二人存在していたという結論に到達しなければならないのであります。が、果たしてこんな不自然に近い奇蹟が有り得るで御座いましょうか？　迷いに迷った挙句、私はハタと次のごとき過去の妻に関する一小事件を追想して、哀しくも私の結論は決定的となったのであります。――それは、焼死した守が一歳の頃でありました。梅雨のシトシト落ちる鬱陶しい一夜、妻の家計の遣り繰りについて相談して居りますと、隣室に臥ていた守が空腹のためか突然眼を覚まし癇高い泣き声を立てて母を呼び始めました。私は向かい合った妻に乳をやれと合図をしますと、妻も肯いて立ち上がったのでありますが、その立ち上がった瞬間、隣室の子供がふと泣き歇んだのであります。乳房を啣ませてやらなければ絶対に泣き歇まぬ守が、その場合急に静かになったので、何気なく好奇心を覚えて境目の襖を二尺ほど開き寝床を覗いたのであります。すると、閣下よ、その部屋には既に妻が居て長々と寝そべりながら私に背を向けて守に乳を与えて居るではありませんか？　すなわち傍らに立ち上がった妻ともう一人隣室の妻とを、瞬時ではありましたが同時に目撃した訳であります。おや、変だぞ、と気付いた時には、すでにもう一人の妻は消えて、消えたと同時に守は再び火のつくごとく泣き立てたのであります。私以外に、無心の守までがもう一人の母を見たに相違ありません。妻も自分の分身を発見したはずでありまして、額に幾条かの冷汗を垂らしながら急いで守に乳房を啣ませる動作に移ってしまいましたので、その事件はそのまま私の幻覚として忘れ去ってしまいました。妻の真蒼になった顔色を今でも思い浮かべることができます。閣下よ、妻は正しく不思議な病気、——もしそれが病気と呼び得るならば、——ドッペルゲエンゲルの重篤患者に相違ありません。嗚呼、閣下はまたしても私を嘲笑して居られますね。小説家である私が別個の新聞記事を土台として、以上のごとき実話風な物語を創り出したのであろうと？　私は真剣であります。そのため私の神経組織は病的なほど、feeble《フイブル》に成って居ります。こう言う私を嘲笑なさることは一種の不徳であり侮辱であり、私は閣下に決闘を申し込まねばなりません。

さて、閣下よ、以上で私の陳情の目的が何であるか御判りになったことと存じます。よしんばそれが二人の妻の片方であろうとも、私の殺人罪には変わりは御座いません。即刻私を召喚して下さい、その用意はできて居ります。狂人の名を付せられるくらいならば、むしろ私は死刑を選びます。妻の同性愛の相手島慶子という踊児をも、もっと厳重に訊問したならば、或いはこの事件は解決を見るかも知れません。慶子は己が所業に恐怖を感じていた由ではありませぬか？　如何な秘密を、彼女は持っているのでありましょう？　殴打後私が立ち去ってから妻の屍体が紛失するまでの、慶子の行為こそ問題ではありませんか？　或いは今だに房枝は生きていて、何処かに隠匿されて居るのかも知れません。それには茶屋業主人成田作蔵という男が共謀して居るかも知れぬではありませんか？　以来半歳――あの事件はあのまま埋没してしまいました。私は閣下の怠慢を責めねばなりません。私の抗議《プロテスト》が、全然出鱈目であるか或いは宇宙における一片の真実であるか、厳密に究明すれば私自身にすら判りません。ただ私は微塵の作為も無く以上を綴ったことを、断言することができるのみであります。最後に、――私を飽くまでも妄想性精神病患者とお考えならば、何卒精神鑑定を施して下さることをお願い致します。出頭の用意は既に出来て居ります。

さようなら、閣下よ、閣下の繁栄を祈り居ります。

東京市杉並区高円寺五丁目

青　地　大　六　拝

M警視総監閣下

海よ、罪つくりな奴！

はしがき

海は、——愉しいものである。

盛夏八月の、さしもに広い鎌倉の海浜も、老若男女を問わぬさまざまな人びとによって、処狭きまでに賑わい一人ひとりの発する話し声が、モアンとした拠り所のない群集の騒擾音となって、平和にのどかに、WAA……WAA……A……と、絶え間無く青い空気を震わせていた。

…………

この色とりどりの、玩具箱が絵ノ具箱をぶちまけたような雑踏の砂地とはまるで打って変わって、沼のように静まり返った、——喧騒の近代都市に聳え立つビルディングの、最上の空室を思わせる沖の一点で、一つの事件が起こっていた。事件と言っても、それは異様でも怪奇でも無く、我われの避暑地における最も「平凡」な一小事件であって、——その砂丘の別荘に避暑に来ていた十八歳になるみめ美わしい令嬢が、遊泳中突如コムラ返りに襲われ、危うく溺死しそうになった所を、筋肉逞しい未知の一青年によって救われた事件である。

赤銅色に陽に灼けた潑剌たる面貌を、豪快な笑いで崩しているニコヤカな青年は、必死に抱きついて来る軟らかい水難者を巧みに支えつつ、悠々たる平《ヒラ》で水をグングン切りながら、間もなく足の立つ浅瀬の所まで泳ぎ着いてしまった。この事件は誰の眼にも留まらず、渚の世界とは全く没交渉に終わった。が、さすがに、砂地に上がって向かい合った令嬢は、果敢な救い手の前にぽっと両頰を紅らめたまま、しばらくはお礼の言葉さえ言うことはできなかった。青年は、Charles《チャーレス》 Farrell《ファーレル》のごとき脊の高い美青年で、令嬢は、これまた、女性の唯一の魅力である柔軟さを、すこしも失わず自由奔放に成熟したヴェニュスのごとき素晴らしい肉体を持つ処女であった。彼女は勇を鼓して、青年の《お所とお名前を伺った》けれど、相手はたぶんテレ隠しなのであろう、——顔中を気まずそうな笑いで誤魔化しながら、
「いえ、いいんですよ。……」
と、たった一言を残して、頑丈な肩を揺すりながら瞬く間に無関係な群集の中へ、姿を消してしまった。……

その夜、力強い腕に救われた少女が、じき温まってしまう枕を持て扱いつつ、輾転反側したことは言うまでもない。彼女の感じ易い心臓に生まれて初めて《男性《おとこ》》が侵入してしまったらしいのである。——オット、これでは、通俗小説になりそうだ！

さて麗しいモ・ガの名を初子と呼び、その青年の名は？ ——彼は名を明かすことを好まぬらしいから、作者も最後まで預かって置くことにする。だが、読者よ、右の一小事件は、その夏においてはこれ以上何らの進展も見せなかった。冷たい秋が来て更に冬が訪れ、慌ただしい年ノ瀬も暮れて、こうして一年がロマンスのように巡回すると、再び初子に思い出の夏がやって来た。その間、美わしい初子には文字通り降るような縁談があったが、何故か彼女はそれに頓着しなかった。十九歳になった初子は、昨年よりも一層色白く一層ふくよかな肉がついて、誰の眼にも美わしいと感ぜられる「女」になり切ってしまった。彼女は、夏が来ると定まって鎌倉の別荘に行く、——そして今年もまた！ もちろん、あの勇敢なる青年はこの物語から姿

を消しはしない！　あの事件があってからの二人は、どういう運命に結ばれて行くのであろう？……

日記

七月

二十日…　ママと毅チャンと芳と、今日鎌倉へくる。毅チャンのはしゃぎ方ったら！　でも、私だってうれしいわ。ママに「初子さん、ここは不良少年の多い所だから、気をおつけなさい」といわれる。私「だいじょぶよ！」っていってやった。もうコドモじゃないんだから、不良かそうでないか、男性の区別くらいつけられるわ。夜——ママと毅チャンと海岸へ涼みに出る。花火が海に映って、とてもキレイだった。……

それから、このこと！　書こうかしら、よそうかしら？　書くわ、断然かくわ！　——去年私が溺れそうになった時、助けて下さったひと、あの方に、海岸のカフェ・ハルの前でバッタリ出会ってしまった。おぐしを風になびかせて、鼠がかったホオム・スパンのパンツを穿いていらしった。去年私を救けて下さったひと——こういってママにご紹介しようと思ったけれど、なぜだかそうできなかった。だって、あの方にはお友達が二三人いらしったし、私の顔を見ると「おや、あなたでしたか」というようなお顔をなさって、すぐ横をむいておしまいになったんですもの。なんだか胸がドキドキして、下をむいてしまった、そのまま言葉もかわさずすれちがってしまった。a glance meeting《ア・グランス・ミイテイング》！　なんだか、今年の夏も幸福そうだわ。私の夏！　私の楽しいたのしい夏！　ママさえいなかったら、私と毅チャンとでお言葉をおかけしたのに。こんなことを考えるの、みだらかしら？　でも、奇縁だわ、ほんとうに奇縁だわ、だって、毅チャンが銀座で不良に脅迫された時、あの方が救けて下さったのが去年の暮れだった。お金を貸してくれって不良にいわれた時のコワサは今でも忘れられないけど、ちょうどそこを通りかかったあの方に、不良を追いはらって戴いた時のうれしさも同時に忘れられないわ！　偶然二度も御恩になるなんて、ほんとうに奇縁というものだ。

散歩のかえり、ひとりで美子さんのお家による。美子さんのお兄さん、私に散歩しましょうと誘う。たやすくそういうことを口にする男の方は、私キライだわ。だって、それじゃあんまりアッサリしすぎているから。……

私、なんだか幸福そうだわ！

神様、――私はHappy girl《ハッピイ・ガール》よ！　そうじゃない！

三十日…　十日ばかりでスッカリ陽にやけてしまった。顔のくろくなるのはちょっと悲観だけど、でもいいわ、思いきりウンとくろくなって、体をきたえること――。

まったくママのいう通り誘惑が多い――なんて、私の己惚れかしら？　でも、ほんとうにぶしつけな男のひとが多勢いる。こっちで恥ずかしくなるくらい体をじろじろ見つめたり、なれなれしく言葉をかける人がいる。実際あきれてしまう。

去年おぼれかけた辺りへもう一ぺん行って見る。波がおだやかだったから。去年とおなじ所にやぐらが立って、おなじような真白な雲が空にかかっていた。水にうかびながら、

おお、海は私のもの
海は私のもの
私を抱いている海よ
私は仰向けに泛かんで
頬笑みながら力一杯
呼吸をするから
どうぞ私に
幸福をおくれ……

と、デタラメを唄って、誰もいない所でひとりではしゃいでしまった。ほんとうに――だアれもいなかったわ。……

あの方には、あれ以来一度もお眼にかからない。きっと、カフェ・ハルの前あたりで泳いでいらっしゃるんだわ。お眼にかかりたいけれど、こっちから出張するなんて、なんだかあつかましいから行かないの。それとも、東京へおかえりになってしまったのかしら？

ウソ、ウソ！　そんなことないわ！

神様――そうじゃないでしょ？　モチね？

八月

五日……　なんてあついでしょう。今、十時、ヴェランダにスタンド・ランプをおいて、鈴虫の声をききながら、この日記をかいている。光明寺の森に月がのぼっている。

夕飯をいただいてから、ひとりで海岸へでる。しらないうちに滑川の所まで来てしまったので、川尻の砂に腰をおろして、ひとりでつまらないことを考えてしまった。私、ひょっとすると、……あの方がすきなんだわ。そうよ、そうよ。「偶然」とか「奇縁」とかいうことを考えている裡に、ずっと前に見た、シャルル・シャプランの“A Woman of Paris《ア・ウーマン・オブ・パリ》”を思い出していた。人生って、もろもろの偶然性から成っているのではないかしら？　私の人生はどうひらけて行くのであろう？　偶然あの方と知り合いになったために、この馬鹿な私は、いつもつまらないことばかり考えているんだもの。――よく、お友だちなんかが、「避暑地の恋」といって、避暑地で知りあいになった男性にろくなものはいないって、ケナすけど、ほんとうにそういうものかしら？　私のほんとうの気持ちを、美子さんなんかにはなしたら、きっと「笑止、笑止！」って、笑殺してしまうに相違ないわ。でも、みんなそんなものかしら？　避暑地の男性をテンからケナシつけてしまうなんて、恐るべきドグマだと思うわ。そうすることは、自分たちをも同時に否定していることとおなじ意味じゃないかしら？　自分たちだけが、洗練された理智的なobserver《オブザアヴァア》のつもりで、そして変に悪魔主義者ぶって。……それこそ、笑止笑止！

けれど、実際の私のこころでは、もしあの方が不良青年だったら？――と思って、たまらなくかなしくなる。でも、あの方が不良だなんてあり得ない！　あの方はまじめな紳士なんだ！　もし不良ならもっとぶしつけで、ずうずうしくて圧倒的で、いまごろはうまくとりついているに相違ないのだ。いいえ、去年の裡に、あさましい正体をばくろしているはずだ。ところが、あの方は、敏感で純情で鷹揚で、不良分子の全然はんたいだわ。ゴメンナサイ、疑ったりなんぞして。……

もう十一時、お向かいの家もあつくてねられないとみえて、お部屋のあかりが赤あかとともっている。応接間らしいお部屋からレコオドがきこえてくる。Jean Cocteau《ジュアン・コクトオ》の“Les Voleurs d'Enfants”《レ・ヴォリュウル・ダンファン》だ。たぶんお客さまがあるのだろう。ききなれない笑声が時折きこえる。お向かいの御夫婦はほんとうに幸福そうだ。世界中のすべてのひとが幸福であるように！明朝五時ごろ、毅チャンと海岸へ出るやくそくをしてしまった。貝をひろいに。朝ねむいといけないから、もうねてしまおう。

七日…　今日は東京から、美子さんのお友だちの昭子さんがいらしったので、美子さんのビイチ・パラソルの下にさそわれて、いろんなはなしをした。——うしろにカフェ・ハルがある。カフェ・ハル——ここのカフェにいつも、あの方はいらっしゃるのだそう。ここいら辺は人がいっぱいで、水もよごれていて、とてもおよぐ気になれない。どうしてあの方はこんなところでお泳ぎになるのでしょう？

あの方——を久し振りでお見かけした。私たちのパラソルより四五間はなれた場所に、お友だちの方二三人と、砂の上にねころんでいらしった。私、なぜだか気づかれないように、顔をふせてかくれていた。気まりわるいような嬉しいような胸をじっとおさえて。……ところが、美子さんは、あの方を見やりながら断然フンガイなことをいっていた。

「あすこにねころんでいる人たちね、あれは避暑地専門のヨタモンよ！」

だって。でも、美子さんのいうことは、あてにならないからいい。美子さんのお兄さん（恒彦というんですって。なんとなく名前までキザだわ）——なんていやなひとなんでしょう！

いやらしいことばかしいう。

「あなたはスバラシイ！」とか「ミス・ザイモクザだ！」とか「カマクラのNO・1《ナンバア・ワン》だ！」とか。私、ああいうホーカン的存在は大きらいだわ！　そして、なんて失敬な奴！　無意識を装って、私のからだに時どきふれるの！　ほんとうに、なんて失敬なやつだろう！　貪婪そのものだわ！

「あすこにいるちょっとチャアレス・ファーレルに似た奴ね、」とその失敬な奴はあの方を横眼で見ながらいった。「――あの男にかかったら大抵の女は海鼠になってしまうんだって、シロ・センには凄い腕をもっていて、なんでもひと夏の犠牲者が十人を下らないんだそうだ」だって。でも、これ、ほんとうかしら？　そしたら美子さんが、

「シロ・センて、なアに？」と訊いたら、

「シロウト専門の軟派だからシロ・センさ。マダム専門のことはマダ・センていうんだ」と、不潔なことをいい出した。

「お兄さま、じゃア、あの人が羨ましいんでしょ？」

と美子さんがすかさずからかったら、

「失敬なこというない！」って、怒ってあたまをかいていた。

「ほほほほほ！」と、美子さんと昭子さんの笑声があまり高かったので、それがあの方にもきこえたらしく、腹ばいになったまま上半身をおこして、まぶしそうな顔で私たちの方をおむきになった。視線と視線が合った。あの方の射るような瞳を、到底まともに受けられなかったので、すぐ下をむいてしまった。でも、嬉しかったわ。ほんの一瞬眼をかわしただけでも。

……なぜだろう？　みんなには気づかれなかったけれど、きっと私の顔、まっかに変色していたに相違ないわ。だって、私の心臓、どうしてこんなに弱いんでしょう――ドキドキ搏ってるんですもの。……

そしたら、恒彦さんが小声で、

「おい、チャアレス・ファーレルが、こっちを、初子さんを見てるぞ！」

と、ささやいた。すると、美子さんは、嘲笑的に、

「ジャネット・ゲイナアさん、チャアレス・ファーレルに魅込まれないようになさいね？」

だって。私、こころでは断然フンガイだったけれど、なぜだか怒れなかったわ。……

来週の土曜日、昭子さんのお宅で、ダンス・パアティーをひらく由。昭子さんはすきだから、

「ええ、断然踊りましょう！」と答える。

でも私、ほんとうはこのごろ、ダンスなんかしてははしゃぎたい気持ちにはなれない。なんだかセンティメンタルで仕様がない。前なんか滑川の水音や、砂の上の自分の月影なんか、ぜんぜん無関心だったのが、なんだかこのごろ、身に沁みじみと思われて淋しくなる時がある……また、センチセンチ！

今日はあまり泳がなかったから、明日は思い切りおよごう。毅チャンの釣ってきたベラ三匹、夕飯の御惣菜ににてたべる。あまり、おいしいさかなではない。……

十二日…　昭子さんと約束のダンス・パアティーの夜、いま十二時、とてもねられそうもない、今夜は！

八月十二日の夜——この日は、かつて経験したことのない劇的な夜！……

なんと、奇縁の重なる夜なのであろう、ふたたびみたび、あの方に救われようとは⁉

七時半ごろ、長谷大仏裏の昭子さんのお宅へゆく。いろいろ多勢の方がきていた。いちいち紹介されたけれど、いまはみんな忘れてしまった。それでもかわるがわるずいぶん踊った。会の終わったのが十時ごろ、——美子さんは、あとかたづけがあるとかで、私ひとりで帰ろうとすると、案の定恒彦さんが、僕も材木座だから送ってゆきましょう、といいだした。こころでは迷惑だったけれど、みんながすすめるので断りきれずに一緒にかえってくる。いったい、きらいなひとに送られるほど女性にとって迷惑なことはないわ。自動車の中で、二人っきりなのをいいことにして、案の定恒彦さんはいやなことをいいだした。「僕、あなたがたまらなく好きなんです」とか「どうぞ僕と結婚してください」とか。結婚のような重大問題を、どうしてかるがるしく、口にすることができるんだろう？　しかも、よくつきあいもしないで。……私、なんと返事していいかわからず、終始だまっていた。自動車を降りて、もうひとりでもだいじょぶだというのに、むりに家までおくるという。紅ケ谷の山の中腹で、ちょっと淋しい所だけれど、恒彦さんにおくっていただいたって、大してこころづよくも思われないので、何度もなんどもお断りしたのだけれど、物騒だからといって執拗に自説を主張する。二人はすぐ暗い道にはいった。家のあかりの見える丘の入口まで来たとき「どうも有り難うございました」といって、恒彦さんの方をふりむいた。そういわれても恒彦さんは、なぜかもどろうともせず、じっと私を見つめている。蒼白い月光が恒彦さんのトゲトゲしい横顔を映し出していた。眼と眼が出会った時、私はぞっとした。あのひとの眼の中に脅迫的なあるおそろしいものを感じたからだ。相手がなにをするかわからないと思われ出すと同時に、はっとして本能的に踵をかえすと、そのまま二三歩あるき出した。

「初子さん!!　……」

こう呼びかけられて、瞬間的に身をかためると、脊後からの力のこもった両手がのびて、私の両腕をおさえ、あつい息吹きが首筋にぞっと感じられた。

「いけません、なにをなさるんです！」

「初子さん、僕は、僕は――」

彼の両腕に力のますますこもって、よろめいたまま抱きすくめられそうになった時、彼はアッと叫んで地べたにのけぞった。私と倒れた恒彦さんの間に、真白いホワイト・シャアツを着た大きな影がつっ立っていたのだ。その大きな影は、猛然と立ち直った恒彦さんの頤に力づよい一撃を加え、かさねて突進してくる相手の頸をつかんで堂と後ろへ投げとばした。この格闘はほんの一二分で、恒彦さんはかなわぬと見てか、一散に退却してしまった。その大きな影が私の前に立ち、おぼろげながら薄い月の光ですかして見た時、あの方であることがわかった。

……

あの方は、――相かわらずニコニコしていた。なつかしい瞳で私を見つめながら、

「ずいぶんひどい奴ですね。気をつけないといけませんよ」

といって、二三度両手をバタバタはたいて、

「じゃア、さようなら！」

といっただけで、スタスタとはんたいの道に歩いて行ってしまった。夜目にもはっきりと、

あの頑丈な肩をゆすりながら。……

ああ、何てあっけない会合だったろう!

裾のみだれをなおすのもわすれて、あの方の残して行った言葉をしばらくの間思いつつ、ぼんやり暗やみの中に立っていたっけ。……

もう一時だわ。でもいいわ、ねむられなくたって。ベッドへはいって、明日の朝までも想っていよう。今夜の波の音は、殊のほか静かだ。二時、三時、四時……夜あけまで起きていよう。

神さま、——私は一体どうなるの? 教えて頂戴、教えて頂戴!……

手紙

崎山初子様

貴女は、封筒の裏に書かれた無礼な差出人宮田有吉という名を御覧になって、さぞや訝りのことと存じます。が、その「宮田有吉」という名は御存知ないでしょうが、昨年に一度貴女の水難と、弟さんの銀座における危難をお救い申し、過ぐる夜は、また、貴女に対して無礼を働いた或る男をノック・アウトした、至極野蛮な人間であると申し上げたならば、たぶん思い起こして下さることと存じます。

そういう私が、何の必要があって貴女宛てに斯様な無躾な手紙なぞ書く気になったか?——それはただ、書かずにいられないから書く、とお答えするより他言葉がありません。

で、最初に、――私の正体を曝露しておきましょう。私は、社会の何処へ行っても相手にされない、避暑地専門の不良青年なんです。明日への希望を失った泥ノ子なんです。その泥ノ子に過ぎない私、仲間から「舶来雀」とまで仇名されたヨタモンの私が、昨夏、初めて貴女のお姿を認めて以来、くたくたにノック・アウトされてしまったのです。初めて貴女をお見受けした時の気持ちを、一口に言うことはできません。卒直にいえば、汚れた過去を持ち、汚れた生活をつづけ、到底世間で行われているような浄い恋――プラトニック・ラヴとか言うのでしょうか、そういう尊い感情を持つことのできない爛れ切った私が、貴女に最初に抱いた気持ちは、貴女の支那黄のベエズィング・スウッに包まれた、素晴らしい肉体のみに対する憧憬でした。そういう自分が、現在嫌でいやでなりません。しかし、最初はこれまでの余勢で――以下しばしば冒瀆文字を用いますが、それが私の柄に合った文字でもあり、最も卒直に私の気持ちをお伝えする方便でもありますから、どうぞお許し下さい――貴女を何とかしてモノにしてしまおうと決心したのです。私は他の総ての「仕事」を放擲して、ただ貴女を得んがために、仲間が可笑しがるくらい熱心に機会を狙っていました。その時私はこう思っていました、――あの女は美しくて魅力的だし、上品な顔をして金もありそうだし、相手にとって不足はない、と。私達仲間は、生きて行かねばならぬ関係上、ただ単に美しいというだけでは満足し切れず、いつも金のある人を鵜ノ目鷹ノ目で探し回っている浅間しい輩なんです。人生にまともな希望を失った、謂わばボオフラのような存在が私達なんです、――いや、愚痴は不必要でした。……

　すると、ちょうど折よく――昨年のあの日のことです、貴女はお友達から離れて一人でぐんぐん沖の方へ出て行きました。前々から、舟の蔭から貴女の様子を窺っていた私は、それを見て思わず「ブラヴォオ！」と叫びました。狙っている女が、誰もいない沖へただ一人で出て行くということは、我われにとって願ってもない絶好のチャンスだったからです。そこでは、どんなに自由に話しかけたとて、すこしも不自然ではありません。もちろん、時を移さず、貴女の後を追いました、秘かに、悪のよろこびに胸を踊らせながら。——

ところが、次に起こった事件は私の予期だにしないことでした、——貴女が溺れかかってしまったのです。好機が自乗されました。重なる好運に思わずニヤつきながらも、奇態な心理ですが、私にはあの場合スピイド的に自分のプログラムを進めることができませんでした。と言うのも、それがあまりに不思議なほど順調すぎたためと、換言すればあまりにお誂え向きの小説的な舞台でありすぎたために、——我われは困難を排してこそ仕事の仕甲斐があるというものです、——それからもう一つ、私自身さえ不可解な奇妙な気持ちとからでありました。事によると、あの瞬間から、貴女から信頼を受けて抱き締められた瞬間から、貴女に対する私の不躾な愛——仮にこういわせて戴けるならば——が、芽生えていたのかも知れません。「溺れる者は藁でも摑む」という言葉があります。あの場合貴女のおとりになった言動がこの言葉通りで仮にあったとしても、私はすこしも怖れない！　無邪気な、汚れや気取りのない貴女の瞳から受けた感動にはすこしも変わりはないのだ！　私の心臓は柄にもなくドキつきました。ともすれば硬張りそうな顔を、いつも用うる窮地に陥った時の戦法を以て例の通り一面を笑いでまぎらせてしまいました。忌まわしい目的をすこしも疑い入れようとすることなく、全身的に信頼して来る貴女を見た時、私は何となく世の中がほのぼのと明るくなるのを覚えました。誇張すれば、尠くともあの瞬間だけ私は幸福でした！　……

こうして私は、仕かけた仕事を中途で放擲して、縮み切った気持ちで匆々に貴女の後から退却してしまわねばなりませんでした。あの不時の事件以来、貴女が全然別個の存在として、脳髄に喰い入ってしまったのです。そうこうして、――避暑地の花やかな生活も瞬く間に幕を閉じてしまいました。

しかしながら、秋が来たからといって、貴女を諦めることができるでしょうか？　欺瞞と誠心との交錯した憧憬が、貴女が東京麻布にお住まいのことを突き止めさせてしまったのです。貴女という存在は、単なる避暑地のタマとして夏とともに忘れ去るにはあまりに大き過ぎました。乾児《こぶん》を派して貴女の外出先まで執拗について回り、心の臆したために幾度好機を逸し去ってしまったことでしょうか！　こうして、第二の場合が来たのでした。――貴女と弟さんとが師走の銀座を歩いていられる姿を認めるや、乾児の二人を使ってあたかもアメリカ映画のギャングまがいの不態なカラクリを搏ったのです。貴女はこの破廉恥漢に対し衷心から感謝の意を表して下さいましたね。貴女はむしろあの時の奇遇を喜び――嗚呼、何たる奇遇ぞ！――お顔を純真そのものに笑い滾らせながら、何度も何度もお礼を繰り返されましたね。私はここにおいて、全くノック・アウトされてしまったのです。例によって、顔中を笑いに崩しながら、逸早く貴女の前から姿を消す算段をしていたのでした。……

第三の場合――すなわち、貴女のお家の付近で怪漢をノック・アウトした夜のことについては、重ねて詳しく申し上げる必要も御座いますまい。あの夜は――貴女慕わしさのあまり、二人の乾児を伴って当地に潜入し、いつか機会を、と狙っていた私は、貴女の外出を知って私の本心（現在では既に、誠心が欺瞞の大部を追い払い、堪え難いほど苦しい愛の苦汁を嘗めているようです！）――を、有るがままに打ち明けようと、貴女のお帰りをお待ちしていたのでした。ところが、再三、奇しくもあんな顚末になってしまった！　あれほどの機会に恵まれていながら、私自身「怪漢」になることを虞れ、通俗小説の主人公になることを忌み、あのままいうにいわれぬ悩ましいこころを抱いて、退去してしまったのでした。

最早、言うべきことは皆いってしまいました。最後に、――私が貴女を断念することに決心したことをお知らせすれば足ります。

何故断念しなければならないか？――それは、私が貴女を心から愛するようになったからに他なりません。怪しからぬ過去を持った泥ノ子ボオフラは、即刻しかも永久に姿を消してしまった方が無事なのです。闇に馴れた私は、とても眩しくて、太陽の前にこれ以上立っている訳には行きません。……

貴女は美しい！　恐らく世間の悪魔という悪魔は、貴女に毒牙を磨くことと思います。いや、現に私の知っている限りにおいても、瑞みずしい肉体を喰わんとする輩の多くいることをお告げしなければなりません。聡明な貴女は、如何ような誘惑の魔手が延びようともそれを見破り更に拒否するだけの強烈な意思力をお持ちのことと存じます。が、お別れに際し、一言言わせて下さい、――私はこれまで貴女を付け狙うことによって、偶然にも危難をお救いして来ましたが、今後私が姿を消す以上、これまで以上の危害に瀕する結果にならないとは限りませんから、どうぞそのお心算で、お体をお大事にして下さい。もう、私は……貴女をお救いすることができないのだ！

ああ、何て哀しい、熾烈な憧憬なのであろう！　貴女の美しさを身もこころも、いつまでもお守り下さい、いつまでも！

――下らぬ愚痴事を長ながしく書いている訳には行きません。この手紙を投入し次第、私達はZ《ゼット》からH《エッチ》に走るのです、この行き詰まった鎌倉に見切りをつけて。……わるく淋しい雨が降り出して来ました。私達のタマリであるカフェ・ハルの屋根で哀し気に鳴っています。

実際、雨という奴あ……。

乾児は皆外出してしまって、周囲には誰も居りません。……ではさようなら！


さようなら！

くれぐれもお体をお大切に！……

船来雀　宮田有吉

むすび――作者曰く

この手紙を読んで、初子は烈しいショックを受けた。鋭い刃物が彼女の熱い心臓に突き刺さったのである。

《汚れていてもいいから、私からは離れないで下さい！……》

彼女はそれから一週間ばかり、一人っ切りになると、こう心に呟きながら胸を弾ませてさめざめと泣いた。或る時は砂丘で、或る時はベッドの中で、また或る時は、湯槽の中で。……

さて、親愛なる読者よ、――作者は最後に、以下の数行を付け加えることを、幾度躊躇したか知れません。しかし作者は、真実を伝えなければならないのだ。「世界中のすべての人が幸福であるように！」と祈った香ぐわしい初子の不幸な結末をここに書き誌すことは、どんなに本意無き業であろう！　真実という奴は、大抵は不愛想で、惨酷で、不快なものだ。

結局――「船来雀」の宮田有吉は、二夏《ふたなつ》に渉って、計画通り初子を啣えてしまったのである。念入りな二重の策略を用いて。作者は、初子が大きな愛によって真実手紙にあるように彼を悔悟させるかも知れないとわずかに慰めるのであるが、しかし、雀はやはり雀で、また他の巣へ飛び去ってしまうのではあるまいか？

ゴオゴリじゃないが、――ああ、人生は悒鬱だ！……

骸骨

AN EXTRAVAGANZA

稲づまやかほのところが薄の穂——骸骨絵賛に、芭蕉

……溜まっていた仕事を済ませると、私はほっとした思いで散歩に出ることにした。私は晴ればれした気持ちで材木座から長谷の海岸を往復した後、街の本屋へ出る心算《つもり》で再び軟らかい砂丘を登った。長い松の並木路をぶらりぶらりと歩いて行くと、先方から、たぶん入れ違いに海岸へ出る人なのであろう、痩せて背のひょろひょろした粗衣無帽の男が、遠目でもそれと知られる青白い額に垂れ下がる頭髪を神経質に掻き上げながら風に吹かれる枯れ木のようにふらふらと私の方へ近付いて来る姿が眼に入った。そういう一見病的の男が海岸地を所在無気《しよざいなげ》に逍遙している図は少しも珍しいことでは無く、たぶん結核患者であろうと気にも留めずに摺れ違おうとした時、「Nさんではありませんか?」と突然呼び掛けられたのである。私は一瞬はっとしてその声の主をよくよく見れば、その男こそこれから述べるちょっとばかり風変わりな話の主人公、この世を生きるに適せざる弱者——暫時的に惨めな顚落を見せた「吉田」と呼ぶ男だったのである。

——私が初めて吉田と知り合いになったのは、今から五六年前私がK大学の学生であった頃学業を怠って或る新劇団の俳優を勤めていた時で、彼はその劇団の文芸部員であった。吉田は

当時ようやく頭角を現し始めた優秀な劇場人《セアタア・マン》で彼の創る戯曲も二三の職業劇団によって上演せられ、のみならず語学的才能の非常に豊富な所から逞しい精力を駆使して各国の名戯曲を翻訳しては我が国の知識階級に紹介していた。……知り合いになったとは言っても由来劇団の機構《メカニズム》は文芸部と演技部の人達をそれほど親密に接近させる機会を与えないのが普通で、吉田と私も次のごときキッカケが無かったならば路傍で出会っても単に頭を下げ合う程度の仲で永久に別れてしまったであろう。それは私達の劇団がU・A老の「金玉均《きんぎょくきん》」を上演することになったからで、私がその金《きん》に幾分か似ている所から主役に命ぜられ、化粧法《メエク・アップ》研究の必要上知人から金玉均の肖像蒐集を企てたが思わしく蒐まらず業を煮やしていた時に、吉田が自身所蔵の明瞭な写真二葉を貸し与えてくれてから二人の関係がかなり親密となって行ったのである。写真を借りに訪ねた時吉田夫人と一子《いっし》貞雄とも近付きになった。夫人は痩せた吉田とは正反対のむしろ背の低い小肥りの断髪婦人で、当時小学生であった貞雄はどっちかと言えば父親似の、繊弱な骨組みの秀才少年らしい顔付きをしていた。何でも人の噂によれば二人の結婚は劇しい恋愛の後の相惚れ結びで、家庭愛にも恵まれ文運も頓《とみ》に上がり、Nel mezzo del cammin di nostra vita「人生の道半ばにありて」名声を獲得した吉田の得意は、当時オ坊チャンの世間知らずで、慾得無しの私にすら想像できるくらいであった。今でも想い起こすことができる——或る時は見るからに高価な蛇の鱗を思わせる真大島《ほんおおしま》の対を、また或る時は豪華な書物の装釘にでも用いたくなるような渋味の紬《つむぎ》にセルの袴を履き、錚々《そうそう》たる先輩連中を向方《むこう》に回し、青白い頰を紅《あか》らめ、潤いの瞳をきらきらと輝かし、口角泡を飛ばして劇団合評会に臨んでいた意気衝天の彼を！　が、不運なことに、それから半年も経たぬうちに私達の専属していた劇団が統率者K氏の病没が契機となって分裂瓦解してしまった。私自身はその解散と時を同じゅうして無統制《アナキスティック》な長年の不摂生から健康を害し三月ほどの病床生活を送ったのをキッカケに俳優生活を清算してしまい、吉田と出会う機会を失ったが、吉田も更に不運なことに、夫人を腸チブスで失い意気沮喪のまま一切の劇団関係から身を引いてしまったという報知を新聞雑誌の消息欄で知ることができた。吉田は唯一の宝であった愛妻を失って極度の沈潜《スランプ》に陥ってしまったに相違ないのだ。それから二年の後私はそれでも落第もせず無事に学校を卒業し居を鎌倉に定めて妻帯し、或る特許を受けた商品の製造を業とする父の助手をするようになりますます以前の仲間《グルウプ》からは疎遠となり、その間、絶えず新聞雑誌に注目して吉田の nom de plume《ノム・ド・プリユウム》 を発見することに努めていたが、どうしたことか、丸二年間も彼は何ら社会的な仕事をしなかったらしい、居は転々と定まらぬと見え、送る手紙は皆住所不明で戻って来た。もうそれなり永久に会えないものと思っていた所——意外や不見目《みじめ》な「街の商人」にまで落魄し果てた吉田とN劇場工事場前の仄暗い中で、まことに劇的な意外さを以て出会うことができたのである。……その夜はたぶん生暖かい五月の初旬——季節など本篇の筋《ファブラ》には関係が無いからどうでもよいが、私がH座で映画を見ての帰途、有楽町駅に向かって歩いて行くと「もしもし……もしもし……」と呼び掛ける蚊細い声にはっとして振り返ると、型の崩れたソフトを眼深に冠《かむ》り誇張して言えば臍の位置が伺えるまでに厚味の無い胸を肌けた相手の男は、頭上の街灯を避けるように俯向《うつむ》いたまま、燕のように素早い足取りでツツツーと灯影《ほかげ》の暗い路次裏へ呆気にとられた私を巧みに誘い込んでしまった。その奇態な男こそ吉田彼自身であったのだ。呼び留めた鴨が私であると知った彼の驚きは、久し振りで意外な姿を見た私の驚きよりも数倍の力を以て彼の胸を脅かしたに相違ない。彼は凝乎《じっと》私の顔を瞶《みつ》めていたが、やがて「あッはア……Nさん！」と、溜息とも叫びとも付かぬ不明瞭な音を発するとそのままくるりと背中を向け、素早く私の前から消え去ろうとした。が、如何に変転はしても忍術使いにだけはなれなかったと見え、間誤間誤《まごまご》している所を「吉田さん、待って下さい！」と決定的な叫びで呼び留めてしまった。相手の職業などどうでもいい、久し振りで会った懐かしさを抑えることができなかったのだ。……その夜付近のバア・アオオニで麦酒《ビイル》を傾けつつ会わずにいた二年間の消息を聞くことができたが、それらはことごとく私を驚かせた。吉田は死ぬほど愛していた夫人を失うと予期のごとく仕事も何もできなくなり、貞雄を長崎市銅座町の故郷の母の許に預けたと言うそれまではいいが、直後、どうしたことか無軌道荒淫の生活が始められた。従って健康が損なわれ慢性下痢、赤面恐怖、不眠などの病状が頭を擡げ……斯くて肉体が衰え神経が脆弱になればなるほど肉的欲情だけが病的なほど鋭敏となり、精力と欲望との不均衡から充たすべきものは満たされずついに救い難いOnanist《オナニスト》に顚落したと言う。ロンブロオゾオによれば天才はOnanistが多いとのことで、吉田が天才であるかないかはしばらく措き、女性から受ける愉悦を実際以上に買い被らねば歇《や》まぬ宿命を持った吉田が現実の女性に幻滅を覚えてOnanism《オナニズム》に逃避したという過程も分からないことはない。

が、この悪癖も奇妙なことから治癒を見た——つまり、吉田は彼が如何に妄想を逞しくしても達し得ないほどの魅力を持つ「F子」と呼ぶ女性と相識るようになり、偶然写真技術に堪能であった彼が女と女の旦那（註・F子は芸者上がりの妾であった）が企てていた密画製造団の現像部の仕事をするようになってから、ケロリと病苦を忘れて元の健康を取り戻すことができたと言うのである。吉田は恥じらいながらも耽溺していたF子の肉体が如何に素晴らしいものであるか、そしてまた密写真の現像が如何に戦慄的《スリリング》な仕事であるかを礼讃した。……結核患者の微量喀血にも似た仄かな赤洋燈《ランプ》の前で、クリイム色の乾板《プレエト》の予期せざる方角から——或る時は真ん中或る時は四隅から見知らぬ女の肉体の様々な部分がもやもやと現れて来る陰性の歓喜！……「J・T氏の『友田と松永の話』という小説に」と吉田は説明した「——あらゆる奔放な官能享楽の生活を送ることによってそれ以前十一貫《かん》しかなかった体重を十八貫以上にふやすことに成功した男の奇怪な話がありますが、以毒制毒とでもいうのでしょうか、F子と仕事から得られる有頂天《エクスタシー》は一切の強迫観念的なるものをおい払い、私の健康を次第に正常《ノウマル》な状態に導いていったからふしぎではありませんか！　私はF子によって初めて「女」の何たるかをしることができたのです。Sという女の旦那が脳溢血でたおれてしまってから、ふたりは公然の夫婦関係を結び今日に至りました。これがそのF子です、どうぞ御覧下さい……」

吉田はこう言い終わって一葉のカビネ型の裸体写真を差し出した。受け取って眺めると、照明の配置宜しきを得たためか、Obscene Picture《オブシイン・ピクチュア》にはスレている、さすがの私も一驚を喫するほど素晴らしい魅力《シャーム》を放つシロモノで、その写真ほど女体の美醜を——と敢えて言う——写実的に撮《うつ》し出した逸品を見たことはなかった。抒情的な浮世絵模様（註・広重「東海道五十三次」の模写であるらしい）の長屏風を背景に右手に一輪の薔薇を持ち左手を腰に置き正面を向いて立っている得体の知れぬ女の逞しさは、なるほど病的なるもの神経質なるものの一切を脚下に見下ろす悠々たる肉体美であった。一見「シレエヌのヴェニコス像」張りの肉体とボッチチェリの描いた「聖母像」式の顔を持っている女なのだ。……と言えば如何にも嘘らしくなるが、読者は対象が飽くまでも一日本婦人であり髪を高島田に結い薔薇を持つなど俗悪な姿態《ポオズ》を構えていることを考えて、更に日本人特有の肉体的欠点を加えて戴きたい。それがかえって、単純に造型的なつくりものとしか感じられぬ外国婦人の鈍感な美に陥ることから逃れ芸術品になりきることから救われ Obscene Picture 独特の持ち味を発揮しているのだけれど。……

だが何故に女団長である彼女自身までが、己れの肉体を好事家《こうずか》の眼前に曝さねばならないのであろうか？――この問に対して吉田は、F子こそ世にも救い難い露出症患者であると答えた。何れにしても繊弱な吉田が更生するほどの女であることは確かで、私も思わず「素晴らしい女《ひと》ですね！」と感嘆の音《ね》を発したくらいである。

……さて、話題を戻して、右のごとき経緯《いきさつ》の後に三年振りで意外にも冒頭に述べたごとく鎌倉の並木路で吉田の心侘《うらぶ》れた姿に出会ったのである。

二人はその後の無音《ぶおん》を謝し、幾分か気不味《きまず》い想いで海岸を歩きながら互いの生活を問うた。吉田は二年の間で秘密の職業にも倦《うと》んじ果て、現在では昨年の春から鎌倉へ移り長谷のH饅頭店の裏手の一軒家を借り受け、友人の関係している或る化粧品会社の広告部の仕事をしつつ「いい戯曲」を書くための待機生活を送っているとのことであった。貞雄については……故郷の中学の二年生に無事成長した旨を述べたが、肝腎のF子に関しては一言も触れないので不遠慮な私は「例の女とはもうお別れになったのですか？」と訊くと、彼は急にドギマギして髪を搔き上げながら「え？……ええ！　別れ……ました」と答え話題を直ちに他へ転じてしまった。よほどこのことを訊かれたことが不快だったらしい。近いうちに再会することを約してその日は別れたが、その翌々日散歩の途上吉田の借家に寄ることによって、私は奇態な彼の生活振りを知ることができた。

＊　＊　＊

吉田自身「ちょっと変わった家ですよ」と言っていたが行って見るとなるほど一風変わっている。H饅頭店の角の路次を数間《すうけん》行くと右に粗末な木戸が見え、その木戸を開けると七八坪の雑草の生え茂った空き地がありその一番奥手に吉田の借家はあった。トタン屋根の八畳一間で、家というものから一切の無駄を省くとこうなるのではないかと思うくらい簡素を極めたもので、無論玄関は無く南に展《ひら》いた縁側の両端に便所と台所が付いている。私が立ち寄ったのは既に昼近い頃であったが、彼はまだ寝ていたらしくガタガタの雨戸が仕切られ、便所脇の竹林の根で一匹の真っ黒い小犬が暢気そうに日向ぼっこをしていた。私が声を掛けると「は……はい……」と応ずる寝呆け声が聞こえ両目を真っ赤に充血させその癖顔色は青い吉田が現れ、雨戸を慌てて繰り始めた。請じられるままに上がって見ると——赤茶気た座敷の東北に破れ障子に仕切られた窓《まど》があり上塗りも壁紙も無い壁が泥臭い陰気な臭いを放ち、部屋の片隅に脚の曲がった茶《ちゃ》餉台《ぶだい》兼用の真黒な小机が据えられ、その上に薬罐《やかん》と湯呑みと大きなインキ壺が載っていて、まだ何となく火の欲しい季節なので吉田は眼を真赤に充血させ家中を煙だらけにして火を起こしたが、その火鉢には灰が溢れ出るほど原稿紙の燃え滓や煙草の吸殻で一杯であった。吉田はその家で時計も新聞も無く標札すら貼らぬ世捨て人のような孤独な自炊生活を送っていたのだ。商家区域ですら夏以外の鎌倉は物淋しいから少しでも奥まると全く何の音も聞こえて来ない。私はあまりの静かさに「淋しくはございませんか?」と訊くと、吉田は青筋の膨らんだ握り拳の中へ力弱い咳を落としながら「……エ——高木という絵の勉強をしている人が時折訪ねてきますが、その人より他にくる者は一人もありません。もう半年以上もいるのですが……ずいぶんのんきなはなしで、まだ戸籍調べにもきませんよ。ふだんは私とそこにねているしらないうちにまぎれこんできた野良犬だけです。……」と答えて、顎で黒犬を差した。雑種ではあるが何処かに微かなテリヤ種の血統を引いているらしい犬は、睡た気な眼を屢叩《しばたた》いて主人と客とを代わる代わる眺めやったがまた物倦気《ものうげ》に眼を閉じて顎を地面につけてしまった。

雑談数刻……別れ際に私は冗談のように――「人殺しをしてお宅の押入れの中へかくしておいたら一週間くらいはわからないでしょうね？」と言うと、吉田も微笑して「……はは、そうですね、ここならすこしくらい声をだしてもあたりには聞こえませんからね。……」と答えた。

散歩をすれば自ずと知人の家の方角へ足の向いてしまう狭い鎌倉のことであるから、この訪問以来二人は互いに訪ねては話し合うようにさえなった。やがては吉田の稀な知人である青年画家高木にも紹介され（註・彼は長谷通りの煙草屋の二階に間借りをしていた）吉田と高木と私の三人の生活がその後一月二月と続けられて行った。私達は相互に仇名を持つようにさえなり（註・吉田は時偶《ときたま》如何なる体の調子からか、二日間ばかり食事も摂らずに、眠り続けることがあった。これを吉田は「吉田さんの無着陸飛行」と呼んだ。また高木は間食を一切せず、毎食正確に四杯喰い、喫茶店へ行っても珈琲は飲まず必ずミルクを摂り、早寝早起きの几帳面に、吉田は惘《あき》れて高木を「質実剛健士」と揶揄《からか》った。最後に私は、非常に散歩好きの所から「散歩魔」と呼ばれた。）……斯くて無着陸飛行の名手と質実剛健士と散歩魔は、膝を合わせると主として絵画、演劇、一般芸術に関して熾《さか》んな議論を闘わせるようになったのである。

＊　＊　＊

その夜は五月の清風明月の素敵な夜であった。吉田が次のような「怪談」を語ったのは……。

吉田と私は海を望《なが》める私宅の階上の露台で、はからずも夕刻から十二時近くまで vis-à-vis《ヴィ・ザ・ヴィ》の時間を過ごした、と言うのもその夜があまりに快適だったからで……月の懸かっている気帯は清澄なのだが、地上海面に近い辺りには春夜独特の薄布の薄靄が一面に降りて遠い地平線を被い尽くしその堺目が皆目分からず、あたかも一枚の広大な薄布を渚から天に向けて直角に張り立てたごとく海全体には立体感が無かった。そしてその薄い布——靄とも霞ともつかぬ気流を通して沖の燈台の灯や漁火や左右の岬の人家の灯が睡た気に光っている。海は湖水同然に鎮まり返り皎々《こうこう》たる月光を受けて黄金の衣のごとくきらきらと輝き渡っている……気が付いたら既に十二時だったのだ。「物騒だから50銭タクシでも呼びましょうか?」と言うと、意外や吉田は享楽的な眼差しで海を覗きながら——「今夜は寒くもなし月もいいから海岸伝いに歩いてかえります」と平然と答えた。臆病者の私が「およしなさいよ、吉田さん、夏とちがって今頃はキミがわるいですよ」と言うと、彼は私の小心が滑稽なのかニヤニヤ笑って「……たぶん私は幻想《ファンタジイ》を欠いているのか、どういうものだか平気な性《たち》で——ですけど、今夜のような月のいい風のない夜だと気味のわるくなることがあります」と前置きし呟くような小声で続けた。「——私、海岸をあるく時には、乾いた砂地は下駄の歯がめりこんで歩きにくいので、いつも波打ち際の湿った砂をふんで帰ってゆく習慣があります。怕《おそ》ろしいというのはその時の話で……月を背にサクサクと歩いてゆくとどういうものか独りでに足が左へ左へとむいて——海水の方へ進んでいってしまうのです。人は誰でも絶対に長さの等しい両脚をもっているもので はなく、私の脚は左が幾分短いのでしょうか、それと渚がゆるく海に傾斜しているので……どうしても歩いてゆくうちに、水にはいりそうになって困るのです。ハッと気づいて慌てて陸の方へ方向転換をするが、家へ帰るまでには二三度そういう目に会う。つまり海にひきずりこまれそうな気持ちになるのですよ。そして陸にむいてゆく時には何となく重苦しく意思に反した行動に感ぜられ、海に引きいれられそうになる時には反対に滑らか《スムウス》な足の運びを感じるというのは、ちょっと気味がわるくはないでしょうか？……夭折した詩人鍵井暴次郎の短編に――月夜の渚を歩く自身の影に「生物の気配」を感じ醜悪な現実に生きる第一の実体である自分に嫌悪を覚え、昼間は宛然《さながら》鴉牙吸飲者《オピアム・イイタア》の倦怠な時間を過ごし夜ともなれば渚を往還して第二の自身である「影」――それは最早単なる影ではなく人格を備え始めた第二の実体（見えるものへの領域に入り込んだ物体で）――その別個の自身に詩的陶酔を覚え、総ての現実感覚を超越して月光に憑《ひ》かれたまま、ハイネの詩《ドッペルゲエンゲル》を礼讃しつつ「月夜に昇天した男」の奇態な話がありますが、私の場合はそのような詩的厭世哲学に根拠をおいているのでもなくまたロオレライの唄声に誘われるわけでもありません。いわば気混れ《ホイム》な感覚……肌アイという奴で、こんないい月夜にボチャボチャ水の中へはいりこんでいったらどんな気持ちがするだろう、さぞやウットリしたいい気持ちだろうなア……といった、溺死の苦痛をすら快適に感じられるマゾッホ的な至極享楽的な気持ちなのですよ。無論私には理性があり直ちにそういう陶酔を嗤《わら》うのですが、先だって――故郷の貞雄のことを考えながら歩いていたら思わず両足をジャブジャブ踝まで濡らしてしまった時には、何ですかゾォウッとしましたよ。その場合何か環境の変化で自暴自棄になっているとしたら一体どういうことになるか？　私は奇妙な劇的自殺《ドラマテイツク・シユイサイド》を決行してしまうことになるのですよ。……」と吉田は語を結んだ。

話も嫌だがそれ以上に私は吉田自身に鬼気を感じた。五尺八寸の身長ある私が更に見上げるほどであるから有に六尺以上はあろう、そして目方が十三貫足らずだと言うからどれほど彼が瘠せッぽち《スキンニー》であるか想像できると思う。宛然骸骨の吉田が夜半の渚をふらりふらり歩いて行く姿を見たら、相当気の強い男でも避けて通るであろう。正直に言って、右の話を聞いた時も話としては面白いが朝になれば白々しく感じるほど現実感に乏しく、神経質な人間に有り勝ちの事大主義の一片だと嗤おうとしたが、更に交際を続けて行くうちに吉田はしばしば唐突に凶暴なことを言い出したり、生活にも何やら秘密気な所があるのを知るようになると、私には段々吉田という男が——薄気味悪く覚えて来た。と言うのは、吉田のあの風変わりな家を訪問する者が決して私と高木の二人だけでは無いということが判ったからである。

＊　＊　＊

或る梅雨の晴れ間の日、私が例によって長谷通りで散歩魔振りを発揮していると、或る薬局の前に自動車が止まって客席《シート》から纔《わず》かに顔の半面を覗かせ「……吉田さんですよ、そこのお饅頭やさんの裏の——間違えないでね……大急ぎですよ」と内部の店員に呼び掛けている女の片影を発見した。

「吉田さん……」という呼び名がふと耳に引っ懸かったのだ。立ち止まって顔を確かめようとすると、車は素早く彼女が洋装の踊子《ダンサア》風の女であることを認めさせただけで駅方面へ風のように疾走して行ってしまった。私は呆気にとられながらも、彼女こそ三年前見せられた写真の素敵な婀娜《あだ》女F子ではないかと直感した。吉田の生活に女が介在しているらしいことを嗅ぎ出したのは私ばかりではなく、それから数日の後私を訪ねて来た高木の話に、二三日前彼が吉田を訪問すると、彼がまだ空き地に足を踏み入れるか入れないかに障子の硝子《ガラス》から、獲物を狙う猫のような怕《こわ》い眼で凝乎《じっと》戸外を窺っていた吉田が間髪を容れずに跳び出て来て、「エーきょうはちょっと客があるんですがねえ……失、失礼させていただきます！」と呶鳴るように言ってポカンとしている高木を外へ追い出してしまった。その時障子を通して客の後ろ姿が微かに見えたが洋装断髪の三十歳前後の妖艶な女でやはり踊子らしかったと言う、そういう場面を他人に見られることが吉田には極度に恥ずかしいのであろう、高木が女の訪問者に出ッ喰わしたのはそれまでにも数回あり、女が泊まって行く夜もあるらしいと言う。

　とまれ——雲切れも無い泪ぐんだ空から千遍一律な雨がシトシトと落ちる重苦しい梅雨時になると、吉田は次第に衰弱して行くようであった。またしても神経病か胸の病でも出たのであろうか？（註・女が薬局で注文した品は何かの催眠剤なのであろう、彼が劇しい不眠に襲われていたから。）窗開けて人現れず梅雨の家——昼間はボロ船の底のようにジトついた部屋で寝床に潜り込んだまま仕事もせず、夜となりザザザン、ザンザザン……と単律的《モノトナス》な海の泣き声が聞こえ始めるとわずかに起き出でて、薄暗い電灯の下で物倦気《ものうげ》な瞳を空に向けたまま小机に肱を突いて煙草ばかりふかしていた。手首にはますます静脈が浮き出し眼は不気味な凶暴性を以て凹み、唇は黝《くろ》ずんで真っ青な額から宛然三角定規の鷲っ鼻に掛けて絶えずヌラヌラと生汗を垂らしていた。彼の「青い花」は一体何処へ行ってしまったのだろう？……こういう Nil-Admirari《ニル・アドミラリ》の彼が酷暑を前に突如「東京へ行く、秋になったらまた帰って来る」と言い出したのであるから、私は彼の健康が非道《ひど》く気になった。もっとも居たくとも夏季になると非常識に暴騰する家賃の支払い能力は彼には無かったのだが——。梅雨が明けると、鎌倉は長い冬眠から醒めた獣のごとく縦横無尽に、年一回の夏は浮わついたジャズ的な豪華を発揮し始めるのである。……

夏の鎌倉について何も事新しく語るには当たるまい、先刻御承知のことと思うから、私は直ちに最後の高潮場面《クライマックス》の前奏曲とも謂うべき何かしら不気味な暗示を思わせる惨忍な一事件を綴らねばならぬ。

＊　＊　＊

吉田が再び帰鎌《きけん》して、例の饅頭店裏の奥まった一軒家に住むようになってから私が第一回の訪問をした時に、気味の悪いことをやってのけてしまったのだ。

日中は暑いがさすがに日暑《ひあし》も短く黄昏れば冷や冷やとした風の吹く九月の六日――私が久し振りで吉田の御機嫌伺いに床屋帰りの散歩かたがた立ち寄った時のことだ。毎時《いつも》なら格子を開ければ尻尾だけでは足りなくて体中を振りながら一散に飛んで来る例の野良犬が何故か姿を見せない……と言って別に気にも懸けず空き地に足を踏み入れると、吉田が庭に下りて縁側の左手に備えてある手洗い鉢の前に立ち私に背を向けて頻りに手を洗っている姿が眼に映った。跫音《あしおと》を聞き突如振り向いて鋭く一眄した彼の眼の凄さたら無かった。それは彼の生活に何か異常が突発したことを語っている。私が更に一二歩前進すると吉田は両手をぶらんと垂らし私に対面の姿勢をとって彳立《ていりつ》した。日頃肉体が疲労している時は前髪が額に下がって仕方がないと言っていたが、その日の疲労は極度であるのか、毛髪が束のごとく虫気の強い眼まで垂れ下がり、体全体を絶えずビクビクと震わせていた。「どうしたんです?」と声を掛けようとするより先に私は彼の寒竹のような両手が真赤な鮮血に濡れている態《さま》を認めて、せっかくの声も咽喉《のど》に痞《つか》えてしまった。そして彼の爪の延びた足許には――例の黒犬の頭蓋を割られた惨殺屍体が四肢を硬直させ半開の眼には苦悶の痕跡を残し顎を血溜まりの地に摺りつけて横たわっていた。

吉田が殺《や》ったのだ！　私はそれでも彼の異様に興奮した模様からもっと大事件を予想したのであったから、犬であったことに安堵を覚えた。「一体どうしたというんです？」と私はできるだけ平静な調子で問い掛けると、吉田は「……私が、私が殺ったんです……どうした訳かこいつが急に吠えかかって噛みついてきたので、おちていた石で頭を叩きわってしまったんです……無論、無論殺す意思など毛頭なかったんです……こいつの自信ありげな顔つきが無性に癪にさわって……一時の逆上でカッとしてしまって……ああ、僕、僕は……」と喘ぎ喘ぎ答えると、胸が悔恨で苦汁に責められるものか、骨のような長身を顫《ふる》わせつつ私の眼前を檻の中の獣のように苛々しく歩き回った。一時の発作で罪無き犬を殺害した罪は大きいが、相手は主無き野良犬で飽くまでも犬に過ぎない。吉田に斯《か》ほどまで苦悶の必要があろうか！　況んや、相手が先に噛みついて来たのであるから、外部にも内部にも弁解と慰安の余地はあるはずだ。ここで最も問題となるのは斯様に繊弱に歪められた彼の病的神経である。大いに劬わらねばならぬ。私はこう思うと、屍体の始末など到底彼にはできそうにもないので、私自身取り掛かろうとすると、吉田は更に劇しい狂乱を見せ「……失、失礼ですが、Nさん、どうか帰って下さい！　私が……私がやりますよ！　余計なことはしないで下さい！」と悍《あせ》り立って私の肩と首筋を痛いほど摑み無理矢理に格子の外へ追い出してしまった。その手のぶるぶる慄《ふる》える強烈な感覚は、さっき当てられたばかりの床屋の電気按摩器を想わせたくらいである。

＊　＊　＊

　私は読者の退屈《ヴィエィユ》も顧みず、吉田がどういう人間であるかの大体の輪廓を摑んでもらうために、長々と陳腐な言葉を並べ立てた。筆を最後の破局《カタストロフィ》に転じよう。

吉田が犬を殺した日から三日飛んで四日目の九月十日、俗に言う二百二十日――この日の午前中は至極長閑《のどか》な秋日和で空には拳ほどの雲も無く、この分なら今日の厄日も無事に過ごせると思っていた総ての人の予想を裏切り、昼下がりからいやアに生温《なまぬる》い烈風が吹き始めると、夕刻になって、暗澹たる黒雲が簇々《ぞくぞく》と重なり合い陽の落ちるとともに小石のような雹《ひょう》を混じえた大粒の雨がパラパラと屋根を鳴らし始めた。人々が来たぞと思った瞬間には世にも物凄い大暴雨と変じた。最初のうち遠くの空で鳴っていた雷が次第に近付く気配が感ぜられ、やがてぴかりぴかりとあまり気味の好くない稲妻が閃き始めると到頭本物の大雷雨となってしまった。私は雷を愛さない性分なので夕飯後の散歩魔振りを発揮できないまま、階上の書斎で読み掛けのショオペンハウエル「人生達観」を読み出したが、戸外は……ブリキ罐に砂利を入れ振り回して発する音を何万倍かに拡声したような囂々《ごうごう》たる騒擾世界で、何分私の家は前方に遮る物の無い砂丘に在り、直接南方から荒海を渡って吹きつける疾風に家《や》の棟がぐらぐら揺れ出し、搗《か》てて加えてピカッピカッゴロゴロズシンズシンと来るのでどうにも達観できず「何て礼儀をしらぬ天気だ！」と愚痴を溢《こぼ》しながら階下の茶ノ間に避難して妻相手に雑談を始めた。

柱時計が九時を報じて間もなく……何者かが玄関の雨戸を力委せに叩きながら声を嗄らして「今晩はア……Nさん、Nさん……今晩はア、今晩はア!!」と呼ぶ声が嵐の音を通して微かに聞こえた。私と妻はハッとして聞き耳を立てた。吶声は続く――どうも家らしい。私は土間に下り「誰方《どなた》ですか!?」と吶鳴り返した。すると相手は「高木です、高木ですよ、ちょっとあけてくれませんか？」と答えた。私は何事があってこんな暴風雨の夜にやって来たのかと急いで戸を開けると、猪口《ちょこ》になった雨傘を持て余しながら高木がずぶ濡れの尻端折りで突っ立っていた。直ちに座敷に招じ入れ「一体どうしたんです！」と突っ込むと、妻の出した着換えの浴衣をまだる気に羽織りつつ――「実はNさんのお宅へ吉田さんが来ていはしまいかと思って……ついさっきまで僕の部屋にいたのですが、急にいなくなってしまったのです」と答えた。その様子が非常に不安気なので私も心配となり「一度もきょうは吉田さんとあっていませんがね、あの人について何かあったのですか？」と問い掛けると、高木は熱い茶で舌を焼きながらこんなことを言った――「実は吉田さんの子供貞雄さんが、盲腸炎で死んだのだそうです。一時間ばかり前このふる中を吉田さんが紙のような顔をして何者かにおわれるように『怕《こわ》い――怕い！』と喘ぎながら僕の部屋へにげこんできたのです。あの人は体中をぶるぶる震わせて『こんな嵐で私の家はきみが悪くてとてもひとりでいられないから今夜泊めてくれ』というんですよ。そして右手に握っていた電報を差しだしながら『高木さん、子供が……子供がね……死んでしまったんですよ』といい終わるとさめざめと泪を流して泣き始めたのです。いそいで開いてみると――サダ　オ　モウチヨウ　デ　シス　スグ　カエレ――とある。なにぶん四十近い人に泪を流されたのでどうして慰めていいか見当がつきません。茶でものめば落ちつくだろうと台所にたつと、それまですすりないていた吉田さんはピタリと黙り、今度はいっそうきみのわるいことに、まるで馬鹿か気狂いのようなポカンとした顔付きになって口の中で何やらぶつぶつ訳の分からない独り言をつぶやいていましたが……再び部屋へ帰ってみるといつのまにかあの人の姿がみえないのです。土間にははいてきた下駄がないので、吉田さん、傘もささずにこのふきぶりの中へとびだしたに相違ないのですよ。Nさんにあいたいともらしていたから、間違いがあっては大変といそいでとんできたのですが……やはりきていませんかねえ。……」

と高木は暗然たる表情を見せた。

一体何処へ行ったのだろう、吉田は？　私にも全然心当たりは無い。もし以上の話が事実だとすると飛んでもない事件が起こってしまったのだ。いや、高木が嘘を吐《つ》く訳がない。もし芝居を打つとすればあの底知れぬ吉田自身だ。が、子供が死んでそんな余裕があるであろうか？　高木は吉田が「何者かに追われるように逃げ込んで来た」と言ったが、吉田は一体何を怖れていたのであろう？　が、私の怪奇を嗜まぬ性分は飽くまでも平凡な解釈を下そうとし、吉田は私以上の雷嫌いで雷鳴を聞くと下痢をするくらいだから、もうしばらく待てばこうしているうちにも人懐かしがる彼の姿を見ることができるであろうと結論した。だが高木は私の解釈には不服らしく凝乎《じつと》黙って何事かを考えていたが、突然キラリと瞳を光らせると「――ね、Nさん、吉田さんは海へはいりこんでしまったのではないでしょうか？　ホラ、いつかNさんいってたでしょう、吉田さんが海の中へザブザブ歩みいってそのまま帰ってこなくなるという話を！……ね、ちょっと、海をのぞいてみませんか？」――と飛んでもないことを言い出したのである。私は高木の野方図《のほうず》も無い空想を嗤った。吉田がいくら物好きだと言って、かく暴風雷雨の夜に仄かに快適な肌アイとやらを感じて海水に歩み入る訳がない。それまでの緊急な場合が高木の一言によってほっと救われたような安易な気分にさえなったのである。だが私もそうは言いながら、ふッと不安の気に押されて、立ち上がって階上に至るや、不承無精、海に面した露台の雨戸を一尺ばかり開け放った。

サアッ！……と烈風が吹き込むと水を浴びるよう、大粒の雨の塊が踊り込んで来た。慌てて硝子《ガラス》戸で侵入を防ぎ、戸の隙間から首を揃えて渚を窺うと……空は文目《あやめ》も分かたぬ暗黒で一物も目に入れることはできなかったが、断続的に雷鳴に先行する物凄まじき稲妻の閃光は、スピイド・モンタアジュ的に荒狂う海面と拉《ひし》がれた草木雑草を映し出した。そして、これはまた何と言う神様の思し召しだ！——私の家の真ん前の渚に真白い浴衣を纏い脊の高い無帽の男が立っていて、徐々に徐々に暴海に歩み入ろうとしている姿が瀝々《まざまざ》と眼に入ったではないか？

「あッ、吉田さんだ！」——私と高木が思わずこう叫んだのは正確に同時であった！　私は素早く雨外套《レエイン・コオト》と雨帽子《レエイン・ハツト》を付けると高木を促して戸外へ跳び出た。が、私達が岩を転がすほどの雨風に妨げられつつ砂丘の突端に達した時には、吉田は最早腰の辺りまで水に浸り、次の閃光を待つ頃には次第次第に深間に塡《はま》って行く「嵐の夜の昇天」振りを目撃するのみでどうすることもできなかった。

　諸君、試みに想像したまえ——「真黒なあたかも墨汁を流したような雲々の間を縫い眩いばかりに閃きわたる稲妻の燦然たる光の氾濫」を！　或る時は山のような激浪と闘い鎮まれば牛のようにのろのろと海に呑まれて行く吉田の形容できぬむしろ超自然の発狂振りを！　二人の目撃者——散歩魔と質実剛健士とは救助の不可能と恐怖を覚える暇《いとま》も無く、彼無着陸飛行士の体から発する不気味な妖光と、大自然の無意識に芸術的効果を挙げた舞台装置に圧倒されて身動きすらできず……西東に相闘う稲妻の下で、濡れ鼠のままあたかも男女の抱擁のごとく確乎《しつか》と抱き締め合い、首だけ海の光景に向けて突っ立っていた。左方飯島岬と右方稲村ケ崎の各突端を結ぶ無限広袤《こうぼう》たる地平線は吉田の死霊を焦燥を以て待ち侘びつつあるごとく宛然手招きの調子で荒れ狂い、ビリッビリッズシンズシンと閃光が赤味を帯びると雷鳴はますます数を増し、それ自身衝突し合う海面が白昼のごとく映し出され、あれほど雷を怖れていた「骸骨」は雷に守られる大自然の精霊のごとく悠々と波に揉まれたまま……斯くて最後に、高浪の天辺に手足を延ばして気を失った吉田の体が瞬間的に見えたが、たちどころに底知れぬ暗黒の海に姿を没してしまった。

神秘を否定し異様《ウトレ》を嗤う私の常識主義は敗北したのである。……

翌朝はケロリとした秋晴れで、昨夜の嵐を何処で過ごしたものか——無数の赤蜻蛉《あかとんぼ》がすいすいと青空を網目模様に飛び交うていた。だがこの日も更に私達を驚かす事実——主を失った吉田の借家の押入れの中から或る物体の腐敗臭がH饅頭店主人によって嗅ぎ出され、内部に若い女の屍体と一匹の黒犬の屍体が発見せられたのである。参考人として屍体検分に立ち合わされた私と高木は、かつてバア・アオオニで見た裸体写真の露出症患者F子に相違ないこと及び最近吉田の家をしばしば訪問していた踊子風の女であることを証言した。二人は結句同一人物だったのだ。屍体とともに一挺の血塗られた短刀が隠されてあった。そして犯人は吉田に相違なくそれが凶器と断定され、腐爛状態の裡にも瞭《あき》らかに犯行時を想わせる刺創が頸部に残っていた。吉田はF子の屍体に或る種の動物的遊戯を企てたのであろう、「牝」は最後の姿を全裸に曝し年とともに脂の増した四肢を淫らがましく開いていたが、その卑猥感はちょっと素敵だった。私も吉田の「病的」に感化されたのかも知れない。その圧迫感が私に屍体の描写を強制するのだが、卑猥に渉ることでもあるし潔癖な紳士淑女的読者の怒りを買うことを虞れ遠慮する——と言っても実は、私自身も付け焼刃で、それから五日間ばかり飯が不味くて弱った。

ところで——一体何故?……そしてまた何日《いつ》?……吉田はF子を殺害したのであろう? 脚

の折れた真黒な茶餉台《ちゃぶだい》の上に文鎮代わりのインキ壺に押さえられた、吉田が失踪間際に綴ったのであろう真白な私宛ての遺書が発見された。

余白にはインキの色褪せた字で

ただ人は情けあれ夢の夢の夢きのふはけふのいにしへけふはあすのむかし……一匹の猿、墓の上に踊る……日ねもす夕ぐれまでわれは見守りつ雨の窗がらすのうへ打ちたたくそのうれたさ……

——と連絡無き詩句が落書してあり本文には次の字句がこれは新鮮に走り書きで誌《しる》され、それによって彼の発狂死の原因も推察することができたのである。次に再録して本篇を結ぼう。

・・・

Nさん——貴方はいずれ私が忌むべき殺人者であることを知って驚くことと思う。私は一人の（いや「一匹の」といった方が適切かも知れない）……女と更に一匹の犬を殺して押入れの中へ隠して置いたが、その女こそかつて話したことのある、異性に女の愉悦を身を以て教えるために生まれて来たあのF子だったのだ。何故私があの牝を殺したか？——この問に答えるものこそ常日頃怖れていたサードイズムの実践に他ならない。いや厳密にいえば、この殺人の動因になったものこそ一匹の犬だ……私は愛していた犬を一時の逆上発作で頭蓋を叩き割ってしまった。が、元々善人であるのか私の悔恨はもじ通り断腸の想いであった。神に懺悔をしたいほど苦しんだ。私の目からはどれほどの泪が流れたことであろう……私はそれから二時間ほど後訪ねてきたF子を全くささいなことから――というのは私の犬に対する悔恨を嘲笑したからだ、私は逆上をけすために更に大きな逆上を欲して彼女を殺してしまった。私には在来の殺人者の毒喰ワバ皿マデという気持ちが理解できるような気がする……良心の呵責に堪えられずその苦悩をけすために更に大きな過失を犯そうとする気持ちを！　F子はさほどの声もたてずに地獄へおちた。悦楽に脆いものは死にももろい。F子をやってしまってから私は自殺を決意した。が、貞雄のことが気になってどうしても死ねなかった。今こうして貞雄の死報に接し軽がると死んでゆくことができる。あの日貴方はF子を殺した直後にこられた。洗い落とす血を犬の血と思ったかもしれぬが……もし貴方があのままいつまでも帰らなかったらF子への悔恨の苦しみをけすために貴方まで血祭りにあげたかしれない。貴方は帰ってくれてよかった、あの時、本当に！　今夜はひどい嵐だ。風音や雷鳴に混じってF子の嘲笑やら歔欷やら嬌泣が響いてきて怖ろしい。私はどこかへ逃げだそう、どこか誰もいないところへ！　これ以上もうこの恥多い姿をさらさないですむ、くらい……くらい……なんにも見えない世界へ……！

土蔵

序——筆者は或る機会から左の七種の書簡を蒐めることができた。最初の一通は偶然手に入れたのだが残りの六通には非常な努力を費やした。如何にして手に入れたか？……その間の事情は語らずともよい。筆者はそれらを左に掲げることによって如何なる人生が展開するか読者諸氏に知ってもらえばいいのだ。断って置くが、書簡を通じて現れる事件は今から五六年以上も前の出来事である。

第一の書簡

註——息子より母へ宛てたもので、東京K区B堂製原稿紙約十枚に亘り字詰めを沓まずペン字で正確な楷書で認められたもので、文字は仲々旨く、これが二十一歳の青年が書いたものかと疑われるほどである。叮嚀に二つに折り重ね、端がクリップで止めてある。文中横文字は、横に、すなわち本文と直角に交わるように誌してあるが、便宜上縦に直した。固有名詞は或る部分仮名を用いた。

お母さん、僕、こないだお母さんと一緒に見たジャック・フェデエの「雪崩」の少年主人公のように、冒頭に Mother, I am unhappy《マザア・アイ・アム・アンハッピイ》 と書かなければなりません。僕は不幸《ふしあわ》せなのです。一体今の僕の気持ちを不幸などという簡単な言葉で説明できるでしょうか？　いいえ、僕の心は絶望で打ち拉がれ、狂的なほど死への憧憬がのたうち回っているのです。その苦痛は到底不幸などという生温《なまぬる》い言葉で説明はできません。堪えられず二十一の年を最後として、学校もお母さんの愛も捨てて、どこかへ姿を消してしまおうと決心しているくらいですもの。お母さんは、藪から棒にこんな手紙を残して僕がいなくなったら嘸《さぞ》や驚くことでしょうね。僕、その理由をいいます、いったって仕様の無いことだけど。……

不幸という奴はとてもずるい奴で、時折幸福の仮面を被って僕達を誑《たぶら》かすことがあります。僕達がその幸福を有り難がって思う存分味わっていると、たちまち本性を現し、突如僕達を苦悩のどん底に突き陥してしまうものです。お母さんと僕はあの関東大震災のあった年、暑い暑い夏を逗子の桜山で過ごしたのでしたね。僕の不幸も最初は幸福の仮象を以て僕の心を捉えてしまったのでした。お母さんも知っているでしょう。僕とエセル――Ethel Livingston《エセル・リヴィングストン》 というアメリカ娘との恋を？　僕はそれが絶望への落とし穴であることも知らず、お母さんの寛大に甘え初恋の有頂天に乱酔するまま、ズルズルだらしなく抑制を失って行ったのです。

僕が初めてエセルと相目見《あいまみ》えたのは、あの年の七月上旬の暑い日の午後のことでした。あの頃僕釣竿を担いで近所の川――湘南電車が眼の前の崖上を轟々鳴りながら通る小さな澱みへ、毎日毎日鮒を釣りに行っていましたね。その日も四五寸の鮒を五匹も釣り上げ、背後の林で蜩が寂しい声で鳴き西の空が真っ赤に夕焼け川面《かわのも》に冷たい風が吹き始めると、僕はお母さんに大漁の自慢をしようと立ち上がりました。その時背後でがさがさ草を踏む音が聞こえて、二人の異人の少年が糯竿《もちざお》を持って蟬を捕っているのに出会ったのです。二人は笹の被せてあるバケツを持った僕を見ると、とても馴れ馴れしく近寄って来て何事か囁きながら笹の下に隠れた魚の有り様を覗き見るのでした。その様子があまり欲しそうなので僕はちょっと得意になり“May I give you some《メイ・アイ・ギブ・ユウ・サム》……?”というと、二人は案の定とても喜んで“Oh, gimme!《オオ、ギムミイ》 gimme!《ギムミイ》”と口々に叫びながら可愛らしい両手を差し出すのでした。二人の家は錯落たる松樹に取り囲まれた、何となく暗い感じのする灰色の壁の馬鹿デカイ和洋折衷の家でした。僕は一緒に門の前まで行って獲物を一匹宛与え、長い樹の影を曳いた砂路を何となく意気揚々と帰って行きました。数間行って何気なく振り返って見ると、蒼錆びた石造の門前に純白の服を纏うたとても美しい女の人が二人の少年と手を繋ぎながら立っていて、じっと僕の方を見送っていました。お母さん、その女がエセルだったのです。エセルは半面に明るい夕陽を受け美しい金髪をきらきら輝かしながら絵から脱け出た処女のように物軟らかい微笑を湛え、とても素晴らしいポオズで立っていました。ああ、カナカナの鳴く堪らなく淋しかったあの日……そして僕を一生の惑乱に陥れたあの日よ！

　それから間もなく――僕はエセルと二人の少年達、三人の姉弟と海岸へ出て玉転がしを作ったり波乗りをしたりすることができるようになりました。こうして僕には眠られない夜が二晩三晩と続いて行ったのです。エセルは映画で見るようなヤンキイ・ガアルらしいお転婆の明朗さはなく、段々交際《つきあ》って行くうちに肉体もあまり健康でないことが分かり、泳ぎすぎると直《じき》お腹《なか》をこわすといって庭の木蔭で本を読む日の方が多く、いつぞや訪ねて行った時など、英訳された芥川龍之介の短篇集 Rashomon を読んで面白いといっていました。彼女の、花の落ちかけた庭のサルビアのように、いつも面に微かな愁いを湛え哀し気な眼差しをしている所が、早くから父を失った僕の暗い心を捉えてしまったのです。或る日のこと僕が自分で英訳した「桃太郎」のノオトを持って少年達に“Once upon a time《ワンス・アポン・ア・タイム》……”と音読してやり、読み終えて何処が面白いかと訊いたら、窓から首を出して聞いていた母が、「桃の中から桃太郎が生まれてくる所が面白い！」といって大きな肩を揺す振り何だか下品な調子で笑っていました。父は横浜にいて週末から日曜にかけて来るだけで、母という人もエセル達とはすこしも似ていないガサツな感じのする人で、三人の姉弟達は少しも彼女に甘えるということがなかったようです。僕の心は段々モヤモヤした熱っぽい感情で揺す振られ始め、或る夜、うなされながらとても淫らな夢を見てしまいましたが、その翌日、僕とエセルは夕方から人の誰も登らない近所の山に登って、地面や草樹が暑い陽をすっかり吸い取り空が段々暗くなって来る頃、とんでもない過ち、越えてはならぬ垣を到頭超えてしまったのです。僕が十八、エセルが二十、そしてエセルを知ってからわずかに一月余の後です、お母さん、おどろいたでしょう。僕は何て早熟なんだ、寂しがりやの二人の消極的な心が確乎と結ばれてエセルの泪を混じえた劇しい情熱に僕負けてしまったのです。……

　それから後エセルの健康が次第に損なわれて行きました。悲しみはそればかりでなく、月末には逗子に住むエセルを残して帰京しなければならないのです。八月三十一日！　その朝僕は別離の悲哀に拉がれ蒼白な顔をしたエセルと、秋の間近に迫った海辺に足を浸しながら歩き回りました。彼女は Gide《ジイド》 の La Porte etroite《ラ・ポルト・エトロアト》 に出て来るとかいう Baudelaire《ボオドレエル》 の詩——やがて冷たき闇にわれら沈まん、さらば束の間の、われらが強き夏の光よ！……と呟きながら不気味なほどの愁いに沈んでいるのでした。帰ってから僕、お母さんに総てを告白して彼女との結婚を許してもらおうと決心していたのです。――ところが僕の帰った翌日が、何ということでしょう、あの日一日の大地震でした！　僕達の本郷の家は無事だったが、海に近いエセルの家はどうなったでしょう！　逗子には潰れた家も尠くなくその上津浪もあったそうだから、エセルは死んでしまったに相違ない、エセルのお父さんの会社が横浜に在るが、横浜もあの通りで問い質す訳にも行きません。せめて当てにしていたエセルからの便りもなく二月三月《ふたつきみつき》と過ごすうち、到頭僕肺病になってしまったのです。僕は死ぬと思った。だってお父さんが肺病で死んだんだもの。そうでしょ、お父さんは僕が四つの時肺病で死んだとお母さんは言いましたね？　幼年時代の記憶は更にありませんが、何だか僕、お父さんのような人に時々抱かれた感じが残っているような気がします。でも神様はまだ僕を見捨てなかったものか、三月足らずの病臥生活で再び起き上がることができました。いや、神はやはり惨酷だったのだ、僕、あの時肺病で死んだ方がマシだった！

エセルは死んだ、あの地震で潰されるか流されるかして死んでしまった、こう信じながらも恋しくて恋しくて堪らず、ちょうどあの日は寒い風の吹く日で、僕はジャケツをたくさん着込んでそっと逗子を訪れました。エセルの家の付近は予期の通り荒涼たる有り様で野原のような殺風景な空地が寒々と拡がり、数人の大工がカンキンカンキンと金鎚の音を響かせていましたが、家々の復興はまだまだ間のあることを思わせました。僕は首垂れたまま駅の方へ引き返さなければならなかった。が僕、余計な所で引っ懸かってしまった！　お母さん御存知でしょ、あの年の取りつけの八百屋秋元源蔵の店――店の前を通り過ぎようとしたらちょうど主人が出ていたので、思わず声を掛けてエセル一家の動静を訊いてしまったのです。親爺《おやじ》は僕をよく覚えていて、母親や弟達は無事で故国へ帰ったとのことだが、ただエセルだけが死んだと答えました。「潰されたの、流されたの？」と訊くと、親爺はケロッとした調子で「いや潰されも流されもしませんよ。あのエセルちゅうお嬢さんは三十一日の夜に毒をのんだんですよ」と答えるじゃありませんか。僕はギョッとしました。エセルは地震で死んだのではなくその前夜自殺してしまった。その自殺体だけが津浪に攫《さら》われて行ったというのです。これはどうしたことでしょう？　エセルに一体どんな自殺の動機があったというのでしょう？　僕は烈しい狼狽を押し隠し恐る恐るその動機を訊き返すと、主人は……ああ、お母さん、何と答えたと思います？……ああ、今、ここに、その名を誌すことさえ怖ろしい！　でも、今更躊躇した所で始まらない、思い切って書きます！　エセルは、お母さん、R……RAI……LEPRA……癩！——だったというのです。僕は思わず「えッ？」と訊き返さざるを得なかった、すると主人は相変わらず無感動な表情で「癩に間違いはないそうで、何でも体にボツボツ出てましたよ？土地の者ああの異人さん一家のことをみんなで癩病屋敷と呼んでえたくらいですよ」と答えるではありませんか？　僕の全身はいいようもない不気味な力で握り締められるように覚え視線が定まらなくなると、誰かに体の急所を摑まれて空に釣るし上げられるように感じて、そのまま店先に脳貧血を起こしてしまったのです。

お母さん。その後のことは精しく書く必要はありません。既に第一病状がこの僕自身に現れた今となっては！　これは何という恐怖でしょう、清浄だった僕の血管に無数の鈍い面付《つらつ》きをした癩菌が刻一刻腐蝕への活動を営んでいると想像することは！　エセルの肉体から奴らは首を揃えて新しい獲物に乗り移って来たのです。お母さんは覚えているでしょう、僕の頭に一銭銅貨くらいの大きさの禿が天辺に一つ後頭部に一つ一時に落髪したのを？　僕がべそを掻いてその赤茶けた部分を見せたら、お母さんも癩を直感したのでしょう、真青になって眼を引き攣らせ、へたへた畳に崩れてしまいましたね？　お母さんは僕以上に癩を怖れているのだ！　そういうお母さんに、僕は癩です、どうしたらいいでしょう、などと縋りつく訳には行きません。それのみかお母さんは僕に、あの日医師に診察を請うことを禁じました。お母さんはあの医者が好きなんでしょう？　だから自分の子供が癩であることを知らせるのを怖れたのでしょう？御安心なさい、あんないやらしい奴に診てもらうことなんか僕の方で真平御免です！　お母さんのことをケイ・フランシスのようだとか、昔からちょっとした風邪でもお母さんはすぐあの医者を呼ぶではありませんか。死んだお父さんが可哀想だ！……彼奴が側へ来ると、蚰蜒《げじげじ》に襟首でも這われたようにゾオッとするのです。金縁の眼鏡をかけて、気障な髯を生やして……いつも舶来煙草を吸っているいやらしい爺！

　別の医者は僕の落髪を円形禿頭症といって臭い塗り薬をくれ、一日置きに人工太陽灯の照射を受けるようにいいました。「癩ではありませんか？」と幾度咽喉まで出かかったか知れません。けど、怖ろしくてその勇気はなかった。医師には誤診ということもあるし、僕がいい出したことによってウッカリ癩菌検査などされては堪らないからです。近頃では単に皮膚ばかりでなく、眶《まぶち》が痛んだり関節に重苦しい鈍痛を覚えたり、神経癩の症候さえ現れ始めました。僕はもう癩に相違ないのだ‼　ああ……僕、肺病で死んでしまえばよかった、それよりいっそ生まれて来なければよかった。お母さんどうして僕を生んでくれたのです？　この恐怖が明日《あした》も明後日《あさって》も、一年も二年も……僕が息づいていて行くことを想像するのは何たる絶望だろう！　僕はもうお母さんの前から逃げ出します。この家で醜い腐爛体を曝してお母さんに迷惑は掛けたくはないのだ。「この世の第一の幸福は生まれないことだ。第二の幸福は一日も早くこの世を去ることだ」と或る外国の詩人がいっていた。……

ではさようなら！　決して僕の行方を探索して下さってはいけません、どんなことがあっても絶対に帰って来ない心算《つもり》ですから！

さようならお母さん、永久に！

第二の書簡

註――八百源主人より母へ宛てたもので、半紙二枚に薄墨の筆で書かれた金釘文字である。文中誤字脱字など眼につくがそのまま再録した。

拝啓　御天気不須《じゅん》之折柄益々御清栄之段奉賀候、先日は私議留守中御出被下其上御ミヤゲ迄頂戴致志《し》何共申訳御座無候、御子息務様如何御過志ニ候ヤ御伺申上候、成積良好ニテ御進級ノ御事ト存上奉候、却説、御問合ノ件、即チアノ異人サン一家が癩ナリヤ否ヤノ件ニ就ハ私方モ一所懸めい調上申候ガ、何分古イ話デ志ツカトハ申上難ク候ガ、いつぞや務様御立寄被下志折申上ゲタル事ハ全ク根モ葉モ無キ事ニテ、エセル嬢ト申ス異人娘ハ癩デモ何デモ有マセン、事が今日ニ至リテ判明致候、ナレド三十一日夜毒ノムダ事ニハ間違是無、何でもサル日《に》ツ本人《ぽんじん》ト不義ヲ致志情ヲ通志《つうじ》タル事ガ彼ノ嬢ノ継母ニ知レシドク叱ラレ申志タルガ原因トナリ神経ガ過敏志テ脳天ニ異常トカヲ呈志タル旨家ノ若イ者ガ申居候、アノ継母ハ有名ナルあだちがはらの鬼ばばアニ御座候、務様御立寄ノ折知テ居テ出たらめヲ申上タノデハ御座無くアノ家ノ余リノシワンボーニ土地ノ者ハ口々ニ癩病屋敷ト蔭口ヲキキ居候。

就マ志テハ夏モ間モ無クノ事ト存候、本年ノ夏ハ何処ニ御避暑遊バス御予定ニ御座候ヤ、成ルベクナラバ逗子ニテ御過被下度仗而懇願奉候、私儀此度海岸近ク新築之家二軒増築致候、シヤワー付キニテ夏場之御客様ニ是非共御貸致度、四間之方ガ七月八月デ参百五拾円也五間之方ガ同ク四百円也ニ御座候、御暇之折是非御立寄リ被下度其節ハ御案内申上候。

右、御問合之件御答旁々相変ラズ御ヒー気之程一重ニ御願迄

草々

第三の書簡

註——母より息子へ宛てたもので、芭蕉模様の浮き出したレタア・ペエパア五枚に、細いペン先、コバルト・ブルウ・インクで巧みな筆蹟で誌してある。所々涙を落としたらしい汚点がついている。

務さん、お母さんはとうとうあなたをみつけました。あなたのいどころをやっとつきとめることができましたのよ。でもそのためにはたいへんな骨折りをしてしまいました。ふいに訪ね

ていってつれもどそうとは思いましたが務さんは意地ッぱりだから先に千束町の合宿に手紙をかいて、今晩中につくでしょうからその上で明朝おたずねします。どうぞお母さんと一緒にかえって下さい。務さんのいない三月《みつき》というもの、たった一人のお母さんははらわたをきられるようなつらいかなしい日を送りました。同封の八百源主人の手紙をごらんなさい。エセルさんはそんなおそろしい病気でもなんでもないじゃありませんか。あなたの清浄なからだがあんな浅草のゴミゴミしたレヴィウ小屋などのすさんだ生活に沈湎していては、それこそけがされてしまいます。お仲間の人たちとねとまりしている千束町の合宿とかも、周囲にはきたないバアやカフェや居酒屋などのならんだくらいおそろしいところではありませんか？　顔に絵具をぬったり大道具とかの金鎚をたたいたり……そんな日々をおくって務さんはみたされているのですか？　務さんのしらないうちにこんな探偵みたいなことをしてごめんなさいね、でも、こないだは務さんがK＊＊＊劇場の舞台に出て、ピエロのような衣裳をきてジャズ・ダンスとやらをおどるのをみていたら、泪がぽろぽろこぼれてかなしくて仕方がありませんでした。せんだってはは千束町のお家を遠くからのぞいてみましたが、もうおひるちかくで世間ではみなさんが仕事をしているというのに、雨戸はしめきられ二階の落ちかかったてすりには前夜くいちらかした茶碗や徳利や盃などがらんざつにすててありました。務さんがどういう生活をすごしているか大体の想像ができて、お母さんはどんなにつらい思いをしたことでしょう！……よしんば務さんがどんな病気をもっていたとて、お母さんはいつもあなたと一緒にいます。決して決してはなしはしません。どうしても生きてゆくのがいやなら、お母さんと一緒に死んで下さい！務さんだけが私の宝です、希望なのです！……

務さん、あなたはあまり神経がつよすぎるのです。お医者さまも円形禿頭症といったというではありませんか？　務さんは腺病質だから毛髪営養もふそくなのでしょう。そのほかのささたる症状はみなあなたの妄想が生んだものです。

務さん、どうか一緒にかえって下さいね。明朝たぶん務さんがねているころたずねてゆきます。たずねられるのがいやなら、どうか着物も荷物もなにもいりませんから千束町の電車停留所まえにたってまっていて下さい。務さんあんなすさんだ生活に満足できず、どれほどさびしい思いをしながらお母さんのゆくのをまっているか、お母さんにはよオくわかります。そして家へかえって務さんのこころから安心のゆくよう、いいお医者さまに診察していただいて、無毒であることを証明していただきましょうね？

では、明日。……

第四の書簡

註——老医師より母へ宛てたもので、無罫の真白い紙二枚にブラック・インクで書き殴ってある。文字の右肩が極端に上がっているのが目立つ。

前略　御依頼に拠り去る五日御子息務君に関する癩菌有無の検査及び診察のため該病専門たるＴ＊＊＊大学附属病院皮膚科教室の知人医師に同君を紹介し置きし所、昨日同医師より検査後の正確なる返事有りたるを以て御答申上候。務君は中途極度なる狼狽を見せ診察を拒絶せしも医師は断固たる手段を採り、太腿部内側に癩を疑わしむる病変を認めたるを以てその病変有る部分と健康皮膚との境界以内を切り取り、組織標本を造り尚予備補助手段として鼻腔粘膜切片乃至膿汁を取り上げ厳密なる検査法を行いし所、両者に於いて瞭らかに癩菌の存在を発見せしとの由にて、私信なれ共其の旨記載有る書簡同封致置候間何卒御覧被下度候。「皮膚病竈検査の結果癩菌陽性」とは洵に意外の極みに存じ候。務君が何処より彼の恐る可き病菌を得しや又何日頃より保菌者なりしや全く想像至難のことにて知人医師に再度其の旨問い糺せし所、相当悪性の癩菌にて全治は全く困難の由、尚拙者の診察する所に拠りても一目瞭然たる皮膚癩の症状を呈し居り、病菌は相当猛然且多年に亘りて腐蝕作用を営み居りし事推察に難く無く二期三期の重篤患者にて、至急適当なる療養所に隠匿隔離の要有る者と御忠告申上候。今日に至る迄何故気付かざりしか余りの不注意無責任に御座候わずや。尚今後の拙者との御交際は平に御断り申上候間何卒此旨御履行被下度願上候。此返事が貴女に対する最後の訣別状に御座候。

右、取急ぎ御返事まで　匆々。

第五の書簡

註――息子から母へ宛てたもので、母のレタア・ペエパアを用い、乱雑極まる走り書きで、所々にインキの斑点を飛ばしている。文字に第一の書簡のごとき正確さは無く、用紙にも皺が盛り上がっている。

お母さんの嘘つき！　お母さんの嘘つき！　お母さんの嘘つき！　僕やっぱり癩じゃないか⁉　僕、鼠のように素早く、あの狒々爺の手紙読んだぞ！　僕何て人がいいんだ、お母さんの言葉にウマウマと欺されて……お母さんは八百源を買収してあんな手紙を書かせたんだな？お母さんは以前から何もかも確信して、路上で腐蝕するのを見るに忍びず、内のあの真暗な土蔵の中へ幽閉しようとしたんだ。あの不気味な古井戸のような土蔵！……どんな魔物が潜んでいるか分からない底無し沼！……物心ついてから今日までお母さんはあの土蔵を世界中で一番怕い処であるといいきかせ、僕がちょっとでも把手《とって》に触れようものなら気狂いのようになって止めていたではありませんか？　そこへ僕を抛り込もうとペテンにかけたのだな⁉　お母さんの馬鹿！　僕はもう子供じゃない、お母さんより力があるんだ。殺されても僕は逃げる、逃げる、逃げる、逃げるんだ！　癩患者には法律も社会も道徳もない、ただただ生存欲が強いんだ！　肉体の崩れを凝視しながらでも生きて行きたいんだ！

もうどんなことがあっても捕まらないぞ！

第六の書簡

註――母から息子へ宛てたもので、旅館などに備えつけてある平凡な縦罫のレタア・ペエパアに読み難いほどの薄い鉛筆で認められ、相変わらず達筆だが、ひどく手許が乱れている。細長く畳まれて結んであった。

務さん、お母さんはこの最後の手紙、この手紙を東京からずっとへだたったとおい日光の湖畔の旅館でしたためているのです。お母さんには務さんのいどころがわかりません。でもほかにだれも名宛て人をもたぬお母さんはあなたにあててかくよりか方法がないのです。

務さん、お母さんは務さんにおいてけぼりにされてからくるしい日々をおくるうち、とうとうとんでもない大罪をおかしてしまいました。日高医師とその道づれに日高のあたらしい愛人をいまさっきピストルで射ちころしてきたのです。お母さんの手はまだ煙硝くさいくらいです。お母さんはどうして日高をころしてしまったのでしょう?……もうじき二人の屍体も発見されてやがてはお母さんも警察のひとたちにつかまるでしょうから、そのまえにお母さんの罪の動機と、きょうまで務さんにも世間のひとたちにもひたかくしにかくしてきた私たち一家のふたつの秘密をここにばくろして、お母さんも毒をのみましょう。

務さん、お母さんはあなたが非難するようにほんとうにひどい女です。不貞な淫奔な恥しらずな女です。お母さんはずいぶん長い間良心とお父さんの亡霊とにくるしめられながら、みにくいみにくい生活をおくってきました。お母さんほどの年ごろになると、人生が漠然といいようもないほどたよりなく感ぜられ、夢をうしない、精神的なものの一切がばかばかしくなって官能神経ばかりが敏感になるものです。愛するでもない恋するでもないまったく中途半端な気持ちで、ズルズルとあの日高とみにくい関係!――務さんの指摘したことはみんなほんとうです――をつづけてきました。ああ、それを悦楽とよぶことができるでしょうか、いいえ、まだどこかに良心の滓がのこっているお母さんは、どんなにかくるしい想いで人の世のたよりなさをけそうとしたことか! 愛しても思ってもいない不潔な男、相手もまた真剣に私を愛してくれようなどとは夢にも思わなかったくせに、ほかに愛人をつくったことをしった時のお母さんは、くるいまわるほどの嫉妬をそのあたらしい女におぼえるのでした。それのみか務さんまでがはっきり癩と確定され……ほんとうにお母さんはあなたをよびかえさなければよかった。ひさしぶりで千束町の電停であなたをみかけた時、あなたのまるでルンペンのようなみじめな変化には、予期していたゆえそれほどおどろきはしませんでしたが、お母さんのおどろいたのは、あなたがまちがいなくあのおそろしい病気の初期症状――顔面腫脹をあらわしていたことです。半信半疑でいたものの眼前にあのすがたをはっきりみてこころはふるえおののきました。土蔵！……あのおそろしい土蔵が私のこころに浮かびあがったのです。青白いぶきみな艶のういた顔を伏目加減にじろじろ泥棒猫のように伺っていた務さんのみじめなすがた！

　でも務さんはエセルさんを恨んではいけないことよ。エセルさんは癩でもなんでもないのですから。エセルさんの一家はほんとうに不幸な家庭でほんとうのお母さんはエセルさんが十歳ぐらいの時になくなってしまい、あの時のお母さんはなんでも支那でいやしい職業をしていたひとで、わかい時から家庭にめぐまれなかったエセルさんはたえず生活の不安をおぼえていたところ、務さんとの関係がしられて継母にとてもひどく折檻されたのだそうで、もともとからだのよわいエセルさんは前途をはかなんで死んだということです。務さんは「では僕はどうして癩なのだ？」ときくでしょう。務さん、きょうまでかくしていたけどもういいましょう、おどろいてはいけません、お父さんは肺結核で死んだのではなく、実はお父さんこそ癩だったのです！　お父さんはあなたがふたつの時に発病し病勢はぐんぐんすすんで二つの時まであの土蔵にかくれ、それからまもなく、O＊＊＊市G地の療養所にのがれそこでなくなりました。私たちはこの秘密を極度に警戒し、一切世間との交通をたち、だれにも、あの日高にすらさとられないことに成功しました。でも想えばふしぎです、あれほど伝染しないように警戒し、しかも務さんが三つの時までだったのに、どうしてお母さんでなく務さんにうつってしまったのでしょう？　もっともあなたのお父さんはとめるのもきかずそっと土蔵からはいだしてきて、かあゆくてたまらぬ務さんをだきあげて頰ずりや接吻などするようなことがあったから！

　こうしてあなたが癩であることがわかるや、もともとお母さんのからだには飽きがきていた日高は、いいしおとばかり、あのつめたい絶縁状をくれたのでした。お母さんは憎悪にくるい死ぬまえにぜひ一言挨拶しようと彼の行動を監視しはじめたのです。五日ばかりまえあたらしい愛人の手をとってここ日光中禅寺湖畔の宿屋へやってきたのをお母さんはきづかれずにそっと追跡してきたのでした。彼らの隣室に宿をとったお母さんは、室内の模様から二人の出先まで監視することをおこたらず、彼らがまいにち昼ちかくおきて入浴と食事をすませてから、きまって付近の眼下に湖水をのぞむ崖道を散策することをつきとめたのです。そしてとうとうきょうという日がきました！　お母さんは彼らのさきまわりをして必ずとおらねばならぬ崖道のまがりかどの草むらに身をひそめ、帯のあいだにはさんだピストルをしっかとおさえつつ待っていたのです。ふたりは思ったよりはやくやってきました！　あたりにひとなきをさいわい日高はあたかも私にしたようにあたらしい女の肩を左手で抱き、右手のステッキをかるがるしくふりながら戯れつつちかづいてきました。お母さんはころを見はからってとびだしました。二人は場合が場合だっただけによほどおどろいたらしく組んでいたからだをはなし、二三歩しりぞいてあらためて私を見なおしました。日高は相手が私だということがわかり、たかをくったものか、今度はニヤニヤわらいだしました。私は全身のふるえをおさえおさえ「私はいまさらあなたの愛にすがろうというのではありません、あなたに一言《ひとこと》大事なことをおしらせするためにあなたをつけてきたのです。あなたは務が癩であることをしりそれを口実に私をみすてました。ですけれど、あなたはしらないのですか。務は決して死んだ主人の子ではなく、ほんとうはあなたの実子であるということを⁉」といいはなちました。日高は一瞬ギョッとしたようでしたがすぐまたニヤニヤ笑って「なにでたらめをいう！」とからかうような調子でステッキをもちあげ私の帯のところを——ピストルのかくされてあることもしらずに、二三度ぐいぐいついたのです。「おまえの子供こそ癩なのだ！　おまえはかなしくはないのか？」お母さんは無我夢中でこうさけぶや、すばやくピストルをとりだし私の見幕におどろいてすがりあった二人のからだめがけてありたけのタマをつづけざまに発射しました。バンバンバアン！……小気味のよい音とともに真白いけむりがもうもうとたちあがりました。屍体は私の手数をまたず眼前で二三回からだをよじらせると、かかとが崖のかどをすべって眼下の岩の突出した湖水の淵に墜落していったのです。……

　務さん、ごめんなさいね、ゆるしてくださいね。この手紙はおそらくあなたの手にははいらないと思いますが、もし右の事実をしったらどれほどおどろくことでしょう！　お母さんはきょうまで務さんが日高の子であることを、日高はもちろんお父さんにもあなたにもかくしてきたのです。お父さんはそれと知らず務さんにどれほどの愛着をもっていたことでしょう？　むりもない、たれの子であるかをしるものは神さまと母だけなのだから。あの土蔵からはいだしてなかば腐爛した腕であなたを抱きあげ顔をすりつけるなどはげしい愛着のありさまをみて、お母さんは伝染のおそろしさもわすれ自らの不義と父の錯誤した愛情に戦慄していたのです！　お母さんはお父さんと結婚するまえすでに日高に処女をうばわれ——私の家はお母さんが娘時代からの日高の病家で、一夜ふとした機会にはげしい情熱をうちあけられ、魔がさしたものか、無反省なお母さんはあの男の真実をみきわめることもせずに、身をまかせてしまったのです。そしてしかもそれにこりもせずお父さんの発病以来みにくい不義をふたたびくりかえしてきたのでした。あなたの日高にたいする憎悪は潜在していた肉親の無意識の逆の発露だったのです。ああ、お母さんはなんておそろしい女でしょう！　なぜ私にこそ天の刑罰がくだらないのでしょう？　務さん、あなたはいまどこにいるの？　どこでなにをしているの？　でもいずれはどこかであうことができますわね。お母さんにはそれがただひとつの楽しみです。たといそこがいずこの世界であろうとも！……下でガヤガヤ多勢の人の足音や話し声がひびいてきました。お母さんをつかまえにやってきたのです。

では、では、では……！

第七の書簡

註——癩死した父が実兄某に宛てたもので、手紙と謂うよりはむしろ紙片であり、鉛筆書きで芯が時々折れたらしく紙に傷がついている。

死の迫り来たる土蔵の中でこれを誌す。俺は今日も務を愛撫した。抱き上げて口を吸った。

耳を噛んだ。眼を瞢めた。あらゆる愛撫の限りを尽くした。務は無心に俺の腐蝕した脣に乳房の錯覚を起こして吸い付いた。俺が斯く務を愛撫するは務が可愛いからか？　否々、憎いからだ！　俺にも務が可愛い時期があった、務が俺の子であると誤信していた時までは！　一度彼奴が不義の子であると知った時俺の過去に払った愛は旋風の勢いで憎悪に変じた。俺は二人の不義者への復讐と務憎悪のため次第に日高に肖て行く務に業病を移すことに決心したのだ。その手段こそ愛撫だ！　俺は妻にも裏切られ忌まわしき病患を持つこの世の醜汚と呪詛の権化だがその屈辱を凝乎《じつと》忍んで知らぬ顔の半兵衛を定め込んでいたのだ。真に愛さば何とて愛撫しようぞ！　奴はこれを知らぬのだ！

補——湖畔の殺人……日高医師並びにＨ＊＊＊病院看護婦長殺害事件は読者も未だ御記憶だろう。新聞は「四十の大年増嫉妬鬼と化し老色魔と新らしき情婦を射殺す、近来眼醒しき痴愚の犯罪！」と至極嘲笑的な筆調で報じていたが右掲書簡の内容には触れる所が無かった。新聞は悲劇をレヴュウ化ししかも事実に関してはかなり粗漏なものらしい。

打球棒《バット》殺人事件

さあこれがテコヘンな話なんで皆の衆！（ゴオゴリ）

私はこれから、私の友岸山朔郎《きしやまさくろう》選手の不幸な境涯と私自身の劇的経験を述べるに先立ち、冒頭に——突飛な殺人事件と、本節の骨子をなす所の一つの傷害事件とを紹介して置こうと思う。最初は無関係に見えたこれらの事件は、後に直接私の関わる所となり、人の世の儚さを身に沁みて痛感してしまった。その意味で、世間知らずの私にとって尊い体験だったのである。

一九三×年10月22日、謂う所の天下を二分するスポオツの豪華版たるW大学対K大学野球戦の行われる日——J球場において、全く有りそうも無い突飛な事件が起こった、と言うのは、試合の最終回守備に就いていたW軍の岩堀剛三左翼手が、左翼外野席に潜んでいた何者かの手によって射殺されたのである……。

この日のベエス・ボオルは、二つの意味において全国野球ファンの好奇心を弥《いや》が上にも煽り立てていた。その一つは、春における第一回戦（同年5月28日）にW軍が勝ち、前日（10月21日）の秋季第二回戦には、逆にK軍がW軍を撃退し、この日が決勝の第三回戦である、という事と、他の一つは、春のシイズン（すなわち5月28日の第一回戦）に、思わぬ負傷を蒙り、出場不可能となり、爾来湘南のサナトリュウムに療養中であったK軍の岡田雅久捕手が、負傷後約五月目、すなわち第二回戦の挙行された日の夜半、――正確に言えば22日の早暁、出場不能を嘆じながらついに不帰の客に変じてしまった事実である。ラディオは朝のニュウスで、新聞は社会面に大見出しで、大々的に全市に報道したので、総ての野球ファンは忘れ掛けていた事件を再び判乎《はっきり》と想い起こし、様々な話題が賑わった。そして、この事実が、たちまちW軍の岩堀選手の出場か不出場かの問題にまで関わって行ったのは当然である、と言うのは、前日死去した岡田捕手に斯かる致命的な負傷を与えた者が他ならぬ岩堀左翼手であったからである。世論はともかく、W軍のベンチは積極的に岩堀選手を出場させたかった。無類の強打者であり全身炎のごとき闘志に燃えた頑張り屋の彼が欠場することは、全軍の士気に悪影響を与えること甚大なのである。決勝戦の朝、岡田選手の訃報が伝わるや、彼岩堀は、新たなる自責の念に哀し気に面を曇らせて「僕が出場することは岡田君の霊に対して済まないから、今日は謹慎していよう……」と、内心の悶えを訴えていたが、僚友がそれを一種の感傷気分《センチメンタリズム》として一蹴した。「岡田は元々不摂生から健康を害していたのであったし、君の過失は飽くまでも過失なのであるから、すこしも憂うる必要は無い」と、彼を慰め、斯くて岩堀は多くのWファンの歓呼と期待を浴びながら、決然出場することになったのである……。

ここでちょっと、この問題を惹き起こした動因とも謂うべき岡田選手負傷事件について、簡単に述べて置こう。――同年春のシイズン、5月28日のW・K第一回戦――この日は降雨こそ無かったが、早朝から春のいやあな烈風が吹き捲くっていて、剰《あまつさ》え、空には黒雲が飛び交うて何時《いつ》なんどき雨に変わるかも計り知れぬ、陰惨不吉な天候であった。猛風が中堅《センタア》後方外野芝生を渫《さら》って赤茶けた埃を煙幕のごとく本塁方面へ飛ばし、遥かなる絵画館方面からは雨気を含んだ雲が、黒綿をちぎったようにふわりふわりと漂うて、Ｊ球場を被い尽くそうとしていた。が、試合挙行が可能である限りＷ・Ｋ戦に対する世人の人気は天候に拠って左右されることなく、球場は試合開始数時間前から熱狂するモッブによって埋められていた。私は出身校がＫ大学である関係上自然Ｋ軍贔屓《びいき》であり、その日Ｋ軍のベンチである三塁側のスタンドで見物していたが、試合前の応援歌の応酬は暗鬱な空に反響し、殊にＷ軍の応援団が、――数千の学生が口を揃えて、口笛に拠って校歌を歌った時には、何かしらゾオッと寒気を感ずるほど一種荘厳な気に打たれた。口笛が団体となると、何とも言えぬ美的な複雑な音を発するものである。微妙に空気を震動させつつ、陰惨な何事か起こりそうなＪ球場の空に鳴り響いた、あのスリリングな光景は今でも忘れられない。試合は、先攻のＷ軍が一回表に二点を得れば、三回裏にＫ軍も二点を返し、同点のまま五回まで進んで行き、問題の事件は五回表先攻のＷ軍がまさに攻撃を開始しようとする時に生起したのである。その回の最初の打者が、打順三番の岩堀左翼手であった。彼はそれが習癖でもあるが、二本の打球棒《バット》を打ち振りつつ打者函《バッタアスボックス》に向かって歩んで行ったが、見ると、ちょうどその時はＫ軍の岸山朔郎投手が、審判の「バッター・アップ！」の声の掛かるまでの短い交替時間を利用して、岡田捕手を相手に頻りにコントロオルのための練習球を投じている最中であった。この日の岸山投手の出来は悪くはなかったが比較的ボオルの数が多いのか、或る時は緩球、或る時は得意の速球などを自由に取り混ぜての苦心の制球《コントロオル》の練習であった。満場の期待を担った岩堀は、怒濤のごとき応援歌の爆発にいささか昂奮したものか、平常の真黒な顔を幾分蒼味がからせ自分も肩馴らしの目的で、岸山の相手をしていた岡田捕手の傍らに立って猛烈なスウィングを始めた。ここまでは通常の球場風景である。が、この通常の球場風景が本篇の裡で最も重要な点であることを覚えて置いて戴きたい。で、頻りに練習球を投じていた岸山投手は、何球目かに相当力の籠もった速球を傍らで打球棒を振っている岩堀寄りの方へ投げた。これが暴球だったのである。その暴球を捕えんとして捕手岡田が本能的に(反射的に)全身を左方に延ばして跳びついた瞬間と岩堀が打球棒のスウィングを起こした瞬間とが奇しくも同時であった! 岡田はその球を捕るには捕った。と同時に、唸りを生じて振られた岩堀の打球棒の尖端が、ちょうどその方面に体位をとっていた岡田捕手の左肩胛骨《けんこうこつ》の下部にドスンとばかり当たったのである。瞬間!——球場にいる者のことごとくが思わずはっと、息を呑んだ。見る見るうちに岡田の顔面が紙のように白くなり、崩《くず》折れるようにその場に蹲《うずくま》る

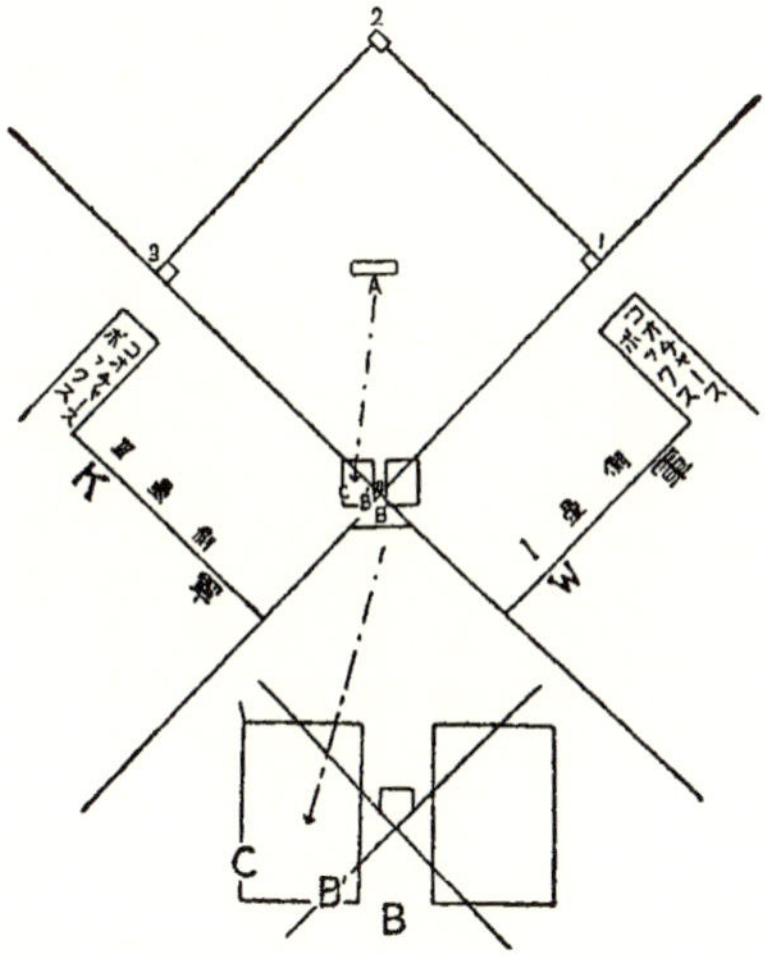

A——岸山投手ノ投球シタ所
B——岡田捕手ノ捕球シテイタ所
B′——岡田捕手ガ暴球ヲ捕エントシテ体ヲ動カシ打球棒ニ撲タレテ倒レタ位置
C——岩堀打者ノスウィングシテイタ所
矢線——岸山投手ガ投球シタ球ノ方向

と同時に口から鼻から真赤な血潮を吹き出した。ちょっとの間、苦痛のため手足を痙攣させていたが、間もなく俯伏《うつぶ》しのまま気を失い動かなくなってしまった。それまで呆気にとられたように茫乎《ぼんやり》立って岡田の有り様を眺めていた岩堀は、この時初めてはっと我に返ったように、駈け寄った岸山投手と手を合わせ岡田の気絶体を抱き起こした。その時の球場の有り様については、単に見物人のうちで脳貧血を起こした婦人があったということだけを誌《しる》して、他は想像に委せることにしよう。J球場は、遠く黒雲の間から春の雷鳴に脅かされつつ未曾有の混乱に陥ってしまったのである。……救護班によって直ちに控え室に運び込まれた岡田は、医師の素早い応急手当てと彼自身の烈しい意力とから正気を取り戻した。「出場するんだ！」と叫びつつ、(その実細々とした嗄れ声であったが) 台の上に起き直ろうとしたが、苦痛のために再び気を失ってしまった。彼は直ちに付近のK病院に運び去られたのである。その日の試合は、補欠選手Sの出場によって続行せられ、K軍は貴重な選手を失ったばかりで無く、五対三の記録を以て惨めにも敗北してしまった。その後三月ばかりの病院生活によって岡田もいささか健康を取り戻したが、前々から萌しのあった肺結核 (読者は運動家《スポオツマン》と肺結核を奇妙な対象と考えるかも知れない。しかし、彼ら特有の肉体の酷使と勝利への焦燥が、しばしば発病の動因となるのである) ——が、左肺後部に受けた打撲傷がキッカケとなって、俄然頭を擡げた。ベッドの敷布《シーツ》を泡立つ鮮血で彩るようになってから、岡田の体は湘南のサナトリュウムに転ぜられた。それから約二個月病勢は一張《ちよう》一弛《ち》のまま持ち続けられて、同年の秋、彼、野球界の若き鷹、岡田雅久はW・K第二回戦の日、末期の惘望《こんもう》から戦況をラディオで耳にした後、夜半二時、春秋に富む前途を失ってしまったのである。翌日の朝刊が一斉に彼の死の顚末を報じた。世論は、しかしながら、一般に岡田の品行が生前あまり芳しくなかったので、前々から煩悶していた岩堀選手に同情を抱きこそすれ、岡田の死に対しては芯からの悼意を表さなかったらしい。反対に、映画女優踊児《おどりこ》女学生など、絢爛たる女性群に浮わついたセンセエションを捲き起こしたことは凄まじいばかりであった。もっともその中には本篇の女主人公《ヒロイン》——一人の純情可憐な少女の泪が潜在していたのであったが……。

話題を戻そう。

……斯くて出場を敢行した岩堀左翼手は、反撥的に平時よりは一層強引なプレイを演じW軍のために万丈の気を吐いた。彼は最終回の事件が突発するまでに、二本の単安打《シングルヒット》と一本の三塁打を放って全軍の士気を鼓舞した。この問題の選手が何らの前触れも無く、突如左翼芝生に屍体となって斃れたのである。四対二の記録で試合はW軍に有利に進行して、九回裏K軍の攻撃に際し二死走者《トウダウンランナー》一塁二塁となり、もしこの回に得点無くんば閉戦《ゲエムセット》となるべきどん詰めまで順調に進んで来た。この日三塁側後方に陣取ったK軍のファンは、もしここで二塁打が一本出れば同点になるので、二死とは言え確実な打者であるM選手の打球棒に信頼し、何かしら不気味なものを期待していた。四時半ともなればJ球場を被う空にも薄暮れが迫っていた。W軍のD投手の投じた四番目の直球をM打者が渾身の力を罩《こ》めて引っ懸けると、それは左翼方面の空高くぐんぐん延びて、正しく左翼越《レフトオオバア》しとも見える物凄く大きな当たりとなった。K軍の応援団はワアッと歓呼の声を上げた。満場は総立ちとなった。三塁打或いは本塁打の当たりである。二人の走者は脱兎のごとく本塁に向かってつっ走った。左翼外野席の観衆はワアッと立ち上がり飛び込んで来るであろう球を避けるために押し合いへし合いした。このてっきり本塁打《ホオムラン》だと思われた当たりが、首を縮めて後走また後走、帽子は飛びユニフォオムの背は膨らみ疾走する野猪《やちょ》の速力で追いついた岩堀左翼手の逆シングルによって、意外や外野の塀一間未満の所で妨げられたのである。逆手のグラアヴの中に発止《はっし》と球が収まったと見るや、W軍の応援団は我知らず万雷のごとき歓声を挙げた。いや、——その岩堀の場合に讃嘆の拍手を送った者は味方ばかりではなかった。《扇の的》の那須ノ与市の場合のごとく、全球場の音響が薄暮の空に鳴り響いた。はずみを喰って横に二三間ころころ転倒した岩堀選手は、しっかりグラアヴに球を握って放さず高だかと全観衆に翳して見せたのである。

ゲエム・セット！

サイレンが鳴った！

と、岩堀選手はよろよろと立ち上がって何故かその勝利《ウイニング》の球《ボオル》を本塁方面に力投し、十間余もベンチへ向かって駈け出したと見るや、突然痙攣《ひきつ》るような表情で大空を仰ぐと両手両足を棒のごとく突っ張らせて、そのままばったり前のめりに打ち倒れてしまったのである。……W軍の選手は期せずして一斉に岩堀に駈け寄った。彼は自らの美技《ファインプレイ》に自ら感激して男泣きに泣いているのであろうか？　余勢余って足でも挫いたのであろうか？　いや！——その場合はもっと重大《シリアス》であった。駈け寄った選手の内の一人が、真蒼な顔であたふたとベンチへ駈け戻って来た、彼は木下監督に岩堀選手が何故か絶命していると告げたのである。応援歌と喚声の爆発は忽然不統一な騒擾の音に変わった。岩堀は一滴の血も流さず、何者かに背を射貫《いぬ》かれて内出血により失命したことが後になって判明した。斯くて、岩堀剛三の疑問の死、（J球場の殺人事件と新聞紙は呼んだ）は、翌日の朝刊によって満都に報道せられ、喧々囂々《けんけんごうごう》たる煽情《センセエシヨン》を呼び起こしたのであった。

渋谷D坂下米穀商主人G氏が所轄警察A署に任意出頭して、自分は昨日左翼外野席前方第二列目で見物していたが、岩堀選手がM打者の撃った球を塀の前まで追い掛けて来て、ピョウンと跳びついて球を捕えた瞬間、付近でブスンと短銃《ピストル》の発射されたような音を聞き、一番前列にいた一人の若い別嬪《べつぴん》が真蒼な顔をして額からびっしょり冷汗を垂らしながら、出口の方へよろけて行くのを見た、——と、告げたのは、事件の翌日、午後三時頃のことであった。そこでその「別嬪」の人相着衣について更に綿密な質問が重ねられて行ったが、彼女が痩せ形のいささか面窶《おもやつ》れのした女学生上がりらしい凄いほどの麗人であり、着衣については令嬢風の服装をしていたと言う以外には、米穀商主人の記憶を頼ることはできなかった。しかしながら、彼は次のような暗示に富んだ陳述をしたのが、後に至って事件の図星を射たことが判った。G氏は角張った角刈りの頭を押さえつつ、東京人らしい巻き舌で言った、「ピストルの音のした前後——つまり球が私達の方へぐんぐん飛んで来るんで、終いには何処まで飛んで来るんだか判らないくらい猛烈な当たりなんで、こいつあてっきり本塁打だと思いましてね、当たっちゃア下手アすると第一巻の終わりになっちまうんで、みんながキャアとかヒャアとか唸りながらどやどや立ち上がって逃げ腰を構えたんです。こんな時で判乎《はっきり》したことあ判らねえんですが、確かにブスンと音のしたのが、前々から変だと思っていた別嬪さんの方だったんですよ。え？——ええ、前から変だったんですよ、様子がね、つまり、その別嬪は、試合が始まったって特に熱心に見る訳じゃなし、浮かない顔付きで額を押さえて俯向《うつむ》いていたり、たまに試合を見る時でも、まるでお岩さんが化けて出る前のような物凄い形相で、何かしらん、空を睨《ね》めつけているんですよ。私は、だから、たぶん病身なんだろうと思いましたよ。ともかく、モロにシャンで、あんな別嬪がまさか人殺しなんぞしようはずはありませんがね、けど、何となく気になったんで、……」——が、この証言、ブスンという短銃の発射音に関しては、岩堀選手が32口径の短銃によって射殺されたという点に符合するが、この報告は一見事件を一層不可解なものにしてしまった。と言うのは、米穀商G氏の短銃の音を聞いたのは岩堀が外野の塀にぶつかるほど接近して捕球した瞬間であって、それから後被害者は起き直って球を本塁に投げ返すやな、お普通の足取りで十間以上も駈け戻り、然る後に昏倒したという事実が判然たるものだからである。言い換えれば、短銃の音の聞こえた時には岩堀選手は生きていたのである。発射音とともに弾丸《たま》が現実に発射されたものであるならば、果して右のごとき所作《しぐさ》が可能であろうか？

——ここにおいて、G氏の通告は哀れにも錯覚であると否定せられ「いささか面窶れのした別嬪」も事件にはたぶん無関係の貧血性の気の弱い婦人として捜査圏外から除かれてしまった。何故なら被害者の昏倒した地点は、その婦人から相当の距離に在りよほどの射撃熟練者でなければ命中は不可能と考えられ、弾丸貫通の深度及び方向が近距離から直角に近く射ち込まれたことが立証せられたからである。故に犯人は、被害者が倒れた地点に最も近距離の席に潜んでいた射撃の名人という結論に到達した。然らば最近距離の席は何処であるかと言うに、それは左翼外野席のズッと三塁寄りの席であることが確定され、当局は事件発生の翌々日、当日その席付近に見物していた者は即刻出頭せられたしと、新聞及びラディオによって一般市民の奉仕観念に訴えたが、それによって出頭した参考人達は、それぞれ、事件発生当時互いの付近に短銃の音も聞こえなければ怪しい人物の潜んでいた形跡も無かったと、異口同音に証言したのである。斯くてこの事件は、如何なる地点からも発射したのでは無いという一見不可解な結論に落ち着くより他はなくなった。が、現実に岩堀は被害者として射殺されたのである。この致命的な矛盾、――この矛盾に頭を悩まし続け、ふと或る事を思いついて謎を解いたのが老練のA検事であった。彼は最初の参考人たるG米穀商の証言こそ事件の真相に触れたものとし、外野

x, y―外野の塀
B―所謂別嬪ノ見物シテイタ場所

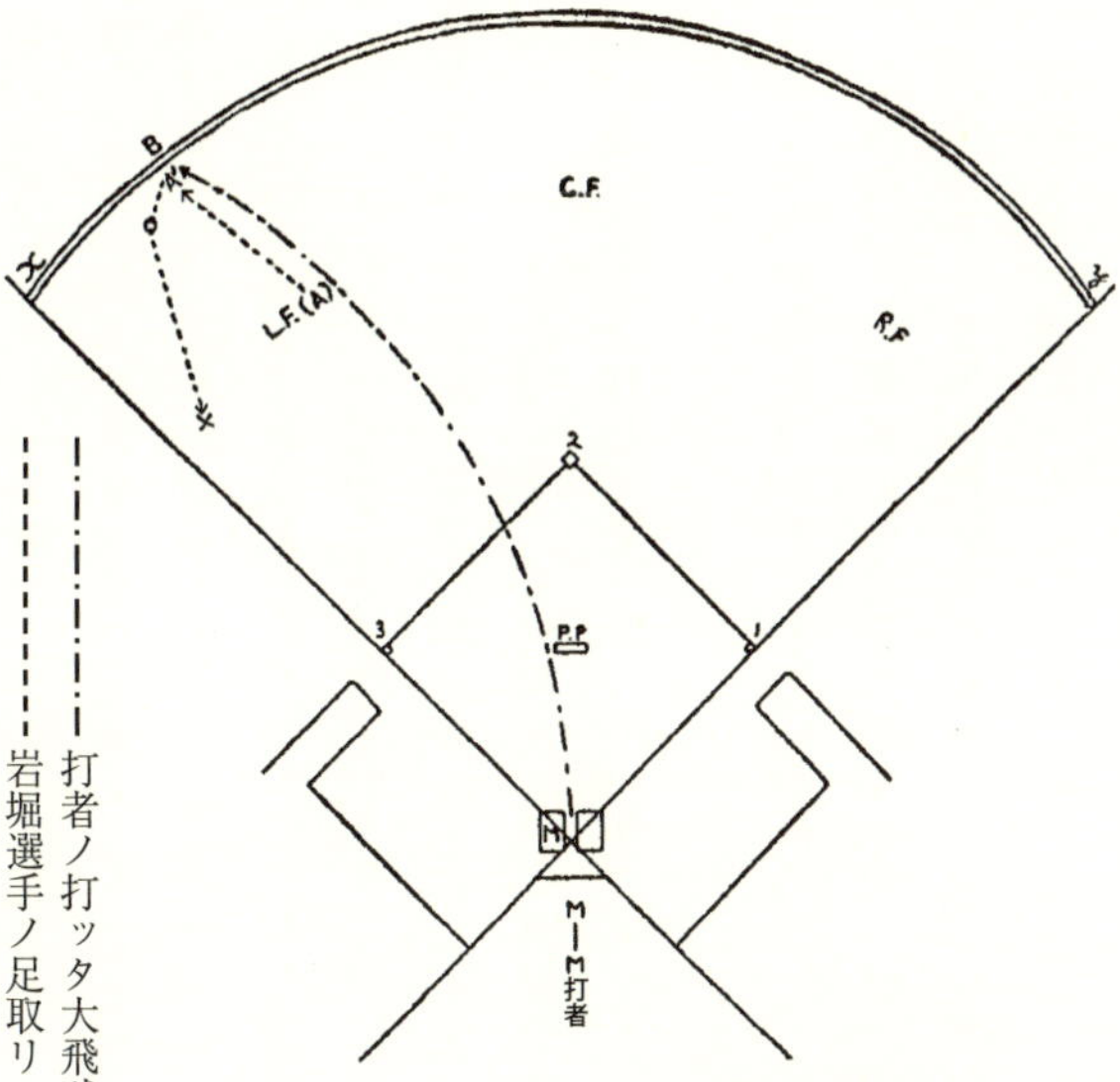

―・―打者ノ打ッタ大飛球ノ方向
------岩堀選手ノ足取リ

P.P.—Pitche's plate
R.F.—Right Fielder
C.F.—Center Fielder
L.F.—Left Fielder

A――岩堀左翼手（被害者）ノ最初守備ヲ取ッテイタ地点
A′――後走シテ飛球ヲ捕エタ地点
O――転倒シタ所
X――屍体トナッテ斃レタ地点

席の最前列にいたぐっしょり冷汗をかいて出口の方へよろけて行った「別嬪」こそ真犯人であると主張し、その婦人の正体を突き留めることこそ目下の急務であると卓子《テーブル》を叩いた。前陣の矛盾を彼は如何にして解いたのであろうか？――それは後段述べるとして、岩堀剛三殺しの真犯人は正しく件《くだん》の婦人に相違無かった。（もっとも凶器である短銃は最後まで発見されなかったが。）しかもその犯人が全く意外極まる人物だったので、市民は再度仰天した。K大学野球部の主戦選手として活躍する岸山朔郎の妹恵子こそ呪うべき真犯人であると新聞紙は報じたのであるから――。彼女は、嗟《ああ》、可哀想な女よ、当局の敏活な追撃の手の届かぬうちに、兄の岸山宛てに一通の遺書《かきおき》を残して毒を呷《あお》って自決し果てた。

何故に？

如何にして恵子が犯人だったのか？

順序として次にその遺書の全文を掲載するが、読者はもう一度、煩雑ながら、右事件の前に起こった岡田捕手負傷事件の顚末を思い起こして戴きたい。この二つの事件に纏《まと》わる秘密を一層明瞭に諒解《りようかい》するために。

お兄さま

わがままな恵子を、どうぞお許しくださいね。こうして筆をとっていても、さぞやお怒りになるであろうお兄さまのおかおがちらついて、……でも、どうぞおゆるし下さい。私にのこされた道はただひとつなのです。私が、岩堀を射殺した真犯人であって、しかも、愛人に殉死しようとしているのを知ったら、お兄さまはどんなにか私をののしることでしょう。お兄さまが、あれほど反対なさった岡田と私の間について、もうしんぱいすることもなくなりました。だって、……もう、岡田は死んでしまった。……

ちちははのない私たち兄妹二人、それはそれは仲のよかった二人は、ただ岡田のおはなしの出るたびには喧嘩をしてしまいましたわね。だって、お兄さまは、まるで、岡田を色魔……おお何ていやな言葉!……かなんぞのようにののしるんですもの。来る日も来る日も、くらい哀しいこころにとざされて、……でも、私は今はちっとも悲しくはありません。何だか、なすべきことをみんなやりとげてしまったという、安堵に似たこころで、死んでゆくことができるような気がします。愚かな恵子を、どうぞおゆるし下さいませ。……

私の愛するひと、はたでどんなことを言おうとも、そうです、お兄さまの反対でさえ断然しりぞけようとした私です、……私の愛するひと岡田、あのひとはたといこれまでは色魔であろうとも、私にだけは、すくなくとも真実《まこと》をつくして下さいました。こう申せば、お前もやはりあの男の手練手管に籠絡《ろうらく》されているのだ、とおっしゃるかも知れません。だけど、私には、どうしてもそうは思われないのです。そうです、私は断言します、岡田は死ぬまで私のことを思いつづけていてくれた、と。私が岩堀を殺害した動機もほかならぬ愛人の復讐のためでした。お兄さま、……どうぞ、私が岩堀を射殺するに至った経路をおきき下さい。

ことしの五月二十八日……ああ、あのおそろしい日、あのいやないやあな日、……岡田がJ球場で深傷《ふかで》を負い、思わぬふかでを負い、病院生活をおくるようになってからというもの、一日として私に、たのしい明るい日はありませんでした。私の死の決心は、その梅雨ぞらのようにくらい日々のうちに、胸の奥であたまをもたげ始めていたのです。なくなったお父さまの古たんすのひきだしにしまってあった、あのブラウニングに、私の注意がひかれはじめたのです。私は、お兄さまに気づかれないように、そっとあのピストルをとり出して、何度もなんども人のいない公園をさまよったりしました。……だって、最初のうちこそ、なおる、きっとなおって見せる、と頑ばっていた岡田が、サナトリュウムにうつされてから急に力をおとして、もう駄目だ、もう駄目だ！――と、絶望的なことばを口ばしるようになってしまったのですもの、……お兄さまが気ちがいのようになって、結婚を反対なさった愛人の岡田がそんなに絶望になってしまって、どうして私は生きていったらいいのでしょう。……

岡田は死んだ！　私の身もこころもささげつくして愛をちかった岡田は、……死んでしまった。……死んだ？――いいえ、お兄さま、岡田はJ球場で、六万の観衆の前で、堂々ところされてしまったのです！

誰に？

どうして？

お兄さま、よくおきき下さい、そして驚いてはいけません、岩堀に、ころされてしまったのです。……

岡田がサナトリュウムにうつされてから間もなく、――それは九月末のことでした。ぜひ話したいことがあるから、すぐ来い、という岡田の手紙を受けとって、私は胸をわくわくさせながら、蒼惶《そうこう》と岡田の病室をおとずれました。新鮮な空気の必要な病人でありながら、岡田は熱気のためか、風のふきこんで来る窓という窓を、一分の隙もなくしめきらしておりました。風ならば微風でさえも、それが死神の手のように思われて、岡田は極度におそれていたのです。

そのくせ、初秋とは言い条、まだ残暑のさりやらぬ暑い日のことでしたので、岡田は寝ぐるしい寝ぐるしいと呟きながら、汗みずくになってベッドによこたわっているのでした。まえまえから面ながの顔が、肉のおちたために一層細ながくなって、真っくろな髪が蒼白の額にちらばって、何となく凄味の感じられるほど、いたいたしいものでした。可哀そうな岡田、ほんとうに可哀そうな岡田、岡田は、私の姿をみとめるやいなや、そのけわしい顔をゆるめもせず、突然、君は岩堀を愛しているのか、こんなになった僕をすて去りはしないか、と問いつめました。お兄さま……私がどれほど岩堀がきらいであるか、そして、どれほど岡田を愛しているか、ごぞんじのことでしょう。鈍感な執拗な蛇のような言い寄り、……私は、どれだけあの男から、のがれようとしたか分かりません。

何をおっしゃるの、ばかな人！――私は、岡田の痩せほそった手をにぎって、言下に否定しました。自尊心のつよい岡田は、いつも現在の苦境を恥じて、私のこころ変わりをおそれているのでした。可愛そうな岡田、……私を、そんなにも、ひがむほど愛してくれるなんて、私のようなものは、すでに知りつくしていながら、なおかつ愛しつづけて下さる岡田、……あのひとのどこが、軽薄な浮気者だとお兄さまはおっしゃるのでしょう。――私の手を力なくにぎりかえして、それでも岡田は、ほっと安堵したように息をはきました。しかし、それも束の間、ふたたび面を緊張させて、くるしい吐息の中から、次のようなおそろしい事実を告げたのでした、……それは、私も、まえまえから虫の知らせで疑ってみないこともなかったのですが、直接岡田の口からきかされた時は、私の心臓は逆流する憤怒の血潮のために、はれつするのではないかと思われたほどでした。岡田は言ったのです、――では言うけれどね、僕は岩堀にころされたのだよ、僕が岸山の球にとびついた時、岩堀は一たん止めかけたバットを、僕にもの凄い凝視を浴びせながら思いきり振ったのだ。僕はあの爛々とかがやく凝視の内から、殺人鬼の発作をみとめることができたよ。——と。お兄さま、これに間違いはありません、岩堀は私に容れられないことを岡田のせいにして、日ごろから、あいつをころすかも知れない！——と私を強迫していたのです。

そうだ、あのバットは意識的にふられたバットだ！

とめればとめられるバットだったのだ！

前々から殺意をいだいていた岩堀は、与えられた瞬間の機会を利用して、岡田を撲ってしまったのだ！　世間をあざむく巧妙な手段によって岡田を再起不能たらしめた岩堀は、さぞや心底快心の笑みをもらしているに相違ない。……そうだ、岩堀は殺人者なのだ！

それから一月ほどのち、十月二十一日、ふかまる秋の夜半、岡田は失意のどんぞこに沈みながら、息を引きとってしまいました。つき添って最後のおことばをきくこともできず、私はつめたい家で、どんなに気のくるうほどの思いをしたことか、合宿にいるお兄さまを、私はこころから嘲笑もし、私たちの恋をさまたげた野球奴隷のお兄さまを、むしろ呪いたい気持ちでした。……翌日、二十二日、生きていたくもなし、さりとて如何にして死のうかとの具体的な考えもいだかず、ただただ暗たんたる前途、つかまえどころのない茫漠とした人生を全身に感じながら、あとからあとから泉のように湧いてくる泪をぬぐいぬぐい、早朝から目的もなく家を出ました。ハンド・バッグには、そっとブラウニングをひそめて、……。私の足が、あの呪わしいJ球場へ向いたのも、やっぱし、神さまの御命令だったのかも知れません。ただ何の意味もなく、あの熱狂する「愚民《モッブ》」にまじって、左翼外野席の最前列にW・K決勝戦を見物することになったのです。なぜ、あんなとこへ行ったんだろう、私、わかんないわ、……神さまが私に復讐をお命じになったに相違ないわ。……モッブに操られて踊る真四角な白線のなかの、お兄さまたちの生活、……傀儡《かいらい》、野球奴隷、堅球人形、……そんな言葉が胸をついて、私のくちにのぼりました。かつてそうであった岡田を、二度とふたたび踊らせたいとは思いませんでした。

到頭……私が岩堀をたおす時が来た！

復讐の時が来た！

全世界が一度あかるくなって、そしてまた真っ暗になる時が来た！

九回の裏……あの猪のような岩堀が、球をおいながら、鞠のように私にかけよって来た時、私の右手は反射的にハンド・バッグをさぐり、ワア――ッと立ち上がったまわりの群集の混乱のうちで、素ばやくとり出した短銃の引金を、二間余の距離から丸まった背中にむかって、指の折れるほど引いたのでした。岩堀が一旦はころびながら、ふたたび立ち上がってスタスタ駈けもどってゆく姿を見て、発射が失敗に終わったのかと思いましたが、たまはやっぱし命中していた、岩堀は間もなく倒れてしまった……私は夢中で、出ぐちの方へ駈けさったのです。

……

お兄さま

こうして、なすべきことを、みんなしてしまった恵子は、死んでゆきます。私は、……死んで、あのひとのところへゆけるかしら?……ただ、それだけが心配だ、あの世といい次の世界といっても、きっと真っくらか、ひろびろとした世界に違いない。あのひとは、どんな格好をして、どんなところにいらっしゃるのだろう？　空漠とした、冬がれの野原のようなところで、ぼんやり立って、私のゆくのを待っていらっしゃるのかしら？　でも私は、あのひとを探しだすまで、何十里でも、何百里でも歩いてゆくわ。……

　では、さようなら、お兄さま、お兄さまのお怒りとかなしみを思うと、何だか死ねないような気がします。でも、おゆるし下さい、私には、やっぱし、お兄さまより岡田が、私のおなかのなかで動いている子供のお父さまの方が大事なのです。でも、私、あのひとに会うことができるかしら？

　それだけが心配だわ。……

　この遺書は世評を画然と二分した。岩堀が岡田を撲殺したということは飽くまでも逆境に立つ者の妄想であり、その妄想に駆られて罪無き者を射殺した点は飽くまでも糾弾すべき犯罪であるとする批難の声と、もう一つは、妊娠して愛人を失った若き女性の逆上心理には充分同情すべき所があると主張する恵子庇護説であったが、共に意を同じうする所は、斯くのごとき打球棒による犯罪は絶対に有り得べきでなく、正しく被害者岡田及び恵子の怖《おそ》るべき妄想の所産であると断定した点である。何故なら、岩堀の犯意を認定すべき証拠を何処にも発見し得なかったから——。

　曩《さき》に恵子を犯人と目するに至ったA検事の推定は、——岩堀の死が内出血によるもので、飛球を捕える際不意に弾丸の一撃を受けたが、岩堀自身は撃たれたことを少しも気付かず、本塁に球を投げ返し、しかも十余間も走ったのであって、この事実は一見不自然な奇蹟に思われるが、斯くのごとき「事実」がしばしば起こり得ることを、検事は東西の犯罪例証によって思い返し確信することができたのであった。（註・S・S Van Dine “The Kennel Murder Case” 及び甲賀三郎『二つの帽子』参照）

それはともかく、以上でこの事件は完結してはいない。以上は謂わば序文に過ぎないものであって、この行以下の記述こそ本篇の主題であることは、聡明なる読者諸君の夙《つと》に推察された所であろう。以上、私自身はできるだけ冷静な態度を以て二つの事件の表面的な紹介を行ったのであり、私の劇的経験は、これから始まる。と言うのは、それまで恵子の兄であると言うだけでそれ以上事件には関係を持たないものとばかり思っていた私の友岸山朔郎投手が、突如事件の中心点へ突入して来たからであって、それはまず、長い秋のシイズンが終了すると間もなく、岸山の光輝ある野球部脱退事件から始まった。請わるるままに認《したた》めた声明書には、第一に彼の健康が著しく衰退したことと、思い掛けない妹の犯罪と自殺とが、その理由として挙げられた。彼は或る婦人雑誌に発表した手記の裡で、発狂したかと思われるほどの取り乱した筆で、妹の恋愛に対してあまりに無理解過ぎた己の愚昧を認め二言目には「妹よ、この愚かな兄を許してくれ！」と慨嘆して居るのである。斯くて、この「J球場の殺人事件」は表面的には解決を見、次第に世人の忘却裡に消えなんとしていた。が、岸山は永劫に救われざる者のごとく、それまで快活な機智的《ウイッティ》な一面のある生活態度がガラリと変わり、あたかも苦行僧のごとき沈黙勝ちな憂愁の青年に落ちてしまったのである。それは或いは大きな不幸の後の当然の変化であるかも知れない、と最初のうち私はこう思って親しく交際を続けつつ何くれと無く慰めて来たが、一向効き目は無く日一日と暗鬱苦渋な石のごとき人物となって行くばかりであった。そのあまりに深刻な苦悩を愚かな私は忖度《そんたく》することができなかったが、それにはそうなるべくしてなった確乎たる理由が伏在していたのだ。その年も暮れ、翌年四月——未解決であった事件は、ついに行く所まで行き着いてしまったのである。……

それは、岸山が私に宛てた手紙によって、EPILOGUE《エピロオグ》の1st scene《ファストシイン》が点灯された。手紙には不可解にも、岸山自身こそ岡田捕手を斃した真犯人である、と告白しているのである。私は啞然とした。何故彼は自身を犯人と呼んだのであろうか⁉——次に岸山のその手紙を紹介することにしよう。（実は私がこの手紙を受け取ってから後、世に発表しようかしまいかと迷っていたが、或る夜偶然の機会から私がW区鶴巻町の古本屋街を歩いた際、岩堀剛三の蔵書の一つであったS・M教授著『配給市場組織』の一書を発見し、これによって岸山の告白が錯覚であると確信し、——この間の消息は後段詳述する——事件解決として私の説明を加えて、一度某誌に発表したものである）

N君

今こうして君宛てに手紙を書いていても、心臓は高鳴りペンを持つ手は震え、果して僕の言おうとすることを率直に知ってもらえるかどうか危ぶまれます。今日まで長い間僕の苦悩の原因については幾度君に訊かれてももっぱら僕一つの胸に秘めて来ましたが、もう僕には堪えられない。これ以上堪えることは拷問以上死以上の責め苦だ。僕は今君に僕を苦しめている秘密を洗い濯い知ってもらおうと思って筆を執ったのです。その秘密を抱いて何として安閑と息吐《いきづ》いていられよう！　N君、他でもない、妹に射殺さるべき男は断じて岩堀君では無く斯く言う僕自身なのです。すなわち、僕こそ岡田君を死に至らしめた犯人なのです。繰り返して言う、断じて岩堀君では無く、岩堀君の振った打球棒の蔭にこそ僕の殺人意思が潜んでいたのです。妹は愛人の仇敵が岩堀君であるとのみ思い詰めて、現在の兄のことなど疑ってもみなかったのだ。それも無理はない、単に妹だけでなく社会の一部までが妹と同意見なのだから、社会の眼を眩ますことには、僕の計画は或いは成功したかも知れぬが、妹の幸福のための犯罪が彼女を逆に不幸な結末に追いやってしまったという点で、根本的に大失敗でした。何故僕が岡田君を殺害しようとしたか、どういう方法でその目的を遂行したと言うのか？――その一切を君の眼前に赤裸々に打ち撒《ぶ》ける決心で筆を執りました。どうぞ、どうぞ聞いて下さい、愚人の告白を！……。

いつ頃から岡田君に対して殺意を抱くようになったかと言えば、判乎《はっきり》したことは分かりませんが去年の二月頃からのことだったと思います。或る日のことだった。放課後妹に頼まれた新刊書を買って帰宅すると、留守居のアキ（註・下女の名。岸山兄妹は七八年前父母を失い下女と三人で父譲りの間数の多い邸宅に起居していた）――が言うには、その日の午後妹宛てに速達便が届いて、それを見ると妹は急にそわそわと外出の仕度を始め、お友達と一緒に活動見物に行く。晩の八時には帰るとお兄様にそう言っておくれ、と言い置いて、念入りに化粧していそいそと出て行ったとのことです。その頃既に学校を終えた恵子は麹町の叔父の家に仲良しの従姉のいるところから、そちらへ裁縫や生花《いけばな》等を習いに行っている一方平常は大抵家にいて家事の切り盛りをしていた。日頃から小説や映画が好きで、学校時代の友達とよくM館とかT劇場などへ出掛けて行くことがありました。大体僕は若い女が流行の小説や映画等に耽ることには不賛成で、ただ一人の監督者である僕は、そういう浮わついた生活に起こり勝ちな間違いを常日頃から虞《おそ》れていたのです。で、妹もそういう兄であることを知っているので活動や芝居やダンス・ホオルに出掛ける時には、前日に必ず僕に報告して置くし、不意に誘いの手紙が来たからと言って予告無しに出掛けた例はこれまでに一度も無かったことです。のみならずその頃は妹の言語動作が何となくそわそわしていて、食事をしながら急に茫乎《ぼんやり》考え込んだり夜更けまで用も無いのに起きていたり、元々理智的な女とは言えませんでしたが、小説を読んで泪を滾《こぼ》したりすることがありました。

映画見物くらいは大したこともあるまいと思いつつ、何となく按じながら妹の帰宅を待っていましたが、八時になっても帰らず十時と十一時と焦々《いらいら》しながら待ち続けていると十二時も過ぎて一時頃妹は何やら呆然たる顔付きで帰って来ました。何かしら落ち着かぬ後ろめたそうな態度、愁いを帯びた表情、それから……その夜までの妹には感じたことのない或る種の体臭——僕は直感した、N君、その夜が妹の最初に色魔岡田に弄ばれた夜だったのです！　問い詰められるままに恵子はそれまでの岡田君との恋愛関係、それに岩堀君というもう一人の男性の介在する聞くも忌まわしい恋愛の経緯《いきさつ》を逐一打ち明けたのでした。岩堀君が前々から妹を欲しがっているという事実は満更《まんざら》僕も知らぬではなかった。球場でこそ敵味方に別れているものの、岡田君を通じて知り合いになり僕の家に出入りして交際を続け、そうしているうちに彼は妹に熱烈な恋を感じてしまったらしいのです。が、年の割りに複雑な心を持っていた恵子にとって何の巧らみもデリカシイも無い、ただ単に頑猛な運動家《スポオツマン》に過ぎない岩堀君が妹の情《こころ》に添わなかったのも無理の無いことで、妹は一日彼の狂的な申込《プロポオズ》みを断固と拒絶したことがあったそうです。しかし拒絶されたくらいでそのまま引っ込んでしまうほど岩堀君は弱気な男ではなく、飽くまでも頑張り屋の本領を発揮して射殺されるまで執拗に言い寄っていたとのことです。僕と妹とは肉親の兄妹とは思われないほど体質も性格も異なっているので岩堀君はちょくちょく僕に、君と恵子さんとは真実《ほんとう》の兄妹か？――などと訊いたことがありその頃から僕の方では彼の妹に対する心情を略々《ほぼ》推察することができたのでした。

　しかし、岡田君が妹の愛人であったとは⁉

　色魔岡田の魔手がいよいよ俺の最愛の妹にまで延びて来たのか！――恵子の告白を聞いた時、心で最初に呟いた言葉はこうであった。何故と言って、捕手としての技倆は尊敬していたものの日常の品行については日頃から苦々しく思っていたから。……カフェは行く、舞踏場《ダンスホオル》へは通う、そして学生選手としてあろうことかあるまいことか待合のような所へまで入り浸っては絶えず女との問題を起こす岡田君だったからです。そういう男に僕のたった一人の大事な妹が委《まか》し切れるであろうか⁉

　弄ばれてなぐさまれて散々玩具《おもちゃ》にされた挙句、放り出されるに定《き》まっているのだ！　それはただ時期の問題だ。妹の不幸な未来、愛するものの逆境を思って安閑としていられるであろうか？　岡田君に対する憎念の炎が苦しいまでに僕の胸の奥に燃え上がった、……岡田という男がどれほど頼りにならない男であるかを諄々《じゅんじゅん》と言い含めても、妹は諦めようとはしません、男の過去は百も承知で愛を誓ったのだからどうぞ許してくれ、と嘆願さえするのです。狂おしい表情でさめざめと歔欷《すすりな》く妹の態《さま》を見て、よくもこんなにまで籠絡しやあがったな、と岡田君に対する怨恨が加速度的に燃え上がって、ついにはその憎念が、捌け口の無い憎念が、N君、執拗な蛇のような殺意に変わって行ったのです。……

――いくらボンクラな僕でも日の経つに連れて体の表面に現れて来る、妹の生理的変化には気付かずにいられません。来ることが来てしまった、俺もやることをやらねばならぬ！――こうして僕の殺意が、具体的に固められて行ったのです。……

しかし、一口に殺すと言ってもその方法についてはなかなか考えが纏まらず、如何に相手が純真な女性を弄ぶ不徳漢であろうともやはり人間に変わりは無し、犯罪に付随する刑罰――《人ヲ殺シタル者ハ死刑マタハ無期モシクハ三年以上ノ懲役ニ処ス》という刑法第百九十九条――を怖れずにはいられなかった、何とかして犯行の手口を隠蔽し得る殺人方法が無いものかと、日に増し深まる憎悪を持て扱いつつ過ごしているうちに、ついに五月二十八日W・K第一回戦の日が巡って来たのです。こうして天下無類の名バッテリイと言われている殺人者と被害者は、鳴物入りで正々堂々と数万の観衆の拍手に送られてJ球場にあの日姿を現したのです、真白な汚れの無いユニフォオムに身を纏って。……

僕は冒頭に僕が犯人であると告白しました。しかしながら、あの日あの場合にとった方法については、僕自身、その行動に移った最初の瞬間まで気付かず計画せずまた予期だにしないことでした。謂わばとっさにその方法を思い付いたのです。岩堀君が打者函《バッタアスボックス》に入る前猛烈な肩馴らしのスウィングを捕手のそばで試みることは、N君、君も知っていることでしょう。僕がその有り様を見て、彼の打球棒の尖端が危うく捕手の肩先に当たりそうになるのを「危ない、危ない！」と感じていたことが、或いは潜在意識となっていて僕の殺人計画の暗示《ヒント》になっていたのかも知れません。険悪な天候は人の心をも同様に険悪にするらしい。あの日は早朝から人の心を苛立たせる烈風が吹き捲くって空には雨雲が走り、不気味な春の遠雷が空を轟かし、死んでも勝たねばのW・K戦に選手一同は何となく殺気立っているようでした。僕は思い出すことができる、岩堀君の打球棒がドスンと鈍い音を立てて岡田君の体にぶつかって、全球場が騒擾地獄と化し、暗澹たる空に蔽われた両翼の群集があたかも黒雲のように蠢《うごめ》き立ったさまを！

……

四回裏までは試合は順調に進みました。我が軍の一番打者T君が二死後遊撃飛球《ショオトフライ》を撃ち上げて交代《チエンジ》となるや、僕は直ちに投手板《ピッチヤアプレート》に駈け寄って、プレイ・ボールのかかるまで岡田君を相手に練習球を投じ始めたのです。事実その時には一点の邪念も無かった。ただ単に敵軍の強打者岩堀君を如何にして討ちとるかに頭を悩ましていたのです。物凄い闘志に緊張して蒼白となった岩堀君は、肩を怒らして打者函に近づくや、例によって危険なスウィングを始めました。一振り……二振り……と力一杯腰を捻って形を定めている岩堀君を見て、とっさに次のような考えが浮かび上がりました。

《俺が岩堀の方へ暴球を抛ったらどうなるであろう？　岡田がもしその球に飛びつけば、脇眼をふらずスウィングしている岩堀の打球棒の尖端《さき》が岡田の体の何処かに当たる訳だ》と。何気なく心にこう呟いたものの、次の瞬間、全身のゾオッとと硬張《こわば》るのを覚えました。自分ながら怖しい考えにぎょッとしたのです。

《そうだ、この機会を利用しろ！　お前は岡田を殺害したいのではないか？　妹を弄んだ憎い男を！　この機会を逃して二度と再び、こんな絶好の機会が来るものか！……やれやれ、一つ、たった一つの暴球を、抛ればいいのだ、岡田は必ず捕ろうとする、……もし捕らないとしても、物は試しという諺があるではないか？　妹の敵を葬れ！》――続いてこう呟くものがあった、悪魔の囁きだ！　妹よ、許してくれ！――僕はお前を取り返しのつかない不幸に陥れた憎い男を除こうとして、悪魔に煽動されて操り人形のようにあの一球を投じてしまったのだ！　岩堀君が新たなスウィングを起こし掛けた瞬間、僕は彼の全身の動きに呼吸を合わせて思い切りの速球を、岩堀君の肩の辺りに狙いをつけて投じたのでした。

……結果は僕の予想通りに終わった。妹の幸福のために？――愚かもの奴《め》！　人で無し奴！　妹の愛人を除いてどうして彼女の幸福の途が展《ひら》けると言うのだ？　莫迦奴！　気狂い奴！　お前はお前の妄想のために、貴重な生命を三つまでも犠牲にしてしまったのだ！　僕が犯人なのだ！　僕が呪われた一球を投じなかったならば、岩堀君は岡田君を斃すことはできなかったのだ！　僕こそ妹に射殺さるべき仇敵なのだ！　恵子よ、何故お前は俺を射ち殺してはくれなかったのだ？　僕の無謀な行為の結果は、当然なことながら滅茶滅茶であった。死ぬまで岡田君を愛し続けていた妹は、僕に呪詛の言葉を浴びせて愛人に殉死してしまった、僕を野球人形と嘲笑しながら。……当然の酬いとして、僕は今、いつ果てるとも知れない孤独地獄に陥っている。N君、僕は今後どういう態度を採ったらいいだろう？　殺人者である僕は、この際直ちに自首すべきだろうか？　それとも僕の犯行は、一時の心の迷いとして隠蔽し続けていてもいいであろうか？　この手紙は、N君個人に宛てたものだが、君を通じて何処へ発表して下さっても構いません。暗闇に迷い込んでしまった僕はどうしていいか分からないのです。昨夜も、一昨夜も、……この一月ばかり、一夜として安眠できず煩悶しています。どうしていいか判りません。教えてくれたまえ、教えてくれたまえ！……

（三月二十二日）　　　　　　　　　　岸山朔郎誌す

N君　机下

この奇妙な手紙を貰った僕は、正直に言って、非常な迷惑を覚えた。右のごとき重大問題を打ち明けられて極度の重圧感を、経験の浅い私は感じなければならなかったのである。しかし、私が岸山の家を即時訪問し彼を慰めたことは言うまでもない。苦行僧のごとく窶れ果てた岸山を前に、その内容が発表すべきものでない事、彼の犯行（もしこう呼び得るものであったら）――が、ほんの心の迷い、一瞬の過ちに過ぎず断じて煩悶する必要のない事、もし煩悶しなければならないほど神経が疲労しているなら二月ばかり何処か空気の清澄な海岸か山へでも保養に行くことなど薦めて、極力気を引き立てることに努めた。けれども、そう言う私自身にすら何となく自信の無さが感じられたので、手紙の内容は、邪推深い世人の疑惑を招くことを虞れて私一人の胸に収めて置き、何処へも発表しようとはしなかった。が、次に誌すがごとき契機により、私は岸山の無辜《ノンギユリテイ》を確信することができたのであった。――

その夜は右の手紙を貰ってから二日目の二十四日、初春の暖かい夜であった。日頃あまり読書などしない私ではあったが、仕事の関係上（と言うのは当時私はK大学経済科を卒業後亀ブラシという束子《たわし》の製造を業とする親父の仕事の広告部に働かされて、新聞雑誌等に商品広告文案を書いていた）――商業の理論を調べてみたいと思いW区鶴巻町の古書店街を何か適当な書が無いものかと、至極オメデタイ格好で（日頃本とはおよそ縁遠い生活を送っている私が古本屋を歩くなどということは、きっとユウモラスな風景に相違ないのである）一軒一軒立ち並んだ薄暗い店の古ぼけた書棚を調べて行った。そして前項にちょっとふれて置いた問題の書《配給市場組織》を探し当てたのは、相当手広く商っているらしい古書籍店文章堂書店の商業経済辞書等の棚の三段目であった。配給市場組織――という題名が私の購買心を唆《そそ》ったので、私はそれを急いで引き抜いて手に取るや何気なくパラパラと頁を捲くって見た。その書には上段の空白にいろいろ書き込みがあり一見して学生の使った教科書であることに気が付いたが、なおも目次その他の頁を瞥見した上書き込みに好奇心を覚えて漫然と粗読して行くうちに、こてこてと並んだ文字の間に、

I《アイ》 will《ウイル》 kill《キル》 him《ヒム》!――と綴られた英文字が私の眼を吸いつかせた。それはその書の所有主の手持ち無沙汰の落書きには相違ないのだが、（変なことが書いてあるなあ……）という程度の軽い気持ちで続けてその付近の頁《ページ》を開いて見ると、

I will kill him!

I'll《アイル》....kill Him!

I will kill him!

I will....I will kill him!

と、同じ筆蹟で同じ文字があちこちに走り書きがしてある。（殺すって一体誰を殺そうと言うんだろう?）と、ちょっと不穏な気持ちになって更に点検を続けて行くと、次のごとき憎悪の罩もった筆先で書かれた文字を発見するに及んで、不気味な暗合がひやりと私の脳裏を掠めたのである。……

岡田　　　岡田雅久　雅久
彼奴《あいつ》！　岡田……
敵、敵、敵、敵、敵、　殺ス……

――恐らく読者諸君も私同様思い当たる節があるであろう。I will kill him の HIM が判ったのである。すなわち「岡田雅久」だ。ではIは誰であろう？　私はその本の持ち主が誰であったかを確かめるために急いで裏表紙を繰って見た。そしてそこに「経済学部一年岩堀剛三所有」の文字を発見することができたのである。――偶然というものは洵《まこと》に奇態なものである。読者諸君はこの場合私の置かれたシチュエションのあまりに通俗小説の「出会い」染みた不自然を嗤《わら》うかも知れない。実は当の私自身ですらそう思った。が、現実は意外に充たされ「不意打ちの連続」であって、逆に出会わねばならぬ必然性があるにかかわらず、どうしても出会わない場合がある。もしこの書が私以外の事件に無関係の者の手に移ったとしたら、何の問題ともならず単なる落書きとして葬り去られてしまったであろう。私は書を手にしながら暫時茫然としていたがあまりそうしていることは店員の手前不自然なので、ズカズカ店内の奥の帳場の前まで進んで行き代価を支払い、その書が正しく岩堀剛三君の蔵書に間違いないかを確かめるために、金銭出納器を前にして端座していた六十歳以上とも見える老眼鏡を鼻の頭に乗せた禿頭の店主に問い質してみると、その老主人の答えるには、自分の大の野球ファンで岩堀選手はよく知っていて、その書は他の数冊の教科書とともに岩堀が射殺される前年の四月学期の更まる時期に纏めて買い取った事実を判然と認めたのであった。私は、その《配給市場組織》をもっと厳密に調べれば更に意外な文字を発見することができるような気がしたので、大急ぎで店頭を立ち去るや、通り掛かった円タクを直ちに止め直線的に目白の吾が家に立ち帰り、書斎に籠もって順次ページを繰りつつ予想通り書き込みの中から様々の語彙を発見することに成功した。それらをモンタアジュすると次のごとき文章《センテンス》となったのである。

俺は殺す必ず殺して見せる彼奴を岡田を俺の敵を俺の女を奪い彼奴の世間的人気はどうだ岡田憎い奴《やつ》俺は貴様を殺すぞ必ず殺して見せるぞ……

私は以上岩堀君の走り書きによって、私の友岸山投手が手紙で告白した犯罪意識が否定せられ、彼の無辜《むこ》であることを確信することができたのである。すなわち岩堀君は「岡田を殺す」と言って恵子嬢を脅迫していたように、岡田君に対する憤懣の遣り場に窮して、自己の殺意を、何気なく開いていた教科書の内に書き込んだものに相違あるまい。人は愛する人憎む者、要するに関心の対象の姓なり名なりを無意識の裡に書いてしまうことは至極有り勝ちである。「彼奴の世間的人気はどうだ」と、岩堀君が岡田君の人気について嫉妬しているが、それが充分彼に殺意を抱かせる動機となったことを認め得るほど烈しいものであった。岩堀君は生前野球選手の持つ華やかな一面を常に憧れていたらしく、ダンス・ホオルへ通ったり避暑地の社交界へ出入りしていたのもそういう気持ちの現れであった。しかしながら、希《のぞ》んでいた冒険を享楽するには彼はあまりに単純過ぎた。一方岡田君はこれと反対で、自ら需《もと》めずして種々の享楽が彼を包囲した。これが岩堀君のいわゆる「人気」であったらしい。WとKと相互に別れてはいるが相当古くから交際を続け、その日頃から敵視していた男が最も直接的に共通の友人である岸山君の妹恵子嬢を挟んでの恋敵に回ったのである。しかも女は自分の意を容れないばかりか、易々《いい》として岡田君に総てを委してしまった。彼の鬱積した闘志が動かすべからざる殺意に変わったと言うのも、洵に当然なことだと思料したのであった。

一方、岸山君の殺意なるものを点検して見るに、これは意外に根拠の薄弱なものであり、彼が一通りの教養を受けた都会人でありながら最も都会人らしくない性情の持ち主であることは、最愛の妹に対してすら、（否、愛すればこそ盲目となったのかも知れぬが）――あれほど頑固な無理解さを示した点だけでも充分認められることであり、岩堀君の性格が、クレッチクメルのいわゆるチクロチイメル型（外向性）であるに反してどちらかと言えばシゾチイメル型（内向性）で、妹に示した無茶な態度を慙愧《ざんき》するのあまり、その反動として彼の犠牲的精神を満足させるために自分の苦悩を発散させること無しに、適確な意識とまでは至らなかった殺意を適確らしく創り出そうとしたのではないであろうか？　彼はソフィストなのである。「僕が呪いの一球を投じなかったならば岩堀君は岡田君を倒すことはできなかったのだ！」と言っているが、よし暴球を抛ったとしても打球棒を振らずに止める余裕が岩堀君には無かったのであろうか？　彼の手記は、最愛の妹を己の無智から失い謂わば暗黒な失意のどん底に沈湎《ちんめん》しつつ誌されたもので、彼の理性は完全にK・Oされているのだ。こういう惑乱した精神状態の者が、親しい友に秘密の手記を誌すといったような劇的行為に移った場合、一種の誇大妄想狂、――内向性の彼が罪業妄想に捉われるということもまた有り勝ちのことではあるまいか？……。

私は以上のごとく岸山君の意識過程を省察し、私流に合理化することができて愉快であった。私は右の顛末を早速岸山君に報導せねばならない。岸山君は、岩堀君の殺意の証拠立てられたことを知ったらどれほど安堵の胸を撫で下ろし、心の窓を展くであろう！　ここ半年ばかりの泥沼のような彼の生活が、たちどころに初春の空のごとく晴れ渡るに相違はあるまい！　私は、このニュウスを知って朗らかになっている岸山君の久し振りの若々しい顔を想像して、私自身の顔までが解けかかる歓びを覚えた。生憎その翌日は退《の》っ引きならぬ商用が私を捉えていたので、私は止むなくその夜深更まで掛かって、語る以上に詳細な長文の手紙を以て右の嬉しい顚末を岸山宛てに郵送したのである、心の奥で明朗な彼の返事を期待しながら。――

　だが読者諸君よ、哀しい哉、人生は私の考えたほど単純ではなかった。それから数日の後、私の貰った返事、岸山の第二の手紙は、あまりにも意外極まるものであった。いや、誇張ではない、私の友に対する夢は破壊されたのである。……

N君

　御手紙拝見しました。もっと早く返事を書こうと思っていた所、どうにも気力を呼び起こし得ず遅れて何とも申し訳がありません。僕は前便で「如何に生《い》くべきか？」を君に問い、返事を戴くことを要求しました。けれど、今となっては僕の心は如何なる人の忠告や説諭や慰撫も受け付けないほど頑《かたくな》になっているのです。君の好意ある論理は僕の心を一時的には慰めはした。けれどそれは文字通り一時的であって、それ以上何らの作用も働きかけはしなかった。と言うのも実は、僕、君のすこしも知らない事実のために苦しんでいるからであって、前便を事件の真相として君に御知らせしたが、あれは少しも根拠の無い出鱈目だったのです。僕は最早これ以上N君をも世間をも欺いていることはできない、以下真相を打ち撒けてしまいます。

N君、岩堀には岡田を殺そうなどという気持ちは豪末も無かったのですよ。岡田は生前恵子に《自分は岩堀の意識的な打球棒によって殺されたのだ》と言い、N君も書き込みの文字からそう判断しているが、あれは岡田の妄想であると同時にN君、君の錯覚です。岩堀はそんな悪人では無くむしろ僕に利用されたほどの善人です。何故なら、N君、あの《配給市場組織》の中に書き込まれた文字は、他ならぬ僕が書いたものであるから。これが第一の嘘！ すなわち僕が岡田を殺害しようという気持ちは、最初の手紙以上にもっともっと計画的で悪辣《あくらつ》なものだったのです。僕はかなり前から岩堀の強振する打球棒を利用して、岡田を殺《や》っつけようと思い、その目的を達すると、岩堀のアパアトへ遊びに行き（僕達は右の事件が契機となって前より親密になっていた、もちろん親密になることが僕の予定行動だったが）気付かれぬようそっと彼の書棚の隅に埃に混みれて挟んであった《配給市場組織》を盗み出し、あたかも岩堀に岡田を殺す意思のあるよう見せるため様々な文字を岩堀の筆蹟を真似て書き込み、二三日して再び遊びに行って元通り書棚の間へ挟んで置いたのです。その教科書が既に不用の物であったし、そのくらいの曲芸を仕組んだことはボンクラな岩堀相手では至極容易《たやす》かった。本が人手に渡れば誰かにその文字が発見され、そうなれば確実に僕の罪を殺害動機を充分に備えている岩堀に転嫁することができると思ったのです。岩堀は例年通り下級の者に譲ることをせずに意外や古本屋へ売り払い、更に偶然にも、大分時期が遅れてN君の手に入り到頭予想通り君を欺いてしまったのです。そんな企画《たくらみ》をするなんて、嗚呼《ああ》、僕は何て愚かな怖ろしい男なんだろう！……。

では、僕が岡田を斃そうと計画した真の動機とは何であろう？ 前便で僕は「最愛の妹を弄んだ憎むべき不徳漢を葬らんがために」と言った。だが、これは出鱈目です。N君、恵子は最愛には相違ないが、僕の肉親の妹ではなかったのですよ。――これが第二の嘘！　こう言って驚くであろうN君の顔が目先にチラつきます。そうです、驚くのも無理はありません、この事実を知っている者は僕以外に皆死んでしまって、社会には一人も無いのですから。当の恵子でさえ僕を肉親の兄とばかり信じ、生き育ち成人しそして死んで行きました。私の母の従兄が或る芸者に子を生ませ、或る理由の下に世間の体面上、父の子として入籍したその女の赤児が、恵子だったのです。何故そんな馬鹿なことをしたか、という点については、その当時の岸山一家と親戚との間で、そうしなければならない事情が伏在していたとのことでこれ以上は説明できません。僕自身ですら、母の死の床で聞かされただけですから。僕は幼少の頃から恵子とともに育ち次第に成長するに及んで、肉親では感じることのできない奇妙な愛情を覚えるようになり、それをどんなにか怖れ恥じ自己を叱責したか知れません。私の本能は不知不識《しらずしらず》の裡に真実を感じていた訳です。妹としてよりも女として、恵子の肉体の発育、乳房の膨らみ臀部の肉付きなど、それに禁断の体臭を感じなければならなかった僕はどんなに苦しかったことか！十八歳の折脳溢血で父を突然に失い、二十歳の夏更に、宿痾の脊髄カリエスが悪化して脳膜炎と変じ物故した母の臨終の枕頭で初めて真相を聞かされた時には、嬉しいような哀しいような何とも言えぬ衝動を覚えて、俯向いた僕の両眼からは泪が止め度もなく流れました。自分の恵子に対する愛恋の情が決して不自然でなかったことを知り、未来においてできるなら恵子を自分の妻にしようと決心したのです。ところが、何と僕は意思薄弱だったのだろう⁉　恵子から本当の兄として慕われると何としても真相を知らせ本心を打ち明けることができず、悶々の月日を送っているうちに、ついに二人の前に岡田と岩堀が出現したのです。恵子が岩堀の求愛を退けたことを知って安堵したのも束の間、岡田は何日《いつ》の間にやら恵子の身も心も自由にしてしまっていたのでした。処女を失って一層女らしい魅力を増した恵子、次第に膨らんで来る彼女の腹を見ることは、どんなにか苦しかったことか！　胸も腹綿も掻き捲られるほどの烈しい嫉妬に苛まれた僕は、ついに愛する「女」恵子を奪った岡田を殺害しようと決心したのです。僕の犯行の動機にはいささかの正義の片鱗すらも無く、単に嫉妬に燃えた痴人の怨恨に過ぎなかったことを思えば、僕、とても生きていられないほど恥ずかしくなります。

N君、前の手紙も実は以上の真相を書こうと思って筆を起こしたのです。けれど、意思の弱い僕は真相を吐露することが中途で怖ろしくなり、あんな欺瞞を行ってしまったのです。どうぞ僕の罪を御許し下さい。N君、今は岡田も恵子も岩堀もいないのだ。僕は僕だけが死ねばいいのだ。そうでしょう？　僕こそ、三人の命を盗んだ重罪犯人なのだもの。僕は以上の秘密を抱いて半年ばかり、一日として岡田と恵子の亡霊に悩まされない日とて無いのです。僕には夜が怕《こわ》い、……言いようも無く怖ろしい。……他の人の安息所である寝床が怕くて堪らないのです。夜が来て寝床に横たわれば、必ず底知れない不眠地獄が待っているからです。僕は恐らく、この手紙が君の手許に届く頃には既にこの世におさらばをしているかも知れない。

さようなら、N君。……

（四月一日）

岸山朔郎誌す

僕の敬愛する友T・N様　足下

嗚呼、これが真実なのであろうか？　真相だと言うのであろうか？　あまりに突飛な真実だ、怖ろし過ぎる真相だ！　私は読み終わるや否や、頭上の柱時計を仰いだ、五時三十五分！　友は今死を呼んでいる。或いは既にその暗黒に呑まれてしまったかも知れない、けれど、まだ間に合うかも知れない。私は総てを放擲して外出の仕度をするや、家人に碌々《ろくろく》理由も話さず蒼惶と家を飛び出し、来懸かる円タクを止め一路青山に在る岸山の家に向かって疾走することを命じた。自動車は目白の私の家から許される限りの速力を以て、春の夕暮れの賑やかな街衢《まち》を燕のように疾走し、四谷塩町から神宮外苑を横切り、約三十分の時間を以て岸山の邸宅の前に到着したのであったが、その間の時をどれほどの焦燥を以て長々しく覚えたことであろう？　総坪数六七百坪も有りそうな豪華な庭園に取り囲まれた傲然たる甍が四囲を見下ろし、そこに備えつけられた避雷針の尖端が初春の夕陽を浴びて、花火のごとくキラキラと輝いていた。門を潜り前庭に敷き詰められた砂利の上を大きな音を立てて二三歩進んで行った私の耳に、これはまた意外な音楽の響きが聞こえて来た。いや、それは「音楽」ではなかった、岸山の書斎である二階の窓からトボケ切ったジャズのレコオドが鳴り響いていたのである。私は安心して一時の気の緩むのを覚えた。そして、第四の歩みを踏み出す前に、ふと或る事を思いついて思わず「ぷふウッ！」と吹き出してしまったのである。……

読者諸君、——諸君は岸山の手紙の最後に誌された四月一日という日付に気付かれなかったであろうか？　四月馬鹿《エイプリルフウル》！　四月馬鹿！　何だ、一本やられたのか！……私はそれまでの緊迫した暗鬱な気持ちを一時に解消して、私にもあらず馬鹿声を出し「あははは！」と呵々大笑してしまった。と言うのも、この数年来岸山と私との間には April《エイプリル》 Fool《フウル》 の契約が結ばれていたたからであって、岸山は曩《さき》に送った私の慰撫の手紙によって、私の予想した通り、岩堀君の犯意を知り罪の意識の消散を見、罪業妄想から救われ、嬉しさのあまり四月馬鹿を企てたに相違ない。四月一日という文字が、私を揶揄《やゆ》するように回転しながら眼の前に現れたり消えたりしていた。……私の足も歓喜に躍動した。常談にも程がある四月馬鹿だと、手を取り合って笑い合う場面を想像しながら私は指に力を罩めて訪問鈴《ベル》を捺《お》した。

だが、私の前に現れた者は、日頃の習慣を裏切って下女の代わりに、当の岸山自身であった。更に意外なことには、最悪の場合を想像した時の岸山の表情よりも、もっともっと沈鬱な、あたかも死神の乗り憑《つ》いているがごとき不気味な顔の岸山であり、その動作が芋虫のごとく物倦く、私の顔を見たとて別に嬉しそうな容子《ようす》をするでも無く、声さえ掛けることを忘れて力無気に手招きすると、室内着《ガウン》の衣裏《ポケット》に両手を埋めたままオピアム・イイタアのごとき足取りでふらふらと先へ、二階の書斎への階段を上って行くのであった。嗟《ああ》、私のＡＰＲＩＬ《エイプリル》　ＦＯＯＬ《フウル》説は破られたのである！　今生きていることがせめて仕合わせとしなければならぬ、今日こそは彼に活気を吹き込むに好い機会だ――私はこう決意して、彼に従って階段を昇った。

卓子を距《へだ》てて向かい合った彼の窶れ方はどうであろう？　かつての生気溢るる両眼からは総ての潑溂さが失われ、豊頰は見る蔭も無く落ち窪み、書かれたごとく濃く太い眉が結核患者の眼のような鋭くぎょろついた眼の上に黒々と被さり、以前の円味がかったいが栗頭は痛々しいほど骨ばって一寸近くも頭髪が延び、蒼白な手首から指先にかけて時折思い出したようにピクリピクリと痙攣させせている態は、正しく失意と焦燥の権化《ごんげ》であり、あたかも世を捨てて自尊心を守る禁欲主義の犬儒派《けんじゅは》に似た面影があった。

彼は私の慰撫の言葉の一言さえも頑強に受けつけなかった。陽が落ちて室内が次第に暗くなって行くにもかかわらず、電気も点ぜず岸山と私は終には言葉も無く向き合っていた。

彼は最後に言った。

「N君、人が自殺をする時、ジャッズに興味を持つことは不自然でしょうか？　僕には魅力があるんですがね。自殺行為なんて、ジャッズ以上にトボケタ代物じゃないのでしょうか？」

岸山はこう言って立ち上がるやヴィクトロオラの蓋を開けようとしたので、私は怒鳴った。

「止したまえ！　僕はどんなことがあっても君を死なせはしないよ！」

「そうですか。では止めましょう」岸山は嘲笑するように私に振り向いて「N君、警察では恵子が岩堀を射殺した凶器である短銃が見付からないのに、ずいぶん業を煮やしていたのを覚えているでしょう。それもそのはず、あの凶器は僕が妹から奪って、誰にも分からない蔵の中へしまって置いたから。今朝、それを取り出して、今、この後ろのデスクの曳出しに蔵《しま》ってある。女中は外出させてしまったし、死のうと思えばいつでも死ねるのですよ。……」

「…………」私が何とも言葉を挟むことができずに彼の顔を瞶《みつ》めていると、彼は私の鋭い視線を避けるようにノロノロと背中を向けると、そのままの姿勢で言った。

「N君……愛想が尽きたでしょう、僕のような意思薄弱……最大悪人に？　僕のような人間の生きて行く余地は、もうこの世界には無いでしょうね……？」

私の体は次の恐ろしい事件を予想してブルブル震え戦いた。曳出しのギイと開く、いやな音がした。瞬間放任して置けばピストルの弾丸が飛び出るのである。私はバネにはじかれたように立ち上がるが早いか、物をも言わず背後《うしろ》から跳びついて右の利き腕を押さえてしまった。

「わっはっは……！」この時、岸山の脣から洩れた音は、悲愴とも恐怖とも惨酷とも哀惜ともつかぬ不気味な笑声であった。

「N君、君、君──君は、本気になっているのか？　あっはっはっ……エイプリル・フウルだよ、N君──僕の、ははっは……手紙を書いた日を知っているか、四月一日をさ、……君、君と欺し合いの約束をした日を？　忘れたんですか？　あははは……はは、君は馬鹿だなあ……！」

私はこう言われて迂濶にも両手を放した。体の自由を獲得した岸山が、背中を向けたまま前蹲《まえかが》みになると、薄暗の中で私の瞳にピカリと短銃の光るのが映じた。と、岸山は再度私の押さえつけようとするより早く、右手に握った短銃を右の顳顬《こめかみ》に当てると、素早く引金を引いた。バアンという耳をつんざく音が室内に鳴り響くと、微かな煙が上がって、私の前に、細い血を垂らした岸山のドサンと倒れる姿が見えた。彼は真正に発狂したのだ、事件は結局「四月馬鹿」では無かったのだ！　私の眼から不幸な友岸山朔郎に対する哀惜の泪の流れるのを覚えたのは、それから小一時間ばかり経ってからであった。……

白線の中の道化

昨秋のシイズンを最後とし、約十年に亘るベンチ生活を去るに際し、何か回想録を、とのC社の注文である。世間からは佞奸邪智のイヤゴオ、老獪無比の古狸とまで呼称された私にすら、過去の辛い思い出や愉しかりし事どもがあたかも走馬灯のごとく眼前に徂徠して、何を誌して宜しいのやら皆目断々も付かず、ペンは徒に顫えるばかりである。しかも、それらの人間的感情は、曩《さき》に他誌からの依頼に、ことごとく清算してしまった今日、ここに繰り返すの要も無く、ますます困るのである。最近は会う人ごとに監督辞任の理由を問われる。が、幾度も声明する通り、それは健康衰退以外の何物でもない。数年来の高血圧は、到底ベンチ・コオチのごとき神経的劇務に携わることを許さなくなった。今日まで頑張り通して来たのも、一つに、母校の選手達が可愛かったからである。強情頑迷な私に、いわゆる慈父に対するがごとき偽り無き思慕の情を寄せてくれた彼らに袂別するのは、何と言う哀しいことであろう! 嗟、親愛なる選手達よ、健在なれ、と、柄にも無く感傷の溜息も吐きたくなる。……

ペン取るに際し、私は何を誌すべきか、暫時瞑想することにした。終始私の心を捉え、忘れようとして忘るる能《あた》わざるものは、私が多年面倒を見て来た青木投手の死である。それは私がその臨終に偶然立ち会い、また、当時不可解な失踪を報ぜられていた館岡節子と呼ぶマネキン・ガールが、実は青木に扼殺された上自宅に隠匿されていたもので、しかも、青木の犯跡を認めた手記を直接受け取ったりして、私が尠《すくな》からず事件に関係を持ったからである。

　青木が如何なる選手であるか、私が今更説明するまでもなく、読者の夙に知らるる所であろう。多勢の選手の中で、特定の一人に注目するのは、公正を旨とする監督者として排斥すべきことだが、青木が特に熱心で、情熱奔放、不撓不屈な面魂を持っているという点、誰よりも眼を懸けずには居られなかったのである。それは必ずしも私の独断でも過大評価でもあるまい。彼の正確な制球力と試合に臨んで飽くまでも真剣に戦う純真さは、私よりもむしろ読者の方が認めて居られた事実であろうから――。その青木が、昨秋のX・Y戦試合進行中、図らずも、敵軍横井捕手の投じた「三塁走者牽制球」を背後から受けて、久しい間病臥生活を送らねばならぬ事情になってしまったのだから、私の失望は一方では無かった。それは単に、名投手を失ったという功利的な理由からばかりで無く、私に絶対信頼を示してくれた後輩の奇禍として哀しかったのである。背部の打撃が動因となって発病した肺結核と、闘病三ケ月余、倖《さいわ》いに小康を得て本年初頭退院し、次第に頬にも紅味を増し、語る言葉にも力の罩《こ》もって来る有り様を見て、吻っと安神したのも束の間、運命の皮肉は、彼に飛んでもない大罪を犯させてしまった。事件当時、私は、青木の手記の或る部分を、請わるるままに各新聞社に提供したが、一般に、事件の委曲は知られていない模様である。そこで私は、幸いこの度、C社から誌面を提供された機会に、手記の全文を掲げ、世人の正鵠《せいこう》なる判断を期するとともに、私自身目撃した劇的な場面を有りのままに綴ろうと決心したのである。

　……重苦しい雲が低く垂れ罩め、赤茶気た空が吾々の心を謂いようもなく暗鬱にする晩冬の一夜、私は差出人青木真一と書かれた部厚い一通の封書を受け取った。その頃、付近に住んでいるTと呼ぶ若い探偵作家が、野球犯罪を主材とした三部作のフィクションを完成したいと意気込んで、野球技の実際に関する疑問を質《ただ》しに出入りしていたが、その夜も、《打者が計画的に投手を狙って放つ直球打《ライナア・ヒット》によって果して投手を殺害できるかどうか?》という奇抜な質問に接した。私は、《素早い投手直球《ピッチャア・ライナア》を捕えるのは平凡なゴロを捕えるよりも容易で、ほとんど無意識的にグラアヴに収まるものであり、その日がよほど悪質の陰天である上、ボオルが真黒に汚れてでもいない限り、投手が逸球して胸部に命中するような場合は、まあ無いであろう》と答えて置いた。けれど、T君は至極満悦の態で帰って行った。私は、探偵作家などという者は洵《まと》に莫迦莫迦しいことを考え出す者だ、と冗談半分に苦笑していた所、その日受け取った青木の封書を披《ひら》いて、強ちに探偵作家の空想が軽々に笑殺すべきもので無いことに思い到り、慄然とせざるを得なかった。空想と現実が、偶然、一致を示した、狂えるスポオツマンの紛糾錯雑した情痴犯罪が曝露されたのである。人生は悲痛な「喜劇」に充ちているものだ。私は、今、再び、その封書を披こう。……

×　×　×

先生。

……僕はいま、この手紙を書きながら、もう二度とふたたび、やさしい懐かしい先生にお目にかかることができないとおもうと、とても悲しくなって、息のつまるくらい泣いてしまいます。

ああ、僕は何から先に書いたらいいのだろう？　何を先生にきいてもらいたいというのだろう？　いや、何からなにまで、僕のおそろしい犯罪や、少年時代からの奇妙な病気や、Ｙ大の横井との確執や、それからあの、憎いのだか可愛いんだか分からない節子という女についても、みんな、しってもらわなければならないのです。

先生、先生は、館岡節子というマネキン・ガールが、自殺のおそれをのこして、行方不明になったという事件をごぞんじでしょう？　新聞には、この僕が一時彼女と恋愛関係にあったと、あばかれていたくらいですから。節子の妹の万里代――姉おもいの万里代が、何だか心配だといって、警視庁へ捜査願いを提出した事件なのです。いまここに、それが単なる失踪事件ではなく、節子はあやしい魅力の浮いた真っ青な屍体となって、僕の病室の支那鞄のなかに、五日の間ねているのだ、とかいたら、穏和な先生はどれほどおどろかれることでしょう！　そうです、僕が節子を殺してしまったのです！

先生、先生は、罪に陶酔する犯罪者の心理をおみとめになりますか？　僕はまるで痴呆のように、五日の間、節子の屍体と、くらい、濁った歓喜の内に、一切をわすれて同棲しました。さわると吸いつくような粘着力のある肉塊は、僕をとらえて放しませんでした。ですけれど、先生、僕は何だかおそろしくなったのです。節子の屍体とくらすことが、だんだん不気味におもわれてきました。さしもに美しかった節子の肉体も、日がたつにつれて形がくずれ、髪がぬけおち、くちびるもはれあがって、あまつさえ、悪臭をはなつようになりました。僕の色情陶酔もめざめて、いまはただ、犯した罪のおそろしさにふるえているのです。先生、どうして僕が節子を殺さなければならなかったか、どうぞそれまでの苦しいこころを裁いて下さい。

僕がはじめて節子と知りあいになったのは、一昨年の秋の、ウラウラとはれわたる暖かい日曜日、同級の友と湘南の海岸地方へドライヴにでかけたときのことでした。その時、僕たちと一日をたのしくすごした女が、節子と妹の万里代だったのです。僕たち四人は、かがやかしい陽光《ひざし》を体いっぱいに浴びながら、白砂や渚や岩の上を、どんなに快活にかけまわったことでしょう！　それは一幅の「青春図」であったに相違ありません。節子は当時からM百貨店化粧部のマネキンをつとめている奔放なモガで、万里代は、知人の家にでいりしては小学児童に基本英語を教える、姉の華やかな情熱に対蹠的の理智的なしとやかな女でした。節子は靴下をぬいで、膝まで海水にひたし、岩のあいだに棲息しているウニや海草をとることに興じていました。そのキラキラと透明にすんだ水にゆれる、綿のように白い柔らかいふくらはぎが、僕のくいいるような眼をいたいほどいじめつけていました。僕はその日から、節子に夢中になってしまったのです。

先生、僕は女というものから「母性」を感じることのできない哀れな男なのです。物ごころついてから、秀才型とは正反対の、物にこだわり性の、悩《のう》の多いモヤモヤした子供だったのです。僕の濁った脳髄にすくってていた幻影は、自分よりも年上の女のはれぼったい真白な肉体でした。小説に描かれる恋や、周囲の友人たちの愛がプラトニックであるのをみるにつけ、そういうきよい感情をもつことのできない自分が、浅間しく、けがらわしく思われてなりません。よそのひとは、女というものから、ちっとも肉慾的なものを感じていないようにおもわれるほど表面高徳で潔白ですが、内心はたしてその通りなのでしょうか？　僕は、だから、節子の肉を得るためにのみ結婚ということを考えました。それは、節子が半ばこころをゆるしながら、結婚するまではどんなことがあってもプラトニックでありたいと頑強に主張していたからです。

その後、はかなくも頼りない、いつ逃げられるかもしれない不安の日々が、二月三月《つき》とつづいてゆきました。つとに両親をうしない、ひとりの兄妹もなくまったくの孤独ですごしている僕にとって、愛する女とひとつ屋根の下にすむことができるというのは、どんなに素晴らしいことでしょう！　案じていた乖離もなく、そのまま順調にすすんで、やっと満ちたりたおどかな気持ちで春の結婚をまっている僕の前に、突如、致命的な障害があらわれました。先生、その障害こそ、憎んでも憎みきれぬ少年時代からの仇敵、横井だったのです。

ああ、横井の畜生！

彼奴さえこの世に存在しなかったら、僕とて、こんなゆがんだ道をあゆみはしなかったろうに！　僕と横井の猫かぶりが成功して、世間がふたりを親友と理解している現在、横井を憎んでも憎みきれぬ仇敵とかいたら、いかに烱眼《けいがん》な先生といえども意外におもわれたことでしょう。世の中には具体的な理由はなくとも、本能的に憎みあわなければならない人間同志は存在するものです。利害からはなれて、顔を見、体臭をかいだだけで、もういやでいやでたまらないのです。僕と横井との関係がちょうどこれで、僕は横井のような奴がこの世に存在するくらいなら、最悪の疫病が蔓延した方がどれほどマシだかわからぬと考えていました。

僕と横井は、同じ学校の同じ教室でそだちました。僕が、女々《めめ》しく、優柔不断の、いわゆる手のかかる子で、受持ちの教師から愛想をつかされ、同級生からは軽蔑されていたに反し、横井は典型的な秀才で顔や姿も美しく、先生にも気にいられ、どこへだしてもはずかしくない模範生でした。もともと虫のすかない奴だとおもっている上に、家も近所であるところから、ことごとに横井とくらべられ、いっそう圧倒されるようになりました。実力の点ではかえす言葉もありませんが、どういうものか特に僕を選んでは、弱点をほかの生徒のまえであばいたり、神経的な調子でいやがらせやはずかしい目にあわせる横井には我慢ができませんでした。僕の家は、相当の貯えもあり、いわゆる中流以上の生活をいとなんではおりましたが、大酒癖のある父は放蕩三昧に日をおくり、まったく家庭をかえりみず、母はそのためにヒステリイにかかって、あさましい痴話喧嘩のくりかえされない日はありませんでした。永年の不摂生から高血圧におびやかされる父は、やけ半分に、ますますルーズな日夜をすごすようになりました。こういう雰囲気に棲息する母のヒステリイが日とともに悪化しないわけはありません。ある大掃除の日、父の書類の整理をてつだっていた僕が、二階へさがしものにあがった母をよんでこいと命ぜられて、何らの予期もなくあがりきった廊下の鴨居から、羽根をむしられた鳥のように醜悪な母の縊死体を目撃した時は、キャッと叫んだまま階段から転落してしまいました。それを、青木のお母さんは気がちがって首をくくった、と学校中にいいふらし、それから一週間もたたぬうちに、母の自殺からショックをうけた父は、甚だあっけなく脳溢血で死んだのを、青木のお父さんはお母さんをあんまりいじめたから、お母さんの幽霊にとりころされたのだ、と吹聴したのが横井だったのです。物質ではすくうことのできない家庭の不幸にひしがれた僕に、こういう横井の嘲笑は、どれほど根づよい憎悪を植えつけたことか！　それも自分は影にかくれ、自分に追従してくる劣等生を煽動して吹聴させるところに、横井独特のズルサがありました。奴には、弱者をいじめてよろこぶ悪魔的な嗜好があったに相違ありません。

さらに、僕の奇病が横井の好餌となりました。先生、僕には少年時代から、居眠り病があるのです。中学から大学へ、三度の食事もわすれるほど野球に熱中したために、ここ数年は幸いにして一度の発作もみませんが、十二三の時代、僕が「童貞の悪癖」に耽溺していたころは、一日おきには、程度の深浅はあれ、かならず発作におそわれて、いたるところで恥ずかしい目にあうのでした。こういう病気をはたして何と説明したらいいのでしょうか？　後に、ある精神病学者の診断をうけて、それがナルコレプシイという稀有な精神病であることがわかりましたが、あきらかに単純な神経衰弱とことなり、前駆発作として猛烈な頭痛と眩暈と嘔気におそわれ、この三つの苦痛が終わると、急にねむくなり、そのまま深い昏睡状態に陥ってしまうのです。このつよい睡魔の誘惑にはいくら抵抗したところで到底打ちかつわけにはいきません。いや、最初から、その抵抗力さえ奪われた全き脱力状態に陥ってしまうのです。だから食事中でも茶碗をほうりだして眠り、用便中でも便所で眠り、授業中高いびきをかいて眠り、先生にとても怒られたことがありました。僕はこの奇妙な病気をどれほど恥ずかしくおもったことでしょう！　居眠り小僧！　これです、かの横井が組中にふれまわり、雷同しやすい少年たちをあおっては僕をいじめるにもちいた仇名《あだな》は！　ついには発作そのものよりも、発作をおそれる強迫観念の方が、僕をますます変質的な少年に仕立てていったのです。

けれど、野球がこの世に存在しているということは、ほかに何の能もない僕にとって、何という幸福でしたでしょう！　野球をあそぶために生まれたとでもいうのでしょうか、ボオルを手にすると心は快適になりました。

ああ、バットの響き！

くっきりとした白線！

青空たかく悠々と弧を描いてとぶ真白なボオル！

これらは、沈みがちの僕にどれほどの生命力を与えてくれたことか！　試合が終わって家へ帰れば、その瞬間から本来の居眠り小僧にもどらねばならぬ関係上、僕はついに一日の大部分をボオルとともにすごすよう計画しました。こうして僕が仲間から、ひいては校外にまでみとめられだしてきた一個のヒイロウとなった時、周囲がそれまでの嘲笑をわすれて追随してくる、人間の冷たい、さびしい一面を発見しました。僕が医者の相手にしない疾患からすくわれ、野球選手としてぐんぐん上達し、先生からも特に御指導をいただけるようになったのも、僕のボオルにいだく異常な執心と弱者の発奮からでした。

先生右のような事情をへて、僕はX大学、横井はY大学にそれぞれ入学し、野球選手として最後まで拮抗するよう皮肉にも運命づけられて成長してきたのです。その横井が、今度は先生、恋の邪魔だてをはじめたのです。おそるべきライヴァルとして、僕の生活を攪乱しはじめたのです。


それは、昨年の春、僕が節子姉妹をN×××劇場のマーカス・ショウにさそった夜のことでした。幕間の休憩時間に、地階の喫茶室でコオヒイをすすっている時、偶然観劇にきていた横井とバッタリ出あってしまったのです。僕はしぶしぶ節子姉妹を横井に紹介し、本意なくも四人でテエブルをかこみました。僕はそれまで、こと節子に関するかぎり、横井にしられないようにつとめてきました。できるだけ節子と横井が顔をあわせる機会をはずしてきました。なぜなら、節子がうわついた多情な女だったし、横井は、また、少年時代からの嗜虐趣味が年とともにますます磨きがかけられ、洗練されたドン・ファンとしてオール女性群のアイドルとなっていたからです。

情勢はおそれていたとおりに進展してゆきました。僕にあきたらずおもっていた節子は、美しく、雄々しく、怜悧な横井にひとめで参ってしまったのです。場数をふんだドン・ファンが積極的になったモロイ女のこころをとらえないわけがありません。節子は横井のスマアトな一挙手一投足、コオヒイをするくちびるやテエブルの下で組みかえる脚や煙草をはさむ指などにチカチカと淫らな視線をおくり、端でみていても胸のあつくなるような嬌態を示しておりました。当時横井は、弟の章《あきら》が、自軍の秋川三塁手の操縦する自動車に轢かれびっこになった不運な事件に遭遇したので、節子は平凡な外交辞令で、わざとらしい同情の言葉をよせていましたが、横井はさまで、その事件をかなしんでいる風もなく、いい加減にあしらいながら、来るべき春のシイズンには彼の強打が僕をK・Oするか、僕がY軍の打撃を封ずるか、あるいは、マーカス・ショウがアメリカでは Sixty-Nine Revew という表看板のある猥褻なレヴィウ団であることを曝露したり、器用な饒舌を発揮してはふたりの女のこころをさぐっておりました。奴は僕に遠慮してか、故意に節子とかたるのをさけ、万里代に多くの言葉をかけていました。僕たち三人が、口をそろえて、いかにマーカス・ショウがくだらないものであるかとコキ下ろしていたのに、万里代だけが面白いといっていました。横井が鋭い調子で、一体どこが面白いんですか、と問うと、彼女は、マーカス・ショウには相当下品な面白さがあるとおもいますわ、最初から一流とかいかぶる方がまちがっているんじゃなくって？　と、辛辣に逆襲していました。……

こうして節子のこころが、その夜以来、加速度的に横井にかたむいてゆきました。しかも横井は真剣に節子に参ってしまったらしいのです。彼の、節子姉妹のアパアトを訪ねる度数が次第に頻繁になるにつれて、はげしい焦躁を示しだす有り様は、まことにこれまでの色魔のダンディズムを裏切っておりました。

先生、先生は昨秋の「牽制球事件」を単なる偶発事として考えていられることでしょう。けれど、それは正しい解釈ではありません。いよいよ彼奴の陰険な計画を曝露する時が来ました。先生、横井は、試合中、僕が三塁走者となる度に、猛烈な牽制球をヒュウヒュウ投げつけました。何のために？――邪魔者である僕を再起不能に陥れ、野球選手としての名声を奪おうとはかったのです、これまでの揶揄が襲撃に変わったのです！

先生は、この考えを、一種の被害妄想としてお嗤いになるかもしれません。有体にいえば、僕自身ですら最初はそうおもいました。けれど、彼奴の三塁牽制はいささかアクドすぎるのです。ましてや、こうして球をくらって病床に斃れてしまった現在、確信して疑う余地がありません。彼奴は、投手のモオションを盗んで本塁を狙う僕が、投球後すばやく帰塁しようとすると、その背後から、ヒュウヒュウ矢のような球をつづけさまに投げつけるのです。僕の体をねらうがためにいずれも暴球で、三塁手秋川は、上下左右に体をのばして必死にその球をとめていました。三塁牽制の場合は、捕手と走者と三塁手とが一直線上にのるために、三塁手にとっては捕球が至極困難となりますが、敏捷な秋川は一球も復逸せず、観衆の拍手を受けておりました。僕は、なんどもなんども泥だらけになって滑りこみながら、マスクを通して、彼奴の軽蔑と憎悪の混淆した目を観破したのです。だが、観破すると同時に、先生、おわらい下さい！僕はまるで瘧《おこり》にでもかかったようにぶるぶるふるえだしました。スタンドの動揺が自分をさらう津浪の襲来のようにおもわれたり、どこからともなく、早く早く早くと、何事かをうながす幻聴におびやかされたり、コオチャアのバック！と叫ぶ声に、ちょうど操り人形のように帰塁しようとする僕にむかって、奴は力かぎりの猛球を投じました。敗北を宿命づけられた肉体は氷のように恐怖そのものに凝結して、かがむことさえできず、アッとおもった瞬間には、ドスンと鋭い音が体中にひびきわたって、生ぬるい液体がのどもとにつきあげられると、その後のことは何にもわからず、その場に昏倒してしまったのです。

……節子は約三月の病院生活の間、一度の見舞いも一通の手紙もくれませんでした。これに反し、妹の万里代は、あたたかい言葉ややさしい手紙で何度も何度も慰めてくれました。僕を逆境に陥れ、裏切り去った奴らにくらべて、はげしい情熱をつめたい理智のヴェールでおおいかくしている万里代は、どんなに僕のすくいであったか！

しかも、横井はどこまで図々しいのでしょう、マンマと目的を達し、節子をモノにした上、あくまでも過失傷害として世間をあざむくために、入院中の僕をしばしばおとずれてきました。その都度、僕は歯をくいしばって、みじめな敗北のすがたを彼奴の前にさらすことをさけ、脈をとられながら、レントゲン写真をうつされながら、カルシュウム注射や砒素注射をうけながら、具体的に横井に打ち贏《か》つ計画をたてはじめました。右肩は極端にさがりましたが、内臓にはさしたる変化もなく、本年初冬、真っ白い雪が街中をおおいつくす泣きだしたいような朝、復讐の感激に胸をおどらせながら自宅にかえりました。

ですが先生、僕は一体どこまで滑稽なお人好しなのでしょう、その後、一言詫びたいといって執拗に面会をもとめる横井に、徒にさけるのは自己の敗北感をいっそう強めるようにおもえ、対談してしまったのです。この時、彼奴のくちびるからもれた二つの意外な事実は、どれほど僕にはげしいショックを与えたことでしょう!

先生、その一つは、横井が球をあてる相手が断じて僕ではなく、三塁手秋川だったということです。――その理由として横井は、昨年春の「自動車事件」をおもいださせました。それは、日頃、アマチュア・シネアストを気どる横井の弟章が、当時撮影中のある記録映画の一場面――自動車の氾濫するラッシュ・アワーの都会風景をとりに、夕刻の大手町付近を、シネ・コダックをかついでかけまわっていると、偶然日比谷方面から、疾走してきた瀟灑たる秋川のフィアットが、章をおいまわし、左によければ左、右にかわせば右と、結局、被害者が数台の自動車に包囲されて逃げ場をうしない、途方にくれて立ち往生すると、よけて通るとおもっていた車が直線に走って、章を数間《けん》つきとばし、轢にかけた事件なのです。こういう錯誤は、われわれが自転車などで往々経験することで、秋川に轢傷する意思も動機もないにかかわらず、そのやりくちが故意であると主張し、三塁牽制に際し眼障りになる走者を利用して秋川に捕球をあやまらせ、せめては前歯でも折らせてやりたいと、猛烈な球をおくっていたというのです。何という陰険なエゴイスティックな男でしょう。君をやっつけるなら、何も三塁牽制球をえらびはしないヨ、君は試合中二度ばかりキャッチャア前のバントをしたが、どうせやるんならあの時やる、なぜなら、バントをして一塁に走る時の方が、三塁帰塁の場合よりも、疾走距離が裕に三倍はあって、命中させやすいからね、でも、あの時は僕は好球を投じていたじゃないか？　と説明していました。

ですけれど、先生、これをこのまま信じてもいいのでしょうか？　僕と横井との間には節子という女が介在しているのです。――君は、そういって俺を欺くのだろう？　と、僕は油断なく詰問しました。すると相手は、ますます心外という顔付きで、君もソウトウ邪推ぶかい男だなア、第一、僕にその理由がないじゃアないか、と答えるのです。理由？　理由はあるさ、節子に参っている君には僕という男が邪魔なはずではないか！――と、かさねて問いつめました。先生、奴はこの時何と答えたとおもいます？　奴は、はははは！……と、さもおかしくてたまらぬという風にわらって、はっきり次のように断言したのです――君は何というトンマな思いちがいをしているんだ、君が節子にほれるのは勝手だが、僕にまでホレロというのは無理だ、僕の参っているのは、実は、万里代なんだよ！　はははは！

先生、この意外な告白をきいた時の、複雑な心理をここに明瞭にかきしるすことはできません。僕の眼球には、想った男に容れられず失意の胸をいだいて悔悟しているであろう節子の淋し気な顔がクルクル回転するさまが髣髴《ほうふつ》と映じました。そして、彼女にいだいていた怨恨が解消すると同時に、嬉しいのだか哀しいのだか、そのくせ一抹の不安をおぼえて、横井の前にポロポロと不覚の泪をこぼしてしまいました。……このことがあってから一週間もたたぬうちに、あの節子がふいに見舞いにやってきたのだから、もどるべき女がもどってきたという、しずかな、暖かい気持ちで、彼女を迎えようとしたのは当然ではありますまいか？　ところが、その夜、すなわち、いまから五日前、僕はとうとう節子をころしてしまったのです。いまなお、現にくるしみつつある、執拗な疑問にぶつかってしまったのです。

ああ、あの梅雨時のような糠雨《ぬかあめ》のシトシト落ちる暗いおそろしい夜のことを、どこからかいたらいいのだろう？　病室のストオヴにメラメラともえあがる炎の熱気と、樋をつたってボタンボタンとおちる音律的な雨滴のひびきが、僕の疲れきった脆弱な心臓をおびやかしておりました。だから、老下女が音もなくドアをひらいて、節子のきたことをつげた時は、ああ悪い夜にやってきた、と、不吉な予感にふるえたのです。

久々にみた節子は、予期に反して、ばかに派手模様の外出着をまとい、口紅を染め眉をひいて輝かしいよそおいを凝らしておりました。女というものは、いかなるこころの状態にあっても、すこしの感情の無理もなく、明朗なよそおいのできる生きものなのでしょうか？　それとも、いったん裏切った男のこころを再び自分のものにするためには、そうしなければ駄目だとでもおもっているのでしょうか？　とすればその努力は無駄で、ふかい愁いに沈んだ節子をこそ、僕は待っていたのに。ああ、下らないセンティメンタリズムよ、呪われてあれ！　室内には節子常用の香水の馥郁たる匂いが漲り、つめたい薬品の臭気を圧倒して僕の飢えた鼻腔を刺戟しました。その夜の節子から、自惚れをへしおられた失意女の愁訴よりも、昔日にもましたどぎついエナアジックな魅力が痩せ枯れた僕を眩惑する、完全に成熟し切った一匹の牝を感じたのです。

……二人は向かいあったまま、しばし沈黙していました。僕は、ややともすれば逸《はや》りがちのこころをじっとおさえて、女が、ゆるして下さい、とすがってくるのを、いまかいまかと待っていました。が、いくらまっても、節子は冷淡に僕のおいかぶさろうとする感情をそらし、ラチもない世間話で、緊張するその雰囲気をテレ臭そうに破ろう破ろうとしているのです。するうちに、糠雨は荒々しい大粒にかわり、風さえ加わって、窓ガラスがガタガタと不気味な音をたてはじめました。僕はだんだん重くるしくなり、いらいらしはじめたのです。あなたは、横井がおもいどおりにならないので、僕のところへ帰ってきたのでしょう？ そんならそうと、なぜハッキリいわないのです？ いつまで負けおしみの強情をはっていたとて無駄ではありませんか？――と、思い切っていい放ちました。こういえば、次の瞬間にはかならず妥協してくると信じていたのです。ところが、女は、意外や、嘲笑そのものとでもいいたい侮蔑的な眼差しで、じっと僕をみかえしました。そして、ふふふ……と、きこえるかきこえないくらいの笑いで唇の端をゆがめ、どうもとんだお邪魔をいたしました。失礼させていただきますわ、と、故意に格式ばった挨拶をして、そのままドアの方へあゆみよってゆきました。僕の予期は見事にはずれました。あわててベッドからとび下りると、節子！ 待ってくれ、もう一度僕を愛してくれ！――と、我にもあらず取りすがってしまったのです。すると、女は……女は、僕の手をうるさそうにはらいのけながら、あなたのおっしゃることはいちいち理解できません、横井や私がこうしてあなたを見舞うのは、ゆるしを乞うためではなく、お気の毒なひとへの憐愍からです、横井がドンナ嘘をついたかしりませんが、私たちはたれの妨げもなくむすばれているのです、ましてや、あなたの愛にすがろうなどとは一度だっておもったことはありません、自惚れ男！ 私は幸福なんですわ！ 放して下さい、汚らわしい、はなしてはなして！――と面罵して室外にのがれさろうともがきはじめたのです。お気の毒なひと！――ああ、奴らは、眼前にみじめな敗者の姿を観賞して、勝利者の愉悦をいやが上にも高めようと企てたのだ！ これでも、これでも堪えろというのか⁉ 僕は、僕は……カッと全身の血潮をたぎらせ、無我夢中で女の首に両手をかけました。自分がいま、いかなる物体をにぎっているのか顧みる余裕もなく、腕も折れよ、とぐいぐいぐいぐい力をこめました。最初のうち女は、恐怖と苦痛から大口をあき、舌をひきつらせて抵抗しましたが、やがてフーンフーンと不気味に鼻を鳴らすと、のろのろと十四貫ほどの肉塊をもたせかけてきました。僕は力限りに、指のつきささるほど首をつかんで放さず、もろともに堂と後ろにのめりました。そして、女の体が僕の上でグッタリするまで、僕自身も放心状態のうちに、まるで機械のように手は首にくいいってはなれませんでした。女は、やがて、動かなくなったのです。……

ああ、殺人の後の狂える理智！

殺してしまってから、僕は極端にうつろな、何をみても視線の定まらないフヌケの気持ちで、屍体を全裸にし、衣類持ち物をことごとくストオヴに投じてから婆やをつかいにださせ、玄関の履物の始末もし、帰ってきた時、客はいま帰ったとつげてフラフラと現場にもどり、いままで得ようとして得られなかった節子もやっと俺のものにすることができた、と、ヌメヌメした真っ白い屍体を掻きいだいたまま、暫時《しばし》は子供のようにすすりないていました。

先生！

僕は、僕は、横井の言を信ずべきでしょうか？ それとも……節子を信ずべきでしょうか？

あとはもう、死にさえすればいい僕に、横井を詰問して本音をはかせた上、これまでの憤怒を清算するために、いよいよ彼奴を殺す時が参りました。彼奴の弄んだ女が節子なのか万里代なのか、彼奴の牽制球の的《まと》が僕なのか、秋川なのか、これだけの疑問をただささなければ死んでも死にきれないのです。もしや節子が生前彼奴にけがされていたのではないかと想像する時、五日の間一睡もせずに彼女の屍とくらした歓喜の陶酔が、一朝にして破壊されてしまうのです。いまや横井は清純な万里代まで毒牙にかけ、僕の悲境を舌なめずりしながらニタニタ嗤っているのではないでしょうか？　支那鞄の中の屍体もいつまでこのまま発見されないわけがありません。ウカウカしてはいられないのです。いまは暁方の四時です。この手紙を投函してから、夕刻までグッスリ眠り、充分の力を恢復してから夜にはいって横井の家をたずねます。彼奴ののどをえぐるためには、よほどの体力が必要なのです。ジャック・ナイフもポケットにちゃんと用意されてあります。

では、先生、さようなら！　やさしい懐かしい先生！　先生は、先生の選手の中から、僕のような不倫不徳を犯したいまわしい人間のでたことを、さぞやお怒りになることでしょう。でも僕は、先生にだけは罪のすべてを知っていただきたかったのです。大声で、怒っていただきたかったのです。横井と僕の屍体が発見され、そして鞄の中があばかれ、節子の皮膚がいかにけがされていても、決して驚かないで下さい！

先生、僕は生まれおちての道化です。可哀想で滑稽で、誰にも愛されたことのない標本的な存在――メロ・ドラマに踊るおろかなおろかな道化です。世人は僕をあわれんでくれるかもしれません、が、また、さぞや面白い観物だと、手をたたいて興がることでしょう。

では、もう一度、さようなら、やさしい懐かしい先生！

× × ×

……私は以上の手記を読みおわって烈しい収攬を覚えながらも、素早く、卓上の置き時計を眺めることを忘れなかった。何故なら、青木が手記を誌し終わったのがその日の晩方であり、内容によれば、充分睡眠を摂った上横井を殺害しに行くとのことであるから、時間によっては、直ちに青木の家に乗り込み、第二の殺人事件を未然に防ぎ得ると信じたからである。時計は十時を示していた。私は遅過ぎた《トウレート》と直感したが、五日間睡らなかったと言う青木が、万一、寝過ごしはしなかったかという想像に一縷の希望を抱いて、外出の支度に蒼惶と妻を呼んだ。だが、ちょうどこの時、喧しい鈴《ベル》が鳴って、私の火照《ほて》った耳を突如脅かしたのである。それは、断《ち》ぎれ断れの、落ち着きの無い、苛々した響きであった。私が不吉の予感に搏たれてハッと立ち上がる暇も無く、家人の案内も借りずに跫音荒々しく眼前に現れたのは、蒼白な面に両眼を血走らせ紫色の唇をワナワナと顫わせている青木の姿であった。彼は、よほど心身が動揺しているらしく、部屋の入口に棒立ちに突っ立ったまま、気息は奄々として胸を波打たせ、「先……先生……」と途切れ途切れに呼びつつ凝然と私の顔を睨めつけて暫時は動かなかった。不運の病患故憔悴に不思議はないが、それにしても何という変化であろう！　一時は、亜米利加《アメリカ》の活動俳優リチャアド・バアセルメスを想わせた美わしい丸顔は不見目《みじめ》にも細り、頭髪が汗の滲んだ額に乱れ、右肩が不具を思わせるほど落ちていた。沈黙の室内に響くのは切迫した息と歯のカチ合う音と時計のセコンドを刻む音。更に注意すると、震えているのは脣ばかりでなく、ヨレヨレの衣服に纏われた棒細工を思わせる四肢があたかも蝶の羽根のごとくぶるぶる顫動していた。彼はついに宿敵を葬って来たに相違ないのだ！

何れにせよ、興奮し切っている彼をひとまず落ち着かせなければならぬ。私は彼の凝視に優しい微笑を以て答えながら静かに近寄り、「青木、君は落ち着かなければいけないのだよ」と宥め賺し、抱き竦めるようにして肱懸け椅子へ連れて行き、横臥の姿勢を取らせた。やがて脣にも稍々赤味が返り、青い額の生汗も止まると、それまで瞑目して涎を流していた青木は、パッチリと眼を開き、衣嚢《かくし》をゴソゴソ探ると、一通の皺苦茶の書面を取り出した。而して、杜断《とぎ》れ杜断れの嗄れ声で、「先生……いってきました、横井の家へ……横井は、毒を、のんで、死んでおりました……ころ、ころ、ころされておりました……！」と呟いたのである。私は思わず、「何？」と問い返した。が、青木は、説明する代わりに書面を眼前に近付けて、「――読ん、読んで、下さい、これを、この横井の遺書を……どうか――」と答えた。私が急いで眼を通したことは言うまでもない。その書簡紙《レタアペエパア》二枚に綴られた遺書は、よほどの苦悶の裡に為された物と見え、文字も行も滅茶滅茶で判読に苦しんだが、再録すると次のような内容であった。――人間の有し得る図太さには一定の限度がある、謂わば高の知れて居ることを悟らねばならなかったのである。

この手紙をドウカ目黒区鷹番町青木真一君宛てに送ってください……

青木君、この世の悪なんて、イミナイもんだネ？　ぼくは今……こうして死につつあるいま、つくづくそうおもうよ。

それから、恋はホントウにくるしいもんだネ？　ぼくは、これまで、ずいぶんいろいろな女と交渉をもってきたけど、一度も恋という感情をしらなかった。そして、万里代によって、いかに恋がくるしいか分かったんだ。

青木君、いつぞや君を見舞った時、君にいったことは、みんなデタラメだよ。ぼくは節子をもてあそんで。いや、あの姉妹ふたりに目をつけたんだ。節子はモロかったが、妹はなかなか頑強で、そのうちにぼくの方が、へんに夢中になってしまった。万里代はとうにぼくの魔手を見やぶって、容れるとみせかけ、最後のドタン場でコッピドクぼくを反撥したんだ。滑稽だろ、ぼくは失恋したんだヨ。

ぼくは今夜、家のものたち全部を外出させ、万里代をよんで本心からのくるしいこころをうちあけようと図った。万里代は、数日来、行方不明になっている姉が、ぼくに捨てられて、どこかの火口にでもとびこんでしまったと考えている。たぶん節子はそんなバカなことはすまい。なぜなら、ぼくが節子を裏切って万里代に手をのばしていることをしらないからだ。可哀想な節子は、いまごろ、どこにいるんだろう？

万里代はたぶん君を愛しているらしい。彼女が、ぼくの目を盗んで、コオヒイ茶碗のなかに毒をいれたのも、君や節子を不幸におとしいれたぼくに対する復讐だとおもうんだ。悪に関しては極度に敏感な神経をもっているぼくが、それに感づかないわけがない。

だが、ぼくは、その毒を、よろこんでのんだ。万里代にころされるのは本望だという気さえした。タッタ一度の真剣な失恋は、さすが驕慢なぼくをも、ヤケにさびしい影にしてしまったんだよ。ぼくが自殺するのは、河童の陸上競技のようなソグワナイ不自然さを感じさせるかもしれない。だが、自信をうしなった色魔の身のきえいりそうな虚無感は、実は、自殺でもあきたらないほど深刻なものだよ。神だけがこの合理性をみとめてくれるだろう。

ぼくは、くるしみださぬうちに、万里代をおい帰した。万里代は、たぶんいまごろ、最寄りの警察署に出頭して、私は横井をころしました、と自首しているだろう。のちのちのために、ぼくはハッキリ宣言しよう、自らすすんで毒をのんだことを！

最後に、もうひとつ、いうことがある。あの「牽制球事件」はまったくの偶発事で、秋山をも、また君をも狙ったものでも何でもないんだよ。たぶんぼくは、病的虚談症という病気にかかっているんだろう。話しているうちに、奇態にウソに合理性を感じて、ヒョイヒョイと出鱈目をいってしまうんだ。それに人がもろくもだまされるんで、実に愉快なんだ。ただあの場合、君をからかうために、投げつけたことだけは確かだね。よければよけられる球を、なぜよけなかったのだ！　君がわるんだヨ！

ああ……モウ駄目だ、いやに、くるしくなってきやがった……

——以上で私自身の手記も大体は尽きた。後は青木の死について簡単に誌せばいいのである。その夜彼は一時間あまり身動きもせず瞑目したまま興奮を鎮めていたが、またしても、やっと平静に復し掛けた呼吸が次第に劇しく、ハアハア熱い息を急速に吐き出すと見るや、蒼白な顔がたちどころに真赤に変じ、幾条もの血管が膨れ上がり、ついにはウーンウーンと、節くれ立った指を熊手型にして狂燥的に胸元を掻き捲った。私は青木自身も毒を嚥んだのではないかと思った。だが、間もなく、その発作が何であるか、次の瞬間、患者自身告げるよりも先に、悟ることができた。青木は、苦痛の裡にも笑おう笑おうと努力しながら、断れ断れに次のように叫ぶと、そのまま翌日の夜明けまで深い溷睡に陥ってしまったのである――

「先生……例の、例の病気です……僕の居眠り小僧が、また、くびをだしたんです……僕をからかいはじめたんです……先生！――」

而して、東天が白々と明るみ掛ける頃、喀けるだけの血をことごとく喀き、枯れ木のごとき体を折り曲げて、「ああ、楽になった……」と呟いたままニヤニヤと脣の端を歪めて絶命した。その時、家の後ろを通過する一番電車がキュウッと癇高い音で線路を軋らせ、右にカーヴして去ったのが私の耳に判然《はっきり》と残っている。それは果敢ない青木の生命を断ち切ったような鋭い音だったのである……

喀血に塗れた死に顔は凄惨その物だったが、一切浄滅から感じられる微かな安堵の色を認め、せめて彼の冥福を祈りたいのである。読者御承知の通り、万里代は後に「以前から青木を愛していた」と陳述していたが、自らを道化と嘲る青木に、生前、一言、この事実を告げてやりたかった。

嗟、私は、美しくも、愉しくも、清らかでもない、嫌な嫌な記録を綴ってしまった。惟うに、私が野球部を辞退するのは、単なる健康問題だけでは無く、青木の死に晏如としては居られぬ自責の念の仕業であるかも知れない。

青木の霊よ、安らかに眠れ！――と祈って擱筆しよう。

床屋の二階

神の世界から来たのなら、物を言え
悪魔の所から来たのなら、人騒がせをするな！
——メリメ「シャルル十一世の幻想」——

「不思議な話があるんです。……」

梅雨時にしては、珍しく暗天の一隅に爽々《すがすが》しい青空の覗ける一日、徒然《つれづれ》なる散歩のままに狭苦しい路地に迷い込んでしまった時、桟の黝《くろ》ずんだ硝子《ガラス》格子のピチンと閉ざされ、軒下には壊れたリヤカアや空の炭俵が雑然と積み上げられた亜鉛《トタン》屋根の、廃屋のような二軒長屋の前に立ち留まると、連れのS君はいった。

そこは花やかな避暑地「海の銀座」といわれる鎌倉にもこんな所があるのかと疑われるほど陰気で、日当たりが悪く、いずれも庇の低いバラック長屋が立ち並び、その前に紫色の泡を湛えた溝《どぶ》が細々と流れていた。その癖駅は近いらしく、時折発着する電車の音が囂々《ごうごう》と響いている。……

「この家《うち》にね」とS君はその長屋の一方に杖《ステイック》を挙げていった。「——現在は空家ですが、今から三年ばかり前には、僕の知人の石井という独身の画家が住んでいたことがありました。その男について奇妙な話があるのです。白日夢――という詞がありますが、その話も畢竟はそういう他愛ないものかも知れません。しかし僕には単なる夢や錯覚としては否定し切れない現実的な感覚、――生々しい記憶を持っているのです。まあ、空前絶後の不気味な経験とでも謂いたいのですが――」

こう前置きすると、私達は再び目的《あて》もなく路地から路地を歩き出した。S君は俯向《うつむ》いたまま、時折杖の先で道端の石を転がしながら、ポツリポツリと次のような怪談を語り出した。

＊　＊　＊

……今から三年ばかり前のことでした。その頃僕はどうした虫の故《せい》か「凡常」を忌《きら》い「異常」と「邪道」の鬼魅《きみ》に憑《つ》かれ、ジョルジュ・ルオウやエゴン・シウィイレの怪奇趣味のある復製画を蒐集したり、北斎の画《え》に躍る野獣性《ブルウタリズム》を礼讃したり、自分ではそれらを真似た耽奇絵《たんきえ》を、絵の具をボテボテに使って描いては秘かに愉しんでいました。石井はそういう僕の先生だったのです。彼はその頃画壇でも中堅で時折物凄い絵を発表していましたが、僕はその作風にすっかり参っていたのです。当時こっちに、さっき見た家に住んでいた石井をはじめて訪ねた冬の日のことは今でも憶えていますが、彼が一見平凡な顔立ちの裡にも眼だけが病的に鋭く、顔が幽霊のように青いのには驚きました。若いのだか年老《としより》なのだかまるで見当がつきません。ゆきたけの短い褞袍《どてら》から突き出ている手足にはグリグリした逞しい静脈が浮かび上がって、全体の印象に、何時《いつ》凶暴に変ずるかも知れぬ豹のような慓悍《ひょうかん》さが潜んでいました。その日以来石井と感傷的な崇拝者とは、毎週の土曜日を研究日と定めて師匠と弟子の関係を結んだのです。

一月二月三月――と、そうして石井の許に出入りしているうちに、彼が並々ならぬ変人であることが判りました。僕以外には誰とも交際せず全くの孤独で、一日の大半はウツラウツラ煎餅布団に包《くる》まり、金さえ入れば酒ばかり飲んでいました。なかんずく変わっているのは、石井には眩しがるという痛覚がありませんでした。例えば、海岸などで、陽光を受けて、鏡のように強烈に反射している海面を、僕達が一分も凝視できないのに、すくなくとも五分は瞬き一つせず瞶《みつ》めることができるのです。絶えず夢ばかり見ていて、その夢の中から色彩の閃きを感得し、そういう時には、熱病患者のような狂的な身振りで、現実のカンヴァスに夢幻の世界を移していました。まあ一種の天才か変質者で半狂者《マトイド》に近く、天才と狂人は、ロンブロオゾウもいう通り、紙一重の相違です。酒が飲みたいといっては五円十円とねだりましたが、石井の芸術には参り切っていた僕は請われるままに甘んじて利用されていました。

ところが四月初めになって、石井と僕の生活に新しい人物が現れたのです。それは若い肉付きのいい女でした。戸田豊子という女で、石井の古い知人の紹介で彼に師事すべく頼って来た、横浜に住む某医師の長女でした。僕のような、また、石井のようなといっても構いませんが、──独身者にとって、生活に女が入り込んで来るということは何となく張り合いを覚えるものです。豊子はあまり先生の時間をとりたくないといって僕の行く土曜日を研究日と定《き》めたので、それまでの殺風景なゴツイ土曜日に春風のような和やかな甘酸ッぱい空気が漂い始めました。さすが暗鬱苦渋な先生も時としては奇妙に燥《はしや》ぎ出すこともあったし、僕達三人は代わる代わるモデルになってクロッキの練習をしたり素描《デッサン》や写生《スケッチ》の研究に愉しい一日を過ごすのでした。

ここまではよかったのです、ここまでは何の事件もありません。

しかし、問題はここからなのです。というのは、通い出してから二月《ふたつき》にもならぬうちに、豊子が来なくなってしまったのです。が、全然前触れがなかった訳ではなく、或る日のこと、彼女は石井と僕を前にして、――家庭の事情から妹と二人で横浜の家を出て現在では或る所に間借りをしている、あまり汚い所で来てもらいたくないから住所を知らせない、と告げて帰って行ったのです。しかしこれは別して珍奇なことではありません。画でも描こうという近代的な娘が家庭に反逆して家出をする、というのは至極有り勝ちのことです。それよりも気になったのは、豊子がちょうど春から梅雨への季節の移り変わりのように不健全な、暗い、何やら生活に秘密あり気な女になって行ったことを、その日彼女が帰ってから語った石井の夢の話でした。無論それだけ切り離して考えれば何でもない夢です。が、後にそれが最後の怪奇に非常に重大な関係を持っていることが判ったのです。

黄昏《たそが》れて窓外の屋根に血のように赤い満月が懸かっていました。部屋が暗いのに電気も点けず石井は「どうも変だ訝《おか》しい訝しい」と頻りに首を傾げているのです。そこで僕が何が訝しいのかと訊くと、彼は数日前の暁方、北鎌倉円覚寺脇の溝際の床屋の二階に間借りしている豊子を訪ねて行った夢を見たというのです。地域が薄寒く寺が多く荒涼たる野原に電車が通っている所から前に行ったことのある北鎌倉であることが分かったが、夢の中では、豊子が妹と家出したというのは嘘で愛人らしい衿脚の青い美男が二階の手摺りに寄り掛かって新聞を読んでいる姿が見えた、と話しました。

「……そういう夢を見た後豊子が実際に家出をしたと聞かされたので実はぎょッとしたのだ。案外行って見たら彼女は実際に愛人と床屋の二階に同棲しているのではないだろうか？」と、こう最後にいって、それきり口を緘《つぐ》んでしまいましたが何故か空を凝視する石井の眼から二条《ふたすじ》の泪がツツーと黒い頰に晃《ひか》るのが仄暗《くらやみ》を通しても判乎《はっきり》分かりました。

ところでN君、いささか物好きな話ですが、その翌日僕は北鎌倉を探索してしまったのですよ。実は僕、いや、笑わないで下さい、——豊子にちょっと参っていたのです。でなければ石井の夢などそれほど気に掛けはしません。で、僕は何を見たと思います？　え？　不思議なことに、豊子は夢とそっくりの床屋に色男と同棲しているではありませんか。石井の透視力には実際驚きました。と同時に、手摺りに靠《もた》れてひそひそ話をしている男女を路上から仰いでいる自分が限りなくみじめに見え、見つけられぬうちにと匆々に引き上げてしまったことです。ええ、軽い嫉妬を覚えたことは事実です。

さて、家へ帰って見ると、まことに多事な一日ではありましたが、ついさっき見て来たばかりの当の豊子から手紙が届いているではありませんか。それによってはじめて彼女が石井宅に来なくなった理由が判ったのですが、手紙には、石井が豊子に並々ならぬ関心を持っていて、何時ぞや豊子が在鎌の友人を尋ねての帰途石井の家に寄ると酔い痴れた彼が潜在していた邪心を露骨に発揮し「とても嫌らしいこと」をいいよったり、また無精者の石井には考えられぬ几帳面さで豊子の行く先々まで尾行したり、気味が悪くてもうこれ以上我慢できないから、と認《したた》めてありました。僕ははじめて石井が女弟子を愛していたことを判乎知ったのです。となると僕は石井の千里眼がどこまで真実なのかますます気懸かりになりました。つまり彼が現実に豊子の住家《すみか》をつきとめた癖に夢と佯《いつわ》ったのではないかと疑ったのです。次の日には是非当人を連れて不気味な一致を目のあたり見せ化けの皮を剝いでやろう、という好奇心に燃え立ちました。止せばよかったんですがね、出掛けて行ったばッかりにあんな恐ろしい目に会ってしまったたんです。……

その日は空一面薄墨を流したような、風の死んだ、暗い蒸し暑い、嫌アな天気でした。石井は頭痛がするから嫌だといっていましたが、無理矢理に引っ張り出してしまいました。鶴ケ岡八幡の裏から小袋坂を登り、海岸地特有の土岩性の道を下駄をポコポコ鳴らしながら歩いて行くうちに、到頭それまで持ち怺《こた》えていた空が細かい霧のような雨を落とし始めました。右側に割りに綺麗な溝の流れている問題の床屋に近付くにつれて、石井は段々落ち着きを喪《うしな》い始めました。外出する時には毎時《いつも》持って歩く写生帖《スケッチ・ブック》を懐から取り出し、ソワソワ無意味に鉛筆を舐め始めるのです。刻々と迫る幽暗の中に、凹凸の烈しい石井の横顔が一層青ざめて泛かび上がっています。「キ、北鎌倉ッて所は、ナ、何て、イ、嫌な所なんだ！」と咽喉に痰の絡んだ力のない声で吃り吃り、その癖気だけは高飛車なトゲトゲしい調子で呟いていました。

……するうちに僕は、僕達より五間《けん》ばかり前に、傘をささぬ猫背の男が僕達と同方向に歩いて行く姿を認めたのです。が、その男が何時僕達の前に現れたのか判らないのです。肩が僕達同様雨に光っているので前から同じ道を歩いていたに相違ありません。と、僕は彼を何処かで見たことのある男だと思い始めたのです。が、いくら思い出そうとしても、判っているようでいてどうしても思い出せません。何故か僕は焦々《いらいら》し始めました。で、石井に訊いてみますと、彼はとても大きな眼を瞠《みは》り首を前に突き出して嗛《すか》すように瞶めていましたが、突如ピクリと頬が痙攣しました。次の瞬間、僕にもその男が誰であるか分かったのです。というのは、彼が件《くだん》の床屋の前まで来るとクルリと僕達の方を振り向き、まるで死んだ魚の目のような生気のない視線を投げかけたからです。N君、そいつを誰だと思います？　僕は思わず息を呑みました。

嘘ではありません、その男こそ現に僕の隣に立っている石井と同じ顔、同じ服装をした石井の分身《ドッペルゲエンゲル》——つまり、もう一人の石井ではありませんか？　二重体です、石井は因果な離魂病患者だったのです！

　雨が時を得てサアッと絹糸のような線に変じました。男はすぐ元の姿勢に戻ると、何度も来たことのある馴れ切った動作で溝板をカタカタ鳴らし、瞬く間に床屋の中に隠れました。と間もなく、男の何かを罵る呶号と女のキャッという悲鳴が聞こえて、額から血を流した例の衿脚の青い愛人がよろよろ蹌《よろ》け出て手摺りにぐったり気を喪う態《さま》が見えました。と同時に、時刻なのでしょう、座敷に釣るされた電灯にポッンと灯が点いて、その赤茶気た光線を通し、倒れた障子の隙間から、豊子の白い首をぐいぐい絞めながら、キャッキャッと狂声を挙げて体ごと独楽のようにくるくる猛り回っている男（すなわち石井）の姿が覗けました。

　見る見る隣の石井の表情が変化して行きました。眼は二階に釘づけにされ、眉間と頬には針金のような皺が集中し脣からは涎が流れ、ach《アヘ》……ach……と逼迫した息が洩れました。そして、ugh《ウフ》……ugh……uh《ウー》……woo《ウーウ》——と、この世のものとも思われぬ恐駭《きょうがい》と苦悶の吐息を発すると、全身に烈しい痙攣を起こし、ドサンと雨の撥ね返る地面の上に昏倒してしまったのです。

と、——床屋の二階も鎮まりました。……

＊　＊　＊

「ちょうど折よく」とS君は最後にいった。「横浜から鎌倉まで客を送って帰って行く空自動車《あきぐるま》が来かかったので取り敢えず気絶体を担ぎ込んで家まで連れて帰りました。石井は間もなく気を取り戻しましたが、僕は興奮から一言も口を利かずに逃げるように彼の許を立ち去ったのです。その後彼はその家を明け、いまだに行方は愚か生死のほども知れないのです。幸いにして、殺人は未遂に終わりました。……」

錯雑した路地を行く二人の脚は、S君の語り終わった頃、期せずして再び石井のいた家の前まで来てしまった。私は新たなる感慨を以てその家を眺めた。重苦しいタールを塗られた亜鉛屋根は、どんよりした空を映して濡れ光っていた。

それもそのはず、それまで迂濶にも気付かずにいたが、——既に青空は消え、空満面からは梅雨独特の煙のような糠雨が音もなく落ちていたのである。

青い鴉

序、菓子屋と鴉と溺死体と

夕陽が細長い稲村ケ崎にすれすれの所に回って、堤防の崖下に真っ赤な縮緬模様の波があった。西の空に縁の黒い入道雲が頑張っているので、時折陽が隠れた。――夕刻になると、何処からともなく雨雲が湧き、定《き》まって俄雨の襲来があるのが、その頃の日和癖であった。

夏の過ぎ去った海岸一帯には、菓子屋と小僧と私より他、人影らしい者は見えなかった。海に背中を向けて小型映画撮影機のファインダアを覗いている色の真黒な団栗《どんぐり》頭の小僧の前を、白襯衣《ホワイト・シヤアツ》にニッカアを穿いた菓子屋が、位置を定めるために、往ったり来たりしていた。閑人《ひまじん》の私は彼らから五間《けん》ほど離れ、膝を抱えて見物していた。

「いいな、分かったな。しくじると承知しねえぞ」菓子屋は立ち上がると、太い低音《バス》で言った。「――よし、スウィッチ！」

微かなシャッタアの音がカタカタと響いた。

菓子屋は一定の姿勢《ポオズ》を取ると、レンズの前でできるだけ様々な表情をして見せた。

菓子屋は二年前まで、神田の菓子舗「風流」の職人であった。腕に自信がつくと鎌倉駅裏に一本立ちの店を開いた。二十五歳の独身だが、二年の間に土地の商人の間で相当幅を利かすようになった。独立するに際し、主家の若旦那から記念に頂戴したパテエ・ベビイの映写機があるので、いつか自分の動く姿を撮って置きたいと、出入りの得意から撮影機を借りて、仕事が終わると自転車を素ッ飛ばして来たのであった。私と彼とは土地のティームの野球友達であった。

――撮《うつ》し終わった時には、それまで山の上に在った陽が蔭になり、海がのたりのたりと油を流したような黝《くろ》ずんだ色になっていた。

「どうもハッキリしませんね、毎日《まいんち》――」

機械の始末をしている小僧を尻目に、菓子屋はこうお愛想を言いながら近寄って来た。額が狭く、唇が厚過ぎるのが何となく無智を思わせて欠点だが、鼻筋も通り、眉も濃く、背《せい》もスラリとして、中々の美男であった。左の二ノ腕が繃帯で膨らんでいるので、どうしたのかと訊くと、数日前横須賀安浦の娼売窟へ冷やかしに行って土地の与太者と斬り合いをやり、三寸ばかり刺されたとのことであった。

「旦那、鴉ですよオ?」

尻上がりの頓狂な声が起こった。見上ぐれば、何時《いつ》の間にやら真っ黒な雲が頭上低く垂れ、鴉が五六羽、その暗い空を過《よぎ》って渚に下り立ち、海藻の間に巣喰う虫類を啄《ついば》み始めた。菓子屋の頬に小気味よげな微笑が泛かんだ。

「わたしア鴉が大嫌いなんです。何でもわたしの祖父《じい》さんが目黒三田村で百姓をしていた時分、作物を荒らす鴉を殺したら、そのご祟りがあって、他の鴉どもに目玉を刳《えぐ》られ盲目《めくら》にされたそうですが、その故《せい》か、鴉を見ると、どうも殺したくなるんです。いつかは殺して見せると、実ア、小僧と約束したんでね」

菓子屋は足許の石を拾って、一歩一歩、獲物を狙う猫のような狡猾な足取りで近寄って行った。そして、それ以上一歩でも進めば飛び上《た》ってしまいそうな際どい位置から、体を前のめりにさせて、力委せに投げつけた。石は正しく命中したが、鴉はしかし、泣き声を立てなかった。置いてけ堀にされた一疋が俛首《うなだ》れたまま二三度試みのようにのろのろ羽根を拡げた。が、石は急所を逸《そ》れたらしく、首を亀のようにながく延ばすと、海の方へふらふら飛び立った。力尽きると、カアカア悲痛な声を挙げ、二度ほど黒々とした海面に墜落したが、必死に羽根を搏って仲間の飛んで行った陸の方、後ろの山へ飛び去って行った。……

「さ、帰ろう」

菓子屋が歩き出し小僧が自転車に乗った時であった。ふと目を転ずれば、――遠く堤防寄りの渚に黒山の人集《ひとだか》りが見え、私達の前をも、多勢の男女が、藻を踏み越えながら、小刻みにその方向に走っていた。

この時砂丘を下って、私達の前へ、髪の長い面長の、一見して結核患者を思わせる、肩の骨張った男が現れた。菓子屋と同い年の画家今井であった。彼は私に目顔で挨拶し、近寄り掛けたが、傍らに菓子屋のいるのに気付くと、迫った眉に露骨な嫌忌と軽蔑の表情を現し、そのまま立ち去ろうとした。

「今井君、何ですか、あれは?」

と、私が呼んだ。

「女の身投げが上がったんだそうです」

今井はブッキラ棒にこう答えると、それきり、他の人達に混じって小刻みに遠去かって行った。

「女か、エロだな。みにゆきませんか?」

菓子屋がニヤニヤ笑いながら言った。私は、しかし、大した好奇心もなく、それに今にも俄雨の襲来がありそうなので、帰ると言うと、彼も、詰まらないね、溺死体なんか、わたしも帰ります、と言って二三歩砂丘を登り始めた。

「さよなら」

「さよなら」

こう言い交わして左右に分かれた途端雨がサアッと降り出した。

「いけねッ! 来やがった!」

菓子屋はこう叫んで両手で頭を抱え、

〽ホレたホレたよ、女学校のまえで

と唄い出し、肩を揺すり、足拍子を取って駈け上がって行った。

〽——馬がションベンして、オハラハア、地が掘れた……

私も駈け出し、しばらく行って振り返って見ると、雨の重吹《しぶき》と夜の幽暗を通し、菓子屋の砂丘を登る猿のような姿と、遥か遠方の溺死体を取り囲む黒い人垣が浮かび、海岸に添った家々や街灯の灯が点いて、そこには言いようもない秋の寂しさがあった。とりわけ、人集りの中の提灯の火は、暗く、かそけく、何かしら死人に因む不吉なものを象徴していた。

——九月十七日のことであった。

一、お葉の顔——GHOST MOVIE？

締まりのない雨がびしょびしょ降り続く陰気な晩であった。「この手紙を受け取り次第すぐ来てくれ、是非聞いてもらいたい洵《まこと》に不思議な、わたし一人では解決に苦しむ事件が起こってしまった」云々《うんぬん》と、走り書きに記された菓子屋の手紙を、私は受け取った。

先日砂丘で会って以来、どうしたことか御用聞きも来ず、目と目と会わせると借金取りにでも出会った時のように妙に他所他所《よそよそ》しく側方《そっぽ》を向き、目も何となく落ち窪んで顔色も蒼褪めている模様なので、菓子屋の身辺に何か起こったに相違ないと睨んでいた。そこへ不意の奇妙な手紙なので、私はいささか好奇心を覚え、雨を衝いて菓子屋の店を訪れたのである。

部屋の隅に蹲《うずくま》って私の来るのを待っていた菓子屋の面上には、病的な憂悶の色が漂っていた。彼は私を見ると、オドオドと落ち着きのない素振りで室内に請じ入れたが、何とそこには、——古ぼけて地塗りの剝げたパテエ・ベビイの映写機が据えられ、雑誌や古新聞の積まれた薄汚い床ノ間には、映写幕《スクリイン》代わりに、幅三尺の掛軸が裏返しにされて下がっているではないか？菓子屋は、暢気《のんき》らしく映写の支度などをして、一体何を見せようと言うのであろうか？　雨戸は閉め切られ、電灯が畳間近に引き下ろされているので、室内は不気味な薄暗に閉ざされ、私達の影がゆらりゆらりと壁を這って動き、小歇《こや》みもなく降りしきる雨の音がびしょびしょ絶え間なく響いている。……

菓子屋は小僧を次の間に追い払うと、私を上目使いに覗き込みながら、呟くような小声で、

「Nさん……」と言い掛けたが、何となく力が弱く二度ほどエヘンエヘンと痰を切った。

「――実は、こないだ撮った写真の中に、映るはずのない女の顔が写っているんです。わたしア怪談なんて決して信じやしません。けど、あんまり不思議なんで、Nさんに来て戴いたんです。今、現物をお目にかけますが、一体、こんなことが今時の世間にあるもんでしょうか？……いや、――その前に、わたしの過去の一伍一什《いちぶしじゅう》を聞いてもらわなければなりません。……」

菓子屋はこう前置きすると、綿々たる長広舌を以て、次のような草双紙風の「情話」を語った。


――その「映るはずのない女」をお葉と言った。彼女は菓子屋が神田で年期奉公の頃惚れ合っていた近所の洋食屋の一人娘であった。お葉は周囲の婬らな環境から反動的に浮かび上がった可憐な処女で、恋愛を至高のものと考える感傷の子であった。しかし菓子屋は、多くの男がそうであるように、年期明けが待ち切れず、執拗にお葉の肉体を求め、彼女を深い悲哀のどん底に突き落とした。折も折、二人の間に、三年越しお葉に惚れ抜いていたと言う大学生が現れた。ここで、菓子屋は振られてしまったのである。――意地ッ張りな菓子屋は、女の本心を見極めもせず二度と神田の土を踏まぬ心算《つもり》で鎌倉へ逃げて来た。二年の歳月が夢のように流れ、お葉のこともいつとはなしに忘れ掛けていた。本年初頭、――お葉と学生の情事が如何なる経過を辿ったのか、当のお葉の思いも掛けぬ手紙が続け態《ざま》に菓子屋の店に投ぜられた。

「貴男が妾《わたし》の前から急にいなくなってから毎日毎日重い神経衰弱で夜も睡られず貴男のことばかり想っては泣き暮らしている。妾の好きなのはやッぱり貴男だ。乱暴で我が儘で怒りッぽいけど、――。捨てるなら捨てられてもいい、でもどうか一度会ってハッキリ貴男の口から聞きたいんだ」と、愛の復活を図る女の愁訴が縷々《るる》と認《したた》められてあった。菓子屋は、都合の好い時には側方を向き痛い目に会ったら泣きついて来る女の露骨な態度に腹を立てた。それまでは、別れた女として秘かに甘い記憶を暖めていたのに、と思うと、何本手紙を受け取っても返事一つ書く気も起こらず、最近では読まずに竈《かまど》に抛り込んでいる。そして、お葉は時折遠見に菓子屋の様子を探りに来るらしく、駅前と八幡境内をウロついている姿を数回自転車の上から見掛けた。……

「こういう訳で、わたしアお葉にはできるだけ冷淡にしてきたんですが、それだけで生霊が乗り移るなんてことがあるもんでしょうか?」と菓子屋は最後に言った。「——まあ見て下さい、お葉の横顔がじっとわたしを睨んでいるんです」

菓子屋は素早く開閉器《スウィッチ》を映写機の口に切り代えた。やがてカタカタと鳴る手回し《ハンド・クランク》に連れて、床ノ間の掛軸が長方形の光線によって刳《く》り抜かれたのである。

二、痴情

映写の模様については精《くわ》しくは語るまい。ただ、事実、菓子屋の上半身《バスト》に二重となって誰か若い女の横顔が映っていることと、その夜の菓子屋が如何に心底からその「不可思議現象」に怖《おそ》れ戦いていたかを知ってもらえばいいのである。

いずれにせよ、ここで問題となるのは菓子屋のお葉に対する今後の態度である。そこで私は、——もし君に女を容れてやれるだけの気持ちが残っているなら一度会ってやってその上でキッパリけじめをつけたらどうか、と言ってみた。するとまたしても、今度は進行形の、しかも私自身の知人、序章にちょっと紹介して置いた肺病画家今井の関係しているいささか、Erotique《エロティーク》な事件が、続いて菓子屋の口から洩れた。——これにはいったん立ち掛けた私も再び腰を下ろしてしまったのである。

「——現在のわたしにとって、お葉なんか問題じゃないんです」菓子屋はギロリとした眼に堪えやらぬ憤懣の情を漲らせて語り出した。「実は今、ある男を相手に一人の女をとるか盗られるか、命がけの角力《すもう》をとっているんです。男はあの肺病の今井です。そして女は、——こうなったら皆きいてもらいますが、わたしのお得意の家にいる春栄《はるえ》という出戻り女なんです」

——その家は、門から玄関までの踏み石の両側に、赤、青、白、黄、——色とりどりの大輪の花が咲き揃うて、華やかな、何かしらSweet《スイート》なものの潜んでいそうな家であった。その家にその年の四月頃からそれまで一度も見たことのない女が見え出したのである。新しい女は、それらの花が放つ雰囲気にも似た艶めかしさを発散していた。菓子屋は爾来その門を潜るのが愉しみになった。新たに菓子屋の心を捉えた女は過去のどの女とも違って、澄み切った聡明に見える瞳と、白い、静脈の浮いた手とが、彼の胸を揺すった。

春から梅雨の期節になると、仲間の商人達の口から、彼女が旦那に死別した出戻り女であることが耳に入った。その家の主婦の実妹で、死別したと言うのは嘘で何か不義をして離縁になったのではないかと噂している者があった。どちらが真《まこと》であるか判らなかったが、そういう疑いを起こさせるだけの陰性の色っぽさが眼や腰付きに潜んでいると菓子屋は思った。望みの法外であることを知りながらも菓子屋は日とともに春栄の肉体を慕う情欲に堪え切れず、大胆な手紙をそっと手渡して、一かバチかの骰子《さい》を投げた。ところが、先方から時日を指定し、北鎌倉の駅前へ来い、その時はあまり可笑しくないなりで、という返事が菓子屋を喜ばせた。夏も終わりの、そろそろ蟋《こおろぎ》の鳴き出そうという夜のことであった。初秋の寂寞とした田舎駅の前に菓子屋が佇《たたず》んでいると、一電車遅れて、黒い着物に赤い帯を締めた春栄の姿がちらりと歩廊《プラット・フォーム》に見えた。「——別々に歩くのよ」菓子屋はこういわれて円覚寺の方向へ女に痕《つ》いて歩いて行ったが、その間、薄月に浮かぶ女の白い頬や豊かな腰を貪るように観察し続けていた。狭い道路に空き車が乗り掛かると、春栄は立ち止まって面を伏せたまま、人違いと思われるほど冷静な調子で、「豊風園……」と運転手に命じた。豊風園と言うのは、蓊鬱《おううつ》とした松林の中の峠のような山道の中腹に在る奢靡を極めた料理屋兼旅館であった。——二人がそこを出たのは、その夜の十二時頃であった。春栄は菓子屋の指に自分の指を搦ませてから、来た時と同じように別々に帰って行った。

　菓子屋はこの夜初めて女の肉を如何に魅力の強いものであるかを悟った。が、どうしたことか、女の方は、逆にその夜を境として急に冷淡になって行った。気紛《ホイム》れな出戻り女の一時の戯れと菓子屋は思ったが、そう気の付いた時には前よりも一層女の痴情に狂っている自分を見出し、焦燥の裡に女の乖離の原因を探った。そしてその原因をハッキリ摑むことができたのである。すなわち、春栄は、夏以来彼女の甥に図画を教えるために繁々《しげしげ》と出入りしている今井に新しい関心を持ち始めていたのだ。

「わたしがどれほど春栄を慕い、今井を憎く思っているか、Nさんに分かったらなあ！」

菓子屋は悲哀と憤怒から唇を嚙んだ。

「いっそ今井を殺して、春栄を拐《かどわ》かそうと思ったことも、何度あったか知れやしません。――僕アもう絶望です。実は、Nさんに来て頂いたのも、新潟の親類を頼って、きょう限り鎌倉を売ろうと決心したんです。その旅費に、Nさん、三十円ばかり、ひとつ――」

私はたちどころに不愉快になった。無軌道な菓子屋の話を真面目に聴いた「Nさん」自身こそ戯画化もんだという感じを抱き、返事をせずに家へ帰った。

三、画家今井と彼の死

しかしながら、菓子屋の語った事実は、満更根もないつくりごとではなかった。それらは相互に微妙な関聯を見せ、終局に読者は、四つの死を発見するであろう。――現実という奴は毎時《いつも》予想よりも不快なものなので、その度に私は悒鬱《ゆううつ》になるのだ。が、私はその最後の破局に筆を転ずる前に、春栄を繞《めぐ》る菓子屋と今井の三角関係が生んだ、海岸の球場における浅間しい争闘について記さねばならない。

今井は知人の子供達を集めて野球をすることが好きであった。風もないのに海鳴りの強い日、私は今井の訪問を受け、請われるままに、子供試合の審判官《アンパイアー》として立ち会った。ちょうど中途から仲間に入った菓子屋が投手で今井が打者の時、菓子屋の投球が低過ぎたので「ボオル」と宣告すると、

「ボオル？　今のがボオルというテはないでしょう！」と、つかつかと本塁に歩み寄り、変に陰に罩《こ》もった声音で、私よりはむしろ今井に搦み始めた。

「いや、ボオルだよ。とても低過ぎたよ。無茶をいうな、無茶を！」

今井も肺患者特有の気の強さで、対抗的に鋭く応酬した。

「――無茶？　何が無茶だい！」

こう叫んで躙《にじ》り寄った菓子屋の右手が将《まさ》に今井の頬に飛んで行きそうになった。と、この気配を素早く感じた今井は、ひょいと頬を避《よ》けると同時に、逆に、右手で菓子屋の横面を殴った。肉と肉の打《ぶ》つかる嫌な音がした。一撃を先手で喰った菓子屋は、何事か不明瞭な叫びを上げて今井に組みついて行った。元々体も弱く力もない今井が胸を相手の頭で突かれて後ろへ反《の》めると、菓子屋が、こん畜生！　と叫びざま脇腹を蹴上げたから堪らない、見る見る今井の相貌が激怒と苦痛のために真っ青に変じた。彼は、傍らのバットを素早く摑み上げ、蹲《うずくま》ったまま死に物狂いに投げつけた。バットは、慌てて身を躱《かわ》した菓子屋の左肩を掠め、四五回クルンクルンと唸りを生じて飛んで行った。振り向いた菓子屋の顔に惨忍な光が射した。彼は、一度相手を凝視すると、のろのろとバットを拾い上げ、それをだらんと右手に下げると、再びのろのろ今井に近寄って行った。私はこれから飛んでもない事件が起こることを予感し、最早冷静に見物していることができなくなった。そこで今井に、「帰りたまえ、早く帰りたまえ！」と叫んだ。――今井も、相手の剣幕に圧倒されたのであろう、両手を胸の辺りに握り、哀願するような素振りをすると、菓子屋を瞶《みつ》めたままガクガクと震え出した。

「帰れ、危ないから早く帰れ！」

私はもう一度叫ぶが早いか、ちょうど私の前を過ぎる菓子屋の下顎を力委せに突き上げた。倒れた所へ馬乗りとなり、三度今井に振り向いて、

「帰れ、帰らないか馬鹿！」と叫んだ。

すると今井の脣から、世にも浅間しい叫びが洩れた。

「キ、貴様は、俺に春栄をとられたので、それで口惜《くや》しがっているんだろう！　そんならそうと、もっと堂々と戦え！　いつでも来い、相手になってやる！」

仰向きの菓子屋が、畜《ちく》——生《しよう》！　と唸《うめ》きながら、起き上がろうと手足をバタバタさせた。

「放せ、放してくれ、奴を殺すんだ！」

私は菓子屋に間違いを起こさせてはならぬと、必死になって押さえつけた。今井はこの有様を尻目になおも二言三言強がりを吐いたが、傍らの春栄の甥の手を引いて一散に砂丘を駈け上がり、見えなくなってしまった。菓子屋は、追うことを諦めたのであろう、眼を閉じ体をぐったりさせてしまった。と同時に、目には見る見る泪が湧き出し、ウーウーと情けない声を立てて哭《な》き出した。……

それから数日の後、散歩の途上、光明寺裏の今井の独居を訪れた折、私は今井のあまりにも憔悴した姿を見て驚いた。薄暗い部屋一面には、ひとりでに気の滅入り込む孤寂の気配が漲々として漲り、窓下に寝床が敷いてあって、その前に胡座を掻いて滅切り落ち窪んだ眼を、——そしてそのためにますます陰険になった眼を力なげに瞬きながら、来春の展覧会に尠《すくな》くとも三点は出品する意気込みだと言って、「夏日游泳」と題する油絵で言えば十五号ぐらいの十度刷りにあまる木版画を、見るも痛々しい痩せ腕でゴリゴリ板を削っていた。菓子屋に会うかと訊くから、その後会わないと答えると、彼は仕事の手を休め、青白んだ額を伝う生汗を拭き拭き、次のようなことを述べた。

「……この頃、僕、あまり外出しませんが、体に悪いからだけじゃないんです。実は、菓子屋の素振りがどうも訝《おか》しいんですよ。先だってなど、こないだの喧嘩のお詫びだといって、出来立てのアップル・パイを持って来て、喰ってくれというじゃありませんか。それから後も、注文違いや半端もんをチョクチョク持って来るんです。そうかと思うと、道で会っても顔をそむけて通りすぎるし、風呂屋で偶然一緒になると、気味の悪くなるほど僕の体をジロジロ瞶めるんです。やなもんですね、体を見られるのは——。気になるのはそればかりでなく、夜淋しい所を歩いていると、奇態に出ッ喰わすんです。いつかの怨みを根に持っているんじゃないかと思うと、警察へ一応話しておこうかとも考えているんですがねえ。何《な》アに、奴《やっこ》さんは誤解しているんですよ。こないだは、僕も機勢《はずみ》で心にもないことをいってしまいましたが、奴さん、ある女に片思いして相手にされないもんで、僕とその女とが関係があるようにいいふらして困るんです。——僕、今の所、女なんて興味ありませんよ。ふふふふ……」

こう猾《ずる》そうに苦笑いをしたまではよかったが、一気に喋って息が切れたらしくクフンクフンと咳き込むと、胸を両手で押さえて立ち上がり、北窗《きたまど》を開くと、私の方をチラッと盗み見ながらドロリと痰を吐いた。それが紅生姜のように真っ赤であった。

この今井が、それから間もなく、突如大喀血に襲われ、ぽっかり死んでしまったのである。

しかし、事件はこれで終結したのではない。

四、夜半の散歩

……月の明るい静かな晩であった。今井が死んでから四日の後のことであった。私は晩食後書斎に籠もり、庭に射し込む青い透明な光に、時折疲れた眼を休ませながら、上田秋成の「雨月物語」を読んでいた。もう寝ようかと気付いた時は既に夜半の一時に近く、ちょうど「浅茅《あさじ》が宿」の「――窓の紙松風を啜りて夜もすがら涼しきに、途の長手に労《つか》れ熟《うま》く寝《いね》たり」という所へ栞を挟んで立ち掛けた時、何者かが家の前を駈け上がる慌ただしい跫音《あしおと》を聞いた。波の音も死んで四囲《あたり》が関然《げきぜん》たる静寂であるために、その男の、――男であることはすぐ判った、――苦し気に喘ぐ逼迫した息までがはっきり聞き取れるのだ。私は、跫音が何方《どちら》へ消えるかじっと耳を済ませていると、意外それは私の家の門前で留まり、と同時に、ドンドン……今晩は今晩は……ドンドンと、憚るように木戸が鳴った。私は、何者が今時分訪ねて来たのであろう、ことによったら心中の片割れが跳び込んで来るのではあるまいか、と臆測を巡らせながら戸外《そと》へ出て見た。するとそこには、眩いばかりの月光を顔の半面に浴びて、小綺麗な洋服を纏うたモダン・ボオイが、口を開けてぶるぶる震えながら立っていた。そして、よくよく見ると、その男こそ野球場の喧嘩以来一度も顔を見せなかった菓子屋だったのである。私は、何はともあれ彼を座敷にあげて、一杯の葡萄酒をのませてやった。

「夜中の海岸て、気味の悪いもんですねえ！」と、菓子屋は突然至極平凡なことを口走った。「――Nさんはチョクチョク夜中の散歩をするそうですね。わたしも今夜眠られないんで、真似をして海岸を歩いてみたんです。けど、飯島岬の手前まで行ったら無性に怕《こわ》くなって、一散に逃げ帰って来た始末なんです。窓に灯もついているんで、一人じゃ怕いから、Nさんと一緒に歩いてみたいと思ってお訪ねしたんですよ」

一体、——この無造作を装う菓子屋を信じてもいいのであろうか？　私は、彼に対する疑惑の一層深まるのを覚えながらも何とかして本音を引き出してやろうと、警戒を忘れずに黙って立ち上がった。

……菓子屋が小坪の方へ行ってみたいと言うので私達は渚を左に歩き始めた。その夜満月は鎌倉一帯を真昼のごとく明るく照らし出していた。人は誰もいなかった。海岸に添うて、所々に土岩の肌を露した森の姿は、遠く月光を透して樹々の色彩か黝《くろ》ずみ、物淋しい骸骨のように絡み合っていた。ザザン、サア……という海の歔欷《すすりなき》と、何やら得体の知れぬ音のような大気の感覚が、深々と私の胸に響いて来る。——私は脚に力を入れて、サクサクと砂を踏んで行った。

左に渚が尽きると、そこが飯島岬である。この岬を登って右に海を瞰下《みお》ろし、左に山を仰ぎながら崖淵の道を進めば、小坪海岸に出るのだが、何故か菓子屋はこの近道を避け、砂丘を上って隧道《トンネル》を潜り本道を通ろうと言い出した。私達が緩い勾配《スロオプ》を登り始めた頃、菓子屋の素振りが次第に変化して行った。眉間には深い皺が刻まれ、運ぶ歩調も鈍った。隧道を抜けると、眼前に長い山が展《ひら》け、細い下り勾配が、青々と光を湛えて一直線に続いていた。両側には亜鉛《トタン》屋根の藁葺きの粗末な家々が並び、いわゆる「風雅な別荘《コッテエジ・オルネエ》」は全く影を潜め、軒からは薄汚い腰巻きや髪の毛のような若布《わかめ》がぶら下がって、強烈な肥料の臭気がそれまでの海の香に代わってプウンと鼻を衝いた。小坪は、花やかな避暑地の雰囲気の一毫一厘も見出されぬ。暗い、陰鬱な漁村の風貌を具えているのだ。ぶらりぶらりとその道を下り始めると、菓子屋は最早堪えられぬもののごとく語り始めた。——

「Nさん、僕ア人を殺したんです、殺したに相違ないんです！」

来たぞ、――と私は身構えた。

「――いや、そう驚かずに、どうか終いまできいて下さい。……あんたは、今井さんが肺病で死んだんだと思っているでしょう？　けど、そいつア見当違いで、実はこのわたしが、毒を盛って殺したんです。今でこそわたしア、あの出戻り女が底知れぬ毒婦に思われて、いやでいやでなりません。けど、一時はマルッキリのぼせ上がって、あの女を他愛なく横取りした今井が憎くて憎くてならず、何とかして怨みを晴らしてやろうと、毎日毎夜、仕事そっちのけで考えていました。――するうちに、わたしの店にしょっちゅう出入りしている友達の薬剤師に、半年ほど前、キチガイナスビという毒を貰って、机の曳出しに蔵《しま》っておいたことを思い出したんです、そんな時アたぶん、毒って珍しいもんだという気持ちで、そっと蔵っておいたに相違ありません。あんたは、今井さんがどんなに甘党だかよく知っているこってしょう。一通りや二通りじゃありません。夜中に起き出して砂糖壺を舐めるほど、まアいってみりゃあれも一種の病的なんです。そいつに思いつくと、わるいことをするのが変に嬉しくなり、体中がブルブル震えました。そうだ、こいつで今井を殺してやろう、と決心したんです！」

「しかし――」

「ま、し、静かにして下さい。お願いです！……で、で、――一遍にたくさん盛ったんじゃ必ずバレるに違いない。だからわたしア、菓子の中に少し宛《ずつ》いれて半端もんだといっちゃ持ってって、あの人にたべさせたんです。そのうちに、案の定、今井さんは、段々体が弱っていきました。毒が利いたに間違いはないんです！　何でも、あいつをのむと、徐々に体が参って、気が変になり、終いには死んでしまうんですから！　ああ、僕ア、今井さんを殺してしまったんだ！」

私は驚くよりもむしろ呆気にとられて菓子屋を見戍《みまも》った。ちょっと考えればこんな馬鹿気た話はないのである。もし今井の死が毒殺に拠るものであるならば、彼を診察した医師がそれを見逃すはずはないし、真実に菓子屋が菓子の中にキチガイナスビ（atropin《アトロピン》）を投じたとしても、毒物の知識を欠く菓子屋が罪の発覚を惧《おそ》れるあまり、全然無害に終わる程度の少量を混《こん》じたに過ぎないのではあるまいか。仮に一歩を譲って、それが致死量であったにしても、菓子屋の不審な挙措に感付いてそれとなく警戒していた今井に、前陣のごとき頓狂な贈物を胃の腑に収める勇気があったであろうか。私は菓子屋の肩を抱き、根もない杞憂に心を曇らせる愚を説いた。そして一刻も早く菓子屋を家まで送り帰すに如《し》かず、と左に曲がり掛けた。すると相手は、私の袂を押さえ、まだ帰らないでくれ、もっと聴いてもらいたいことがある、と哀願するので、止むなく右に歩き出した。溝《どぶ》に添うて数十間《けん》行くと、我々の前に再び深夜の海が展開した。

五、九月十七日

「そうでしょうか、本当にそうでしょうか？」

陸に上げられた大きな伝馬船に二人が倚り掛かると、菓子屋は再び語り出した。

「――そうだとすれば本当に助かります。けど、だからといって、わたしの自殺の決心はなくなりやしない！――Nさん、今夜に限って一帳羅《いっちょうら》の洋服を着、夜中の海岸をホッツキ歩いたのにも、チャアンとした訳があるんです。死ぬ時には精々キレイな身なりをしたいと思いましてねえ。……」

一体菓子屋は、次々に何を語り出そうと言うのであろうか？　さすがに物好きな私も、そろそろこの辺から菓子屋に圧倒され始めて来た。それではならじと、視線をギュッと相手に縛りつけて観察の眼を据えた。

「――それはお葉のことなんです。春栄に邪慳《じやけん》にされると、わたしの胸に甦ってくるのは、やっぱしお葉の幻影でした。わたしのような一文の値打ちもないヨタモンを、あれほどまでに思い慕ってくれる女はお葉をおいて他にゃアいなんだ、今でもお葉がわたしを容《い》れてくれるならその日にでも鎌倉へつれてきて、二人で一生懸命働こう、――こう決心すると、昨日の晩、とるものもとりあえず、久方ぶりに神田のお葉の店を訪ねました。ところが、二年前と少しも変わらぬ懐かしい神田の街や店や人ではありましたが、ただ、お葉だけが、もうとっくに、ちっぽけな、情けない、位牌に変わっていました。……」

「……？」

「遅すぎたんだ、俺の気のつきようが遅すぎたんだ！　お葉のお袋は、泣きながらその新聞を見せてくれました。――」

「……新聞を？」

「九月の十七日！　Nさんは憶えているでしょう、海岸で雨の降った日、長谷の海岸で女の溺死体の上がった日のことを？　あの溺死体がお葉だったんです。お葉はわたしを怨みながら、病体をわざわざ鎌倉まで運んで、そして海へとびこんだんです。――あの日撮った写真にお葉が映ったのも、お葉が死んでいたとなりゃア肯《うなず》けます」

これはしかし、かなり大きな衝動《ショック》であった。あの雨の中の夕景が妙に物淋しく、不吉の風が漂っていたが、もしあの時菓子屋が溺死体を見に行ったとしたら、この度の事件も、後述するようにこれほどアクドイ経過を辿らなかったかも知れぬのだ。私は、一種の宿命論的な虚無感に襲われ、危うく菓子屋が、最早芝居ではなく芯から恐怖している所の幽霊映画の神秘に憑《つ》かれそうになった。私の胸には、幽霊写真《ゴオスト・フオトグラフ》に関する米人Hartman《ハートマン》や英人Beattie《ビイテイ》の記録や数年前東京府下×××橋開通記念写真に現出した竣工犠牲、三人の自由労働者の「幽霊像事件」の未解決に埋没した事実が、徂徠した。

だが、この怪奇《バロック》も永くは続かなかった。と言うのは、それまで無言で私を凝視していた菓子屋がぐうっと重苦しくのし掛かって来ると、私の手首をギュッと握り締めたからである。私がハッとして思わず、何をするんだ、と詰問すると同時に、右手がガアンと私の左頬に飛んだ。私は突然の故無き乱暴に面喰らい、何をするんだ何をするんだを繰り返し、両手を翳して顔面を擁護しながら、後へ後へと退いて行った。菓子屋は顔中を引き攣《つ》らせ、餓鬼大将に苛められた弱虫のようにワアワア泣き喚きながら、続けざまに拳を振り下ろした。最初に受けた鋭い一撃が、私自身の過去における懐かしい殺伐な生活を思い出させた。と、私は奇妙に冷静になり、相手の発作的逆上を鎮めるにはこうするに如《し》かずと、形の崩れを待って力委せの応酬を返した。菓子屋は砂を蹴上げて後ろへつんのめった。そして、案の定、再び起き直らずに、砂地に丸く蹲《うずくま》ったまま、一層高々と泣いた。

「すんません……かにして下さい……Nさんを殴る心算《つもり》はなかったんだ……ただ無性に、やみくもに乱暴がしたくなったんだ！　わ、訳なんてありません……僕、僕アたぶん、気が変になってしまったんだ！」

それは恐らく嘘ではあるまい。私は最早救い難い神経の倒錯を目の辺りに見て、施す術《すべ》もなく暫時は放心していたのである。

六、黎明の惨死

夜が、――明けた。春、ではないが、「ようよう白くなりゆく」時が来た。それまでの青黝《あおぐろ》い大気が次第に紫色に変じ、青がことごとく空に吸い込まれると、代わって赤が勝ち、眼を射るような真紅の太陽が闇の底から首を出した。月も星も消え去り、海面の一部が血を流したようにゆらゆらと揺れ始めた。薄《う》っすら霞がかった沖にはあたかも幽霊船のような絵の島がぽっかり浮かび出し、大空の扉から流れ出るように薔薇色の微風が私達の頬を撫でた。万象《ものみな》が醒《めざ》めたのだ！　夜の次に朝が来るというのは、何という有り難い神様の思し召しだろう！　嗟《ああ》、現世のあらゆる鬼火《イグネス・ファトウイ》を消し払う白色の明るさ！――私は菓子屋を促して、材木座海岸に出る砂丘を登り始めたのである。

菓子屋は、今流した泪で心の陰《くも》りがすっかり霽《は》れた、もうNさんに心配をかけることはない、僕は今井さんを殺したんじゃないんですね、それで安心だ安心だと繰り返しながら、歩《はこ》ぶ歩調にも力が罩《こ》もって来た。やがて二人は、鎌倉と小坪の海岸を繋ぐ崖淵の、二間《けん》幅の狭い道路に差し掛かった。右には電光状の亀裂を生じた数十丈《じょう》の裸岩が屹立し、左には、七八丈の眼下に海を瞰下《みお》ろす豁然《かつぜん》たる展望《パノラマ》が開けていた。崖縁の脊の高い枯れ薄《すすき》がそよそよと弱い音を立て、土岩性の道に二人の跫音《あしおと》が瘖《かん》高く鳴った。潮は最高の干潮時で、眼に入る岸辺の大部分が褐色の岩を露出し、その間を置いてけ堀にされた水がちょろちょろと流れていた。

心に痛手を負う者は遠くの眺望を避けるものだが、菓子屋は知り合い初《そ》めた頃のごとく快活な調子で、懐かしいオハラ節を唄い出した。それが終わると、例によってトゼルリのセレナタに変わった。そして、私より数間先に立って、

「Nさん、きょうこれから、皆で野球をしませんか？　わたしもうだいぶカーヴが抛れるようになりましたよ。Nさんにもそうそう打たせやしませんよ。ね、しましょうよ、ね？」

と言いながら、女学生のようにぴょんぴょん跳び撥ねて行った。

……数間先の菓子屋が突然立ち留まった。そこは薄も柵もない、二本の丸太ん棒で崖崩れの防いである危険な曲がり角であった。彼は、ちょっとの間崖下を覗いていたが、突然くるりと振り向くと、

「Nさアん！」と呼び掛けた。「――ここ、ここですよ、わたしがさっきNさんのお宅にゆく前に、春栄を突き落とした所は！　あんたは、夜鴉の鳴き声を聞いたことがありますか？　あいつア気味の悪いもんですぜ？　僕ア奴と無理心中をする心算《つもり》で、言葉巧みにここまで誘い出して来たんです。すると、どこからか、ガアガアと、ゾッとするような声が聞こえて来ました。そいつが、殺せ殺せ？　と聞こえたんです。僕ア急に惨忍な気持ちになって、欺し討ちにやっちまいました。僕ア奴に、死ぬほど惚れているんだ！　ははは……Nさんは常談だと思っていますね？　ホラホラ見てごらんなさい、わたしもこれから曲芸をやらかすデス！」

私が駈け寄った時は、既に言い終わっていた。菓子屋は、光なく生気なく、瞳さえないよう

に見える眼に儚い笑いの痙攣を起こすと、体が丸まったままぷいと崖縁から消えた。と同時に、ドスンと鈍い音が響いて、続いてバサバサバサ……と、何かの羽音が黎明の沈黙を破って聞こえた。そして、一疋の、小犬ほどもある大鴉が髪の毛のようなものを啣《くわ》えて眼下から遠く海面に飛び立った。度胆を抜かれた私の砕けた鏡のような眼に、岩と岩との間に墜死した血みどろの菓子屋の姿が、さながら踏み潰された弁慶蟹の形で、幾つにも映った。そして、そこから一間ほど離れた水溜まりの中には、蠟色の下半身を丸出しにした春栄の仰向けの屍体が転がっていた。更にそして、面喰らったことには、――菓子屋の落下に驚いて飛び立った鴉の、嘴《くちばし》も胴も羽根も脚も、要するに何処から何処までが、私には青く見えたのである。

◎　◎　◎

付記――最後に読者諸氏は、撮影日と屍体の上がった日とが一致を示した幽霊映画の神秘に関して、一応の解決を要求するかも知れない。しかし、フィルムは既に焼き捨てられて再点検のよすがもなく、ただ、次の事実を付記して、疑問のまま、突っ放すより詮方ない。すなわち、――空家となった菓子屋の部屋から、映写の際、スクリイン代わりに用いられた、古ぼけた掛軸、広耕散史作「歌をよむ女」が発見されたが、その裏には表の女の顔が浸み出ていたのである。

奎子の場合——小説家U君の草稿《ノオト》

一、屍体発見者は小説家であった

エウゲエニイ・イワアヌウィッチ・マクアダモフ――こういう一見ロシヤ風の名前を持った、その実チエッコ・スロヴァキア人と謂われている異国青年の屍体が、H海岸の渚の上に、水際に脚を延ばし、仰向けに倒れていた。

その土地の砂丘に住むUと呼ぶ独身の文士は、未明に散歩の習慣を持っていた。早朝の廓寥《かくりよう》とした砂浜に金髪の屍体を見、驚いて最寄りの交番に駆けつけたのであった。

屍体の傍らには、小型のコルト銃とロシヤ式の手風琴《シヤルマンカ》とが落ちていた。屍体は古風な木靴《サボ》を穿ち、トウィイドの室内着《ガウン》を纏うていた。額に乱れた金髪、半開瞼《まぶた》から窺《のぞ》く緑色の瞳、青々と剃り立てられた頤――美麗な相貌には生前と些少の変化もないように見えた。ただ全身の不自然な硬直がいささか不気味なだけであった。

発見から相当に時が経ち、捜査官の一行が屍体の周囲に銀蠅のごとく群がった。捜査が開始されたのだ。何故なら、死人の腹中には、自殺の場合としてはあまりに距《へだ》たり過ぎた間隔から射ち込まれた、一個の弾丸が潜んでいたから――。

U君は係官の質問に対し、ポツリポツリと次のような事実を述べた。暗い表情であった。

「……僕は時折夜を徹して下らぬ原稿を書くことがあります。ですから、この度の事件については、かなり精しく陳《の》べることができます。というのは、僕が被害者エウゲエニイの隣人として昵懇《じっこん》であるばかりでなく、今晩はっきりとピストルの発射音を聴いたからです。

エウゲエニイは一言で謂えば Moralistic Demon です。道徳的《モラリスティック》な色魔《デモン》——というのはちょっと訝《おか》しな言葉ですが、つまり彼は、ドン・ファン風の女蕩《おんなたら》しではなく、カザノヴァ風の女蕩しなのです。捨てられた女の誰一人としてエウゲエニイを悪《あ》し態《ざま》に罵る者はありません。憎めない『無法人』とでも謂うのでしょうか、彼の好色は全身的でさえありました。策略や一時逃れの虚言がありません。彼と恋を語ることのできた女は、はじめて秘めやかなる歓楽に醒《めざ》め、どれほどこの味気ない人生に生き甲斐を感じたことでしょう！ 皆さんは、こういう『好色《すき》の聖《ひじり》』とでも謂いたい男の存在を、まれには考え得ることと思います。日本へ来てから六年——江戸ッ児のように巧みに日本語を喋ります。あの家に、（とU君は、折しも燦然たる朝陽を浴びて、砂丘からくっきりと海を見下ろしている藍色の甍の Pittoresco な別荘《ヴィラ》を指差した）——下女と二人で住み、時たま油絵を描くぐらいで一定の職とてなく、毎日銀座辺りへ出ては夜晩《おそ》く帰宅するのが習慣のようでした。もっとも過去半生に、何か大きな失敗をしたらしく、そういう『女にもてる男』の坊ちゃん坊ちゃんした所はありませんでした。

昨夜は、御承知の通り、春のように暖かい夜でした。僕は渋り勝ちな原稿の筆を進めていました。すると十時頃になって、隣家の門前で自動車の止まる音とエウゲエニイの叮重《ポライト》な招き声に伴われて、若々しい日本婦人の含み笑いが聞こえて来ました。東京から最近の愛人を連れて帰宅したに相違ないのです。女は夜目にも、濃紺の地にはっきりと銀の輪型模様のある着物を、滑らかに着こなしていました。衿脚が真っ白でした。僕は今夜も夜明けまで『騒ぐ』のであろうと、——毛唐は、判ってしまえば腹も立ちませんが、大体がエゴイストです——半ば筆を捨てて、蓄音機や女の媚笑や窓越しに寸見する二人の上半身に気を奪《と》られていました。するうちに婦人客が夏以来頻繁にエウゲエニイの家を訪れる、東京の或る有閑夫人であることが判りました。一週間ほど前エウゲエニイ自身の口から、その女（マダム奎子《けいこ》と呼んでいました）が、『外面ハ軟ラカソウニ見エルガ、ソノナカナカノ堅物デ、イマダニ意ニ従ッテクレヌ』と零《こぼ》されたばかりだったのです。丸顔で背が高く、胸から腰へかけての曲線がぽっちゃりとして、かなりセンシュアルでした。黒目が絶えず上ずっているので、どことなく病的な、生命力の稀薄さ、孱弱《ひよわ》そうな感じがしました。聡明には見えましたが感情的でした。

……間もなくカアテンが閉じられてしまいました。

それから三時頃までエウゲエニイの部屋は寂然《ひっそり》として何の物音も聞こえませんでした。僕もその間に原稿に気乗りがして、二人の間を探り損ねてしまいました。と、三時過ぎ、――再び室内に人の動く気配がして、海岸に面した戸口にコツコツとエウゲエニイの木靴が鳴って、女の咽ぶような歔欷《すすりなき》が聞こえて来ました。窃《そっ》と窓下を覗くと、手風琴片手のエウゲエニイが何か小声で女を慰めていましたが、突然女を抱き締め、さも可愛くて堪らぬという素振りで、頬といわず、瞼《まぶた》といわず、泪の溢れた顔中に狂おしい接吻の雨を降らせている様が、斜めの月光を透して泛かんでいました。泪、――それは或る種の悩ましい悔恨の泪に相違ありません。女は相手の烈しい愛撫に身を悶《もだ》つかせておりましたが、ふと気を取り直すと、スルリと男の手から逃れ、打って変わった快活な足取りで渚の方へ小鳥のように走り去って行きました。男の肩から手を外した時、真っ白い腕に箝《は》められた腕輪の石がキラキラと光りました。エウゲエニイもほっとした面持ちで踊るように女の痕を追いました。それからしばらくの間、『メリイイ・ウイドウ』や『クロイツエル・ソナタ』の部分部分が軽々しい手風琴に乗って聴こえていました。のみならず女の愉し気な笑声さえ響いていたので、まさかこういう殺伐な局面に転回しようとは夢にも考えられませんでした。二人は軟らかい月光を一杯に浴び、物倦い波の音に呼吸《いき》を合わせ、恋の夜の甘い想念に浸っているのだとばかり考えていたのです。無動機の殺人——ことによったらエウゲエニイ自身、どうして殺されたか、それを知らずに死んで行ったのかも知れません。

四時頃にピストルが鳴りました。エウゲエニイは、『ドン・ファンハイツ地獄へユクカ判ラナイカラ、用心ノタメデス』といって、日頃からオオトマティック・コルトを携帯してい、それを見せびらかしたり、時には快適だといって深夜海岸で発射したりすることもあるので、昨夜もたぶんそんなことであろうと別に気にも留めませんでした。女が何時《いつ》帰ったのか分かりません……それから一時間ほどして散歩に出るとエウゲエニイの怖《おそ》れていた通り彼自身の地獄に堕ちた姿を発見したのです」

語り終わって小説家は秘かに呟いた。

《——これはタネになるぞ！》

二、如何にして彼女は彼を殺したか？

書斎で、夫妻は向き合っていた。

宵であった。

沛雨《はいう》が、その音を聞いただけでも、戸外の暗さと冷たさを思わせるように鳴っていた。

夫は人々から剛気な実業家と呼ばれていた。が、さすがに、隠そうとしても隠し切れぬ興奮の皺が、迫った眉、固く結ばれた脣に刻まれていた。

ややあって、彼は、自身混乱しそうになる思考を整理するように半ば眼を閉じ、二三度神経的に首を振ってから、一句一句吟味するようにいった。

「この場合、君は、徒に、許しを乞うてはならないのだ。私自身、君の充分な夫ではなかった。君や君の親族を困らせた女性関係も二三ある。悲しいことだが、私自身も一個の遊蕩児に過ぎない。むしろ私の放縦が君をこの度の不義に追いやったといってもいい。私は、こうなった君でさえも、心から愛している。だから、君が、たとい重罪犯人であろうともそれは別個の問題として、この哀れな妻を甘んじて許したい。何故君がそれほど愛していたエウゲエニイ氏を殺害しなければならなかったか？——どうか、それを聞かせてくれたまえ」

「…………」

言葉はなかった。

長い沈黙が続いた。

妻は、しかし、それ以上その沈黙に堪えられなかったのであろう。青褪めた口から、泪の涸れ尽くした後の冷え切った皺嗄《しわが》れ声が洩れた。

「——貴方は『偽りの記憶』ということを御存知でしょうか？……かつて経験した事柄の印象が微かに微かに残っている所へ、それに似た経験を重ねると、かつての経験の反覆だと思い込んでしまう記憶の錯誤のあることを？　例えば、貴方が或る坂道を登っているとする、と、貴方はかつてその坂道と全く同じ坂道を登ったことがあるように思い込んで来る。坂の中途に生えている柳の枝垂《しだ》れ具合や摺れ違う通行人の顔、服装、眼遣い、脚の運び方までが、前に見た時とそっくりに思われる、——こういう錯覚に捉われた憶えはないでしょうか？　そして、私がエウゲエニイを殺害した動機も他ならぬこの『偽りの記憶』だと申し上げたら、貴方は信じて下さいますでしょうか？

私は永い間病気でした。脅迫性のメランコリアとでも謂うのでしょうか、エウゲエニイとの不倫の応報が、病勢をますます募らせて行きました。全身の神経が一本一本棒のように硬化して、始終頭に靄のかかった夢を見るような意識溷濁《こんだく》と、『偽りの記憶』が私を苦しめるようになったのです。何をしても——些細な言葉遣いや一挙手一投足の総てが、妄想的に、過去の経験の反覆ではないかと誤認してしまうことさえありました。しかも、私自身、ああまたあの錯覚に陥っているな、と感づかなければならないのは一つの恐怖でさえありました。こうして息づき、怒り、悲しみ、生活しつつある現実が夢の中の仮象で、肉体を持つ自分自身の存在までが幻に過ぎないのではないかと思い込むディレンマ——貴方は馬鹿馬鹿しいとおっしゃるかも知れません。けれど、常人にはむしろロマンティックな錯覚ともいえる記憶の錯誤が、度重なって来たらどうでしょう？　度重なって、ついには『偽りの記憶』それ自身が現実に化身してしまったらどうでしょう？——いいえ、誇張ではありません！

私は昨夜はじめてエウゲエニイに身を委せました。月が霞み、その下で私達はしばらく抱き合っていました。エウゲエニイは手風琴を弾き始めました。それにも飽きると、ポケットからピストルを取り出し、月世界デ睦事ニ耽ッテイル男女ヲ嚇《オド》カシテヤルノダ、といって、手を月に向けて高く高く差し延べました。私はすぐそのピストルを取って貴方の胸に弾丸《たま》を射ち込んだらどうか？　と筒先を向けながら笑いに紛らして訊いてみました。——いざという時には、エウゲエニイを道連れに、この行き詰まった生活を清算しようと秘かに決心していたのです。するとエウゲエニイは、『ハハハハ……』と笑って、『奎子サンノ手ニ掛カッテ死ヌノハ、コノ世ノ幸福デス』と答えましたが、ふと真顔になり、濡れたような眼で私の顔をじっと窺《のぞ》き込みました。多年の色道行脚に人生の空虚を悟ってしまったのでしょうか、日頃剽軽《ひょうきん》を装うエウゲエニイの瞳に、意外や、ペシミストらしい冴え冴えとした孤独諦観の翳が宿っているのでした。それが変に誘い込むような魅力を以て輝いているのです。と、——私がそろそろ奇態な錯覚に陥り始めました。こうしてエウゲエニイと月夜の海岸で語り合っていることが、過去のいつかの経験とそっくりそのままの場合に思われ出して来たのです。空に懸かった月の位置も睡た気な波の音も過去の重複です。エウゲエニイにいった言葉、そして彼が答えた台詞、ああ、あの時も彼は、『奎子サンノ手ニ掛カッテ死ヌノハ、コノ世ノ幸福デス』と答えたっけ、そして私も今と同じようにほっと溜息をついたっけ、……と、錯覚が凄まじい迫力を以て私の脳髄を圧して来たのです。私は段々茫然となり、過去の経験の反覆をしているに過ぎないのだと信じながら、ピストルの狙いをつけました。エウゲエニイは欣然と両手を拡げ、『射ッテ下サイ……』といいました。ああ、あの時も彼は『射ッテ下サイ』といった、私はその時射ったであろうか？　過去にこうしたことを経験しながらもなおかつエウゲエニイは生きているのだから、私は確かに射たなかったに相違ない。けれど、射とうとはした。今と同じように射ったという気さえした。だから今射っても一場の幻に終わるだろう、エウゲエニイはきっと生きている、と、現実の感覚が過去の記憶に先行し、射ってこそ過去の経験の正確な反覆になるのだという気持ちが変に論理的に纏まり掛けて来ました。私は自分を制することができなくなり、はっと気付いた時には、指がほとんど無意識的にピストルの曳金を引いていたのです。私は観念のうちで一人、現実に一人、――結局二人のエウゲエニイを射殺したのです」

妻は立ち上がった。

「さようなら。……もう私に構わないで下さい」

「ほんとに君は行ってしまうのか？　どこか、身を隠すあてでもあるのか？」

「――癲狂院《てんきょういん》以外にはございますまい」

妻の脣が自嘲に歪んだ。

夫は暗然と溜息を吐いた。

「でも、いずれは自首せねばなるまい」

「はい」

「――では、行きたまえ」

妻は出て行った。

三、夜更けの街衢《まち》の鋪道にて

雨に濡れしょぼれた鋪道が街灯の光を受けて赤い雨脚を撥ね返していた。

両側のビルディングは灯を落として眠り、稀に、酔漢を乗せた自動車が鋭い汽笛の響きを立てて疾走して行った。街から街へ、鋪道から鋪道へ、——その街の鋪道の果てがそのまま暗い夜空に通じてでもいるように広々と続いていた。

街衢《まち》には今、深々とした夜気を揺する、悲しいまでの雨の響きがあった。

傘も外套もない奎子のびしょ濡れの姿が、四辻の電柱の蔭にたたずんでいた。宵に夫の許を辞した奎子は、一体どこをどうウロついて、今時分この街の一角に姿を現したのであろう？

彼女は電柱に寄り懸かり、絶望の後の澄み切った想いで、路面を瞶《みつ》めながら呟いていた。

「……みんな、みんな過ぎ去ったことだわ、ロオラア・スケエトで夜更けの鋪道を滑ったら、どんなに愉快でしょうと思ったのも——。今、あそこ、遠くから走って来る自動車のヘッド・ライトがあんなにも上下左右に揺れながら、長い光を顫《ふる》わせている。そして……その光が地を這う時、平坦だと思った鋪道に、あんなにもたくさんデコボコの影を映し出している。これではロオラア・スケエトもつまんないわ……。乙女の夢や甘い幻もちょうどこれとおんなじ、……純真なんて、無智以外の何者でもありゃあしない。私、もうこれ以上、躓いてまで歩くのはよそう。……ああ、あの穴は、古井戸のように深くさえ見える！」

どこでどう仕事に遅れ、どうこの鋪道に迷い込んだのか、真黒い鉄材を積んだ巨大なトラックが踊るように奎子の前へ走って来た。

奎子は飛蝗《ばった》のようにピョンと跳ねた。

車輪がガタンと弾み、奎子の胸に乗った。

四、草稿の結尾

「車輪がガタンと弾み、奎子の胸に乗った」

——こう最後の行を誌《しる》したU君は、じっと眼を閉じた。やがて再び眼を開くと、たちまちその行を抹殺した。頃日《けいじつ》、頓《とみ》に、枯渇した詩藻《しそう》、破壊された健康、逼迫した経済、——などに業を煮やし、人生に地獄を感じていた Folie da Doute のU君は、昨夜も多量の「催眠剤」を前にして苦しい格闘の挙句、やっとその無謀な誘惑から遁《のが》れることができたのであった。彼もまた畢竟は脆弱な幸福主義者に過ぎなかった。自身表現した語彙でありながら、その語彙が変に生々しく、さながら奎子の胸に乗った車輪のごとく、彼自身の胸を重苦しく圧した。奇妙にそれが誘惑的であった。そこで彼は、草稿の愚劣さを人生の愚劣さと誤信し、癇を昂《たかぶ》らせてその全部を破り棄てた。

その頃、本当の奎子は、——某ダンス・ホオルで酔い潰れて踊っている所を、既にその夜のうちに逮捕されていたのである。

海蛇

貞子《ていこ》

……滅多に手紙など書いたことのない俺が突然こうした長々しい手紙を送れば、お前はきっとよほど俺が心境に変化を来たしたか、或いは、都会を遠く離れた僻地に孤独な療養生活を送っている俺の身辺に、何か起こったのではないかを案ずるかも知れぬ。――そうだ。その通りだ、到頭恐ろしい異変が襲って来たのだ。

お前はこれまで俺がちょっとでも突飛な行動に出《い》でようものなら、闇雲に俺を気違いか有り難くもない天才扱いにして、損の行く時だけは驚き慌て、そうでない場合には座興にして、くすくす盗み笑いをして来たのが為来《しきた》りであった。お前は齢二十八歳にして既に諸々の哲理を悟り澄ました最も月並みな俗物、お偉い合理主義者なのだ。だがどうか今度だけは俺の言うことを真面目に受け取ってくれ。

ここは東京を汽車で距《へだ》たること十時間余り、南日本の一角、海辺の寓居だ。俺の眼の前には今一段と低く、どす黒い凄惨な浪がざぼおんざぼおんと踊り狂っている。俺の借家は崖の頂辺《てっぺん》に立った一軒家だ。部屋は八畳一間切りだ。後ろは高い山だ。森林が北方の空を被い尽くしている。来た当座は狂い波の響きが木谺《こだま》して煩《うるさ》くて眠られなかったが、三月も暮らせば平気にもなる。左方にI岬の突出した入江があるが、右方前方は何一つ遮る物のない海、海、海の連続だ。遠くは紫色に霞んで何にも見えぬ。荒海ではあるが時として幕のように鎮まり返る凪ぎの日の続くことがある。手摺りに凭《もた》れ、無心に海を眺《なが》めていると堪らなく物倦くなる。体中の毛穴からは汗が滲み出し、神経が飴のように溶ろけてしまう。

　海岸の二月には時たま春のように暖かい夜の訪れるのをお前は知っているか。そういう夜は如何に病的な俺だとて人並みに烈しい精神の高揚を覚える。寒気に萎縮していた空想は奔放となり、五体は熟れ上がって誰でも好い、ただ女でさえあればそいつを全身で我武者羅《がむしゃら》に搦み締めたい衝動でわくわくするのだ。窓外には、森にも海にも岩影にも牛乳色の靄が棚曳いて月が眠た気にぼやけていた。俺は当てもなく飄然と部屋を立ち出で、足に委せて漫歩を続けて行くうちに、不知不識《しらずしらず》、Ｉ岬の突端まで来てしまったのだ。それが今日の恐怖の種を蒔いた最初の夜であるとは誰が知ろう。月はだいぶ落ち掛けていた。海は神秘の情操を綾どる天来の音楽だ。嘘のようだが全くこれに相違はない。俺は陶然と小一時間も立ち続けていたが岡へ上がろうと踵を巡らせた時、反対に岡の方から突端へ歩いて来る一人の女を認めたのだ。夜半女に出会うのは気味の好いものではない。しかも、洗い髪の若い女なのだ。女はよほど岩伝いには馴れている者と見え身も軽々と駈け下りて来たが、見知らぬ男のたたずむを認めると慌てて裾から洩れる白い脛を隠し、草履の音も秘そやかにそろりそろりと近寄って来た。下膨《しもぶく》れのぽっちゃりした顔であったが教養はありげで土着の女ではないらしい。擂れ違う時、体を堅くしながらも上眼遣いに凝《じつ》と俺の眼に見入ったが、それは警戒ではなくむしろ大胆な流し眄《め》であった。俺はその後ろ姿を見送りながら一体何者であろうと考えた。俺と同じように戸外の夢幻に誘われたのであろうか？　なにぶん深夜だ。俺は半ばの好奇心と半ばの気味悪さを覚えながら、もう一度俺の方へ近寄って来たら言葉を掛けてみようと、煙草の火を点じ、岩蔭に蹲《かが》んでその後ろ姿を窺っていた。

けれど女はそれ切りこっちを向かなかった。あたかも満潮時で折々沖の方から黒々としたうねりが足許を渫《さら》うように押し寄せて来るのだが、その波が岩の両脇に別れて消えることをよく知っているらしく、悠然と袂に入れた手を胸の辺りで重ねたまま相変わらず沖を見ている。霞の中にたたずむその幽婉な後ろ姿は幾分か淋し気で、背中に俺の視線を意識しながら言葉の掛けられるのを待っているようにも見えた。と、——訝《おか》しなことが起こった、女が突然くるりと振り向き艶やかな頬にあるかないかの小さな靨《えくぼ》を浮かべ、嫣然媚笑したと見るや、ぷいと海の中へ見えなくなってしまったのだ。

俺は無論啞然とした。が、次の瞬間たちまち恐ろしくなった。汗ばんだ皮膚にぞっと悪寒が襲った。俺は、変だなあ変だなあと、無意識に衝いて出る呟きを何遍も何遍も繰り返しながら、来た時よりは早足で家に帰った。

部屋に落ち着いて俺は考えた。或る記録によれば、この地方はレプラ患者の多い漁村で、海浜に平行して連なる山脈の或る区域には人目を避けた部落が営まれ、年頃の漁夫の娘などは発病の症候と同時に山奥に送り込まれてしまうと誌《しる》されてある。往時から漁村にレプラの多いのは鮪が細菌を媒介するからだと謂う。都会からも、だいぶ入り込んでいる噂であるから、彼女もそういう種類の女であの夜自殺を決意して岩に渡り、最後の虚無的な笑いとともに俺の瞬きの間を利用して変化のない鈍重なうねりに肉体を委せてしまったのではないか、と考えた。この解釈は如何にも不満ではあったが、幾分の安神を得たことは事実であった。眠りに堕ちた時は暁の鳥が鳴き、雨戸の透き間から白々とした光の射し込み始める頃であった。

翌日になっても若い女の溺死体が流れ着いた模様もなかった。ではやはり俺の錯覚だったのかと数日を過ごすうち、同じように暖かい月明の夜、同じ所で同じ女に、またしても出会ったのだ。


相手が何らの怪異の対象でもなく、一個の熟れ切った肉塊であると思い始めると、何時《いつ》か俺の体内に生温かいものが流れ出した。俺は毎夜岬へ出て女を待った。三度、五度、六度、──こうして女は、はじめて眼と眼と戞《か》ち合う時、脣許《くちもと》を歪め上眼遣いに例のあるかないかの微笑を泛かべて見せた。俺は或る目的のために特に強烈な酒を呷り、婬《みだ》らな欲望にうずきながらついに嫌がる女を欺し欺し部屋に引き摺り込んではじめて肉体を知った。何気なく女の素性を問うた時、女の眉間に悲し気な陰《くも》りが、窓《まど》に落ちる黒い島影のごとく射すかと見ると素早く消え去った。ただあなたと同じように体のためにきているのよ、どうかそれ以上はなんにもきかないで頂戴、と答えるのみで、更に追求すれば切れの長い眥《まなじり》を怒らせて、棘々しい素振りを見せた。やがて異様な疲れが、嗚呼《ああ》眠るぞ眠るぞと呟く俺を死人のごとき眠りに吸い込んだ。既に陽の高い頃眼覚めた時、寝床には生々しい体臭が残っているだけで女は見えなかった。体中がびっしょり生汗に濡れていた。

ところが昨日のことだ、俺は別に深い仔細もなく例のI岬へ釣りに出掛けたと思ってくれ。

海は干潮から満潮に移る頃であった。俺はあちこちに凸出《つきだ》した岩肌に石炭酸を打《ぶ》ち撒けてイソメをふんだんに掘り出した。生憎昨日は弱い弱い北風で、相当の深間でも判然《はっきり》透き通って見えるくらい水が澄んでいた。二時間ぐらいは辛抱していたが餌を代える機会さえ来ないのだ。俺は自棄《やけ》を起こし竿を畳むと、碌々《ろくろく》使いもしない餌を手掴みにして海に投げ込んだ。すると、ちりぢりに四散してやがて水底に舞い落ちようとする餌に向かって、海草や岩の間から種々雑多な珍しい小魚の群が飛び出して来、彼方《かなた》に走り此方《こなた》に戻り猛烈な争奪戦を開始したのだ。俺は癪に障った。が、眼舞苦《めまぐる》しい光景が面白いので立ち掛けた腰を下ろし、飽かず見入っていた。と、海底に、ゆらりゆらりと這うように流れて行く黄色い女の帯のような物が眼に留まった。俺は怪訝に捕らわれて眼を瞠《みは》っていると、その帯のような物は必ずしも水の流れに従ってはいないのだ。言い換えれば、一定の生物の運動動作を以て海草を薙ぎ倒しながら、そいつは騒然たる小魚どもを尻目に懸けて尖った口をパクリパクリ開いて俺の投げ入れた餌を喰らっているのだ。

　貞子、それが身長六尺以上もあろうと思われる海蛇なのだ。——お前は恐らく海蛇がどんな動物であるか知るまい。動物！　そうだ、彼奴《あやつ》は魚類には相違ないのだが、ふと動物と呼びたくなるほど陸上の毒蛇に近い感じを備えている。全身茶色で一面に黒い斑点がある。ただ腹だけが白い。眼かカッと大きく、吻《くち》が尖っていて歯が鋭い。漁師はなだと呼び、喰いつかれたら殺されても放れぬ執念深い妖魚として食用にもならぬままにむしろ恐れ遠去けているのだ。体は縦に扁平で鰭がないからぬらぬら光っている。鰭はただ一個所胸鰭があるだけだ。しかもそれが極度に発達しているので、砂上ぐらいは這い回り、敵に向かって嚙みつくぐらいの跳躍力はもっている。俺はかつて地曳き網に入った奴を見たことがあるので、其奴《そやつ》が海蛇であることはすぐ判ったが、俺の見たのは高々三尺ぐらいであったので、一間《けん》以上もある奴が海底をうねうね這い回っている態《さま》を見て漫《そぞ》ろに寒気を覚えた。心なしか、其奴は俺の存在に気付いているらしく時折瞳を凝らして俺の様子を窺うが、するとまた嘲笑するようにぬらりぬらり這い回り始める。体の向きを代える度に背中の虎班《こはん》が鈍い色に晃《ひか》り、それが人の五体を痺れさす魔薬に似た鬼気を放つのだ。一分……三分……五分……俺はその鬼気に憑《つ》かれ、苦行僧のごとく身動きもできなくなった。息苦しい無音の時間が刻一刻と過ぎて行った。と、俺はぴょんと跳ね上がった。今眼前の海蛇こそ女の本体なりとの疑惑が通り魔のごとく俺の胸を掠めたのだ。俺は下駄の角を岩のあちこちに打っつけながら這う這うの態《てい》で我が家に逃げ帰った。

さて、右の事実によって布衍《ふえん》させる俺の悲劇については、お前の想像に委せる。ただそれをどう処置したら宜《い》いかが問題なのだ。この事実は最凶の疫病よりも恐ろしい。だが貞子よ、安堵してくれ、俺は昨夜来の懊悩の果て、やっと自身満足の行く解決法を見出した。それは女をできるだけ惨虐な方法でいびり殺すことだ。すなわち復讐だ。動物の頭蓋には頂点に一個所比較的脆弱な部分があるとのことだ。そこで俺はもう一度女をおびき寄せ、あいつの脳天に五寸釘を打ち込むことに決心したのだ。

貞子、以上で俺の近況報告は終わった。お前はことによったら怒っているかも知れぬ。だが、許してくれ、そしてどうか打っちゃっといてくれ、俺が目的を敢行した暁にこそお前を呼び寄せよう。その時こそ俺の生まれ変わる日だ、もう一度都会へ帰り、愛するお前と新しく始めから生活を遣り直す、春の雲のような、愉しい愉しい希望の燃える日なのだから。……

三月二十九日　　喬太郎記

※　※　※　※

前掲の手紙はかつての絢爛たる浪漫主義者今日の敗惨の人黒木喬太郎が、その妻わたくしに与えた文でございます。これによってもわかりますように、黒木は思いきって変質者と呼んでもさしつかえのない人で、結婚前からかずかずの不審な行動がございました。今でもはっきり憶えておりますのは、ある日銀座の珈琲《コーヒー》店で向かいあっておりますと、突然なんの外部的な衝撃もなしに白い珈琲盃《コーヒー・カップ》をとりおとして真っ青になった日のことで、まだあまり黒木の性格をしらない許嫁《いいなずけ》時代のわたくしはあっけにとられてしまいました。黒木はその時、僕はいまひどい神経衰弱でささいなことにも驚くのだ、コーヒー・カップの柄をもたずに口へもっていったら、柄が眼球のまじかにせまり奇態な距離の錯覚をおこして、薄くらいテエブルの下から一匹の白鼠が組んでいた脚をつたってのどの方へかけあがってくるようにみえたのでギョッとして手をはなしてしまったのです、と説明して額の生汗をぽたりぽたりテエブルに落としたままじっと心臓の動悸をしずめている模様でした。

病気はつねづね自分からいっておりましたように婦人病以外はたいてい患いつくしたようなもので、その癖ねこむようなことはめったになく体の芯になにかこう強靱な鋼鉄線でも貫いているかのようで、仕事はひとときなど時流のまにまに三人分くらいは果たしました。同棲してみますと極端なわがままもので、女性の肉体にいだく感情もけっして正常でないことがわかりました。犬や猫や鶏を飼った上で獣姦の文献をあつめたり、家系も血統も調べずに結婚したわたくしを非難する人もございましたが、もともとわたくしはあるったけの愛をささげて黒木の異常な病癖をためられるならためてやろうといういわばヒロイックな気持ちから一緒になったこととて、驚きもし悲しみもしましたがなかなか失望はしませんでした。それだけ黒木がすきだったのでございましょう。

　ところが黒木は昨年の夏から秋にかけて病名のわからぬ病気におかされて突然卒倒してしまいました。医者は全身の極度なる疲労で肺結核もあるし腎臓もわるいし脳組織もめちゃめちゃに破壊されているといい、もはやなおそうともせず死を宣告しましたが黒木は二三年も前からもうなにも書けなくなり、幻想をよびおこすために親しい医師から奪取するさまざまの魔薬を喫して小説をかいたり、一度獲得した名声の喪失をおそれるのあまりワルアガキがひとかたではなくその心労から一種の発狂状態に陥り、自殺企図や誇大妄想や、骨も髄もくたくたに亡びて次に卒倒に移行したのでございます。尊い自己を犠牲に魔薬の力をかりてまでも小説をかかなければならないというのはなんという愚かなことでございましょう？　わるあがきをする前に適度に人生を軽蔑してこころにゆとりの流れるいわば諦観の境地に漬《ひた》ることができれば、それこそ真の積極の道であるのに黒木にはそういう東洋的な教養がなく、この意味で救われない悲劇的《トラギッシュ》な人でございました。けれど、――黒木の体はどこまで強靱なのでございましょう、三月ほどもするとふたたびシャンとして二三本宛名のわからぬ手紙を往復しておりますと、突然I岬沿岸に療養かたがた仕事をはじめるのだといいだして、本年正月匆々《そうそう》仕度もそこそこに放たれた鳥のように飛びたっていってしまいました。空気のいい海のこととてたって反対する筋もないので時期をみてつれもどす考えで賛成してしまいましたが、極端に手紙ぎらいの黒木から三月ぶりで手紙をもらいました時にはなにかしら不吉な胸さわぎのしたのは事実でございます。なにしろ便りのないことは平和を立証することになりますから、ない間はむしろ安心していたのでございます。ですからわたくしは翌朝匆々の列車で、黒木の転地先をおとずれてゆきました。

「I岬」が駅名になっておりますI岬駅をおりたら馬車に一時間もゆられやっと目的の黒木の借家につくことのできたのは、さすがに永い春の陽ざしも斜めにおちかかり赤あかともえた空がもうやがてたそがれどきにくれようとするわびしい夕ぐれでございました。でも駅をでた時は明るい春の光がいっぱいで、早いタクシイもありましたがなんとなくただのんびりと古風な馬車にゆられてゆきたいと思い、馬車をえらびました。家並みのたてこんだ駅前をはなれると馬車はまもなく山と山とのあいまの田圃にかこまれた道にはいり、そろそろ山間僻地の風貌がひらけはじめました。馬車は海に近よったとみえ、新鮮な磯の匂いがぷうんと鼻にせまりました。やれやれという思いで馬車が山のふもとをめぐるあらたな道を眼をみはって眺めましたが海はまだみえずに左に山、右に岩石のつらなる細ながい道が行く手に、白じろと展《ひろ》がります。道はよほどかたいものとみえ馬の蹄が戞々《かつかつ》と一層たかくなりひびきました。すぐ右手が海なのだが岩にさえぎられてみえぬのだと初老の馭者が鞭をうちふりうちふり答えました。なるほど囂々《ごうごう》たる潮鳴りが遠雷のように響き過ぎゆく岩と岩とのわれめからは時折どろりと黝《くろ》ずんだ海の面が古代の想像動物《イマジンド・モンスタア》のおなかのように物倦げなスロオ・モオションでゆれている点景がほのみえ、癩病部落はどこだときくと、もっといったらしらせるといい、ほどなく行く手はゆるい登り勾配となり、崖の麓には飲食店や薬屋が軒をならべ、そこをゆきすぎると、のぼりきった右手の崖ふちにちっぽけなあばらやがぽつんとたっておりました。それがとりもなおさず黒木の寓居だったのでございます。

　馭者は今度は下り勾配となる蜿蜒《えんえん》たる道の彼方の森を指さし、あのくらいところが部落ですと答え、馬車をひき返してゆきました。雑草のはえた前庭の道をすすんで素通しの格子の前にたつと、垢じみたよれよれの青紬をきて座敷の真ん中にあぐらをかいて蹲《うずくま》っている黒木のなつかしい後ろ姿がのぞけました。それにしてもなんという荒涼とした住居《すまい》なのでございましょう。屋根のかわらはおち、木材という木材はことごとく薄墨色にくちかけ、周囲《まわり》にはえしげる雑草のなかに「水死精霊供養塔南無観世音菩薩」と刻まれた青苔の石碑がたち、右手についた木戸も蝶番《ちょうつがい》ははずれ地にひくくたおれかかっております。わたくしはいっそきたことを驚かせてやろうと木戸をあけ、海向きの窓《まど》の方へ薄《すすき》の音をころしころし足音をしのばせて近よっていきました。その三尺にもたらぬ小路はそのまま波のあたる崖に通じているらしくみえ、正面の窓には回れそうもないので、幸いあいていた西窓から首をいれ、こんにちはあ！　と頓狂によびかけようとしましたが、三月余りもみぬまの黒木の横顔があまりにもみじめにやつれはてているさまにせっかくの声ものどの奥につかえてしまいました。転地前の黒木はいかにも病人じみた青瓢箪《あおびょうたん》ではありましたが、髪の手入れもし髯もそり、瞳には微かながらもはりつめた意欲の輝きがひそんでおりましたのに、眼の前の黒木は東京で苅ったままともみえる蓬髪を衿首のあたりまでふさふさとためこみ、肉のいっそう殺《そ》げおちた額から頬に近くおどろおどろに散らしながら一心不乱と形容したいくらい夢中になって、いつのまに買いこんだのか金槌やヤットコや鑢《やすり》をつかいおぼつかぬ手つきで、なにやら太い針金のようなものをギイギイガアガア磨いております。そこへにゅうっと首をだしたので、突嗟にあわてふためきぴょんとはねあがるや、そこいら中にちらばっている道具類を部屋の隅に蹴こんでしまってから、なにものだ？　と詰問するような眼差しで防禦の姿勢をとりつつわたくしにするどい一瞥をなげつけました。かれはちょっとの間そうしてむかいあっている女がわたくし、自分の女房であることが信ぜられぬように眼の光も暫時警戒から怪訝の色に移りましたが、やがてわたくしであることがわかると一時に緊張のゆるみ、深い溜息をふう……とはきだすと、なんだ貞子《ていこ》だったのかと脣許《くちもと》に安堵の笑みをうかべてふらふらと部屋の真ん中にくずおれるようにあぐらをかき、するともう、なにしにきやがったといわぬばかりの邪魔者あつかいの色が顔中に瀰漫《びまん》し、あらためてわたくしをみかえしました。

わたくしは手紙をみてそういう神秘的な土地が急に恋しくなったから無断できてしまったのですと、ことさら冗談めかしくいいながら部屋に上がり、火鉢に火をおこしたり敷きっぱなしの布団やくちゃくちゃの衣類をかたづけはじめました。いいえ、冗談というよりもむしろ本音で、一昔前の怪談ばかばかしいお伽噺をもちだし人をかついで興がっている黒木はなんという好人物でしょう。黒木が海蛇の精に誘惑されたというのですからふきだしたくなるのもむりがないではございませんか。くる時にはもしや手紙にあるような有閑女《ゆうかんマダム》となにか関係でもできたのではないかと疑ってもみましたが、剝げおちた壁、稜毛《のげ》の逆立った古畳、室内の乱雑さから古手拭いのように薄汚い黒木のさままでおよそ女でいりのありそうな模様はみあたらないのでございます。けれど、窗から首をだすと、海の形容だけは、黒木の手紙にすこしの誇張もないことがわかりました。崖にあたった波が、沖にひきかえし沖からおしよせるうねりと衝突して真っ白い飛沫を発し、方向を逸した二条の浪脈が互いに嚙みあいぶつかりあい、四分五裂にあれまわる狂い波《チョッピング》と変ずるさまは、折りしも夕暮れの暗澹たる空、轟々《ごうごう》たる咆哮とともに凄まじい限りで、それに黒木は一口に「窗」とよんでおりますが実際は窗ではなく、海に面した縁先で、それが淵いっぱいギリギリに崖際にのぞんでいるために危険千万ですから、ホンの申しわけのようにあとから急ごしらいの手摺りをつけたという感じで、この家の持ち主や建てた大工の神経を疑りたくなるくらいトボケた造作で、折しも荒れくるった怒濤がこの家の土台岩に白い歯をたてて震動をおぼえるくらいがむしゃらに嚙みついておりました。思わず吸いこまれそうになるのを手摺りにしがみついて下をのぞいてみると、崖の中腹にたった三尺幅くらいの道が横につづいて一方はみえなくなっているので、この道がどこに通じているのかきいてみると、——I岬へゆく近道だがはじめてのお前には足がすくんで通れやしないよ、と軽蔑するように答えました。道の一方の行方はさきほどわたくしが木戸をあけてはいった小路の上り口に通じているのでございます。

かたづけものを終え、座敷もはきだしたころ、すすけた天井からぶらさがっている裸電灯にぽっと灯がともりました。やれやれという思いで食事のことを気にかけはじめますとあたかも格子口に板草履と自転車をよりかける音がして、とりつけの蕎麦屋が夕食をとどけてきました。こういう風にして毎日毎日東京の二倍以上もするその癖大変そまつな食事をくりかえしているのかと思うと済まない気持ちでいっぱいになり、むりにでも東京へつれもどさなければ身もこころもめちゃめちゃになってしまうにきまっておりますし、仕事も読書もできぬ味気ない毎日では下らぬ妄想の遊戯にふけって人一倍大事にしなければならぬ神経をいっそう不健全にしてしまうのもむりはないと思われました。ところが黒木は、くどくもいう通りわたくしがきたことすら邪魔あつかいにし、いっしょに帰ろうという申し出には、肩を怒らせて反対しました。食事もそこそこにすますと薄くらい電灯の下《もと》でせむしのようにかがみこんだままギイギイガリガリ、きた時と同じ作業をつづけます。頑丈な釣針でもつくって例の海蛇でもつりあげようとでもいうのでしょうか？　もしそうだとすると文字通り正気のさたではございません。けれど今さからうことは相手をますます意固地にさせるだけですから、ではわたくしはせっかくきたのだから蕎麦屋の一間でもかりて二三日海の空気を吸ってから帰るつもりだ、なにか用でもできたらいつでもよんでくれ、あなたの獲物もたのしみにしている、わたくしがいる間になんとかしてその怪物をとらえたいものですわねと、あたらずさわらずの軽口をききながら帰りかけますと、黒木はもうわたくしの言葉などまったく耳にはいらぬ様子で壁に骸骨のような影をうつしながら、いっそう高だかと鑢の音をならしはじめました。

　それから数日の間は黒木の生活になんの変哲もおこらぬまま、幸い蕎麦屋の二階があいておりましたので、毎日毎日を付近の近海を歩いたり山の端《は》づたいに深緑の森を逍遥したり、時には一日中部屋の窓をあけてうつらうつら居眠りをしたりして、そぞろ帰京するのがいやになるくらいすがすがしい命の洗濯をしてすごしました。黒木はいる時といない時がございました。

いない時はたぶんI岬へ釣りにでかけたあとなのでございましょう、嫌がるのでべつに探ってもみませんでしたが、まるたん棒のような太い竿に麻縄のような糸をつなぎ親指ほどもあるイソメの箱をぶらさげてでかけてゆくところにゆきあわせたことがございます。漁師ですら相手にしない海蛇をどうしても釣りあげるつもりなのでしょうか、そういう途徹もないことに血道をあげている黒木はものずきを通りこしてあわれでございました。

五日目の夜半、わたくしはなんのいわれもなくハッとめざめたのでございます。ねついてからこころよく熟睡したはずでしたのにめざめると急に胸のあたりがむかむかして今にもはきだしそうな悪感をかんじるので、夕飯のお惣菜を考えてみましたがそれが今ごろまで胃にもたれているはずのない消化のいいものですから、ムカツキがつのるばかりではきだすものがなく、大変くるしい思いをしました。床にうつぶしになったまま凝《じっ》と胸のくるしみを押さえておりました。と、次第に呼吸がらくになるにつれ、なんとなく黒木のことが気になりだしました。これが虫のしらせとでもいうのでしょう、ただむやみに黒木のことが心配でならないのです。今時分黒木は昼の疲れでねむっているか、でなければ暗のなかで眼をパチクリさせてなんといって女房のやつをおいかえしてやろうかなどと考えこんでいるに相違ないと、思いこもうとすればするほど底しれぬ不安はますますつのってくる上に、いつからふきはじめたのかなまぬるい烈風が硝子《ガラス》窓をがたがたゆすぶり、それがゆけゆけと促すように鳴っているのです。もういてもたってもいられません。着がえもいらだたしく蒼惶《そうこう》と蕎麦屋の二階をとびだしてしまいました。

ところが戸外へとびでたわたくしは一瞬いすくんでしまいました。中天にまんまるな物凄い月がかあっと耀いているのです。わたくしはきょうまであれほど逞しい月に出会ったことがありません。いわゆる花鳥風月にうたわれる「名月」のような、そんななまやさしい月ではございません。なにかしら物質的な、悪魔的《デモニッシュ》な、——そんな感じのする研ぎすまされた途方もなく大きな月で、それがすぐ眼の前にぶら下がっているようにみえるのでございます。わたくしはまずこの圧力に似た眩さに立ちすくんでしまいました。これではならじと五体をふんばりなおし、濺《そそ》ぎかかる月光をきりはらいきりはらい息つく間ももどかしく、真昼のような崖道を一心不乱に走りつづけました。勾配の頂辺《てっぺん》についた時、眼前に水平線のむやみに高い夜半の海が展開しました。空には風があおられたちぎれ雲があとからあとから北へ北へと、その怪鳥に似た黒い影が凸面鏡のような海面に伸びたり縮んだりして映ってはしり、その海の中間に首をつっこんだ小舟のような黒木の家がゆらゆらとゆれているようにみえました。わたくしは辛うじていなおると、——黒木のような夫をもったわたくしはいついかなる時でも己だけはとりみだしてはならぬと強制したのでしょう。脚に力をいれ、一歩一歩格子にすすんでいこうとしましたが、まだ五歩と歩まぬうちに室内からドタンバタンと手足の畳にぶつかる格闘の音と、それに混じってなめし革をよじるようなキュウキュウという得体のしれぬ叫びが聞こえてきました。思いきって格子をあけ土間に右足をいれると同時に、格闘の音もやみました。

その時の恐ろしい光景はとうてい忘れることができません。髪ふりみだした猿又《パンツ》一枚の黒木が窓に背をむけ、両腕をだらんとたらしてゴリラのように突っ立っているのです。眼のなれるにつれ、黒木の右手にはしっかと金槌が握られ、しかも全身が血みどろであることがわかりました。青い鱗をはりつけたような顔はぱくりぱくりと痙攣をみせ、眼はうつろにわたくしを睨んだまま、とうとう殺《や》った、とうとう殺っつけてやった!……と喘ぎつつ、どうしたことか体が一歩一歩手摺りの方へズリ動いてゆくのです。あわてて引き戻そうとした時はもう遅かったのでございます。黒木は同じことを呟きつつ歪んだ快心の笑みをうかべたとみるや、二三歩ツツーとあとじさりした時にメリメリッと木のくだける音がして、仰むけざまに眼のとどかぬ崖下へ消えてしまいました。むだとはしりつつみおろせば、今可哀想な黒木喬太郎をのんだ黒い海は青白い飛沫をあげ砕けつつ、いかに荒れ狂うことができるかとわたくしどもに納得させるように囂々と鳴っておりました。ああ、わたくしが黒木を殺したのです。殺したも同然なのです!

おや? 崖の中腹に家守《やもり》のように両手をひろげて吸いつき、真下からわたくしをみあげている若い女はなにものなのでしょう? ああそうだ、この女こそ黒木の狂念の正体なのだ!

女はたった今淫楽の逢瀬におもむいたのでございましょう、直前の変事もしらぬげに、それが癖のかすかなかすかなあるかなないかの媚笑を仄白い頬にうかべて凝とわたくしの眼にみいったのは、わたくしを黒木とみちがいしたに相違なく、まもなく窗の首が男でないことがわかると一瞬ギョッと眼をみはり慌てて面をふせると、横づたいに素早く崖の蔭に姿を消してしまいました。こうして最後に室内の異変をただす時がきたのです。窗際から身をおこした時にわたくしのながい影が左にうごいて、昭々《しょうしょう》たる月光が流れこむようにそれまでくらかった部屋の隅をてらしだしました。そこでわたくしははっきりとみたのです、——西窗の下に血しおにまみれた布団がもみくちゃにされ、その上に六尺あまりもある一疋の海蛇が、ぬらりくらりと断末魔の痙攣にもだえている態《さま》を、そしてこの、正しく獣とでも形容したい異形な怪物のぬめぬめした脳天には手裏剣にも似た太い針がつきささり、その根元からはまっくろな血しおがドクリドクリとふきだしているのでございました。

線路の上

鎌倉海岸の崖淵から稍《やや》背景の山の根寄りに二百坪ほどの庭に囲まれた古風な、如何にも旧家然とした藁葺き屋根の田舎家が、白い靄の中に沈んで見えた。屋根だけが弱い朧《おぼろ》な月明を受けて浮かび上がっていた。間数は六間も七間もあり気に見え暗い庭の構えも松、紅葉、竹林、枇杷、紫陽花など巧みに按配されてはあるが手際を見せただけで金の掛かっていないことはすぐ判った。この家の主人植木職中田乙吉が晩《おそ》い仕事から帰り、寂然閑《ひっそりかん》とした家の薄暗い茶ノ間で晩酌の盃を運んでいる時、台所で燗の加減を見ていた女房のあさが、ねえやねえやと癇高い上釣った震え声で呼んでいるのが聞こえた。それは何か途徹もない変事が起こったように響いた。平常から疳持《かんも》ちの乙吉が虫を押さえようとし眉根に苦り切った皺を刻み、今寝ついたばかりの餓鬼どもが起きなければいいがと思っている所へ、下女の忍び音《ね》のきゃッという抑えつけたような叫びが起こった。と、あさが、どたどたと裾を乱して走り寄って来、お前さん変な爺さんが裏木戸の前を往ったり来たり、うちの中を窺《のぞ》いていますよ、と声を潜めたが喘ぐ息を怺《こら》えて唇が青く見えた。相手にならず平然と盃を嘗めているとと東京下町生まれのあさは如何にも江戸っ児らしい憶病者で、泥棒か空き巣狙いかそれともお墓の幽霊か、お前さんちょっと見て来て下さいよ、と続けていって震えているので乙吉は、莫迦莫迦しいとは思ったがお前達あ仰山《ぎょうさん》でいけねえと呟き、盃を置いてのっしのっしと台所の方へ歩いて行った。事実、台所は墓地に向かい合っているのであった。明かり取りの向方《むこう》には秋葉の山の峰続きが黒々と此方《こなた》の屋根に被い冠《かぶ》さり月はいまだ山の端《は》からわずかに離れ掛けた所で、周囲には綿のように部厚な靄があった。墓地の牆《かき》と我が家の垣との間に狭いぬかついた路地が暗から闇に続き、木戸の前には確かに黒い一つの影が仄《ほん》のり佇んで見えた。帽子も冠らず年寄り染みたひょろ長い男で、入るでもなく立ち去るでもなく、ぎゅっと体軀を硬張《こわば》らせて立っている態《さま》は何かしら曰くあり気で、乙吉の背中にも一瞬ぞおっと寒気が這った。なるほどねえ、と乙吉は土間に降り女房の下駄を突っ掛け雨戸をがらりと引き開けて、お前さんは誰だい？　用があるんだら遠慮なく入りねえよ、と鋭い声ではっきりいった。へい、――戸外の男は案外素直にぺこんと頭を下げたが、その声は最早如何なる狼藉の働けそうにも思われぬ弱い、蚊の泣くような皺枯れ声であった。乙吉の背後《うしろ》で、怖いもの見たさに首を延ばしていたあさと、下女は顔見合わせて安堵したようであったが、がたんと木戸が動き男の入り込んで来る気配がすると再び身を堅くした。用があるんだら表から入ったらいいだろう、そんな所でうろうろするから家内の者《もん》が恐がっていけねえ、といい警戒しつつ上がり框に乙吉が立つと、男は土間に片足を入れ、お前さんは確か乙吉さんだね？　と念を押すようにいい凝《じつ》と乙吉の眼に見入った。かなり長い沈黙があった。俺は如何にも乙吉だがそういうお前さんは誰だい、一向に見憶えもねえが、……？　見知らぬ男に突然名前をさされたテレ臭さから、乙吉が衿口から右手を出し頤を撫でつつ高飛車に大きくいうと、男はかえって懐かし気に、主家にやっと辿りついた迷い犬のように体軀を細かく顫《ふる》わせた。そうかやっぱり乙吉さんか、ああ、立派になっただなあ！　と頓狂な大声で上釣《うわず》り乙吉の足許に走り寄って来た、――名前をいやあすぐ思い出してくれるだろう丸で御無沙汰しちまったが、わしやア高山の仙太郎さ。……

「高山の仙太郎」といわれ乙吉ははっきり思い起こした。乙吉の父清蔵がふとしたことから不慮の死を遂げたのは今から十七年前、すなわち乙吉が十三歳の昔であった。仙太郎は父の存命中家も近所でしかも同職の植木屋であったところから、毎夜のごとく出入りし、父の留守には今は亡き母千賀と乙吉を伴い横浜《はま》へ寄席を聞きに行ったり、時には土産物をくれたりする、毎時《いつも》にこにこ顔の優しいおじさんであった。乙吉は彼に懐いたが父が死ぬと仙太郎はそれでも三月ほど出入りを続けていたであろうか、その後は何時《いつ》とはなしに段々足が遠退《とおの》き、道で出会ってももう飴チョコやメンコを買ってくれぬばかりか優しい言葉すら掛けてくれなくなった。こちらからおじさんと呼び掛けても、お前は何処の餓飢《がき》だといわぬばかりの他所他所《よそよそ》しい素振りで、黙って行き過ぎてしまった。夏から秋、秋から冬へ、二年、三年、五年、――月日が水のように流れ父の変死の記憶も薄らぎ乙吉は成長して先代の仕事を励むようになったが、一方仙太郎は、家業も行灯《あんどん》の油の尽きるように段々振るわなくなったと見え、逗子《ずし》、葉山、金沢の諸処方々を転々した挙句の果に妻子を伴い藤沢の方へ移って行ったという風の便りを、乙吉は耳に聴いた。地震前のことであった。その後茫漠として何の音沙汰もなく、乙吉は今突然「優しいおじさん」の変わり果てた姿を見たのである。茶ノ間の電灯の下に曝された仙太郎は木戸の傍らの仄暗の中にたたずんでいた時よりも一層の現実的な窶《やつ》れを見せ、哀れで、哀し気であった。乙吉の幽《かす》かな少年時代の記憶には今現にこうして向かい合っている同じ茶ノ間で父清蔵と向かい合い、碁を打ち将棋の駒を進め盃を酌み交わしている仙太郎の薄っすらとした面影があったが、清蔵とは月鼈雲泥《げつべつうんでい》の相違ある美男で額が張り鼻筋が通り眉が、墨のように黒かった。

職業にも似ず色が役者のように白く艶やかに見え、頑丈なだけで何の取り柄もない父に軽蔑を感じ仙太郎を崇拝していた。今晩は、さようなら、坊や、などという瑣細な言葉遣いもはきはきした素敵滅法界もなくいい声で子供心にも乙吉は、いろおとことはこういう大人をいうのであろうと信じていたが今眼前に、首を垂れて畏《かしこ》まっている仙太郎の姿はどうであろう、羽根を捲《と》り奪られた鶏にも似てただ徒に鼻が尖り、頬は殺《そ》げ落ち、垂るんだ瞼《め》の瞬く双眼は全く無気力に輝きを喪《うしな》っているのだ。初春とはいう条羽織の要る気候であるのに垢染みたよれよれの縞銘仙一枚を着し、肌けた衿から肋骨の数えられそうな薄い胸板を窺《のぞ》かせ、何かの宗旨を看板に諸家の喜捨でも乞うて歩いているのでもあろうか手首からは、大仰《おおぎょう》な数珠が振《ぶ》ら下がっていた。仮に生き延びたとして今年六十一になる父よりも一つ年長の仙太郎は六十二に過ぎぬのだが、既に背も曲がり、疎らな白髪頭は七十歳も越した醜悪な老癈疾者にも見えるのであった。乙吉は幻滅から来る儚さと弱者に抱く軽蔑から気を滅入らせつつ仙太郎に盃をさし相手の用件を切り出すのを待った。表口から堂々と案内を請わず泥棒猫のように裏木戸をウロついたからには何か切り出しにくい用件と察せられ、今これほどの落魄振りを往時の「坊や」の前に曝して単なる懐かしさのために来たものと思うには、仙太郎という男は遥かにまでも自尊心の強い見栄坊でもあったはずだし、仕事の周旋とも考えたが仕事にも最早堪え得ぬまでに老衰しているので、乙吉は、早く金の無心をいい出し帰ればいいがと腹の中で苛々したが、干鱈《ひだら》のような仙太郎の白っぽい唇からはなかなか用件が洩れそうにも見えなかった。時折くふんくふんと風の洩れるような溜息をつき、乙吉が情けなく思い業を煮やしむっつり黙り込んでも、その間の気不味《きまず》さは感じ得ぬ耄碌《もうろく》の体たらく、しかも、おどおどと問わず語りに彼ら一家のその後の成り行きを述べ立てたのである。

元々藤沢へ逃げ込んだのも己の意思からではなかった。長年の女道楽から体軀が骨の髄からガタになり、それをキッカケに執拗な不運の神が猟犬のごとく彼の痕を追い回し、仕事が日増しに落ち目になるにつれ借金、借金と嵩んで行き這う這うの態《てい》で夜逃げをした。輓近《ちかごろ》大方展《ひら》けた藤沢の町も彼らが転げ込んだ頃の地震前は毎時濁った風の吹き迷う暗い不景気な村であった。当時始めた子供相手の駄菓子屋は今でも一向栄《は》えぬ駄菓子屋で、村が色とりどりに発展するにつれ低い軒は車馬の埃を浴びますます燻《くす》み果て、店には陽が射さなくなった。この頃では一人息子の栄次が月々定《き》まった給料を稼いで来るのでどうやら一家は、飢えだけは凌げるようになったが、仙太郎は、頃日《けいじつ》ことごとく生命力を失い最近凝り始めた念仏を唱えつつ、毎日ぶらぶらと死の来たる日を待っているというのである。……

栄次という名が仙太郎の唇から洩れた時乙吉の耳は立った。乙吉と高山栄次とは同年配で少年時代は同じ学校の生徒であったが、顔を合わせば絶えず殴り合いをするほど仲が悪く、人一倍泣き虫であった乙吉はその度に泣き喚いて逃げ帰ったが父清蔵は、泣いている乙吉を更に撲った。手前のような弱虫はねえど、逃げて帰《けえ》るなア土壇場だけだ相手の耳にでも鼻にでも嚙みついて来《こ》う！　と我鳴《がな》り戸外にもう一度突き出すのであった。上級に進むうち乙吉は、敵は触れるものではなく遠くから眺めているものだという術を覚え二人の仲は安穏に見えたが、段々付き合うということが失くなり、従って常住虐げられて来た乙吉の胸には、根強い敵意が内攻して行ったのであった。今仙太郎の伜《せがれ》が栄次であったことに思い到り、かつての憎しみが新たな勢いを以て乙吉の胸を掻き捲った。清蔵が乙吉に譲った地盤は既に相当なものであったが乙吉に腕がなければ、今日なお神聖な神社の手入れや別荘の庭仕事、貸家の差配など一手に切り回す「植乙《うえおと》」の名は消えているはずであった。野郎今日の俺の栄達を知ってやがるかと、乙吉は栄次を面前に引き据えてやりたい衝動を覚え、憎念はすなわち快感であるので、人が快感に耽る時には誰でもが洩らす卑しい笑いを泛かべ、唇をぐにゃりと歪めた。栄ちゃんといやあ栄ちゃんは今何処かの役所にでも出ているのかね？　乙吉は給仕上がりの安月給取り栄次の見《み》窄《すぼ》らしい姿を描きつつ訊いた。へえ、あいつアいまだに嬶《かか》も持てず相変わらずウダツは上がらねえが、それでも学校を出てから鉄道の方に潜り込むことができてね今じゃどうやら運転手さんだよ、来年の春にゃ嬶も持たしてやるべえと思っているだが野郎勝手に引っ張り込んで来やがるかどうだか、へへへへ……仙太郎は泣き声とも笑い声ともつかぬ浅猿《あさま》しい音を立て一層頤を揺す振った。ここで話柄は一区切りつき今度は、長い、尾を引くような沈黙が被さって来た。乙吉は間の抜けたボンボン時計が十時を打つのを苛つきつつ数え、仙太郎はペシャンコに首垂れたまま、一層しばしばくふんくふん溜息を洩らし水洟《みずばな》を啜った。時計のコチコチと秋葉の森で何かのしめしあわせのように啼く梟の声と新派芝居に似た気だるい波のモノトオンが、やけに耳につき始めたのである。乙吉はついに莫迦莫迦しくなっていった、高山さん、ここら辺で今夜の用件を聞こうじゃないか？――すると仙太郎の顔がますますおろおろと揺れ出し落ち窪んだ眼玉が乙吉に見入りつつ、干からびた瞼《まぶた》の下でグリグリ回転した。乙吉は耄碌すると奇態な眼になるもんだと瞶《みつ》めたが、瞼の合わせ目に何時か泪が湧き出し、やがてウーウーと笛風船のような泣き声を立て乙吉の前に痩せ腕をついた。――乙吉さん俺ア懺悔をしに来ただ俺ア清蔵さんを殺した極道もんなんだ！　と喚くようにいい、その機勢《はずみ》に膳部の角へ額を打ちつけ涎をたらたら流した。

……とっさに乙吉は父の変死の夜を思い起こした。十七年前、頃はあたかも鬱陶しい梅雨の最中《さなか》で絶えず糠雨が忍び音に落ちていた。乙吉と母の千賀は田浦在の親類の嫁取り祝いに招かれて行った父清蔵の帰りが待ち切れず先に寝《しん》に就いたが、ウトウトすると間もなく、どんどんどんどんと縁側の雨戸を敲《たた》く喧《けたたま》しい音を聞き、隣に寝ていた母が慌てて布団を撥ね飛ばした気配に、乙吉ははっきり眼を醒ました。戸を叩く者は父とともども祝いに招かれて行った仙太郎で、お千賀さん、お千賀さん、大変だお千賀さんと声の嗄れるほど呼び立てていた。母はもう真っ青になってい、ぶるぶる震える手で縁側の雨戸を開けたがこれもまた興奮から蒼白になった仙太郎が、待ち兼ねたようにニュウっと首を突き出したのでキャアと唸《うめ》いてその場に臀餅をついた。仙太郎の肩も顔も糠雨を吸いとり冷たく晃《ひか》っていたが、大きく見張った双眼はそれにも増して犬族のように炯々《けいけい》と鋭かった。清蔵さんが今逗子で汽車に轢かれたと叫ぶその声が腹這いで布団から首を出した少年乙吉の背に、刃物のようにざわざわと伝って行った。母は青い割りに既に取り乱さなくなり何かしっかりした小声で仙太郎に囁いたようであったが、乙吉の耳には達しなかった。彼の眼に映じたものは、仙太郎の前に立て膝をした母の寝巻の割れ目から洩れる真っ白な肉《しし》乗りのいい股《もも》と、板戸の隙間に首を出した仙太郎の役者にも見まほ欲しい透き通った顔であった。駅長や巡査が集まって大変な騒ぎだ、青年団が名越の医者様を呼びに行ったがもう駄目らしい、何しろ酔っ払って線路によろけ込んだ所を背後《うしろ》からやられたんだ、じきにもう担ぎ込んで来るだろう、――仙太郎は青年のようにはあはあ立て続けにこう喘ぐと、再び荒々しく何処かへ飛んで行ってしまった。母も素早く着換えをし寝床の乙吉を見返り、待っているんだよ！ と怕《こわ》い声で嚇《おど》すようにたった一言いい、自分も仙太郎の跫音《あしおと》の消えた方に駈け去って行った。乙吉は、眉の釣り上がり青く透き通った今までにない親しみの淡い母の顔を思い恐ろしさを忍び凝《じっ》と一時ほど床に潜っていたが、間もなく戸外に騒々しいざわめきが起こり羽織も袴も泥だらけの顔や手足に雪達磨のように繃帯を巻きつけられた、無惨な父の瀕死体が搬《はこ》び込まれるのを見た。乙吉は跳び起きて哭《な》き出した。明け方父は沈黙のまま息を引き取ったのである。何故父は死んだか？——千賀は乙吉の質問に仙太郎の申立てを伝えた。結婚披露宴で大酒を喫《くら》った清蔵は帰途の同方向である仙太郎とともに九時過ぎ料亭を出《い》で、線路伝いによろりよろりと辿って行った。折から横須賀発の上り列車が後方から闇を衝いて驀進して来るので仙太郎ははらはらしたが、清蔵は両手を振り回し蛮歌を我鳴り背後を振り向きもしなかった。汽車が何でえ俺ア汽車なんて怕かアねえよと駄々をこね枕木に蹶躓《けつまず》くのでますます困ったが、下手に手を出そうものなら殴り倒され半殺しの目に会う酒乱癖と途徹もない腕力を知っている仙太郎は、ただ焦々するばかりであった。月のない線路は真っ暗で汽車は二人の姿を認めなかった。背後から引っ捕えようとした時、わざとその手を避けるように前へ跳び出して行った清蔵の体軀《からだ》は瞬刻の裡に吸い込まれた。汽車がそのまま通過したのは清蔵の体軀を切断しない証拠であったが間もなく止まり、車掌や運転手が飛び下りて来た。清蔵は線路に平行する崖の根の洞穴《ほらあな》に夥しい血を吐き、俯伏《うつぶ》せに僵《たお》れていた。日頃奇行に富み大酒飲みの清蔵を知っている者は誰一人仙太郎の申立てを疑わず今日に至ったが、この十七年前の悲劇の下手人こそかくいう俺だと仙太郎は喚くのだ。乙吉の母千賀は同じ海岸通りの船大工の一人娘で元々仙太郎のいろおんなであった所を清蔵が横取りし、しかも植木職としては仙太郎家の方が遥かに旧家で、清蔵は仙太郎の先代に下働きから年期を入れた職人であったにかかわらず先代の歿後仙太郎の跡継ぎと同時に清蔵も一本立ちになり、やがてじわじわと仙太郎恩家の地盤を荒らし始めた。何代となく高山組の手中に掌握されていた八幡境内の庭手入れは横領する、——それやこれやで仙太郎の魂胆の奥底には常住機会あらばと殺人の手立てを画策する執念《しゅうね》き炎が燃えていた。が、清蔵の怨霊は絶えず仙太郎を脅かし続けここ十数年来堪《こら》えに怺《こら》えては来たが、最早一刻も猶予はならずかくは乙吉に一伍一什《いちぶしじゅう》を打ち明けた。実は汽車の迫るまで十分以上も格闘を続けさすが剛毅な清蔵もあらかじめ用意の岩を以て立ち向かう仙太郎に敵することができず、前額に一撃を喰い、気絶体のまま線路の上に運ばれたのであった。

乙吉は終始一貫他人《ひと》の因果噺のように眉根一つ動かさず聞いた。話は如何にも乙吉の好奇心を満たしはしたがそれ以上何の意味もなかった。我執《がしゅう》そのもののごとき横紙破り我利我利亡者《がりがりもうじゃ》の父が人に殺されるのに、別に不思議はなかったのである。彼は夢見るような心で過去における清蔵と千賀と仙太郎との記憶を辿り、そこに仙太郎のいう綾があったに相違ないと肯ける節々を認めたが、仙太郎と千賀の情事が清蔵の横槍を怨むほど真当《ほんとう》なものであったかどうか疑わしく清蔵の留守中しかも千賀の入浴中遊びに来た仙太郎は茶ノ間で「荒木又右衛門」を読んでいた乙吉の前に座り茶を注いで千賀の出て来るのを待っていたが、時々立ち上がっては風呂場の透き間を覗き、そうしてはまた落ち着かず茶を呷ったり、坊やおとなしいねと無意味にいって立ったり座ったりしていた夜のことを乙吉は思いついた。仙太郎は茶ばかりがぶがぶ飲み湯殿の水音がさあっと高鳴ると、その度にそわそわするのであった。暫時放心の体《てい》為で気の済むまで同じ繰り言をぶつぶつ呟いていた老いたる仙太郎は、やっと冷静に返り、乙吉さんお蔭で苦しみも抜けたようだが今更縄つきにはなりたくねえ、お前さん一人の胸に納めといてくんなよと、こう最後の哀願を吐き出し、よろよろ台所口の方へ歩み掛けて行ったが、その背後《うしろ》姿を凝然と林のように静かな形で見送っていた乙吉の眉間がはじめてぴくりと動き、高山さんちょっと待ったり！　と陰に罩《こ》もった声音《こわね》が仙太郎の耳に引っ懸かったのでギクリと立ち竦んだ。彼はびくびく腰で引き返すとがくんと膝をつき乙吉の顔を見上げたが、乙吉は膳部の隅に零《こぼ》れた吸物の汁を啜め返事をしなかった。殺すなら殺すで悪人にも成り切れず悪業の弥縫《びほう》に詫びを入れようとするこいつは、一体どこまで莫迦で腹立たしい野郎なんだ！――やがて下等な表情が乙吉の顔に浮かぶと、右手で箸を抓《つま》み上げ、高山さんお前さんは今俺一人の胸に収めといてくれといったね、人の口を塞ぐなら塞ぎようがある、そいつをお前さんが知らない訳がねえと思うが、……こう毒でも吐き出すようにいい、箸の先に汁を浸し仙太郎の前を窺《のぞ》くように賺《すか》し見て、金五十両、と書いた。

果して五十円の金子は落ち目の仙太郎一家には痛手に見えたが、何処でどう足掻《あが》いたか仙太郎は、日が改まるとこそ泥のように再び乙吉の家の敷居を跨いだ。さあ五十両だ金五十両正に受取り申し候也と証文書いてくれと、仙太郎は絶望的なべそを掻いた。乙吉は腹の中で憫笑を感じつつ筆太の一札を渡したが、仙太郎は懐《ふところ》に納め立ち上がり出ようとする時忽然振り向いて、手前《てめえ》はよくも俺《おい》らを苦しめやがったな地獄へ行くのはうぬだ、うぬは生みの親父を五十両で売った極道もんなんだぞ！　と猛り狂い、それまで辛くも堪えていた憤懣の塊を痰唾に罩めぺっぺっと乙吉の鼻柱に吐き掛けたので乙吉は、泣き言だったら門の外で幾らでも喚け当世殺風景な往来のいい見物になるわ！　と絞め上げ、二つ折りになった仙太郎の老いぼれ腰を蹶上《けりあ》げた。数珠紐が千切れ時ならぬ豆蒔きの音とともに敷居に唇を裂いた仙太郎は、枯れ枯れの血潮を手の平で押さえ押さえ、鬼め外道め！　と罵り背中を向ければ、南無阿弥陀仏南無阿弥陀仏と誦《ず》しつつふらふらと立ち帰って行った。その夜乙吉は陰惨な裏町を彷徊し因果な悪銭を、溝泥の中にばら撒いたのである。……

乙吉女房あさは、この頃うちの鶏が夜啼きをして気味が悪いったらないよ、こういううちには病人が絶えないとか土台がかしぐとかいうけど本当かしら、と怪談でも語るように声を潜めていったが乙吉は、せせら笑った。あさが続けて、本当をいうとこの頃あたし何だか恐くて夜も碌々《ろくろく》眠られないんだよ、死んだお父《と》っつぁんがあたし達を怨んでいるような気がして、……となおも内証に囁くと乙吉は、お前達は消極でいけねえよといった。あさが判らずに、ショウキョクって何さと訊くと、そうお前たちみたいに根もないことにくよくよする奴のことさ、生霊は怕いかも知れぬが死霊は迷信だ、一度往生した人間が二度とこの世に姿を現す訳はねえ、親父は死んだんだと乙吉はべらべら喋り、猪口《ちょく》を取り上げ酒を嘗めた。晩酌の宵であった。この時裏庭の鳥小屋で脅かすようにばさばさと羽音がし、雄鶏が狂ったような嗄すれ声でコケコッコウ……と啼いた。ホラねお前さん嫌だよ、あたしゃア！　あさは眼の色を変えこう叫んで乙吉の松の幹のような二ノ腕に縋ったが、乙吉ははははと高らかに哄《わら》い、今夜はいい月夜だ、鶏の奴め月の光をお陽様と間違えたんだろう、といってまた笑った。あさは、しかし、日の経るに従い乙吉の日常の些事に奇異な変調を認めるようになった。味噌汁の椀を取り上げた亭主の指がふとした拍子にぶるぶる震え、ふうと苦し気な溜息を吐いた。その後彼の顔は鱗のように青褪めた。毎朝新聞を厠で読む習慣のある乙吉もそういう落ち着きが失くなり、時たま縁側伝いにどたどたと喧《けたたま》しい音を立てて飛び出して来ることがあった。あさは子供達の騒ぎだと思い台所から叱ると、俺だ俺だという乙吉の喘ぎが聞こえて来た。あさが走り寄れば、この頃親父のことが頭に憑《つ》いて離れねえと呟き、救いを需《もと》めるような、情けない眼であさを見た。豪酒家の血を受け継いだ彼の酒量はぐんぐん昇り、不眠の時が幾夜となく続き陽焼けのした血色のいい顔に、ようやく目立つような黒い翳が浮いた。或る夜隣に寝ていた乙吉の、お父っつぁん違う違うと喘ぐ息に眼覚めたあさは凝と息を殺して耳を澄ませた時続けて、お父っつぁん勘弁してくれ、勘弁……と苦し気な哀願が洩れ、やるやるきっとやる！　と叫んだ。あさは何をやるのか分からなかったが、その夜はっきり父の亡霊に悩まされている乙吉の姿を見、悚毛《おぞけ》を震って乙吉を揺り起こした。お前さん夢を見てるんだろ、寝呆けちゃ怕いよと呼ぶ声に眼覚めた乙吉はしかし夢の続きのように変にキチンと膝を合わせて畏まると、親父が俺に仙太郎を殺《や》れと脅迫するんだが俺にあアそんな莫迦気たことはできねえ、糞壺の中にも味噌汁にも親父の顔が見えて俺ア怕えと訴えた。親父が間違っているか俺が間違っているか、あさ、どっちだといった。あさはともども恐ろしくなりいずれとも答えず凝視する乙吉の眼から逃れると乙吉は、咽喉《のど》の奥からかあっというような音を発し、手前までが俺を呪いやがるのかと布団をひん捲《め》くり、あさの胸元を摑み膨れ上がるほどの横鬢《よこびん》打《た》を喰らわし、そうして置いてから臀を蹶上げた。彼は声も立てられぬあさの傍らで悶掻《もが》くように歔欷《すすりな》くのである。あさはてっきり亭主が気が狂ったものと観念し泣き喚く二人の子供を両腕に擁《かか》え、布団の中で顫えた。彼女は今頃になって難癖をつける義父の霊に劇しい怒りを感じ、欲得ずくの金で丸められたんでないことをお父っつぁんにいっておやり！　と周囲に音を合わせ鵞鳥のように呶鳴ったが、それが亭主の慰安にならないことはすぐ判った。翌朝乙吉はけろりとして正常の乙吉に復《かえ》っていた。昨夜の記憶が皆目ないだけに尚更不気味なのである。あさは几帳面に仏壇に線香を上げるようになったのであった。

逗子に在る仲間の祖先法要の営まれた寺院から招待の料亭に回り強《したた》か酒を啖《く》らった乙吉は、その料亭の女主人《あるじ》で顔を合わす度に憎々しい色眼を使う三十後家のことを思いつつ、逗子駅の歩廊《プラットフオオム》に歩み入った。女の、喰いたいなら何時でも喰えという大胆な素振りは乙吉を圧倒したが、二重顋《あご》の白い肉体を妄想することは悪い気持ちではなかった。墓と女と、——乙吉はこの二つの観念から同一の無常感を発見し憂鬱にもなり、従ってますます媱《みだ》らともなった。乙吉はまあ謂ってみれば空々漠々たる来世の無明感にふと襲われたのである。何の動機もなくそれは本能的で、誰でもが偶《たま》には感ずべき不安であった。今身の痺れるような悦楽がすぐ手の届く真近に在るのを知りそのままとってかえそうとも考えたが、衣服の中に浸《し》み込んだ線香の匂いが陰々として鼻についた。彼は不決断のまま、暫時溝を跨ぐように歩廊の上を大股に往還していた。夜十一時、梅雨最中の赤茶気た雨雲の幾重にも垂れ下がる空の下に駅は森閑と眠り、黒いしっとりした砂利の上を数条の鈍く光った線路が左右に延び、行く手は空寂の裡に消え見えずになっていた。汽笛が遠く哀し気に鳴り、それが歇《や》むと歩廊の屋根からぽたんぽたんと雨滴《あまだれ》が物倦気《ものうげ》に落ち音はただそれだけであった。風はなかった。小歇みもなく落ちる淫雨は見えぬようで見え、見えるようで見えなかった。乙吉はそういう粘り気のある熟れ蒸された空気から一層体内の焔を発しようとする欲望にうずいたが、線路を距《へだ》てた向かい側の下りの待合所を見やった時彼の脚は歩廊の際どい縁で止まり、眼は動かずになった。その仄暗い待合所の長い腰掛けの隅には乙吉よりも年配の中年男が、眼を前方に向け端然と座っているのであった。乙吉はそれまでもう一方の隅に本を読んで蹲《うずくま》っている近眼の中学生を認めたのみで何時その中年男が出現したのか思い出すことができなかった。角張った肩、太い眉、膝の上にどっしり突いた大きな武骨い手、人を射竦めるような爛々たる両眼、猛々しい赭《あか》ら顔、——そういう部分部分を漠然と網膜上に写し取って行く乙吉は、ぎょッと震えた。それが彼の記憶に残った父の実体を纏い始めたからであった。彼は背筋に寒さを感じ、負けて堪《たま》るかと相手を睨み続けた。この緊張の時間を破りあたかも東京行の電車の頭が赤い眼を剝いて、次第に構内に突進して来たのである。乙吉は刻々の響きを感付きはしたがその後は判らずになった。男は乙吉を睨んだまま立ち上がって近づいて来た。その顔が乙吉の眼一杯に拡大した。しかも電車は男に向かって驀進して来るのであった。乙吉は瞬刻の内に胸を震わせ、寒気を覚え、顔を火照《ほて》らせた。電車が構内に滑り込み将《まさ》に男と擂れ違いそうに見えた時思わず、お父っつぁん危ねえ！　と叫んだが、線路の異なる男の体は安全であったのに、乙吉の体軀が旋風のような車の煽り風を喰い車輪の下に吸い込まれた。電車はかくて突如の意識分裂を起こした乙吉の右脚の上に滑りごとんと一揺れして直ちに停まったが、乙吉の気絶体は捥《も》ぎ奪られた右脛の転がっていた位置より五間《けん》以上も先方に、転《うた》た寝をしているように両脚を投げ出し歩廊の壁に寄り掛かっていた。それが恐ろしく見えた。なにしろ右脚の先がぐにゃぐにゃに潰れ吸い上げポムプのように噴出する血潮の中で、腰湯を使っているように見えたから——線路から歩廊、歩廊から構外へ、骨の露出した切断口からは血糊の群が相変わらず濁々と尾を引いて繋がって行き、血が失くなる血が失くなるぞ！　と叫ぶ者もあったが、誰も満足な緊縛を施し得る者はなく、近在の外科病院へ搬ばれる数分の間の車内を逞しい血の海と化した。奪われた部分は右脛以下に過ぎなかったが、病院の手術室に横たわらせた時には膝から股へと凄まじい勢いで腐蝕しつつあるので、乙吉の右脚は更に腰の付け根から消え去って行った。発作的な号泣は猛獣の咆哮にも似て病室の空気を震動させ、それが歇むと誰もいないような静寂に返った。痛え痛え親指が、と叫び無意味に、お父っつぁん危ねえ！　とも唸いた……。

……狂躁の国際情勢、殺人、無理心中、姦通事件、脅喝横領、流行病――等々、翌朝の新聞紙は相も変わらず暗い活字をゴテつかせ、時代的な殺気を滲ませていた。前陣の一小事件は無論物の数ではなかった。しかし、半ペラの地方版の片隅には乙吉を轢いた運転手の、如何にも運転手らしい平凡な顔が写っていた。彼にとって変事が全く不可抗力であったと主張し、その主張が、周囲の者にも認められている記事であった。轢かれた人は誰かに向かって喚いていた様子であったがどちらの歩廊にも僕ら以外には誰の影もなかった、と目撃者である中学生と改札係が述べ、運転手の顔の下には小さく、「写真は高山栄次君」と説明が付してあった。

めつかち

読者に語り手を紹介せねばなるまい。

……四五年前のこと、僕は或る目的のためしばらく都会から身を隠す必要上、東京からは大分距たった或る海岸地のなるべく人目に立たぬ区域を、間借り探しに歩いたことがあった。

僕は思想上の犯罪者だったのである。

しかし――金は持っていた。駅前の貧しい寿司屋で、この辺に独居に適当な部屋を貸す家はないかと問うと、その家のお神は僕の服装をしげしげと検した後――僕は意識的に贅沢ななりをしていた、――少し高いかも知れぬがと言い、或る家の地理を告げてくれた。

そこは駅から乗合バスで三十分以上も揺られて行かねばならぬ不便な地点であったが、家は北方に山を背負う平家建ての庭に泉水などの見える、豪壮な邸宅であった。朝晩吐く痰の中に血の混じるようになった虐げられた肉体を養うためにもそこは最適であった。

呼鈴《ベル》の音に現れたのが色白の肉乗り《ししの》のいい、四十歳前後の見るからに健康そうな女であった。話はすぐ纏まり、纏まりついでに茶を飲んで行けと言うので案内をされた茶ノ間に入ると、壁には三味線が寄り懸かり、部屋の調度も何がなく艶めかしく、年増女の残んの色香が仄ぼのと漂うているのであった。長火鉢を間に、営利の目的で部屋を貸しているのではないこと、――事実間代は莫迦に安かった、家が広過ぎて物騒でもあるし淋しくもあるので、なるべく永くいてもらいたいとか、かなりみず瑞しい声で語ったが、その間中、絶えず白い足袋の破れを繕っているのであった。それが室内の雰囲気とはうらはらのすこぶる淑《つつ》ましい感じで、見ると、盛り上がった膝の前には空《から》の蜜柑箱が置かれ、その中には繕わるべき白足袋が一杯詰まっているのであった。

僕は翌日から庭に面した離れの八畳に住むことになったのである。

主人は女とは同年配くらいの色白の、しかしひょろひょろに痩せた、寒巌枯木のような男であった。職業はよく判らなかったが、朝はあまり早く出掛けず帰宅する時間もまちまちで、いずれは道楽半分に何かの外交でもしているのではないかと思われたが、性格は極端に無口で人見知りで、しかも常住左眼に黒いガーゼの眼隠しを当てがい、それを取り外したことがなかった。が、悪人でないらしいことは偶に廊下などで出会う時体をもじもじさせいたたまれぬくらいのはにかみを見せる点や、髪を青年のように房ふさと長く延ばし、もう一つの眼のぱっちり澄んでいる所など、幼児のように無邪気な感じを与えた。暗い、秘密ありげな眼隠しなど除ってしまえば、顔だけは、相当の美男であると想われた。

総て家庭のヘゲモニイを握っているのは奥さんの方であるらしかった。と同時に奥さんは主人を必要以上に劬《いたわ》っているようであった。単純な風邪でもチブスのように大騒ぎをした。そういう時でないと存在を忘れてしまうくらい主人は陰気で、影のように目立たなかった。

家は静かで淋しかった。聞こゆるものとては、時折思い出したように起こる裏山のざわめきと、寺院の打ち出す儚い鐘の音や名の知れぬ山鳥の鳴き声だけであった。僕は明け暮れ小説本ばかり読んで過ごした。するうちに女が、僕の部屋へ話し込みに来るようになった。僕は事実懺悔をするような気持ちで自分の身分を打ち明けたが、女は別に動ずる気色もなく、此処は田舎だからたぶん戸籍調べにも来ないでしょうよ、と言い、如何にも苦労人らしい恬淡さを示した。この夜を堺に主人と間借り人との間は急に親しくなって行った。

「幸福なのか不幸なのか、今ではともかく平和にくらしてはおりますが、わたくしどもの過去はめったに人さまには語れぬ、ふしぎな因果につきまとわれていたのです……」

女はこう前置きをすると、次のような怪談染みた身の上噺を語った次第なのである。

霜凍る初冬の冷たい夜のことであった。尚子は俯向いたまま或る郊外の道を大股に歩いて行った。時折鋭い風が彼女の頬を刺した。生来あまり健康でない尚子は、晩秋から初冬への移り代わりに起こる不意打ちの無作法な寒さには、いつも悒鬱になるのであった。

夜の九時——新開地の商店街は早目に灯を落として眠り四周は暗く、寂寥として、尚子の下駄が霜を含んだ地面にさくさくと鳴った。

その夜尚子は友人の加留多の稽古に招かれたのであった。会半ばにして何となく悪感を覚えた尚子は好い加減に義理を済ませ、一人窃っと逃れて来たのであった。寒さに怯え、明日辺り風邪で起きられないのではないかと案じつつ、深ぶかとショオルに顎を埋め、一層大股に歩いた。

郊外の田舎駅は閑《は》ねた後の芝居小屋のようにひっそりしていた。周囲に暗い野原が展け、構内だけが弱い電灯の光を放ち、幻灯のように浮かび上がって見えた。そしてその中に、改札口の駅員がパンチを措き、脇眼もふらず部厚い書物に読み耽っている姿があった。尚子は小刻みに改札口へ近寄って行った。切符を渡し何気なく駅員の顔を見遣った時、尚子の胸は震えた。

もちろん駅員の方は尚子を見知っている訳はなかった。彼は無造作に切符を戻し、新来の客に機械的な一べつを与えただけですぐまた、読みかけの書物に眼を落とした。

古ぼけた、頂辺に埃の浸み込んだ駅員帽、色褪せた纔《わず》かにアイロンのかかった制服——男は平凡な駅員に過ぎなかった。ズボンの裾が先の持ち上がった黒靴の上に被さり、短い上衣の下から垂るんだ臂の突き出ている態は如何にも見すぼらしく、背を一層畸型的に細く見せていたが、帽子の下から鬢にかけてはみ出している真黒な頭髪、濃い両眉から真っすぐに浮かび上がった鼻梁、幾分か尖り気味のおとがい、そしてそういう鋭い線の中に、打って変わった柔和に輝く双眸、むしろやや窶れ気味の青白い頬——それらは尚子の記憶から古く、遠く、遠離《とおざ》かるともなしに遠離かり行き、今や全く意識の外に在った男、そしてよし一時は念頭から消えていたとは言え、最早癌のように固く根を張った面影、それであった。

——尚子は七八歳の頃から奇妙な夢を見続けていた。両親をはじめ誰もが一斉にそれを夢であると断定したが、尚子自身にはどうしても単純な夢とは思えなかった。

夜中であった。それも静かな、雨や風の音のない、森羅万象が尽く深い眠りに堕ち大気が微動だもせぬ、死のような沈黙の夜に限っていた。尚子は何処からともなく聞こえて来るびいんびいんと言う得体の知れぬ音のために定《き》まって眼を覚ますのであった。それは搏っている胸の鼓動と同じテンポであたかも彼女の弱い心臓を脅かすように、幽かに、その癖重おもしく響いた。

びいーーん

びいーーん

びいーーん

尚子は、その音の正体を確かめようとし、耳を澄ませた。それは蚊細い絃を何処か遠くの空からピツィカアトで奏でている音律に似ていた。が、音響的なハアモニイもなく、ただ徒にびいんびいんと響くのみでそれがかえって不気味に思われた。彼女は両手で耳を被うた。それでも聞こえた。段だん尚子は恐ろしくなった。固く、聴くまいとすればするほど音は弥が上にも高くなり優り行くように思われた。彼女は仰向けに横たわったまま布団から首だけ出し、聞くまいとする試みを諦め、眼の前の壁をぱっちりとみつめた。

と、ーーその壁に男の顔が映り始めた。彼女は最初誰かが彼女の寝室を覗いているのではないかと思った。数日前尚子の母が、誰か母の入浴姿を覗く者がいると語ったのを聞いていたから……。しかし、そこに窺かるべき窓のないことは尚子自身が一番よく知っていた。そこは一面の冷たい灰色の壁であった。

男の映像は次第にはっきり泛かび上がった。長い真黒な髪の毛、青白い面長の顔、秀でた鼻、薄い真赤な唇、そしてーー男はめっかちであった。

尚子は夢だ夢だと心で叫んだ。するうちに達者な右の眼が時折ぱちりぱちりと瞬き、唇が微笑を含んで、歪んだ眼も唇も柔和であった。が、それだけ怕かった。眶がやがて眠るように閉じられてしまう。

八歳の尚子はいたたまれず、あっと叫びを立て、廊下を距てて眠っている母の胸許に飛び込み、震えた。

「——ママ、怕いの、ママ!」

この時は既に絃の音も壁の中の男も消え、澄み切った薄明と静寂があるばかりであった。

夢中遊行、小児ヒステリイ、欧氏管カタル、有熱児、——尚子を診察した医師はこう様ざまに呼んだ。が、その医師の尽くが、年頃になれば丈夫になるかも知れぬと言い、一斉に転地療養を薦めた。

長ずるにつれ案の定尚子の木のようであった胸や腰にも肉がつき美しい娘にはなったが、夢は一度で消えはしなかった。そしてこの娘の青白い情熱が奇怪な方向に注がれて行った。尚子は幻の男に一種の懐かしさを覚えるようになったのであった。眠られぬ物倦い春の宵など、尚子は自身その夢を見るよう秘かに祈ることがあった。その祈りが真夜中に叶うと彼女の胸は妖しく高鳴り、此方から微笑み返してやりたい淡い衝動を覚えた。かつて恐ろしかった絃の音ですらも、若い、恋に憧れる血を掻き立てるセレナタの爪弾きに似ていた。

壁の中の幻の恋人!

弱々しい陰性の花にも慕い寄る雄蝶は多かった。尚子は、しかしこれらに眼を呉れる先に、この言葉に憑かれていた。

(——あの人……あの人はいったい誰なんだろう? 一度も見たこともなければ、誰にも似ていない、あの人……ことによったら、この世に実際いる人なのではないだろうか? そして、いつか、出会うことができるのではないかしら?……)

この感傷は根強かった。夜半寝室にただ一人蠟燭を灯して鏡を覗くと未来の夫となる男の面影が映るという伝説とともに、尚子は多分それは彼女自身にしか体験し得ぬ不図した神秘のサジェスチョンによって、この固定観念を抱いたに相違なかった。――幻の男、身分も素性も判らぬめっかちの男こそ、彼女の夫となる男であるに違いないと。

――言うまでもなく、加留多会の帰途尚子の見た田舎駅の改札係こそ、壁の中のめっかちに生き写しの男であった。

駅員の二つの眼は、しかし、健全であった。

小石川蒟蒻閻魔裏手の貧乏長屋であった。尚子の姿がこの裏街の不潔な溝川の傍らにたたずんでいた。尚子の前に庇の低い、亜鉛屋根の陋屋が埃を浴びて並立してい、路地路地の口からは夕餉の鮭を焼く煙が無風の、幾分雨気を含んだ低い空に向かってゆらゆらと立ち昇っていた。

何処かで豆腐屋のラッパが鳴った。

尚子は電柱の蔭から斜めに、駅員と彼の老母との侘びずまいを窺っていた。無細工な格子の奥で、絣に寛いだ駅員と老母が小さな膳を囲んで夕飯を認めていた。

何時ぞや、よもやの幻と現実に逢い初めて以来、尚子は如何なる第三者にもこの秘密を秘め隠した。秘密はすなわち恐怖であったが、物思いは哀恋に似た感情であった。何者にも優して強烈な乙女の好奇心は、幾度窃っと遠見に駅員の動静を探りに行ったか知れなかった。

この日駅員の姿は改札口に見えなかった。尚子は失望したが再び構内に戻った時、彼女と同方向に向かう電車に乗る彼を認めた。早退けに相違なかった。尚子は己が端たなさに嫌悪を感じながらも、男の痕を尾行しない訳には行かなかった。

駅員は車中絶えず部厚い赤い表紙の書物を眼から離さなかった。電車が春日町に着くと几帳面に栞を挟み小脇に抱え、眼を前方に向けたまま脇眼も振らず伝通院の方に足早に歩いて行った。それは理想や希望に燃える生真面目な青年を想わせた。溝川に添うた道を右に入ると、街の風貌が突然暗くせせこましくなった。男は「室井健」と書かれた標札の下りている長屋の土間に入り、奥に向かって快活に呼ばわった。

「――ただいまア！」

茶ノ間には何時か電灯が灯っていた。茶ノ間の奥にはこじんまりとした仏壇が飾られ、その前で腰の曲がった老母と居住居正しく夕餉の箸を運んでいるプラトニックな青年の姿が、何故か尚子の心を叩いた。窓を通して仄見える人の世の営みこそ、もののあわれ――それが平和で幸福なものであればあるだけ、尚子は居堪たまれぬ佗しさを感じた。

少女時代からの恋人があまりにも見すぼらしい一介の改札係に過ぎないことも、最早尚子には問題ではなくなっていた。


翌々年の春二人は結婚した。男は既にその時母を喪った孤児であった。春とは言い条、大きな牡丹雪が音もなく舞い落ちる冷えびえとする日、尚子と駅員の肉と心とが厳かな神前で一つに結ばれたのであった。

男は詩人であった。が、彼の「室井健」という名は一度も活字に刷られたことがなかった。

二人の新家庭は室井の希望で、市中からはずっと奥まった草深い田舎に設けられた。家の前には魚の骨のような寒ざむとした雑樹林が立ち並び、その向方に古沼が澱んでいた。遠くに市外電車の土手が見えた。夜になるとこの電車の警笛が、身に浸み入るように淋しく聞こえた。

室井は尚子を心から愛した。愛し過ぎるほど愛した。尚子の外出の時間が長いとどんなに淋しかったか知れないと、べそを掻きつつ怨み言を言った。けれど尚子は、室井が彼女を愛するほど、彼を愛してはいなかった。

(わたしは室井を、もっともっと愛さなければいけないんだわ。……)

尚子はこう自分に言い聞かせ、燃え立たぬ熱情を悲しんだ。過去一切の交際を絶ち、二人だけの生活に閉じ罩もろうとし、下女すらも二人の巣を破壊する闖入者として使おうとはしなかった。夫は書斎に閉じ籠もり、瞑想と思索の時間を送った。

雨の降る日など、

「尚子さん、僕アいつか立派な詩を書きます。どうかそれまで待っていて下さい。……」

室井はこう前置きしてから、「嘆きのピエロ」の Jacques Catelain のような夢見るような表情で、自作の詩を高らかに唄って聞かせることがあった。中音の、声それ自身は歌唄いのように美しかったが、作品はしかしあまりにも稚拙で、人の真の喜びや哀しみに触れたものではなかった。

が、尚子は極まって、

「……素敵だわ」

と、低い声で言った。

詩作に飽きると壁際に寝転び、細い脚を重ね、

「ああかかる日のかかるひとゝき……」
とか、
「小諸なる古城のほとり
雲白く
游子悲しむ……」
とか、大きな声で唄いながら、煙草の煙を吐いたりした。晴れた日には、近所の沼へ鮒を釣りに行くのだと言い、魚籠を提げ、釣竿を担ぎ、口笛を吹き鳴らしつつ颯爽と出て行くのであった。
けれど――この平和、平和な退屈《アンニュイ》も、二年とは続かなかった。何故か尚子はまたしても物倦い不眠症に襲われ出した。

室井には結婚前から恋人がいるらしいのであった。ほとんど手紙など着いたことのない二人の家庭にしばしば男名前ではあるが女文字の手紙が室井の手許に配達されるようになった。室井はそれらの手紙をできるだけ尚子の前から隠そうとした。その癖決して破り捨てようとはしなかった。或る日尚子は、見るともなしに不図室井の日記帳を繰った時、そこに過去の女を讃える数篇の詩作を発見した。純情を装う室井の心の奥底から、凄まじい悪魔の吐息を感じた。かつて貧しく寄る辺のない室井が安逸な生活のための手段として自分を喰いものにしたのではないかと疑った。
と同時に、室井の心を捉えている見えざる女に対し劇しい嫉妬を覚えた。

（――無能で、平凡で何一つ取柄のない室井……こんな男のどこにもわたしは魅力を感じてはいないのだ。ただわたしは、わたしの運命を支配する幻の実体として室井と結婚したのだ……だのに、どうしてこんなにもはげしい嫉妬にくるしまなければならないのだろう？）

……不眠のまま茫然と天井をみつめている時や入浴時裸体で鏡の前に立つ時など、尚子はつくづくこのまま生活を続けて行ったら、何時か大きな破綻が来るのではないかと惶れた。鏡に写る彼女の肉体は、一時の潑溂さを全く喪い、そこにあるものは細い、冷たい蠟燭のような肢体――恐ろしい少女時代の再現に過ぎないのであった。彼女は迫り来る破局を予感し、そういう時、薄い胸を抱いて震えた。

驚くほど真暗な夜であった。下界は無限の暗闇に呑まれ恐怖に竦んだ、深い沈黙に動かぬ夜であった。

びいん……びいん……びいん……絃の音がまた何処からか聞こえ出し、尚子はぱっちり眼を覚ました。

それは十年以上も聴かなかった、例の静寂の大気が顫え出す音のような暗示であった。尚子ははっとして身を縮めているうちに、音は今まで経験したことのないほど次第に早く、大きくなり優って行った。

びい――ん

びい――ん

びい――ん

尚子は怖しくなった。

と同時に、それは何と言う奇態な、胸の膨らむような懐かしさなのであろう?

(この音だ、この音だ!)

尚子は心中から叫びつつそれがどういう音律に変化して行くか、果してまた、あのめっかちの男が壁の中に現れるか、全身を眼と耳にして待ち構えた。

びん……びん……びん!

音は尚子の心臓とともに震え始めた。

と――壁面の一部が薄雲のように揺れ始め、見る見る例の周囲のぼやけた vignette 風の幻の男が現れた。

「うーん、うーん……」

尚子は唸った。

久し振りで尚子に会いに来た男は八歳の頃と寸分の相違もなかった。尚子は年を取ったが、男は依然若く、青白く右の眼を屢叩きつつ、思いなしか、奥深い瞳の裡には隠し切れぬ懐かしさを湛えているように見えた。

(神様、どうぞどうぞ教えて下さい!)

尚子は荒れ狂う感情の暴風の中で、両手を胸の上に組み、一心不乱に祈った。

(神様、――現在の室井は、この壁のなかの男とは違うのでしょうか?……そうだ、そうだ、確かに違う!……室井はふたつの眼を持っている!)

音はますます烈しく鳴った。のみならず片眼だけがにやりにやりと嘲笑い、一ノ字に結ばれた蚯蚓のような唇が冷酷に蠢いた。

むっくり、尚子は起き直った。息を殺し、隣に眠っている室井を伺った。

室井は就寝前必ず本を読み、書いた原稿は几帳面に閉じ、枕許に揃えて置くのが習慣であった。そして緑色のスタンド・ランプが、原稿の束の上に、鋼鉄の鋭い尖端を晃らせた一本の錐を冴えざえと照らし出していた。

(夢だ、わたしがしようとしていることは、みんな夢なんだ)

尚子は窃っと錐を取り上げた。

「どうしたの、尚子さん、どうしたの?」

それまですやすやと快い寝息を立てていた室井がぱっちり澄み切った眼を開いた。その眼には、近頃病身の尚子を劬わる優しい光があった。その呑気な、お人好しな、些少も警戒の色を見せぬ無心の室井が、キリキリと尚子の嗜虐心を煽った。

「いいえ、何でもないのよ。ただ眠られなかっただけなのよ。何でもないの、何でもないの」

尚子も笑って見せた。左手を突き、息を詰め、体をよじるようにして握った錐を室井の左眼に突き立てた。

「な、何をする!」

室井は尚子の手を払おうとした。が、それは尚子の手首に逸れて行った。錐は最初白眼を突いたのであろう、固いゴム鞠に似た鈍重な弾力があった。尚子はすかさず持ち直した。柔軟なむしろ快い感覚で、錐の尖端が二寸ほどズブリと刺さった。

「尚子、尚子！」

室井は無気味に叫び、両手で顔を抱えたまま、転げ回った。

白い敷布がたちまち赤点で彩られた。

……何時の間にやら壁の中の男は消え、啻濫らに絃の音が前よりも一層早く烈しく鳴り続けていた。それがぴたりと歇んだ時、尚子ははじめて我に帰った。

事前の幻想は眼前の酷たらしい現実に転じた。彼女ははじめて何をしたかを悟った。

「ああ、ああ！」

尚子は口をまんまるにし幼児のように哭き出した。

「こわいよオ、ママ、こわいよオ！」

尚子の半狂乱の姿がその家から逃れ出た。一直線に畔を伝って疾走する彼女の姿は狂った犬族に見えた。畔が尽きると、雑木林の奥の真黒な闇の中に、尚子の体が吸い込まれた。


「その時、どこをどう走っているのだかただ夢中で走りました。そうして、とうとう林の奥の沼のなかへとびこんでしまったのでございます」

長い話をこう語り来った女、すなわち尚子夫人は、次のように結尾を付した。

「――これで、わたくしの永年の迷妄もすっかりさめてしまいました。はい、そうです、げんざいの夫が室井なのです。――それで、それで……」

夫人はちょっと言い澱み、再び過去の恐怖に憑かれたかのように空間をじっとみつめた時、玄関の開く音が聞こえ室井の帰って来た気配に、つと立って襖まで行き振り返り、しかし眼は、依然として左あらぬ方を凝視したまま、秘めやかに、その癖せかせかと囁いた。

「……それで、それなり、ほんとうならば古沼におぼれてしまったのでしょうが、運というものはまことにふしぎなものですわね。その夜、ちょうどその沼で夜釣りをしていた人に助けあげられたのです。ふちのくさむらに寝かされてすぐ気がつきましたが、くらやみのなかのほのかなカンテラの灯影に照らしだされた男の顔を見た時には、キャッとさけんでもういっぺん悶絶してしまいました。あとでわかって、その命の恩人はふきんのアトリエに住む絵かきさんでしたが、こういうことにどういう理屈をつけたらよろしいのでございましょうね。その方こそ壁のなかのまぼろしにすこしもちがわぬ、めっかちの男だったんですよ」

放浪作家の冒険

私が或る特殊な縁故を辿りつつ、雑司ヶ谷鬼子母神裏陋屋の放浪詩人樹庵次郎蔵《じゅあんじろぞう》の間借り部屋を訪れたのは、あたかも秋は酣《たけなわ》、鬼子母神の祭礼で、平常は真っ暗な境内にさまざまの見世物小屋が立ち並び、嵐のような参詣者や信者の群の跫音《あしおと》話し声とともに耳を聾するばかりの、どんつくどんどんつくつくつくと鳴る太鼓の音が空低しとばかりに響き渡る、殷賑《いんしん》を極めた夜であった。

樹庵次郎蔵、――むろん仮名ではあるが、現在この名前を覚えている者は尠《すくな》い。が、“On a toujours le chagrin”（「人にゃ苦労が絶えやせぬ」）――こういう人を喰った題名の道化芝居《ビュルレスク》が一九三×年春のセイゾン、フランス一流のヴォドヴィル劇場O座によって上演せられ、偶然それが当たって一年間ぶっ通しに打ち続けられたことのあるのを、読者は記憶しておられるかも知れぬ。この作者がわが樹庵次郎蔵であった。

幼少時代から身寄りのない生来の漂泊者樹庵は、その青年時代の大半をフランスで送った。皿洗い、コック、自動車運転手の助手、職工、人夫、艶歌師、女衒《ぜげん》、などなど、これらの生業《なりわい》とともに社会の裏側に蠢《うごめ》き続け、その時もなおパリの裏街、――貧しい詩人や絵描きや音楽家や、そしてそれらの中の埋もれたる逸材を発見して喰いものにしようとする飢えたる狼のごとき、卑しい利得一点張りの本屋や画商やが朝から晩まで犇《ひしめ》き合う雑然たる長屋区域Q街の一隅の屋根裏の部屋にとぐろをまいていた頃、次郎蔵の懐に巨額の上演料が転げ込んで来た。そこで彼はたちまち仲間の放浪芸術家たちを呼び寄せ、カフェからカフェへ居酒屋から居酒屋へ、久々で盛大なる「宴会」を催し浩然《こうぜん》の気を養った挙句、単独でモナコへ渡り、賭場モンテカルロですっからかんになると、突然日本に郷愁を感じたものか、再びもとの懐かしい紡褸《ぼろ》を纏うて、孤影蕭然《しょうぜん》として帰来したのである。

かくて樹庵次郎蔵は、約一年間、フランシス・カルコばりの憂愁とチャアリイ・チャップリンばりの諧謔を売りものにわが国のジャアナリズムに君臨していたが、天成の我が儘な放浪癖は窮屈な文壇にも馴染まず、一時《いっとき》の名声も陽炎《かげろう》のようにたまゆらにして消え去って行った。

私が訪れた夜はちょうど彼樹庵は、見すぼらしい衣に身を纏い、天蓋を被った蒼古な虚無僧《こむそう》のいでたちで、右手に一管の笛、懐にウイスキイを忍ばせつつ、さて境内へ喜捨でも乞いに行かんかなというところであった。

三十分の後、樹庵と私とは往来は雑踏ではあったが比較的太鼓の音の響いて来ない、或る支那料理屋のがたがたテエブルに向かい合った。彼の最も愛好する安酒が彼の五官に浸透するにつれ、暗鬱な無口が次第に滔々《とうとう》たる饒舌に変わり、どこかこう、映画俳優の So-jin に似た瑰琦《グロ》な、不敵の、反逆の、そして太々しい好色の瞳をぎょろつかせながら言った。

「――そんなにききたいならはなしてもいい。題して『放浪作家の冒険』てんだ。名前は勇ましいがなかみはナンセンスだ。さあ、お御酒《みき》がまわったから一気にしゃべるぞ！」

と言うわけで、以下はとりもなおさずその再録である。

但し、文中の地名は、或る必要から曖昧にした。

★★★★

そう、あの晩はばかにむしゃくしゃした晩だった。もっとも、おれのようになんのあてもなく自堕落な生活をおくっているものに、むしゃくしゃしない日なんかありようがないが、あの晩はとくべつ、淋しく腹立たしい、いやな晩だった。でなければもはや、どんな空想の余地すらも、残っていないあんなところへ、だれがゆくものか。そのころおれは、Q街の陶物屋のあたまのつかえそうな屋根裏に寝起きをしていたが、窓からそとをのぞいてみると、VホテルやN寺院やE門やの壮麗な建物の屋根屋根や尖塔に、寒月が水晶のようにかたアく凍りついて、雲の断片さえもみえぬたかい夜空が白日のように皎々《こうこう》とかがやき、まるでね、陽気が日本の冬のように、音をたてずに肌をとおす底びえのする寒さだった。寒いとおれはきまって腹立たしくなるうえに、じつはめずらしくはいった詩の原稿料で、近所のカフェにはたらいているLulu という女をつれだし、ひさしぶりでどこかのホテルでブルジョア気分でも味わおうと思っていたのだが、リュリュのやつ、もみあげのながい赤いワイシャツをきた絵かきふうの、ロシヤ人らしい青二才とひっついていて、おれのほうはみむきもしないのだ。業腹だった。のみすけのおれのことだからべつにやけ酒じゃないのだが、端からみたらそうとれるかもしれぬ。ともかく相当あおってそこをでてから、タクシをねぎって、Q街からS河の橋をわたって一時間たらずのところに一画をなしている、ある裏街区域へすっとばすことにした。腹癒せもあったが、空にひっかかった月からがして、何かこうおれたちをいじめつけるようにきびしく、ロマンティックで、反撥と誘惑のようなものから、なにかめずらしい冒険のようなものを求めようとする人間の、よわいあえぎかもしれぬ。

どこのどんな文明国にも表があれば裏のあるのはあたりまえのはなしだ。そこはまあ、仮にX街の裏通りとよんでおくが、東京でいえば川向こうの世界のようなところで、ひととおりは姪惨で、不潔で、犯罪むきにできている。表に文化の花のほこらしげに爛漫とさきにぎわえば、賑わうほど、裏側にはどぶどろや塵埃《じんあい》やかすが、人目をさけてひとつところによどんでしまう。表通りはふつうの薬局や八百物屋や雑貨店などのせわしげにたちならぶ商店街だが、その商店と商店との間にもうけられたほそい路地へ一歩はいりこむと、そこはもう別世界だ。そこがそれ、君だって先刻御承知のところだろう。

着いたらすでに夜もおそく、どうしたわけかばかに不景気だ。なにしろ、めずらしい寒さではあるし、もうそんな遊び場に夢をもつような男はいなくなったのだろう、いっときのようにひやかしもながれていず、お茶っぴきがあっちの窓こっちの戸口にうろうろしていて、職業《しょうばい》の情熱もうしなったように、煙草のけむを輪にふきながら、へんにものかなしい亡命的な小唄を口吟《くちずさ》んでいたり、下水にむかってへどをはいているという始末……。かたい、こちこちの木煉瓦の路地をあるくおれの靴音がこつんこつんとひびいて、その気配に売れのこりが、ちょいとちょいと、とよびかけるのだが、その声がまたぶきみなほど姪惨で、なさけないくらいの営養不良ぶりだ。

そういう女たちを尻目にかけ、それとなく左右に眼をくばりながらあるいてゆくおれの足が、こつんとそれきり、ある小さな飲み屋ふうの家の戸口のところでとまってしまった。その家のまえにたってじっとおれの近づくのをまっている女が、なんと日本娘じゃないか。毛皮ではあったが、もはやところどころの抜けおちたみすぼらしい黒外套に、ふちのみじかい真っ赤な帽《ベレー》を真っ黒なふさふさした、眉のかくれるくらいまでにあふれた髪のうえにかるがるとのせて、両手をポケットに奥ぶかくいれ、足をかさねて入口のドアによりかかっているすがたが、青オい電灯の灯をあび、さそうような幽艶さをたたえていた。日本の女がよその国にきてこういう種類の女になるということにべつだん不思議はないし、センチメンタルになるほどおれも若くはないが、なにかのはずみで米のめしがくいたくなるように、産毛《うぶげ》のはえていない肉のしまった肌や黒い眼、黒い髪がとつぜん恋しくなる時があるものだ。売れのこりだからいずれにしても美人じゃないし、日本人としてもとくに鼻もひくく眼もほそすぎ、どこにでもころがっている下らぬ女には相違ないのだが、おしろいけのない、一見しろうと女にもみえる、そのみじまいの無雑作なところが、ちぢらし髪やどくどくしい口紅やいたずらにActif な紅毛女のエキゾティシズムにはあきあきしている矢先とて、柄にもなく日本へのノスタルジアを感じさせたのだろう。おれは奇態なほどその女にひきつけられてしまった。おれはなかばこころに決めかけながら、しかし声のわるいのだけはごめんだから、はっきりしたわれわれの言葉で、はなしかけてみた。

「今晩はばかに不景気だな」

　すると女は、にこりともせず、ただかさねていた脚をはずし、すっくとたちなおるようにして、声だけはつくり声のいくぶんか訴えるような、かなしげな、そのくせ態度は淫売婦どくとくのふてぶてしい人をくった冷淡さをみせて、ささやくような日本語で応じた。

「あら、あんた日本人なのね。うれしいわ」

こうはいうものの少しもうれしそうではないのだ。

「——今夜はこんなに不景気だし、いつまでここにこうしてもいられないから、ね、おねがいするわ、ね」

「まえから、ここにいたのか」

「いいえ、ついさいきん」

「それまでどこにいた」

「ある絵かきさんのモデルをしてたんだけど、いろんなことがあってね、いまじゃこんなところではたらくようになったの」

女はさらに近より真っ白な両手をだしておれの右手をぎゅっとにぎりひきよせようとした。

「——ね、そんなことどうだっていいじゃないの。こうしてるとこをみつけられると煩《うるさ》いんだからさ」

声も耳ざわりのいい東京弁だが、それにもましてすっくとたった姿かたちが、胸のふくらみからゆたかな腰の線へかけてくりくりしまった素敵な肉づきなのだ。ほのくらい色電気のながれた異国の暗黒街に、どういう過去をもつかしらぬが、ひとりの日本の淫売婦がたっている、むろん正常じゃないが、姪惨な、ダダ的な情欲がながれて、おれの脳神経をあまずっぱく刺戟した。女はおれの甘チャンぶりをはやくも洞察したのであろう。くるりと脊中をむけると、相変わらずその眼は不愛想でニヒリスティックではあったが、くいいるようなながしめをあたえつつ、小猫のように音もなくさきにたってあるきだした。おれがそのままずるずると女のあとにしたがったのはいうまでもない。しばらくはおれと女の靴音が虚無にひびいた。月は表通りの屋根にかくれ、ただたちならぶ娼家の不安気ないろ電気が路地から路地へさしこんでいるのみで、さきへゆく女のすがたが闇のなかにきえるかと思えばまたふうわりと浮かびでて、みえつかくれつ、さいごにとある路地のあいだに吸われるようにかくれた。

上がってだいいちにおどろいたことは、その娼家が、やすぶしんではあるがとほうもなくひろいということだ。路地からみかけたところでは階下も二階も二間《ま》かせいぜい三間ぐらいだろうと思われたが、うすくらいなかにリノリュウムばりの廊下がにぶく光りながら前方にながくつづいていて、つきあたってなお右左にわかれている。その廊下の両側が女たちの居部屋であるらしく、時折、男のしわぶきやひそひそばなしが陰々としてきこえてくるところをみると、今がラッシュ・アワアであるらしい。このアパアトメントふうの家を女について二三間《げん》ゆくと、右手に階段があって、それをのぼりきると踊り場《ランディング》からさらに廊下が前方にのびているらしく、それ自身迷路のような風がわりな構造にあっけにとられていると、女はとつぜんこづくようにおれを左手の小部屋におしこんだ。いったい幾間あるのか見当もつかない。この家は路地の角にあるのではなく、両隣とうしろがおなじような家々と密接しているので、ことによったらそれだけの大きな家を、外観だけ三軒ないし四軒にわけたのかもしれぬと思った。事実こういう家は日本でもめずらしくない。

部屋へはいると女は、さっきの水のようなつめたい態度とはうってかわって、わびしい異郷にあっておなじ日本人にであったというよろこびを誇張して、さもさもなつかしくてたまらぬといったあんばいで必要以上に濃厚なしなをしてまといついてくる。

「うれしいわ、うれしいわ、うれしいわ」

などといいながら部屋のまんなかで、首にだきついてぐるぐるまわったりするので、すくなからずおれは面喰らった。

じいっと耳をすますと隣室やほうぼうの部屋部屋の壁をとおして、えへんえへんとのどをきる音やぼそぼそいう会話がきこえてくる。のんきな人間にゃきこえないのだろうが、おれの聴覚はドビュッスイのように鋭敏だ。戸外が死のようにしずまりかえって、家がひろすぎたりして、なにかこうおっかない事件がおこりそうな、場所が場所だけにひどくぶきみな思いをした。


おれの体があまり健康でないということは説明するまでもないだろう。ひるよる逆のまるで梟のような日々をおくっている体には、ながねんの夜露が骨のずいまでしみこんでいて、五年や十年の摂生でははらえそうもない。なまじいはらおうとも思わぬ。なんのための摂生だろう。なんのための養生だろう。摂生といい養生といい、どこにもたよるべき家郷をもたぬ永遠のヴァガボンド、よせうつ寂寥と孤独と絶望の波をたえず頭からひっかぶっているおれにとって、それはまるで泡みたいなものだ。おなじ泡なら泡盛のほうがいい。ヴェルレエヌじゃないが、「げに我はうらぶれて、ここかしこさだめなく、飛び散ろう落葉かな」というわけで、自慢じゃないが婦人病以外の病気はたいていわずらった。なかでも業病は腹だ。日本にいる時からとんがらしをぶっかけた牛シャリやワン・コップで腸の壁面をすっかりただらせてしまったのだろう、きたないはなしだが、下痢でない日はない。人は腹だというとばかにするが、なかなかどうして、こいつがもてあましもんなのだ。酒の気がきれるときまって左っ腹が、大腸とかいうところがしくりしくりしくりといたみだす。その晩もアルコオルがきれたので、こういうことだけはパンクチェアルに、しくしく便意を催しはじめた。便所はどこだと女にきくと、そこの階段をおりて廊下を右にいって、つきあたってから左へいったところだというややこしい返事なので、そいつを口んなかでくりかえしながら、蹠《あしうら》にひんやりするスリッパの音をぺたつかせて廊下をつたっていった。

腹がさっぱりするまでかなりながい時間がかかった。さて部屋にかえろうと廊下をもどってゆくうちに、さっきまがった角がわからなくなってしまった。とにかくかんで、さいしょの階段ににかよったところまででたが、なにぶんひろい家なので、ここだと確信はできない。酔いがさめたためにかえって勝手のわからなくなることはよくある。まごまごすればよけいまよいこんでしまいそうなので、なんとかなるだろうという気で、眼のまえの階段をあがっていった。廊下をはさんでおなじような部屋がふたつ、むかいあってならんでいる。たしか左の部屋だったと、無造作にあけようとした瞬間、その部屋のなかから、気息奄々《きそくえんえん》たる女のうめきがきこえてきたから、たまげた。

さあ、これからがはなしだ。

まさにあけようとしたおれの手ははっと息をころすと同時に、ドアのノブにひっついたまま動かなくなってしまった。なにか殺伐な事件がなかでおこりつつあるに相違ないと直感したのだ。もどろうか、そのまま様子をうかがっていようかと、ちょっとのま思案したが、そうこうしていうちにも苦悶の吐息は遠慮会釈もなく、おしつぶされたようにひびいてくる。おれの眼はほとんど本能的にドアの隙間に吸いついた。たてつけのわるい蝶番《ちょうつがい》のゆるんだドアのボタンが穴にきっちりはまらないで、しめたつもりでもわずかではあるがななめの隙間をつくり、そのまま動かなくなる時があるものだ。ちょうどその時がそうで、ドアとドアの接する壁との合わせ目の下方に、四五分《ぶ》の隙間があいている。相手がのぞかれていることをしらない場合の隙見ほどおもしろいものはない。「隙見のトム」をきどりつつ、が、その場合にかぎりおもしろいなどという余裕のある気持ちでなく、むしろ機械的に、心中は戦々兢々《せんせんきょうきょう》、その堺目に吸いついてしまった。

なかは一瞥して自分の部屋でないことがわかった。というのは、そこは畳数にしていえば十二畳余のひろさで、つきあたりの壁まで約四間《けん》はあり、視野が隙間に応じて底辺三尺くらいの三角形にくりぬかれ、正面の壁際にベッドのなかばがみえ、そのうえで縄でしばられた女の真っ白な下半身が陸にあげられた魚のようにぴょんぴょんとびはねている。しかも、おれののぞいている鼻のさきにはひとりの黒服をきた男が、女の奇妙なありさまをじいっとみつめているらしく、二本の足が脚立のようにつったったまま微動だにしない。いったいなにごとがおこっているのだろうと、もちまえの好奇心が湧然とむらがりおこり、そっと体をずらせてななめに顔をおっつけ、女の顔をみるために必死の横目をつかったもんだ。ところがどうだ、そのベッドのうえでは殺人がおこなわれているではないか。

加害者は台上に膝をついて女の首にズボンのバンドをまき、ぐいぐいしめつけているので、確実な身長はわからなかったが、畸型《きけい》といいたいほどの極端な小男で、しかも凶悪無惨な、おれはあんな人相のわるい男をみたことがない。ドストエフスキイの「死の家の記録」にでてくる凶暴無類の囚人ガアジンという男もかくやと思われるようなやつで、生得の殺人者とはああいう男のことをいうのだろう。眼がぎょろりとしていて、樽柿のようなしっぱなで、唇はあつく前方につんでていて、眉と生え際がつづいていると思われるほど額がせまく、しかも刑務所からでてきたばかりなのか、まだのびきらぬ頭髪を日本の職人のように角刈りにしていて、まことに不調和なことに、柄にもなく衣裳だけはりっぱな、ふとい棒縞のピジャマをまとうている。満面を狒々《ひひ》のように充血させ、バンドをしめるたびに、女はううん、ううん、とうめく。半裸の肢体は荒縄でたかてこてにしばられ、髪をみだし、そのうえさるぐつわをかまされているので人相はよくわからなかったが、じいとみつめているうちに思わずあっとでかかる息を力まかせにおさえつけた。

その女こそさっきまでおれの部屋にいたあいかたじゃないか。いったいこの部屋でなにがおこなわれているというのだ。むろん人殺しだ。眼のまえの脚立のようにつったっている男はだれだろう。どういう料簡で人を殺害《せつがい》させ、それを身動きもせず見物しているのだろう。そういえば部屋の模様もなんとなくへんだ。妙に古めかしい壁かけがさがっていたり、王朝ふうの蒼味をおびた椅子や花瓶がおいてあったりして、――などと、ばくぜんとこんなことを考えているうちに、自分がいま、いかにけんのんな状態にいるかに気がついた。こうしちゃあおられぬ。まごまごしているとどんでもないとばっちりをくわねばならぬ。ながいは無用と腰をあげたとたん、部屋のすみからとつぜん男の陰気なバスがこういった。

「そうだ、もっとしめろ、もっともっと」

室内にはもうひとりの別人物がいたのだ。と同時に、それまでからくもささえられていたななめのドアが、身動きのために、かすかではあったが、——ことん……と音をたてて、五分以上もただしい位置にあいてしまった。しまったとばかり、ぴたりと息をころすと、それまでまばゆいくらいに煌々《こうこう》とかがやいていた電灯が、——ぱちいん……という暗示的なスウイッチの音とともに、まっくらになった。とりもなおさず、やつらはおれの隙見にかんづいたのだ。さあこまった、一刻もゆうよはしていられぬ。たんなる隙見だけでも、こういう家の風習として極端にいやがり、半ごろしにするくらいだから、おそるべき秘密をしられたやつらは、うむをいわせずおれの首にも魔手をのばしてくるに相違ない。よオし、くるならこいという身がまえで、しかし多分にびくつきながら、眼のまえのドアのひらかれるのを今か今かとまった。

だが、この家でこれ以上のさわぎをおこすことはやつらにとって不利だとでも思ったのか、しいんとしずまりかえって身動きのけはいすらきこえない。やつらも息をこらしているのだ。もはや天国にたびたったのか女のうめきもきえていた。にげればにげられるぞとかんづいたので、蟻ほどの音もたてぬよう全身をよつんばいに凝固させたまま、一進ごとに念をいれて廊下をはいずり、右手の部屋のドアをあけた。そこがおれの部屋だったのだ。気をつけてみると前後に階段があるので、右左が逆になっていたというわけなのだ。大急ぎでみじたくをととのえ、最初の階段をおりて出口へで、ネクタイもむすばずに戸外へとびでた。夜半はいまその高潮にたっしたのであろう、相変わらず青水晶のような透明な月が魔窟のてっぺんにのぼって、きた時くらかった路地路地やはげおちた屋根屋根をひるまのようにさえざえとてらしている。ああ、この妖街の一隅で、おれのあいかたがころされた、ころされるところをみてしまった、とこう思うと、ばかばかしいことだがぞオっとして、路地を足ばやにかけぬけ、こきざみに表の商店街のほうへはしっていった。

ところがどうしたことだろう、あながちにさっきの殺人事件と関係があるとは思えないのだが、客待ちのタクシが一台もみあたらぬ。こうなったらあるいてかえるより道がない。あるいてかえったとて、おれの下宿まで二時間ばかりだからたかがしれているし、それに夜道はなれている。おれは頭のなかで、克明に道順をかんがえつつ、ねしずまった深夜の街衢《まち》をとことことあるきはじめた。ところどころさびしい灯を鋪道にはわさせている立ち飲み屋で、アタピンをひっかけちゃあ元気をつけてあるいてゆくうちに、さむさはさむいが風がないだけに歩行がらくで、ひととおり背後をふりかえってからせんこくの奇態な殺人事件を、もういちどかんがえてみた。

まず、なぜあのじごくがあの家でころされなければならないかという理由だ。不愛想で、陰気で、みようによってはなんとなく秘密ありげな女だったが、ふっと、ああいう特殊な社会の脱走者にたいする刑罰が、いかに苛酷をきわめたものであるかに思いあたった。なるほどあの女は、他国にいて、ああいう社会には適さぬ、いかにも脱走すらしかねまじい反逆的な女だ。柔順につとめあげるためには、やけならやけなりに、もっとほがらかでなくてはいけない。脱走がぜったいといってもいいほど不可能なあの社会で、こっちから手をくだしてあやめるというのは損得からいっていかにもあわないはなしだが、同業の女たちへのみせしめから、さきざきあまりかせげそうもない女をことさらねむらせてしまうというはなしはきいたことがある。現場に、加害者のほかにふたりの男がいて、なにやら指図をしていたという点からも、こうかんがえられないことはない。たぶん、抱え主か土地ゴロに相違あるまい。ああ、とんでもない女にかかわってしまったもんだと、すくなからず腐りつつ夜の街をあるいていった。やがて、みおぼえのあるS河にかかるM橋のたもとに、やっとたどりつくことができた。ここまでくればもうだいじょうぶだと、おれの足はいっそうはずんできた。

夜半の洋々たるS河のながめは思ったよりよかった。鏡のようにすみわたった大空にはいつあらわれたのか丘のような白雲がのろのろとながれ、左岸にそびえる麒麟《きりん》の首みたいなE塔の尖端や、河中にもうろうとうかぶN寺院の壮厳なすがたや、点々とちらばる対岸の灯、前後に架せられたあまたある橋のあかりが、青黒い、暗愁の、ものうげにゆれている河面《かわづら》にゆめのような華彩の影をおとし、いまやS河は、奇っ怪千万な深夜の溜息をはいているのだ。おれはそこにたたずんだまま、しばしはせんこくの戦慄もうちわすれ、河よ、いかなれば汝、かくもくるおしくわが肺腑をつくぞ、とせりふもどきでつぶやきつつ、淼漫《すいまん》たる水のながれをながめていた。たかい月がおれの頭のうえにあった。するうちに気分がだんだん幻想にひやくしていって、今夜の事件はカルコあたりにはなしてやれば、器用な先生のことだから、“L'homme traqué”ばりの犯罪夜話をでっちあげるかもしれぬぞと思い、それとなくその散文のアトモスフェエルを、ああでもないこうでもないとかんがえはじめた。人殺しのあった娼家に「その夜の男」がなにか持ちものをおきわすれて容疑者に擬せられる、こういう恐怖心理もトリヴィアルではあるが微細に描出すればすぐれたロマンになるかもしれぬ、その証拠物件にはなにがいいだろう、万年ペンはどうかな、万年ペン、万年ペン、万年ペン……とぼんやりつぶやいているうちに、はっとあることに気づいて、あわてて体じゅうのポケットをさぐった。

ない、ないんだ、おれの万年ペンが。

おれはとんでもないしくじりをしでかしてしまった。というのは、ひと月ほどまえクリスチャンである友人の結婚記念に贈呈をうけたイニシアルＪ・Ｊときざまれた総銀製大型の万年ペンを、問題の家におきわすれてきたことをその時はじめて気がついた。いや、おきわすれたのじゃない、それまでどこへゆくにもその万年ペンだけはしょっちゅうもちあるいていたのだが、部屋へおしこまれた時、くれくれとせがまれるのも煩いと思ったから、相手の気づかぬうちにすばやくべつのポケットにうつしたつもりだったのが、そのぶきような動作がかえって女の注意をひいたらしく、よほどの貴重品と思いこんで故意にまといついたりして、そっとすりとってしまったのだ。場所が場所だけに、神聖な友人夫婦を冒瀆したような気がし、こころからすまなく思われ、女にせんをこされたまぬけさ加減に身ぶるいするほど腹がたった。ざまあみろ、そういう手癖のわるいやつは殺されるのがあたりまえだと、はるかM橋の欄干からX街の屍体をむちうったが、こうなると、万年ペンから足がついておれが「その夜の男」にならぬともかぎらぬ。するともう、いてもたってもいられぬ気持ちで、足ばやに橋をわたり、もはやのんきに夜道をうろついている気分じゃない、タクシはないかと前後をみすかすがまず絶望だ。あるけあるけと必死にあるいてゆくうちに、道がつきあたってふたまたにわかれ、右手に Postes & Telegraphes と看板のかかった郵便局、左の角が三階建てのくろい事務所、つきあたりが工事中の軽便食堂らしいかまえのところへでた。この食堂は右の道をはいればもうわけなしだと、すたすた闇のなかへもぐりこんでゆくとね、うしろから、とつぜん、陰《いん》にこもった底力のあるよび声がおれの耳にひっかかった。

「おい……おい、ちょいとまちな」

憶病なはなしだが、ぞオっと水をあびせられたようにうしろをふりかえると、外套も帽子もないずんぐり男が斜めにさしこむわずかな月光のなかに、両手をだらんとたらしたままじいっとこっちをねめつけてつったっている。すかしみて、野郎きやがったな、と思った。その男こそ体にあわぬピジャマをき、まっかになって女の首をしめつけていた例の凶漢ではないか。右手のにぶいうごきにつれ、鋭利なジャック・ナイフがきらきらと月光を反射した。あれからのちのおれの行動を監視していて、口をふさぐためここまで尾行してきたに相違ない。おれだって場数はふんでいるし、剣道には自信がある。喧嘩もまんざらきらいのほうではない。体はもうこれ以上骨がじゃまでやせられないほどの骨皮筋右衛門《ほねかわすじえもん》だが、骨格には自信がある。相手が無手なら三人まではらくにひきうけられるのだが、この場合無手ではなし、しろうとではなし、犯行をしられているだけに必死にとびかかってくるに相違ない。わるくするとおだぶつだ。

おれはできるだけおだやかに答えた。

「なにか用か」

「…………」

「…………」

「——みたか」

男はやがて、おしつぶしたような、かさけのある皺がれ声で、眼は依然おれをねめつけながら、ゆっくり、念をおすようにいった。

「みた」

おれがこう答えるのと、男の体がはやてのように体あたりにとびかかってくるのとが、ほとんど同時だった。おれは、まぶたの危険にとずるがごとく、ひらりと態をかわした。と、どすうん、というものすごい音とともに男ははずみをくらって、それまでおれがうしろだてにしていた工事場の材木に骨もくだけよとばかり、空《くう》をきって激突した。ふたりは瞬時にしてふたたび二間の距離をおいて相対《あいたい》した。男はいまの空撃でよほどまいったのであろう、とがった口から血をぽたりぽたりとたらしつつ真っ白な息をはき、胸が波のようにふくれたりちぢんだりしている。あたりは依然として死のような静寂、——十秒ばかりの沈黙があった。

おれの右手三尺のところに腐ったまるたんぼうがおちている。おれとしてはふたたびきりこんでくるであろう相手の切れものを、なんとかしてはらいおとさねばならぬ。はらえないまでもせめて相手の体の一部分でもうちこまねばならぬ。身をかがめてその棒きれをひろいあげる隙にやつはけもののように突進してくるに相違ないのだが、このままではよほど相手がうぶでなければいっそう敵しがたい。そのうちにもじりじりとせまってくる。もはや一刻のゆうよもない。おれはいちかばちかの骰子《さい》をなげた。案の定敵は、ドスを頭上に晃《ひか》らせつつまえのめりにおっかぶさってきた。おれは体をかがめたまま、まるたんぼうを両手ににぎって力まかせの「胴」をいれた。その手は男のドスよりもはやかった。男がうめきつつ地上によこだおれになるがはやいか、猟犬が獲物にとびつくいきおいで馬のりになり、めったやたらになぐりつけた。

「さそい」の一手が効を奏したのだ。

「かん……かんべん……だ、だんな、かんべん……」

よほどくるしい吐息のしたからきれぎれにこう哀願するやつを、俵でもかつぐようにもちあげて、

「勝手にゆけっ」

と、前方へつきとばした。男は二三度こけつまろびつ、あたかもはなたれた兎のごとくまたたくま暗闇のなかへ吸いこまれた。

それから急遽表通りへでで、Q街の屋根裏にかえったのはもはや夜明けにちかく、ほのぼのと白まってゆく空にそろそろ花の都パリがうごきだしていた。途中二度ばかり密行の不審訊問にあったが、どうしてもその夜の事件にふれることができなかったというのは、おれ自身のシチュエションが非常にきわどいので、へたに口をわれればとんだ災難にあわぬともわからぬと思ったからだ。

さて、その翌日から、おれの新聞をみる眼が局限されてきた。「X娼家街売笑婦殺人事件」という大見出しが社会面のトップにとびでるのではないかと、まいにちの配達がまちどおしいくらいひそかに気づかっていたのだが、どうしたわけか一向に表ざたにならぬ。あんなどじな、しろうとのおれにすら隙見されるような仕事なのだから屍体の始末などもふてぎわで、おそらく発覚されなければフランスの警察制度のこけんにかかわるというわけだが、そうこうして、なんの発展もみずに半月ばかり日がたってしまった。するうちにこんな考えがうかんだ。つま

り、ああいう場所のああいう殺人事件は、手口が大っぴらであまりにだいたんであるがゆえにかえって人目にふれず、暗々裡にかずをかさねているのではないか、あるいはまた、当局はすでにかぎつけていて、記事さしとめをめいじているのではないか、という疑いだ。ところが自分がよわみをもっていているだけ、どうもあとの場合のほうが可能性がありそうに思われ、いまごろはあそびにんや田舎もんに変装した何十人という刑事が、四ほう八ぽうに暗躍しているのではないかと思うと、じつにむじゅんしたはなしだが、自分が真犯人のような錯覚をおこして、きょうはのがれたがあしたは捕まるといったふうに、一種の脅迫観念にせめられるじゃないか。この気持ちはおれとおなじい状態におかれたものでないとわからぬかもしれぬ。なあに、でるとこへでて逐一事実を陳述すればそうむちゃな結果になるとは思えぬ、とみずからなぐさめるのだが、どっこい、この世のなかにはいろいろな逆がおこなわれている、悪党が善人づらで通用するし、けちな野郎が大きなつらのできる世のなかだ、無辜《むこ》の自分が真犯人にされちまうというくらいの逆は、かくべつめずらしいことではないかもしれぬ、とこう思うと、そこがそれ病気だね、無心で交番のまえがとおれない。そうこうして、病的にいらいらしているうち五日ばかりたって、とうとうおれのおそれている日がきた。

その日はおれがめずらしくはやおきをして、といってもかれこれひるちかかったが、朝昼けんたいのめしをくっている時だった、みしりみしりと階段の音がして留守番のばあやが、

「ムッシュウ・じゅあん、お客さんですよ」

といい、よちよち一枚の名刺を眼のまえにさしだした。みるとQ署の刑事だ。きたなっ、と思ったとたん、虚脱された、晩秋のわびしい光をかんじ、いま胃袋におさまったばかりのやす

油であげた豚肉のおくびが、すっぱい水といっしょにぐうっとのどもとへ逆もどりをしやあがった。くどくもいうとおり、この浮世はどんな逆でもおこなわれるところだ。ずらかれるだけずらかれ、──こいつはよたもののスロオガンだが、こう決心するると、すばやく寝巻をきかえて、トトトッと裏手のテラスへでた。ところが、哀しい曇影《どんえい》のよどんだ貧乏長屋のたてこむせまい路地路地のそれぞれのぬけ道のまえには、べつの刑事がつったっていて逃げ口をふさいでいる。もうこうなればどうってことはない。ゆうゆうと座にもどってくいかけのパンをむしゃくしゃほおばりはじめた。ところへ山高帽をかぶった黒服のでっぷりふとった男が、官服の巡査ともども、たいへん紳士的な、ものやわらかな物腰ではいってきて、巡査にみはらせておいて自分はなにをするかと思ったら、部屋じゅうの押入れをひっかきまわし、売っても値にならないために詮方なく鼠のかじるのにまかせっぱなしのわずかばかりのおれの蔵書を、てあたりしだいにひんめくった挙句、

「ほかにもう隠し場所はありませんかね」

ときた。ないと答えると、まだ疑わしそうな顔をしていたが、

「食事を終えたら、ではそろそろ、でてくれたまえ」

といい、ポケットからふとい葉巻をつまみだしてぷいと口をかみきると、隅のがたがたベッドにずしんと腰をおろして、紫のけむをはきながら、にやにやわらっている。こうしておれは至極順調に、Q署の留置所にほうりこまれてしまった。

留置場で、ごろつきや窃盗やよっぱらいといっしょに、取調べはまだかまだかといらいらしながらまっていると、官服私服の刑事や巡査がいれかわりたちかわり首をだして、

「じゅあん、君のロマンはおもしろいぞ。くだらんものはかくのをやめにして、ひとつ本格的にいったらどうですかね」

と、人をばかにしたようなことをいうのだ。こっちとしたらはやく本格的に取調べてもらいたいところだが、なかなか順番がまわってこない。そのままぽかあんとしてまたされたっきり、いったいどうなることかとひやひやしながら小半時もまっているとね、とつぜん、いきおいよくドアがあいて、官服のあからがおをしたえらそうな人がはいってきた。

「やあ、失敬失敬、ムッシュウ・じゅあん」

かれは意外にもてれくささそうな、すまないといった顔つきでいうのだ。「——人ちがいでしたよ。真犯人がつかまったのだ。とんだ迷惑をおかけした。だが、君もわるいんだぜ。これからはせいぜい、疑われんようにするんだな。さあさあ、かえってもいいですよ、大威張りでね」

——こういうわけで、おれが無事に放免されたというのは、客観的にみて、あたりまえのはなしなんだが、なにしろ狐につままれたようなあんばいで署の廊下をつたってゆくと、こんどはもうすこしなまなましい光景に直面してしまった。というのは、前方におおぜいの人たちがたちどまって、よほどのもてあましものなのだろう、うおううおうと虎のようにわめきながらあばれ放題あばれくるっているひとりの男を七八人の巡査がよってたかっておさえつけている、それらの一団をせんとうにうしろからじゅずつなぎで、髪をぺったりわけたジョオジ・ラフトのような伊達者やアルベエル・プレエジャンばりのよっぱらいやアネスト・タレンスのような暴漢が、つまりあの夜の共犯者なのであろう、この三人がこっちにむかっておしこまれてくる。すれちがいざま、せんとうのあばれ坊主をみた時、そいつが例の角刈りの、くらやみでおれとわたりあった「真犯人」なのだ。やつらがおれとおなじ管轄の署内で再会したのも思わぬ偶然だった。やつらにもとうとう年貢のおさめどきがきたのだ、とおれはなるべくふれないようにすばやくはしりぬけて、匆々に署外へとびだしてしまったが、ガアジン先生の怒号は依然として、うおううおうとひびいていたよ。

翌日と翌々日の新聞は、それぞれふたつのちがった結末を報じておれをおどろかせた。というのは、翌日の朝刊は下段にちっぽけな活字で、これらの逮捕された一団が暗黒街にねじろをもつ大規模なある種の、いかがわしい書籍出版の結社であるとつげているのみで、おれはしばしあっけにとられた。

「なんだかばかばかしい、殺人じゃなかったのか」

と思わずつぶやき、あの一夜の場景が殺人にしてはいかにも不自然だというふしぶしをまとめてみた。だいいち殺人にしてはあまりに不用意だ。脱走者に処罰をくわえるのだったら、なにも客のいる時をえらぶ手はない。室内の電気がやけに煌々とかがやいていたことや蒼古なかざりのほどこしてあったのも、写真撮影がほんらいの目的であったと思えばうなずけるし、はたして万年ペンから足がついたのかどうかわからぬが、おれがひっぱられたというのも平常から素行が不良で、おれが日本のポオル・ド・コックだと疑われたわけだ。刑事が蔵書をひっくりかえしたり、本格的なものをかけとからかったのも、あとで考えればうなずける。事実このPornographie は、“Bibliothèque des Curieux (collection illustree) Volume 13.” という標題のもとに、あの夜の演技が挿入されて、いちぶの人士間に流布し、おれもふとした機会からながれた品物をげんにこの眼でみたことはみたので、この事実にうそはないらしいが、しかし、こんなたかのしれた犯罪の口ふさぎのためにおれを河をこえてまでつけてきて、ドスをぬいてきりかかってきたというのはいささか大仰《おおぎょう》ではないかと、なにかまだ腑におちないおりのようなおもくるしい懸念をいだいているうちに、翌々日の新聞が、こんどはまえよりもいくらか大きな活字でこの事件のもうひとつのかくされた面をばくろしたというのは、X街の娼家と娼家とのあいだにながれている幅わずか二三尺のどぶのなかに、ひとりの日本女のふはいした屍体が発見されたというニュウスで、この犯人がまえに逮捕された結社の一派で、余罪を追求してゆくうちになかまのひとりが犯行を自白したというのだ。しかし、かれらの陳述がいっぷうかわっているのだ。つまり殺人はほんらいの目的ではなく写真の効果をできるだけほんとうらしくするために、男のほうにある程度まで本気で力をいれてバンドをしめさせたところ、男は手かげんのわからぬふうてんだから、つい度をあやまってしめつけているうちに、まえまえから悪病にむしばまれよわりきっていた女の心臓がじっさいにはれつしてしまったという次第だから、わるふざけはするもんじゃない。さすがのかれらも可愛い日本娘がほんとに死んでしまったと気づいた時、屍体をとりかこんでおいおいないたという。屍体の始末にはこまったが、さいわい家の裏の、それでなくとも不潔なたえずなまぐさい腐敗臭をはなっている下水のふたをあけて、そのなかにほうりこんでおいたのがうまくいって、本職のほうで足がつくまで、つまりおれがよばれた日までは殺人のあったことも、屍体すらも発見されなかったというからうかつなだんどりじゃないか。そんなことをしてまでも悪事には不感な変質者であるやつらは、その日その日の酒にことをかくところから、たかをくくって出版してしまい、ために悪運つきていっせい検挙となった次第だ。

結末として写真に思わぬ凄味が烈々として、もりあがっているのはぶきみだが、殺人のいままさにおこなわれつつあるれっきとした証拠物など、ちょっとめずらしいものだと思ってみた。いま考えると、おれもあぶないところで命びろいをしたわけだが、いい退屈しのぎにはなった。もういちどこういう目にもあってみたいと思うが、健全な日本ではとうていおこりっこないから、つまらぬ、つまらぬ。

★　★

こう語り了《お》わったわが樹庵次郎蔵は、大きく高く両腕を天井に突き出してのびをするように立ち上がると、大ぼらでも吹いたあとのような清々した顔付きで、折しも騒擾の極に達した往来へ跳び出して行った。彼は年老《としよ》りの信者から一挺の太鼓を借り受け、躍り込むように行列に加わると、尺八を逆《さか》しまに持ってどんつくどんどんつく南無妙法蓮華経と歌い出し、肩を弾ませ、脚を上げ手を振り腰を揺すぶり、揺れるような人波と一緒にいつかもあんとした群集のなかに、見えずになった。私はこの飄々乎《ひょうひょうこ》たる樹庵の姿を見、持ち前の感傷癖から、彼のイデヤするものは畢竟、淡々たる光風霽月《こうふうせいげつ》の境地なのであろう、と何かこう羨ましげな気持ちで、物凄い音響の律動を夢見心地に、他愛ない冒険譚の節々を、しばしたたずんだまま思い起こしていた。

評論・随筆篇

談話室（一）

前略創刊号からの読者です。「談話室」を拝見しながら、僕も何か書きたくなったのでお仲間入りをさせて戴きます。僕の「ぷろふぃる」に対する希望は、第一にあくまでも専門の探偵小説雑誌であって欲しいということです。漫画とかユウモア小説など断然オミットすることだ。どうか近頃の「新青年」のような雑誌にならないで下さい。現在「新青年」が存在している以上「新青年」のようになることは無駄だと思います。軽薄なクスグリな生悟りの所謂ユウモア物だけは御免だ。漫画ならまだ頭を休めるのにいいが——始め御誌を拝見した時、これは新人のみの活気のある同人雑誌かと思った。同人雑誌は下らないものが多いが、中には商業雑誌に見られない覇気のある喜びに充ちた活々したものもある。「ぷろふぃる」もそうなるのかと思った。が、この頃はどうやら既成作家の文章を載せて次第に商業的になりつつある。これもいい。こうなる事は僕も賛成だ。いい商業雑誌なら僕も賛成だ。で、探偵雑誌と銘のある以上、あくまでも探偵小説専門の商業雑誌であって欲しい。そしてフィクションを主にして戴きたい。実話は、江戸川乱歩氏が実話嫌いだと言っていられるが、僕も実話はあまり面白く読めない。実話の筆者はあまり乗気になっていないようだ。乗気となっているとすれば、大概は一人よがりだ。実話なんかよりフィクションからより多く真実性や迫真性を感じ得る。「嘘から出た真」と言うかるたの文句を思い出す。

甲賀三郎氏「誰が裁いたか？」を読んで仲々面白いと思った。甲賀氏の作品は文章も平易だし、何よりも判り易いことが大好きだ。文章が生き生きと延び延びとしていることは、その人の思想感情が生き生きしていることだ。この事は読者の立場から何よりも大きな好感を持てる。やや平凡ではあるが彼のモラリズムも捨て難い。氏の作品は昔からほとんど総て読んでいるが、長篇より短編の方が好きだ。氏はよく本格物を書くのに枚数の不足を嘆かれていたようであるが、僕にはむしろ嘆かれつつ書かれたであろう短編の方をとる。今度の長篇は単なるスリルをあて込んで書かれたものではないらしく、奥行もありそうだ。次号を期待します。

新人「リングの死」を読んだ。あまりに淡々とし過ぎている。もっと主題にがっちり取り組んでもらいたかった。しかし、毎号新人の作品を載せて行くことには賛成だ。新人はそれに刺戟されて努力するし、遂にはいい作品を書くようになると思う。青海氏よ、頑張れ！

小栗虫太郎氏も僕の期待する作家だ。最初はあのペダントリイが不快であったがこの頃はそれも板について来た。純文芸で言えば芥川龍之介のよさと似ている。と同時に芥川式の書淫と言う感じがする。彼の作品が難解でなくなったら魅力もなくなると言っている人もあるが、僕はそうは思わない。氏があの難解な境地から一歩突き出た時に、氏は本当の意味で大きな作品を作ると思う。僕はその点で期待しているのだ。

井上良夫氏の英米探偵小説紹介は有益な記事だ。詰らない長篇の記載をよむよりかあの方が手っとり早いし、また英米の作品を読む時の手引にもなる。と言うことは井上氏に詰らない作品も読んでもらってそれを批評して戴くことになる。僕等はそれらの中から傑作を探して読む。少し虫のいい話だが――。エレリイ・クイーンの批判法も面白かった。十一月の「ミステリイ・リイグ」に"To the Queen's Taste"と言う文章に別の作品の批判法の表がのっているが、あんなのを訳出されたらどうであろう?

勝手なことを書いてしまいました。どうぞお許し下さい。二月号を期待しています。敬具

（鎌倉　T・N生）

（『ぷろふいる』第二巻第三号、一九三四年三月）

＊　＊　＊

前略3月号拝見、毎月七八冊の雑誌に眼を通しているが中でも「ぷろふいる」は最も魅力ある雑誌だ。「新青年」が次第に流行雑誌に変形しつつある現在探偵趣味の横溢した御誌こそは我我D・Sファンになくてならぬ存在である。新人「河畔の殺人」を読んだ。単純な構成で犯人も直ぐ判るが仲々渋味のある作品だ。50枚ではこれ以上綾をつけた構想は無理である。二年ほど前に発表されたらこの作品はもっと注目されるであろうが作者は実力のある人らしいから今後第二段の発展を企てるであろう。「河畔の殺人」と言うと何かしら浪漫的な内容を予想させるからコミックなそれでいてグロテスクな陰翳のある「公衆便所殺人事件」の方が効果的であると思う。左頭氏「白林荘の惨劇」も仲々の才筆だ。この劇は幕間に時間がかかったら打《ぶ》ち壊しだから僕が演出者だったらメイエルホリド式の構成派舞台で幻灯や映画を利用して印象的な演出を企てるな。探偵劇では台詞が最も重要なのに観衆と言うものは動きの伴わない長場の台詞の応酬には左程の注意を払わないのが普通である。その間に重要な手懸りがパスしてしま

うから要点をどうしても映画的にクロオズ・アップしなければ意味不通となり勝ちである。とまれこの点この劇は比較的成功していると思う。「探偵月評」は毎月続けて戴きたい。理解ありしかも歯に衣着せぬ批評であって欲しい。翻訳短篇は一つで充分。あまった頁は新人に当てるなり「雑草庭園」を開園して戴きたい。難解なD・Sは一部高級ファンの物であって僕等には縁遠いものになってしまう。故小酒井氏は難解な内容を至極判り易く書かれた。近頃はこの反対らしい。純文芸でも判り難いアンドレ・ジイドが流行っていたり横光利一の難文をそのまま踏襲する新人もいるらしい。どうも難解の流行らしい。小酒井氏と言えばもし故人が生きていられて「ぷろふいる」の存在を知られたらどれほど喜ばれる事であろう。乱歩氏の「心理試験」に序文を書かれた故人の名文は今でも忘れられない。前の本誌に甲賀氏と本欄のT氏との新人の才能の限度に関する議論が載っているがこれは仲々大きい問題だと思う。甲賀氏は新人の作品に大下氏や横溝氏のレベルを望む事は無理だと言われたに対しT氏は堂々と新人の作品はある物は既に中堅大家を凌いでいるものがあると反駁されていられるのである。両方の御意見に一理を認めざるを得ないが一体「談話室」の諸兄は新人のレヴェルに如何なる御意見を持っていられるでしょうか？　これは相当面白い問題だと思うのですが。暴言多謝。来月の新人3篇とクインのグリイク・コフィンを期待しています。

（鎌倉　T・N生）

（『ぷろふいる』第二巻第四号、一九三四年四月）

四月号雑感

新人集三篇は期待していただけに失望も大きかった。「リングの死」で飽き足らず「金曜日殺人事件」「河畔の殺人」でいささか満足を覚え更に新人の進展を予想していたところ、綺麗に背負い投げを食わされてしまった形である。「吹殻」という作品文は中でも力は弱いが朴訥な詩のようなものを感ぜられるが、「三足の下駄」にしろ「四つの聴取書」にしろ最も古い型のしかもややこしいちんまり纏まった小品であって、探偵小説は理智の遊戯である、と言うが、こんなちっぽけな理智では下らない。新人は十五枚や二十枚の小さな謎を描くよりも五十枚なり百枚なりもっと力を罩めたその一作に全精力を打ち込んで逞しい作品を描いてもらいたい。たとい不器用でも力強い迫真力は読者に伝わるはずである。まことに作者の人間性が作品に及ぼす影響は大きい。探偵小説のことなぞ暫時すっぱり忘れてしまって人間をもっと鋭く深く描く稽古が必要だ。ことごとくが平々凡々な在来の探偵小説的人物に過ぎず、描写が上っ滑りである。向後の躍進を期待するのあまり敢えて苦言を呈する。緑川勝の「八剣荘事件の真相」は一生懸命書いている点好感を覚えた。話術も巧みであり井上良夫のいわゆる探偵小説的雰囲気を描出するに或る程度まで成功を見せ全篇にヒューメーンな哀愁が漂っている点読後の印象の滓を払い浄めてくれる。「はしがき」がいささか誇張に過ぎた点（このことは探偵作家の共通の独りよがりである）と、最後にもう一つ結局雨宮新一郎が犯人ではなかったというトリックを重ねるよう再考したらこの物語はもっと素晴らしくなると思う。作者の自重を望み更に新鮮な夢の発表を待つ。井上良夫の「探偵小説論」は抜群の好読物である。誇張すればぷろふいる四月号はこの論文故に価値がある。冗談でなく心から二十銭では安いと痛感した。これは我々ＤＳファン及びＤＳ作家志望者にとって再読の価値のある好文字である。「探偵小説の魅力の大半は謎々に在るというよりもむしろその作品の持つ緊張と興奮と不安の漲る探偵小説独特の雰囲気に在る」とはまことに同感である。それらの貴重な雰囲気を描出するためには、人間を自然を根深く描写する小説家的手腕がなければ不可能である。総てのＤＳ作家にこの方面の腕を叩く余地が残されていると信ずる。ＤＳ界に優れた批評家評論家皆無！の現在切に彼の活躍を希む。ただに英米作品評に留まらず我が探偵小説界にも戈先を向けて縦横無尽に切り捲くってもらいたい。もし彼を新人と呼ぶならばぷろふいるの発見した有意義な新人は井上良夫ただ一人である。来月号から値上げの由賛成である。頁数を多くして新人に解放してもらいたい。既成作家の原稿は御誌以外の如何なる雑誌でも読める。尠くとも僕は新人の文章を載せる意味において御誌の未来性の価値を認めているのだ。それから創作は総て二段組にして振り仮名を除いたらどうかしら。本来小さな活字で縦に長い組み方は不自然である。古版本の木版刷りの大きな字ならともかく縦に長い本は洋書の影響であると思う。横文字であってこそ意味があるので、行が長いと読み難い。

では次号の「爪」を期待して筆を擱く。新人よ、ヒップ・ヒップ・ヒップ・フウレイ！

探偵時評

1. 作家の個人力と乱歩の沈滞

近頃あまり活躍しない横溝正史氏が「探偵小説壇の展望」と題する一文の下に、現在の探偵小説壇が現象的にはそれぞれ作品が発表せられ隆盛を極めてはいるが、然《しか》も内奥的に依然として萎縮性を感じなければならないのは、一つに各作家が単に作品を発表するのみでおのれを守るに忙しく、指導的立場をとる者がいない故であるとの意見を洩らしているが、至極同感である。筆者など、昔から我探偵小説壇の人達ほど議論嫌いの連中が集まっている世界はないと思い続けて来た者であって、偶《たま》に批判の言を吐く者があっても大抵は仲間讃めで、言っても言わなくてもいい事を言っているに過ぎないのである。それぞれの作家は今日名を為しただけあって、相当の手腕を持っているには相違ないが、同時にまた見逃すべからざる欠点も持っている筈である。我々の聞きたいのは、讃めるにしても貶すにしても、批判者の深く対象を掘り下げた真剣な偽わらざる熱意の叫びであって、探偵小説壇が如何に狭いとは言い条、死者に対する追悼文のごとき御世辞たらたらの御座なりを言い合っているから、各作家が敢然と指導者的立場を採ろうとはせず、我一人行い済ませて能事終れりとする消極的独善主義に陥るのも無理は無い。もっともっと痛い所を突つき合う必要があるのである。横溝は往年沈滞期に在った大衆文芸が、今日のごとき隆盛を見たのは、直木三十五の個人力（優れた作品を発表する一方堂々筆陣を張ったというあの態度）――が、大いに役立ったに相違ないと言っているが、これも同感である。多少傲慢の忌いはあったが、直木の駄法羅を混えたる大言壮語は、正に痛快でさえあった。スタア・システムはただに演劇映画スポオツにのみならず、一般小説壇にまで適用する事が出来るのであって、十人の地道寡黙な作家よりも一人の特異な天才に大衆は耳を欹《そばだ》て目を瞠り注意を集中するのである。横溝はそのスタアとして二年の休息を経て再起？した江戸川乱歩を挙げ、彼の個人力を発揮し大いに指導的立場を取ってもらう事を期待していたと言うのであるが、自体、乱歩にかくのごとき立場を要求するのは、無理なのではあるまいか？　乱歩は以前前《まえ》田《だ》河《こう》広《ひろ》一郎《いちろう》国枝史郎と議論をして懲りたと言っているし、依然物言えば脣寒しの消極的厭世主義、人間嫌い振りをむしろ発揮しているくらいであって、再起とは言い条、再び挫折してしまった形であって、ますます不適当なのである。作家の素質として、乱歩には優れた作品の発表を期待したい。自分でも飽性で職業を二十幾つも変えているし、現在では如何としても探偵小説的情熱を呼び起こせないと言っている事とて、いよいよ探偵小説家を廃業して平井太郎と成り、商売代えをするのではあるまいか？――まさか、こんな事もあるまいと思うが、乱歩よ、我が愛する乱歩よ、探偵小説の神様に見放されたとて何でもないではないか？　貴方には探偵小説の「悪魔」がついている筈だ。「屋根裏の散歩者」や「孤島の鬼」のような悪魔の潜む妖しい夢を発表してくれたまえ。――かくて、他に適当な指導的人物を挙げる事は困難であるが、とまれ、「探小壇が不振なる所以は批評の無い事である。言論の無い世界に進歩の無いのは、探小壇の事でさえあると思う。」という横溝の主張には全く同感であり、諸々の作家がそれぞれ個人力を発揮して仲間喧嘩をやるくらい花々しく議論が沸騰しなければ、如何に新しい花形作家が登場しても現在の探小界は永劫に沈滞を続けて行かなければならないであろう。畢竟するに各作家は冬眠的独善主義を排して、若々しくもっともっと口を利くべきである、と言いたいのである。

2．探偵小説の通俗性と新星虫太郎

DSはあくまでもDSとしての立場を固守すべきであって、大衆文芸の一分野として総括的にひっくるめられたく無いという説には、筆者も一応は肯定するが、と同時に、DSはあくまでも興趣深き読物でなければならぬ、と主張したい。如何にレヴェルの低い大衆にも興趣深くあれとは言わぬが、尠くとも大衆を一定の教養を受けた文化人として、DSは文化人の大衆小説でなければならぬと言いたい。筆者の知っている二つの中学校で生徒の読物の統計を取ったところ、探偵小説（ドイル、フリイマン、ルブラアン、等）が最高位で、戦争小説がそれに次ぐ由であって、さすがに乱歩の得意なエロティシズムは不可解と見え、「江戸川乱歩なんてつまんないや！」と放言していた。筆者も一人のDSマニアとして、中学生の大半の好読物がDSであるという微《ささ》やかな普遍性を知って嬉しく思った事である。また、筆者がかつて浅草千束町の淫売屋で酒を飲んだ折、その家の女が乱歩の単行本「孤島の鬼」を大事そうに抱えているのを見、その小説面白いか？　と訊いてみたら、尠くとも満足な教養すら受けなかったであろうその二十歳くらいの淫売婦は「面白くはない、怕《こわ》いわ。」と答えた。筆者の「面白いか」という問を喜劇的かと解したらしく、怕いと答えたのであるが、彼女はその一冊を怕々ながらも絶大の興味をもって読んでいると言った。ここ、淫惨な淫売宿の薄暗い一隅に「孤島の鬼」を読んでいる場面を想像し、親愛な知己を見出したような気がして嬉しかった。すなわち「孤島の鬼」は乱歩の他のチャンバラ物と異り、何処へ出しても恥しくない本格的でかつ異様な傑作としてインテリゲンツィアの好読物であると同時に、無教養な淫売婦にも理解し得る作物としての通俗性を感じて嬉しかったのである。最近突如出現した小栗虫太郎は、ただに探小界のみならず一般読書界にまで煽情を呼び起こしたようである。横溝のごときは「進歩的攻撃的」とまで称してその積極性を賞揚し、小栗一人にのみ望みを嘱していると言っている。小栗の功績については筆者も認めない訳ではない。我探小界の不勉強連中の心胆を寒からしめ、沈澱不動の雰囲気に一脈の清新の気を注入した。彼の慧星的出現は劇的興奮を覚えるほど痛快な事件であった。等しく向後の彼の手腕に望みを嘱する者であるが、探偵小説から完全に大衆性を奪い、あの程度までギリギリの科学小説の領域にまで押し詰めてしまった彼の作物を、あれがＤＳの理想的形式、ＤＳのモデルであると考えようとする一部の人の意見には根本的に賛同し兼ねる者である。筆者など一と通りの教養は受けながらも鈍物の上に更に怠慢だった故無学さ加減が相当なもので、彼の作物を読んでもどうしても全部的に理解出来ない事が、口惜しくて堪らない。自らＤＳのオオルド・ファンをもって任じているだけにこの始末故、ついには八つ当りをして「この独り嬌りの誇大妄想狂奴！」と呟いて巻を抛ってしまう。面白くもないのに無理をして読もうとする努力が、世にも下らない努力に思えてしまうのである。五月号本誌「談話室」で名古屋の損大工氏が小栗の作物を評して、氏の作は大部分が刺身のツマだけで出来ていて肝心の魚肉が無い刺身皿だという意味の事を言っているが、正に適切な比喩である。なるほど小栗の作品には何かが欠けている。法水《のりみず》にしろ他の登場人物にしろ夢中の傀儡のごとく何となく影が薄く、斬って赤い血のタラタラ垂れるような人間としての現実性が感じられない。この事は致命的な欠陥だと思うのだが、彼の作物のごとき難解なものをも、絶大の興味と興奮をもって読み得る有識のインテリゲントは正しく居るかも知れない故、よしんば大衆性に欠けているとは言え、一部高級ファンに対するその存在意義は認めるとしても、それはあくまでも一部であって、DSの全部が小栗式作法に追従しああなる事を理想的と考え変形しようとするのであったら、それは正しく危険でありあくまでも防止しなければならないと思う。かく言えば、誰が他人の作法など真似する奴があるもんか、と言う人もあるだろうが、事実は然《しか》らず、現実に一つの花やかな流行に附焼刃な模倣を企てる愚物が必ずいるから妙である。小栗は小栗であるが故に価値があるのであり、他の連中が真似をした日には片腹痛くて鼻持ちならぬ作品が飛び出るに相違ない。この事は、これから出る若い人達が殊更警戒すべき問題であると思う。

何れにしても、小栗の出現によって周囲は哀しくも鳴りを鎮めてしまった形であって、何故他の作家にして各自の持味を発揮した素晴らしい作品を発表してくれないのであろうか？　DS本来の魅力を謳歌してはくれないのであろうか？　更に小栗に対する厳正な批判が必要であり、もっと僻んでいていい筈の乱歩までが御座なりの楽天主義で小栗のoccultismを礼讃したり、九鬼澹《たん》のごとき当初においてこそ「完全犯罪」に不満を覚えながらも、他人の批判法を用いて作品批判を行い「佳作」であると肯定するがごとき、多少皮肉な意味もあるのだろうがあまりに己を失った言葉であって、詰らなければあくまでも詰らない筈であり、当初の態度をこそ捨ててもらいたくない。——調子に乗り過ぎて反省が鈍ったかもしれぬが、結論するに、筆者はあくまでも探偵小説の通俗性を擁護したい事を主張したのである。

3.「爪」の斗南有吉氏へ

正直に言ってあまり面白くは無かったが、二度繰り返して拝読しました。書き出しには貴方の狙った怪奇味が相当に出ていると思うのですが、後半「怪奇を単なる怪奇として黙過する事は法の忌む処《ところ》だ。」以下急に実話風になるが依然として現在ポオ的題目として近代性を認める事が出来ます。登場人物、「魔物の様な黒猫」の点景、戸外の自然描写など――相当丹念に考えられた情と景でありながら、貴方が狙ったほどの効果が読者に伝わらなかったのは怪奇を狙おうと焦り過ぎたために筆先が主観的となり、独り嬌りになってしまったからではないのでしょうか？　凄惨、怪奇、戦慄の怪奇――これらの言葉はもっともっと抑制すべきであり、黒猫の娓《くど》さなど、もっともっと客観的態度をもって救わなければならないと思います。形容詞で怪奇味を狙う事より、もっと写実的な淡々たる筆で場面を描写した方が能率的であり、この弊は大家にもしばしば見受けられる所ですが、既にDSではそれらのヴォキャブラリイはマンネリズムだと思います。「抑制」という事は、道徳上処世上に必要であるのみならず、芸術の実際技巧上でも必要ではないのでしょうか？　人の作物を批評する柄ではありませんが、書きたくなったので書きました。暴評を御許し下さい。病床六尺は構想に最適の世界でしょう。体を大事にして、第二の力作を書いて下さい。失敬。――9.4.11――

作者の言葉

僕は近頃女と精神異常者とに相当興味を持って居るので当分それらの世界を探りたいと思う。頭脳が科学的訓練を欠いて居るのでいわゆる「本格物」は書きたくとも書けない。ポオやメリメエが好きだしドストエフスキはよく判らないが何となく魅力がある。一年に一篇でもいい、本当にいいものを描きたいものだ。「陳情書」は故意に未解決にした。解決を付けると大嫌いな実話読物や不自然なトリック小説になると思ったからだ。とは言え幼稚な作品であることに変わりはない。御高評下さい。「作者の言葉」たるやテレ臭いものだ。以上で御免を蒙る。

戦慄やあい！

――一読者の探偵作家に対する注文――

僕は探偵小説に対する愛読者に過ぎない。専門的な作家並びに批評家を志望している者ではない。が、探偵小説はかなり以前からほとんど偏執狂的な熱心を以て愛読してきた者で、好きな点では敢えて人後に落ちない心算である。三月号の本誌で甲賀三郎（以下敬称は省く）は、「探偵小説と批評」という題目の下に「単にいいとかわるいとか、面白いとか詰まらないとかいう程度の、大摑みの批評なら誰にもできる」と前置きし「探偵小説は小説の中でも殊にテクニックの難しいものだから、探偵小説の批評家たるものは是非ともこれらのテクニックに通じていなければならない」と言っている。この言葉に従えば僕がこうして書いている文章は全然無意義になってしまうわけだが、僕自身一面、それが野球によらず角力によらず、演劇や小説に関してもいわゆる素人の感想というものは、相当莫迦にできないものであると己惚れている。例えば本誌の談話室や或いは他誌の読者通信欄などでも、全然莫迦莫迦しいもの無きにしも非ずだが、他方非常に辛辣な穿った批評を散見することで、それに拠って米塩の資を得る職業批評家の筆よりも素直に卒直に正直に作家の急所なり美点なりを鋭く突きさす場合が間々あることを信ずるのである。いわゆる愛読者の中には、投書狂と称する存在があって一文にもならない感想を熱心に投書するその情熱や恐るべきで、またかかる投書狂の感想もあながちに否定できない場合が必ずあると信ずるのである。何故なら彼らとても尠くとも読者であり、しかも事実上そういう彼らがテクニックに通じた一部の批評家よりも支持者として大半を占めているからで、作家とても満更馬鹿にして黙殺できないであろう。また現実に、相当考慮を払っているものと信ずる。その意味でこの拙文も「こういうことを言う奴もあるのか」と思ってくれる程度で充分である。一体我が探偵小説界には、優れた批評家がいないことが淋しい。偶に批判の口を開いても大抵は仲間讃めで、生温いことおびただしい。純小説壇には正宗白鳥や杉山平助のような思ったことをズバズバ言う痛快な批評家もいるのだし、探小界にも優れた批評家が出現してもいいはずである。現今の状勢では三人の花形作家よりも一人の峻烈な批評家の出現こそ望ましいのである。

前置きが長くなったが、以下便宜上現在探小文壇に活躍する諸々の作家を一人宛挙げて、注文なり感想なりを誌して行くことにする。その態度としては、美点よりも不満の点を強調したい。

甲賀三郎——現今の探小界で依然筆の撓《たわ》みを知らず、創作に感想に最も精力的な活躍を見せているのは甲賀三郎であろう。僕は彼の文章は、探小に関係の無い随筆類に至るまで昔からほとんど総て眼を通している心算である。彼の意見に対してことごとく同感を覚えるのではないが、僕は依然熱心な彼の愛読者である。まず第一に言いたいことは、彼が短気者ではないかということである。つまり、数多の彼の作品を通して知られる通り、頭の中でプロットがまだ充分に醱酵せず創作情熱が溢れ出さないうちに、急流のごとく筆を走らせてしまうのではないかと思うのだ。書き出しの異様に緊張した魅力が、結末の数頁に至って至極杜撰に他愛なくほごれてしまう作品にしばしば遭遇した。確かにプロットは豊富である。その豊富さにおいてまさに世界的だと誰かが言ったが、そこへ執拗なドテンと構えた気永な態度牛のようなネチネチさを加えて、一大力篇を書いてもらいたいと思う。肥ってしかも頭髪もいささか禿げかけているし、血圧の点がちょっと心配だが幸いに甲賀三郎病むの報を見聞したことがない。以前ヴァン・ダインの病気だったことを羨んでいた文を読んだが、依然健康なのであろう。僕は安心し期待している。

彼は「新探偵小説論の中で、探偵小説を他の小説のジャンルから判然と引き離し、後者が読者の感情に訴える文学であるに反し前者が理智に訴えるものであると、探偵小説の特殊性を強調し作者は飽くまでも探偵的（謎）要素を主とし小説的要素を従とせよ、という大意のことを主張し、探偵小説の城を守っている。態度は果敢だが僕に言わせればいささか窮屈過ぎると思う。極端に言えば主も従もないと思う。理論的にはその主従関係は認めるとして、現実に小説壇を見渡して僕はむしろ逆に小説的要素を強調しろと言いたい。近時科学的にして非科学的な――ということは岡本綺堂も言っている通り、形式上の変化を見せるために何でも彼でも科学科学とあまりに科学に捉われてしまって、その科学的方法が果してこれを実現できるかどうか疑わしく、つまり科学的がかえって非科学的になってしまっているという意味の、砂を嚙むがごときカチカチの作物が流行っている状態である。この情勢に重ねて科学的であれと言うのは無用である。作家は新しい謎の発見を努力するより、人間を描くことを勉強しろと言ってもらいたい。如何に善良な被害者が殺されたとしても、それが単なる将棋の駒のごとき魂を失った人形に過ぎないなら、犯人を憎みその犯人を探し出そう、謎を解こうとする興味も好奇も追求心も起こらないのである。探偵小説がただに理智にのみ訴えるものであるなら、小説的要素を軽くみるならば、最早探小として小説の形はとらずに単なる紙上探偵遊戯かクロスワード・パズルに走るべきである。それほどメタフィジカルなものになるなら、いっそ代数の教科書でも読んでXを解いた方が気が利いている。理論として認めることは、前に言った。が、現今の探小は既にあまりに科学的になり過ぎているのであるから、甲賀三郎のごとき大家には、小説的要素を等閑するな！——と叫んでもらいたいのである。それは邪道から正道へ戻す方便であると信ずる。

江戸川乱歩——乱歩ほどパアソナリティの強い作家は二人とあるまい。甲賀三郎の常識モラリズムに乱歩の特異な神経——病的と言ってもいい——が対立していて二人の大家を画然と区別している。実に屋根裏を這って下の部屋に寝ている蓄膿症を病む男を殺すなどということを空想した人間は、平林初之輔の言い草ではないが、世界広しといえども二人とあるまい。乱歩のよさは本格的プロットに加えるに、「異様」な雰囲気を以てした作風である。これらは修練や勉強で得たというよりも、一に乱歩の特異な人間性から出たものであるから、如何なるエピゴオネンの存在をも許さない。乱歩は自分でも書いている通り非常にほてり易く、むしろ稚気さえも感じられるほどのテレリストらしいが（実際生活は知らず）「赤い部屋」や「人間椅子」や「陰獣」などの結末の、全部が出鱈目だったというドンデン返しも彼のテレリズムに由来するものであると思う。つまり最後の手前まで書いて、さて考え直してみるに、あまりにも現実に有りそうもない事件なので、持ったが病のテレ性でテレ臭くなり、いっそのこと嘘にしちゃえ！——ということになるのではないかしら？（間違っていたら失敬）乱歩の欠点は、己が夢を語り過ぎて饒舌になり過ぎることであると思う。旧作「パノラマ島綺譚」などその弊の最も甚だしいもので、新青年が広告文にまで用いた最近の「悪霊」の屍体の描写のごときもあまりに饒舌に過ぎて読者の想像を許さず、何となく迫真力が弱まる感じがする。作者は、現実にありそうもない場面を描写する場合には、できるだけ筆をつつしみ簡潔な文章を以てすべきであると思う。娓《くど》く書けば書くほどその場面は一層嘘らしくなる。疑う者はポオの「アッシャア館の崩壊」の余韻嫋々たるラスト・シーンを見よ。メリメエの簡潔にして力強き短篇を見よ。乱歩に対しては特に注文はない。ただ最近の「妖虫」とか「黒蜥蜴」とかのチャンバラ物を書くことはすっぱり止めて、大事な精力を失ってもらいたくないとの一点である。

小栗虫太郎——「完全犯罪」に端を発し矢継ぎ早に数篇の力作を発表した小栗虫太郎の作家的手腕に関しては、僕も西田政治や戸田巽のごとく「モンスタア」と呼ぶより他言葉がない。もっとも僕のそう呼ぶ所以は前二者の意味とはいささか異なって、文字通り彼は僕にとって不可解な怪物であるからである。本誌の「寿命帳第二話」を除いた他の作品は全部読んだが——改造の「夢殿殺人事件」は中途で飽きてしまったが、今にして既にそれらの物語の印象は稀薄になってしまっている。如何なる事件が突発して如何なる進展を見せ如何なる結末に終わったか——それは頭の中で靄のごとく棚曳き奔流のごとく渦巻き——かく言えば如何にも浪漫的であるが、一つの観念として適確に引っ張り出すことのできないのが残念である。ただ一つ「聖アレキセイ寺院の惨劇」が比較的判然と印象に残っているだけである。今のような調子で難解な作物の発表を続けていったら、尠くとも僕は彼の作品は読まないであろう。いや、読みたくとも読めないのである。口惜しいが、僕は飽くまでも面白い探偵小説が読みたいのであって、難解な法医学や物理学——それはそれとして勉強もしたいとは思うが、そういうものを難解極まる探偵書の形式にした文章は苦労してまで読みたくはないのである。小栗も大阪圭吉という作家の作物もそうであるが、屍体の描写など宛然人体解剖図の説明書を読んでいるようで、徒に精しいばかりでいささかも生き生きとしていない。あんなにも精しくする必要があるのであろうか？　そしてあれが、魅力ある科学的とでもいうのであろうか？　往年のルーズな作物の後をうけた反動であるとは思うが、如何にしても僕はその「科学的」に疑問を持たざるを得ないのである。某誌に小栗は愛読書として永井荷風の「つゆのあとさき」を挙げていたが、僕はいささか意外の感に撃たれた。何故なら荷風ほどの分かりいい小説を愛読しているという彼が、似ても似つかぬ翻訳調の難解な文章を書いているからである。初期の荷風は如何にも当時のモダン・ボオイでその文章にもいささか気取りがあり、絢爛華麗で誇り過ぎた嫌いが無いでもなかったが、後年の好色本《ポルノグラフイイ》「腕くらべ」や「つゆのあとさき」など、または「雨瀟々」のごとき随筆に至るまで若年の絢爛を捨てて枯淡に就いているのである。如何に気取っても、ギコチない翻訳調にはならず、漢学の素養があるだけに実に言うことがはっきりしている。一方小栗の文章は、時として西脇順三郎やルイ・アラゴンなどの超現実主義の詩を読むような個所が無いではない。菊池寛が美青年を書き好色な作家がプラトニックな純情の青年を描く世の中だから別に不思議もないが、とまれ一応は意外を覚えたのである。しかも——三月号の本誌談話室でも言ったことだが、至る所に書淫の臭気紛々たるものがあるのである。従って読者によほどの智識がない限り、一通りは読めるとしてもそれを味読し客観的に批判することができない。実際「苦労して読む手もないではないか？　プショウ！」と自分に呟いて巻を措いてしまうのが、僕の彼の作物に対する偽らざる告白である。日頃僕は佐々木直次郎のポオの翻訳態度について尊敬を払っているのであるが、それが名訳であると同時に無数に註釈を施しているのであって、これによってスフィンクス・ポオの秘密の一端を覗けるのであるが、小栗も作者自身巻末にでも註を施してくれたらどれほど無学な読者が有り難く思うことであろう。

ただ一つ――僕も小栗虫太郎に希望を持っている。それはああいう調子の作品ばかりを続けて書いていったら、作者自身が自分の作風に飽きてもっと判り易い探偵小説を書く方へ転向しはしまいかということである。僕は今の境地を小さな世界であると言いたい。その境地を一歩突き出た時に、あれまた豊富な学識を持っているのであるから、小酒井不木と浜尾四郎を突き混ぜて小栗の人格を加え、更にスケールを大きくした一大ロマン・ポリシエが生まれるであろうことを期待させてもらう。岡本綺堂はその創作態度として、自分も娯しみ人をも楽しませたいために筆を取ると言明していたが、実にいい言葉ではないか。探偵小説も読物である以上、小栗虫太郎も、――自分だけが娯しまずに僕達にも楽しい夢を分けてくれたまえ！

水谷準――初期の「竹ノ間事件」や題は忘れたが、銀座を舞台にした怪奇的なメルヘンのような物はいまだに記憶しているが、この頃の「われは英雄」「さらば青春」「獣人の獄」などの作品はあまり興味を以て読めなかった。率直に言えば、僕はこの作家の作品は嫌いである。殊に最近本誌に「ユウモアやあい！」という題名の下に主張した、探偵小説にユウモラスな味を盛ろうとする主義には根本的に賛同し兼ねる。ユウモア探偵小説――とこう聞いただけでも好奇心のことごとく消失するのを覚える。一体、如何なる意図の下に、ユウモア小説と探偵小説とを結びつける必要があるというのだろう？　或いは探偵小説は行き詰まっているかも知れない。いや、事実行き詰まってはいる。だからといって、探偵小説とは全く立場を異にするユウモア小説に逃げをうつことはないと断言したい。或いは朗らかな理智の遊戯もあり得るであろう。しかし、探偵小説の魅力の大半は、妖しい戦慄ではなかろうか？　それを失ったものは、探偵小説としての独自の面目を失ったものであると信ずる。一体に僕は、近時流行のユウモア小説が嫌いなのである。単に嗜好にのみ左右されては客観的評価は為し得ないかも知れぬが、作者は如何なる惨酷な人間を、如何なる軽薄な如何なる醜悪な人間を描いても、その背後に作者自身の客観的な澄んだ眼、暖かい眼、美しい眼――作者の厳粛なテンパラメントの息吹が感ぜられなければ、その作品は大半の価値を失ったものであって、近時流行のユーモア物たるや、作者は作中の浅薄な人物と共々にオッチョコチョイ踊り生悟り踊りを踊っているのではないか？　多くを読まぬ僕の認識不足かも知れない。僕とて芥川龍之介の「鼻」「河童」、チエホフの初期の短篇のようないいユーモア小説なら好きだ。しかしながらそれはそれとして存在せしめ、探偵小説は飽くまでも独自の面目を誇るべきであると思う。行き詰まるならむしろ、マダム・センリツの妖しい魅力とともに潔く心中すべきである。ここに僕は水谷準の立場とは正反対に「迷児の迷児の戦慄やあい！」と叫んで置こう。

まだ横溝正史、大下宇陀児、山本禾太郎、渡辺啓助、浜尾四郎、西田政治等――及びぷろふいるによって紹介された新人について書きたいことはたくさんあるが、徒に長くなることを虞れてひとまず擱筆する。機会が与えられたら再び暴言を吐かしてもらう。もっと突っ込んだことを言おうと思ったが、或いは御座なりになってしまったかも知れない。歯に衣着せずに物を言うということは、難しい！

再び「芸術品の気品」について他

再び「芸術品の気品」について

本誌六月号の三木音次氏随筆「芸術品の気品」を非常に興味深く読んだ。短い文章だが、作家の創作態度について、相当重大な点に触れていると思う。まことに、妥当な穏健な意見であって、大体は賛成だ。しかし、再びこのことについて、もう少し極端な考えを述べてみようと思う。

エロや惨忍な場面を描いて、読者に Meanness の感じを抱かせるのに、二つの場合が有ると思う。その一は、作者の態度が大向こうの通俗味を狙い過ぎて、つまり、扇子で頭を叩き過ぎている場合と、もう一つは、エロやグロの世界にエゴイスティックな耽溺をしていて、そのため観照眼が盲目となり、肝心の真実を見逃している場合であると思う。何れも芸術家として賛成できない態度ではあるが、後者はまだしも救われると思う。江戸川乱歩氏の作品は、如何にも或る種の Meanness の臭みを感じない訳には行かない。かつて大下宇陀児氏が、乱歩氏の或る作品の宣伝文を書いているうちに、乱歩氏の作品だけは、どんな汚い場面を描いても汚くは感ぜられず、むしろ芸術的な美しささえあると書いていたが（今、その冊子が手許に無いので引用できないのが残念だが）僕はこれを読んで、「宣伝文」だと感じた。むしろ三木氏の意見の方が率直ではないかと思う。乱歩氏の作品は、その汚さを他の美点で充分補っているのであるが、芸術品として味読するためには、遺憾ながら一歩手前であり、その意味で Meanness は感じなければならないと思う。ところで、乱歩氏は、扇子で頭を叩いているのであろうか？——僕にはこうは感じられない。夢気狂いの乱歩氏は、文字通りの気狂いであるが故にフェルヌンフトを失って、ソフトフォオカスされた眼で、エロやグロ——いやな言葉だ——を、見ているのではないかと思う。この態度はかなり甘いとは思うが、読者の立場から些しも悪意は感じられない。自分の夢を描くために、よしんばしばしば調子が外れても、その態度が真面目だからであると思う。この意味で乱歩氏が、端から何と言われようとも（新青年四月マイクロフォンの横溝正史氏の乱歩氏に対する批難は、乱歩氏の作家的素質を全然無視し、しかも経済生活にまで言を弄しているのは、いささかヒステリックであり、乱歩氏に直接口を以て言うべきであって、発表すべき内容ではないと思った）——休養したいだけ休養して、真物の厭人主義に陥り、（これまでのは、どうもいささか劇的でありすぎた）——徹底的に苦しんで、写実的な眼を備え始めたら、凄いことになると思う。鋭敏な筆致で、人間の驚嘆すべき相を描き出すかも知れない。僕は今後の乱歩氏には、思い付きやトリックはどうでもいい、それを如何に書くか、という一点に期待を懸けている。……

三木氏が引用したエドガア・ウォオレスの言葉も、なかなか暗示に富んでいる。しかし、「——エロとグロは一番興味を持つものだから、どんなに下手に書いても面白く読んでもらえるに定まっている。私はそんなもので読者を釣ろうとは思わない」——という、最後の文句が、如何にもウォオレス流の通俗作家の職業臭が感ぜられて嫌だ。ウォオレスには、「読者を釣ろう」というような意識無しに、書かずにいられずに書いてしまう気持ちが分からないのだろうか？——この態度の認識不足であることは前に言ったが、しかし、真面目である場合があると思うし、やがては救われるのではないかしら？　三木氏は「自信があるなら書いて宜しい」と言っている。僕は極端に言えば、自信が無くとも、書かずにいられなかったら、どしどし書いた方がいいと思う。好色や惨酷の世界に興味を持っている以上、――そうしなければならないと思う。そのうちに、自分の欠点にも気が付くであろう。すれば、やがて、そういうエゴイスティックな世界から脱け出て、より高い境地に入る方便ともなろうと思う。芸術家は、決していわゆるGentle-manである必要は無いと思う。真実探求のためなら、好色本を書いてさえ構わないと思う。もっとも、スーハー本では困るが――。D・H・ロオレンスのごとく、赤裸々に男女間の交渉を描いて、宗教的ミスティスイズムの世界まで到達している作家もあるくらいだ。芸術品としての気品を備えるまでには、「便所の落書き」的な境地を、一度は通過することもまた止むを得まい。便所の落書きだって馬鹿にはできない。往々にして、性欲に対する遣る瀬無い焦燥を打ち撒けた「高橋新吉」的な真実の叫びが無いでもない。要は、――飽くまでも読者を釣ろうという態度をこそ排撃すべきであり、その態度は、逆に、読者を不快に導くのである。

――これは余説だが、三木音次とは誰の筆名だろう？　事によったらMonsieur Seizi Nishidaではないかしら？……

「殺人」の氾濫

一夕、或る友人（純文学畑の小説家だが）と探偵小説について語り合っていたら、その友人が「探偵小説という奴は、よく人を殺しますね」と、半ば嘲笑を混じえて言ったのには、探偵小説ファンの僕も苦笑したまま、反駁することができなかった。純文学を書いている人が、探偵小説を軽蔑するのは当然だ、と思って、黙殺したのではない。というのは、僕自身、人間がまるで虫けら以上に容易く殺されてしまう探偵小説に飽き飽きしていた時であったし、その友人の言から、或るヒントを受けたからだ。ヴァン・ダインは、探偵小説では、何よりもまず、「殺人」を取り扱わねばならぬと言い、殺人が他の多くの犯罪の中でも、最も恐ろしい、最も刺戟の強いものであるから、こうなくてはならないが、それにしても、莫迦莫迦しくて吹き出したくなる程殺人を軽く取り扱い、少しも「殺人」の効果を見せぬ探偵小説の如何に多いことか！「また、人殺しの小説か」と、好奇心を起こすどころか、むしろ興醒めを覚ゆる場合が往々にしてある。こうなると凄味も戦慄もあったもんじゃない、ただただ馬鹿馬鹿しいばかりである。のみならず、その「戦慄すべき」殺人を、不自然極まる屁理窟で合理化しているんだから、読後むしろ健康に有害でさえあると感じる。……

僕の家は、湘南の海岸地に在るが、先だってあまり陽気がいいので、夜晩く月の出た海岸を、人っ子一人通らぬ渚を、――散歩してみた。その時に、何気なく考えたことだが、今、自分の行く手に、一個の殺人屍体が転がっていたら？――と空想してみたら、何らの衝動も感銘も起こらず、そのままスウッと傍らを素通りできるような気が、ふとした。「ああ、人が殺されているな……」というくらいの軽い気持ちで、また、ブラリブラリ漫歩のできるような気がした。断って置くが、その場合決して虚無的な感激を失った気持ちではない。むしろ常識的な、何でも受け容れたい気持ちの時である。この場合、身内の者が急病で、医師を呼びに行く途上であるとすれば、尚更である。または、女に振られて、トボトボ帰って来る所であっても、何の凄味も感ぜられないで、「ふん、死んでやがらあ……」とか何とか呟いて、ふらふらべそを掻きグロッキイになりつつ、家路を辿るかも知れない。夏にでもなると、Rendez-vousや夜釣りの人達で、全く人足の杜絶えるということはないが、今頃（五月）の夜の海岸は、それ自身不気味なほど無人である。殺人屍体が、人無き渚に横たわっているという事実は、正しく恐ろしいことに相違あるまい。だが、――恐ろしいことだぞ、と思おうとすればするほど、かえって逆に、恐ろしくも何とも無い平凡事にしか感ぜられない場合が、読者諸君にも無いであろうか？――探偵小説の駄作はちょうどこれで、恐ろしいだろう、凄いだろう！――と、コケ嚇しをしているばかりで、ちっともその恐ろしさの本体が描かれていない小説をいう。殺人に対する認識が不足ではないかしら？　前陣の場合、殺人屍体よりも、一人の男が縛られているのを目撃した方が、凄味を感じたかも知れない。ヴァン・ダインは「グリーン・マアダア・ケエス」において、かなりの努力を費やして、登場人物の性をそれぞれ写実的に描出することに成功し、読者に充分ファミリアリティを感じさせた上で、順々に殺している。或いは犯人であったりする。殺されるまでのグロテスクな雰囲気が巧みに描かれているので、殺人が重なって来ると実に凄い。南北の「四谷怪談」もそうではないかしら？　幽霊になるまで、お岩を滅茶滅茶に苛めつけて、それまでのサスペンスに成功している。幽霊になった時の怕さが一層高まるのだと思う。反対に、何の生気も感ぜられない機械的な、人形の腕を折るような殺人の真似事では、時計のこわれる事実よりも他愛がない。「殺人」を、一度、一個の平凡事として、突っ放して、しかる後に湧いて来る恐怖でなければ、本当の戦慄は読者には伝わらないだろうと思う。殺人を、もう少し、Realistic に考えるべきじゃないかしら？　この意味で、日常茶飯事が探偵小説の素材たり得るということも言えるし、逆に、どんなに惨虐な事件でも、作者のいい気な「恐怖」とやらに溺れていたんでは、小説の中で何人人が殺されても「異様」でも「奇怪」でも「不可解」でも何でもない。それは茶番である。マアカス・ショウに劣る茶番である。……

探偵小説は、これまで、何を書くか、が問題であった。そして、そのいわゆるネタなりトリックなりは、大抵書き尽くされてしまったかの感がある。今後とても、そのネタの面白さは、依然として最大生命ではあろうが、また、どういう風に書くか、という問題も考えられて然るべきであり、その余地は残されているものと信ずる。

貝殻

1、「毒殺六人賦」

最近ちょっと面白く読んだのは新青年に載っている稲木勝彦の右記の創作だ。盛られた内容、取り扱われた殺人事件など、まことに平々凡々たる在来の毒殺事件に過ぎない。が、この作品の面白さは、探偵小説でなければ用うることのできない Style と Construction の面白さに在ると思う。犯罪研究会の六人の会員が、一つの毒殺事件を繞《めぐ》ってボッカチオのデカメロン風に、毎日一人ずつ犯人を推定していくその経過記録であって、結句、犯人はその六人の裡の一人であるなんて、ちょっと考えると莫迦莫迦しいには莫迦莫迦しいが、探偵小説の面白さは、こういう馬鹿馬鹿しさの中にも潜んでいるのだから仕方がない。作者は「妖女ドレッテ」を翻訳した人であるそうな。たぶん秀才なのであろう。第二作が本当の意味で期待できる。

2、馬鹿馬鹿しさ

馬鹿馬鹿しさといえば、だいぶ好評を博したらしい横溝正史の「呪いの塔」は、その最たるものだ。いい年をした色気のある連中が、塔に登って、テレる所が真面目臭って子供みたいに犯罪ゴッコだか探偵劇ゴッコを演ずる。そして、そのゴッコの進行中に、人殺しが勃発する。実にトボケていて、いささかとも必然性がない。だが、僕はとても面白く読んだ。これを読んだ時はたぶん夜中までかかったと思う。バカバカしいと思いながらも面白くて堪らないのである。謎が巧みに構成されていると、他の欠点が隠されて、とまれ面白く読ませるのであるから、探偵小説という奴は全く別もんだ！　もっとも、こういう小説は一遍でたくさんだが、………

3、犯罪心理小説

最近、人が面白いというのでバンジャマン・コンスタンの「アドルフ」というフランスの昔の小説（十九世紀）を読んだ。これは単に恋愛を取り扱ったもので我々の探偵小説ではないが、原稿用紙にして二百枚以上もあろうか、全篇がみな克明な心理描写で終わっている。相手の女が綺麗だとか醜いとか、肥っているとか痩せているとか、そんな描写もなければ小説家らしいミリウの描写もない。対話は稀にあるが、それも説明に過ぎず、悲し気にいった、笑いながらいった、怒って叫んだ、とかの描写なんか一つもない。ちょっと変わった小説である。で、これを読んで、我々の親愛なる探偵作家たちにも、こういう逞しい克明な心理描写に終始する探偵小説乃至犯罪小説を書いてもらいたいと思った。ドストイエフスキイはいわゆるExtraordinaire《エクストラオルデイネエル》な人間や犯罪者の心理などを嗜んで取材するが、彼は話術的に鈍感であって親しみ難い。日本の作家で、犯罪心理小説を書く人はいないかな？　いないとすれば、誰かそういう風変わりな作家も現れてもいいと思うんだが——。「何々殺人事件」という題名とそれに伴って予想される内容もいささか食傷してしまった形だ。

4、「ロオマ劇場事件」

「何々殺人事件」で板についているのはやはりヴン・ダインだ。七つの既作に全部〝――Murder Case〟という題名をつけそれに相応しい内容を盛ったスタイルを創った人だけに、何といっても他の追従を許さない。先日、某誌に永らく連載されてあったエレァリイ・クウィインの「ロオマ劇場事件」が完結したので、製本屋に持って行って一冊に纏めて装釘させ、さて最初から通読してみた。この作品はクウィインの作物の中でも最も優れた佳作であるとの定評のあるものだが、何といってもヴン・ダインに敵わないと思った。みんなが貶している最近の「ドラゴン」にしても「ロオマン・ハット」よりは僕には面白かった。フワイロ・ヴンスを気障だという人もあるが、篇中のエレァリイはもっと気障だ。臭くて鼻持ちならない。何か洒脱な辛辣な皮肉のようなことを、――つまり周囲の鈍物及び俗物嘲笑だ――いおうとしているが、ちっとも心理をうがちもしなければ鋭くもない。エレァリイこそむしろその対象であるくらいだ。人生の苦労をしている点では、ヴンスの方が遥かに上だ。いや、足許にも寄りつけない。ヴンスの方が人間が数等上でそして芸術家らしいデリカな神経を持っている点も親しめる。エレァリイというのは何だか吹けば飛びそうなので、すこしあじけなかった。もっとも僕は「ダッチ・シュウ」と「ロオマン・ハット」その他の短篇しか読んでいないが。ぷろふいると新青年の二つの連載物も完結したら、美本に纏めて読んでみようと思っている。また「エジプティアン・クロス・ミステリイ」が近刊されるそうだ。そうしたらまた考えが変わるかも知れない。

5、ヴン・ダイン・ファン

井上良夫も秋野菊作も、もうヴン・ダインは下り坂で、前者のごとき「ドラゴン」を読んでいると漫《そぞ》ろもののあわれを感ずるとまで極言的に否定している。後者のごとき、短篇小説に転向してはどうかとまで愛想を尽かしている。僕は「ドラゴン」ですら面白く読めたのだから、よほどの Van Dine Fun だとみえる。この点、海野十三が「ヴン・ダインの作風について」とか題する一文に同感である。第八作の「カジノ」は絶大の期待を以て読みたいと思っている。

6、Slowly and Steadily《スロウリイ・アンド・ステデイリイ》――

ヴン・ダインが同じようなものを書きつづけると、もう下り坂だとか、江戸川乱歩が書けなくなると、もう駄目だとか、山本禾太郎はもう薹が立ちすぎているとか――そういう風に性急に断定的な言辞を弄することは、何だか間違っているような気がする。小説家の素質はそんなものではないと思う。もっともっと長い眼で見るべきではないかしら? 小説家は――他の政治家でも商人でも同じことだが――Slowly and Steadily に仕事をして行かなければいけないと思う。一時、線香花火のようにパッと燃え上がるのはちょっと乙《おつ》でもあるし粋でもあるが Steadily という感じがしないので何となく淋しい。作家の生涯は長距離競争だ。常にハアハア息を切らしながらトップをきったり、かつての早稲田の名投手伊達のように早慶戦で三日間連投して、肩をこわしたりしてしまったのでは詰まらない。一々文句をいうのも作家を励ます意味でいうのなら分かるが、それよりも、黙ってその作家の動静をヒステリイを起こさずにじっと客観的に瞶めている態度の方が、より親切であると思う。

7、民衆の声は神の声！

小栗虫太郎について最近そろそろいろんな人が愚痴を滾し始めたので、僕はもう彼について何もいうことがなくなったし、いうのがいやにもなった。西田政治までがこのごろは「(黒死館)は、力作だ、傑作だといいながら読む気がしません困った作品です」といっている。僕は微苦笑してしまった。その他僕の見聞する限り大抵は同意見である。小栗さん――Vox populi vox Dei という言葉もあるそうな。少しは「神様」のいうこともきいて面白いものを書いて下さい。それも駄目なら、――俗衆《デモス》に向かって詭弁を弄し「雄弁術」をふるっているゴルギアス虫太郎に対して、峻烈なる論旨を以て対抗するソクラテス的作家よ、出でよ！

8、甲賀三郎全集

我々探偵小説ファンに「江戸川乱歩全集」のあることは心強い。時折書棚から金色の本を引き出しては、随筆なり短篇なりを繰り返し読んで愉しんでいる。ところで――「甲賀三郎全集」

を我々は最速持つことができないだろうか？　新刊「犯罪・探偵・人生」の末尾に著作表がのっているが、それらの作品以外にまだまだたくさん書いているはずである。甲賀三郎に全集のないことはむしろ不自然である。おまけに既刊の単行本も、一二を除いては大抵は全集の一部本であるが粗末な装釘のものばかりである。著者自身が廉価本が好きなのかも知れぬが、ここで、よき出版社と組んで、堂々たる美本全集を出してもらいたいと思う。これが甲賀三郎と出版界に対する僕の希いだ。

9、更に発展を！――

ぷろふいるも、お世辞でなく段々内容が充実して来るのが嬉しい。次第に読者層も拡大されて行くだろうと思う。それにつけても時々思うことだが、春秋に増大号を出し、更に年に一回くらいは臨時増刊を出してもらいたい。営業部にこんな計画があるかないか全然知らず、僕の希望は夢みたいなものかも知れないが、とまれ、いずれはそうあって欲しい。現在の資本主義社会における商品は需要によって生まれるというよりは、まず商品を作っておいてそれから需要を喚《よ》び起こすらしい。「キング」や「日の出」その他「わかもと」にしても、あれほどデカデカと宣伝によっておしつけられなければ店頭に並んでいたとて、読む者も服用する者もないのである。謂わば、無理に買わされてしまう結果となっているのである。いわんや、世間には案外探偵小説好きがいるものだから、気を強くして機が熟したらやってみたらどうだろうと思う。

10、ではまた——

だいぶダベッてしまった。枚数もいささか超過した。また、気まぐれに書きつづけたいと思う。それから、各作家に対する注文もつづけさせてもらうかも知れない。

Au revoir !……

談話室（二）

猟奇クラブ（別名投書狂クラブ）様――御挨拶ありがとう。我我の探偵小説の健全な発達のために大いに御尽力下さい。小生も及ばずながら熾《さか》んに投書狂振りを発揮する心算《つもり》です。お互いに探偵小説と言うものを凝乎《じっ》と見詰めて行きましょう。

さて、九月号について――表紙カットなど大分宜くなったと思います。呼物の「狂燥曲殺人事件」は殊更御誌御推薦の作品につむじを曲げる訳では決してありませぬが、あまり高く買えなかった事が残念で堪りません。全篇が何となく濁っていて、スッキリした統一の感じられないのはどうした事でしょう？　この作の失敗の第一の原因はいつもの云草ですが、作者が先ず何よりも小説家で無いと言う点にありはしないでしょうか？　以上は僕の嗜《この》みから言った批評で大方の読者の間では立派な存在価値があると信じます。要するに読前に抱いた僕自身のイマアジュが途方も無く大き過ぎたのかもしれません。

「とむらひ機関車」は聊《いささ》か書き殴りの嫌いがあり再度の推敲の要を思わせましたが大変面白く読ませていただきました。この作者も以前の子供っぽさが失くなり段々世間を知っていくようです。この次は素晴しいものを見せて下さい。

「ぷろオブぷろ」では相澤氏の論文が一番面白かった。仲々味をやります。これまでの文章では所々貴方御自身でなければ理解出来ない唐突な文の繋りがあったようですが今度は大分清算されました。中島氏は仲々頭の良さそうな人です。しかし注文として御自身の名文に酔うよりも先に歯に衣着せずに物を言う修練をして下さい。これは非常に難しい事ですが、正直に言つて「閻魔帳」は隔靴掻痒の感を抱かされました。とまれこの二氏は毎月何か書いて読せて戴きたいと存じます。

最後に、発行日の件ですが毎月一日ずつ繰り上げていって来年からは毎月四日に決定して下さい。発行日の不同はまことに損だと思います——以上暴言多謝

（三田正）

（『ぷろふいる』第二巻第一〇号、一九三四年一〇月）

＊＊＊

三田正氏へ

常々、貴方の蘊蓄の深き、正鵠な名評に敬意を払って居ます。世評に逆ってヴン・ダインをE・クインより高く評価された正しい観察に私は味方を得たような喜悦を感じました。それから御忠告、心から感謝します。御期待に添うように努力致しましょう。

探偵小説は行詰りどころか、まだまだ広い処女地があるような気がします。前途は多難多幸でしょう。切に貴方の健筆に期待致します。早々

（中島親）

（『ぷろふいる』第二巻第一一号、一九三四年一一月）

＊＊＊

中島親氏へ――叮寧な御言葉ありがとう。開き直っての御挨拶御好意には恐縮しました。今月の「阿呆の言葉」も面白く拝見しました。貴方の主張する「批評技術」と言う事についてちょっと言いたい事もあるが時間を見て機会を改め例の漫筆を揮わせてもらうかもしれません。城昌幸についてはこれまで一つも読まず貴方の一文で「新青年」のバック・ナムバを繰って昨夜は「光彩ある絶望」というのを読んでみました。なるほどポオ張りの乙に気取ったものだと思いました。ポオほどの重苦しい「光彩ある混濁」はないが。――勉強中ゆえ悪口もどしどし言いあって進歩したいものだと思っています。僕自身下らぬ事を言われても直ぐ疳《かん》に障ってカッとする癖に人に対しては無反省にも数々の失言を放っている事と思う。だが宜しく小感情は克服して、口幅ったい事を言うようだが、愛する探偵小説のためにつくしたい、つくせたらと存じています。失敬。

十月十一日　　（三田正）

（『ぷろふいる』第二巻第一二号、一九三四年一二月）

僕のノオト Ⅰ

江戸川乱歩の「柘榴」

過日或る新聞の消息欄で中央公論九月号の執筆者紹介の中に我が江戸川乱歩の名を発見した時は、或る種の意外と非常な期待とを覚えた。一日も早く読みたいものだと思った。ことによったら随筆ではないかとも案じつつやっと手にして通読することができたが、読後僕を襲ったものは、軽い、しかしそれはかなり淋しい失望の念であった。僕は乱歩の相当長いスランプの後に企てた再起に、発表機関が中央公論で、永井荷風の「ひかげの花」の後を受けての呼び物であっただけ、もっともっと重苦しい何物かを期待していたのだ。だが「柘榴」はあまりに何の苦も無く読め過ぎ読後何の滓も残らなかった。滓！――さよう、周囲を見回し、毒にも薬にもならぬ屁みたいな探偵小説の氾濫している昨今、滓もたまには必要だろうじゃないか！　僕は再起した乱歩から、こころは打ち叩かれ、眼は興奮のために充血するほどの「毒」を要求していたのだ。一口に言って「柘榴」は前作の「二廃人」と「双生児」の合成を思わせる。ドンデン返しを数度重ねて行くトリックもさして新奇ではなく、ただ単に文章が幼稚な「二廃人」当時より幾分の磨きがかけられ何等の誇張もなく淡々としていながら人に愬える所のあるものとなったようである。言うことがはっきりしている。このことは現象をはっきり把握していることだ。探偵作家に生々しい文章の書ける人のない内に乱歩と大下宇陀児は蓋し名文家であろう。名文と言っても装飾的名文を指して言っているのでないことはもちろんである。推定犯人がAからBとなりBから更にAに移り、結局Bが真犯人であったという一種の「浜尾四郎式方法」も、僕自身かつて考えていた所でもあり、何らの無理もなくこのコネクリ回シにはついて行けた。そしてあまりに作者の意図が分かりすぎたために、そこに物足らなさを覚えざるを得なかったのである。最後の一行を読み終えるまで、僕は「発端にひとりの異様な人物」である柘榴をモデルに画を描いていた青年画家がどういう活躍を見せるか、更に最後のドンデン返しを期待していたのだが、あれだけで埋沈させてしまった取り扱いには同様不満を覚えた。以上僕は「柘榴」に対して様々な苦言を呈したが、この作が愚作であると言っているのではない。ただ随喜の泪を滾さなかっただけだ。「柘榴」は畢竟今日のラチもない探偵小説集を遥かに凌ぐ作品であるに変わりはない。いろいろ不満もあろうがまずまず佳作と言ってもいいのである。乱歩は新しい飛躍を見せなかっただけだ。理想主義から言えばいろいろ不満もあろうがまずまず佳作と言ってもいいのである。乱歩は新しい飛躍を見せなかっただけだ。変に気取ったり青臭い作品に痛めつけられている昨今、僕は久し振りで探偵小説家江戸川乱歩に泪ぐましいようなインティマシイを感じることができたくらいである。乱歩はまだまだ書ける。必ず素晴らしい飛躍を企てるに相違ない！　或る大衆雑誌の巻頭写真「名士のひととき」と題するタイトルの下に、乱歩が自宅の庭の木蔭で折り畳み椅子にのびている写真があった。右手にサイダアかアイス・コオヒイのカップを持ち（僕の下らぬ詮索癖を許したまえ、僕は飲涼水には興味を持っているのだ）——庭下駄を履き左足を右に重ねくりくり坊主の頭を椅子の背に凭せている写真だが、左手をダランと垂らして何となく洞ろな眼付きでさあらぬかたを見遣っているその顔付きが気に入った。光線の具合もあろうが、マスクが銅面のようにかたい逞しい感じで、よくよく見ると幾分かテレかくしの微かな微かな笑いの気配が眼許口許に感じられ、全体の雰囲気に何となく人生の奥底を覗こうとする果敢な芸術家の精神的病気が感じられて、乙な程のよさを示している。「乱歩はやっぱり喰えねえ男だ！」と思った。こういう面付きをした男がいい作品を書かないわけがない。途中どんな下らないものを書いても、僕は彼が必ずや素敵な重心的なものを書くに違いないことを信じて、いつまでも待っているつもりだ。（九月六日）

小栗虫太郎の「白蟻」

小栗虫太郎が犯罪心理小説「白蟻」をぷろふいる社から近刊するという。相変わらず難解なものだろうとは思うが「犯罪心理小説」とあるだけに非常な期待が持てる。僕はこれまで前後数回に渉って小栗の悪口を言って来た。またこれからも言うであろう。が、小栗を問題として取り上げているという点ばかりでなく、単なる悪罵でなく底に微かながら敬意を表していたという点は僕の言いっぷりで分かってもらえるであろうと思う。小栗は図太い。この図太さには僕は終始感心して来た。きかん気な逞しい男だ。端から有象無象が何と言おうとも一切黙殺して自分のしたい放題のことをどんどんしている。たぶん二つ三つぶん殴ってもビクともしないだろうと思う。僕自身、処世上しばしば弱小な女々しい感情に迷わされて烈しい自己嫌悪を感じる時があるだけ、小栗の図太さ逞しさには頭の下がることがある。コセついた絶えず右顧左眄ばかりしている人間の多い世の中に小栗はとにかく逞しい。自分の書きたいものを思う存分書くには書き下ろし出版の形式を採るより他道はあるまい。小栗の気障やペダントリイも大体「黒死館」で底が知れた。もう大したことはあるまい。「白蟻」とはどんな内容だ？　八月号の編輯後記で「海底パノラマ殺人事件」というのが予告してあったがあれとは違うのかな？ とにかく発刊の暁には至急一本を購って味読しようと思っている。難解で味読はできないかも知れないが、小栗の「男」には感心したが作品に関する考えは以前と変わらない。詰まらなかったら飽くまでも悪口は言うつもりだ。（九月八日）

「異常」と謂うこと

かつて林房雄が読売新聞の月評で江戸川乱歩の「柘榴」を非常に軽薄的な言辞を以て否定し去り、「何がエロだ、何がグロだ、ほんとうのエロは徳田秋声の（霧）の中に、ほんとうのグロは正宗白鳥の（陳腐なる浮世）の中にあって、下らぬ通俗作品の中にそんなもののあるわけはない」という意味のことを言っていたが（今、手許に新聞がないためここに原文を引用できないのが残念だが）――これを読んだ時、林の例の傍若無人の乱暴な言いっぷりが不快であった。不快ではあったが、なるほど房雄の言うことにも一理はあると思い肯定せざるを得なかったのだ。探偵小説はさまざまな色情的な場面――サディズムスやマソヒズムスや、さまざまな惨酷な場面――バラバラ事件やブツギリ事件以上のいわゆる血みどろな素材を取り扱うが、主として単なるエロの概念、グロの概念、を表面的に読者に紹介するだけで、その中から人間の生々しい体臭を感じさせるほど具体的に示すことには失敗していると思う。惨酷な事象を心の底から惨酷に感じるためには、惨酷でない所の最も平凡な状態にある人間の人生の本質本然の姿を知っていなければならないのだ。探偵小説では「異常」とか「凄惨」とか「奇々怪々」とか「アッ!!」とかのさまざまな形容詞名詞間投詞などが盛んに使用されるが、それらは直接読者の肌には触れては来ない。過日僕は「嘉村礒多全集」を読みゴオゴリの伝記を読み、二人の作家の「異常」振りには怪奇小説的な興味をすら覚えた。嘉村の作物の大部分は作者自身が主人公であり、彼は純文壇の内でも最も「ストオリイを持たぬ」身辺雑記的な作家である。いや、あった。彼の抑制されたリアリズムの作家として評価する時はさまざまの不満を覚えるであろう。しかしながら、あの徹底した個人主義的な感情をしか持ち合わせない程度に我執の強い人間――皇族のお通りになるという街路でそれをお待ち申している間、平素の皇恩に感激するのあまり表情姿勢までが変わって、警戒の刑事に「直訴犯人」の疑いを掛けられたり、自分の作品が初めて中央公論に採用される通知を故郷で受け取り嬉しさのあまり気絶(!)してしまったり、妻の愛が已に子供に移って行くのに父親としては全く病的なほどの嫉妬を覚え妻楊子で歯茎を突ッついて喀血を装い夜半家中を騒がす狂的なヒステリイ、鎌倉大塔ノ宮を詣でて当時を追想し民の不忠にジダンダ踏みはぎしりして口惜しがるアナクロニズムの正義感――誰でも多少の嫉妬や正義感を持つが嘉村の場合は正に異常である。そうして僕は異常な殺人やその他の犯罪を取り扱っている現今の探偵小説よりも遥かに嘉村の作物から異常を感得してしまったのだ。この事実――これは僕一個の場合かも知れぬし多少逆説もあるが――は一体どう説明したらいいだろう? 僕自身もはっきり謂うことはできない。だが、探偵小説が単にちっぽけな遊戯に走り最も肝腎な文章としての使命を等閑しているためであるとは言えないだろうか?甲賀三郎は「……犯罪と探偵とは人生に密接な関係を持っている、犯罪と探偵に興味を持つことは、すなわち人生に興味を持つことである」と言っている。なるほど人生に興味を持つ僕は犯罪にも探偵にも興味を持っている。だが探偵小説に描かれる犯罪や探偵は現実の人生から離れたメタフィジカルなものでありすぎる。人生を描くことを等閑して実に下らぬ浮世ばなれの謎だクリウだとかに頭を使っているいわゆる本格小説が、その努力は買うとしても、あまりに下らない努力ではないか？　まず最初に腹をつくるなり人生観を確立するなりに努力を払うべきではないか？　理智の遊戯もなるほど結構だ、朗らかな「人生の幸福」を感じている時には！　だが、人間、常に天下泰平を気取り食欲旺盛を礼讃してばかりはいられない。たまには不機嫌にもなるし、肉体苦があり経済苦があり愛恋苦があり一般に社会苦が身を十重二十重に取り巻き、いつなんどき我々を襲うかも知れない不安――この不安をぞっとするほど感じなければならない場合だってあるのだ。在来の探偵小説には何らの人間批判、人生批判、社会批判はないではないか？　（無論例外はあるが）探偵小説において謂われる所の「理智」とやらを更に高度な「人類の智恵」という所まで引き上げようとするのは探偵小説の理論として誤謬であろうか？――話がすこし誇大妄想狂めいて来たし、駄弁は尽きぬが枚数は尽きた。更に甲賀三郎は「馬には馬としての観賞があり批評があるはずだ。実にいい馬だが惜しいことには角が無いという批評は、決して馬の批評ではない」と言っている。探偵小説に文学の最高使命を求めることは、果して馬に角を求めることであろうか？　書いているうちに頭がモヤモヤして来た。この問題は軽々に言えぬ問題だ。僕もなおいろいろ考えてみるつもりだ。御教示を得れば幸いである。（九月八日）

付記――「僕のノオト」なんてキザな題だが今後時々書かせてもらう。書き殴りで敬称は一切省き失礼だが勘弁して下さい。

我もし人魂なりせば——狂人の手記——

俺は極端に幻想力の強い人間だ。ポオ、プルウスト、ゴオゴリの幻想も俺には及ぶまい。何故ならプルウストが如何にコルク部屋に閉じ籠もって瞑想に耽ろうと、また如何にポオやゴオゴリが発狂するまで苦吟を続けようとも彼らは畢竟メタフィジイクに関する駄弁を創造するに過ぎないのだが、俺の幻想は直接俺自身の肉体《ボディ》に働きかけるからだ。一度我もしマルマルなりせばなどと考え出し幻想の飛躍が高潮したが最後、俺自身が現実にマルマルになってしまうから困る。先だっても一つ女になって、女でなければ感覚できない接吻時の愉悦を味わってみたいと思い If I were a beauty, If I were a beauty, If I were a……と繰り返しているうちに、顔面筋肉や骨盤や脂肪などが適宜勝手な活動を始め、頭がいやに擽ったいと思っていたら毛髪が見る見る延長して数分後には入江たか子嬢以上の美人になってしまった。だが女も大したことはないね、やはり空想していた方がいいし、それに悪く反省の鈍くなったのには困った。

それも次のような事件に遭遇しなかったら俺も大してこの言葉を嫌いはしないのだが、実に馬鹿馬鹿しい目に会って以来、生涯の禁句にしようと決心していたのだ。そういう俺にその題下で一文物せというのだから「横顔」誌の編輯者は罪つくりだ。……俺には目白文化村に住んでいる恋人がいる。俺達は熱烈に愛し合っていた。その熱情においてはロミオとジュリエトにも敢えてヒケはとらない心算だが、困ったことに、彼女は去年の秋から肺病で臥ているのだ。

医師は絶望を宣告したが俺は必ず恢復を信じ飽くまでも力づけることを忘れなかった。霧深い初冬の冷たい晩だった。八時頃電話の鈴《ベル》が喧しく鳴ったので受話器をとると相手はその恋人で、今夜は大変気分がいいから遊びに来てくれとのことだ。俺が匆々に仕度をして家を出たことは言うまでもない。女の家は駅から徒歩でどうしても十五分はかかるかなり淋しい所に在る。空は一面の靄で月が朧《おぼろ》にかすみ、泪ぐみたくなるような小説的な夜だった。樹や草に囲まれた細い道を裾を夜露に濡らせながら歩いて行くと、十間余先方に仄白い懐中電灯の光が明滅するのが映った。そしてその灯は段々俺に近付いて来る気配がするのだ。二人の距離が次第に狭まり互いに識別し得るようになると、その懐中電灯の持主は俺の恋人であることが分かった。俺はすこしばかり驚いた。いくら気分がいいからといってこんな冷々した夜に外出してもいいのだろうか？　女は、貴方のお出でになるのがとても待ち遠しくそれに夜道も暗いし灯《あかり》を持ってお迎えに来たと答えた。俺の脊筋がゾオッと寒くなった。俺はとっさに——或る男が故郷の旧友を訪ねに夜道を歩いて行くと先方から提灯を下げて来る男に出会う、その男がこれから訪ねようとする友人なので二人は快活に雑談を交わしながら歩いて行くと、何時の間にか旧友の姿が消えている、変だなと思いつつ目的の家に着いて見るとその男は死んでいた、夜道の提灯姿は実に旧友の死霊であった——という怪談を思い泛かべたからだ。女は頬紅などつけて血色は悪くはなかったが何となく無理に快活に装うとする寂しい影があった。俺は女が消えはしまいか隠れはしまいかと案じながらやっと彼女の家の玄関まで一緒に来ることができたので、心から自分の臆病を嗤った。ちょっと待ってらっしゃいお部屋が散らかってるといけないから、と女は俺の首に両手を回し頬摺りしてから胡蝶のように身軽に家の中へ姿を消した。頬摺りの女の肉が馬鹿に冷たいと感じていた俺の予感は当たった。いつまで待っても出て来ないので案じていると、内部からボソボソと陰気な老人の声が聞こえた。改めて案内を乞い這入って見ると、女は咯くだけの血を全部喀いて枯れ枝のような屍体を横たえていた。俺はとめてとまらぬ泪を感じながら女の家を辞した。何気なく屋根を振り仰ぐと、奇態や！……恋人の人魂が伸びたり縮んだり甍を沓みつつ霞んだ星空を背景に St. Louis Blues を踊っていた。その有り様は愉しそうだったが彼女の声は細々と堪まらなく哀し気だった。彼女は Dietrich のような声で、I hate to see that evenin'sun go down……を唄いながら、貴方も一緒に上って踊りなさいと手招きするので、ダンス・マニアの俺は無性に踊りたくなった。そこで俺は日頃の幻想力を高揚させることにした、我もし人魂なりせば！ と。If I were a soul, If I were a soul, If I were a……と一心不乱に繰り返しているうちに俺は忽所《たちどころ》に軽くなり St. Louis Man with a diamond ring……と唄いながら屋根に昇って女と手を組んで軽々と、文字通り軽々と踊り始めた。やがて、女は四十九日の間は屋根にいなければならぬ義務があるといったが俺は帰らねばならなかった。ところがどうしたことか、人間に返ることに骨が折れた。俺は千万遍も If I were a man, If I were a man, If I were a……と泣き叫びながら寒い夜空を飛んだ。そして青山の自宅の門の前でやっと元通りの人間になることができた。俺の咽喉は腫れていた。俺は俺自身が一番いいのだ。我もし――などといって他の何者にも成りたくはない。人魂になんかなってどれほど心細い思いをしたことだろう！ そういう俺に今頃になってまたあの事件を思い出させるなんて怨めしい。もう一度人魂になって、アントワアヌ・ド・サン・テクジュペリじゃないが「夜間飛行」を企て京都「横顔」社の屋根の上を彷徨うかも知れぬぞ！……という訳で下らぬお茶濁し平に御容謝。

行け、探偵小説！

——僕のノオト2——

探偵小説が堪らなくこのましいと思われる時と堪らなく馬鹿馬鹿しく思われる時がある。ぷろふいる創刊に寄せる言葉の中に大下宇陀児が、探偵小説に飽きて他の読み物に走るが結局それにも飽きて懐かしい探偵小説に舞い戻ってしまうという意味のことをいっていたが、けだし探偵小説ファン共通の甘チャン心理であろう。日々発行される数多くの雑誌で探偵小説と銘打たれた読み物は、何ら組織的な心構えもなく漫然と大抵は読むことにしているが、あまりいい作品のないことは事実らしい。いまさっきも、大下宇陀児の「恐ろしき誤診」(週刊朝日新年特別号)というのを読んだが、最早一種の芸が身についていて、なるほど旨く書けている、面白かった、という意外に何らの感銘を得ることができなかった。探偵小説は自体それでいいものなのだ、といわれれば一言もないが、僕にはそれだけでは何だか物足らぬ。作者は前作「奈落の妖女」や「義眼」などよりは熱意を持って書いているようであるが、畢竟物語の綾が平凡で、定石の「芸」を見せられたにすぎず、野心の飛躍は見られない。創作集「魔人」はいい本であった。あの中に盛られた怪奇なるもの異常なるものへの疲労を知らぬ模索の魂は何処へ行ってしまったのであろう？　おうい、蛭―川―博―士やあい！……

探偵小説の単行本出版も相不変あまり行われないようである。近ごろボツボツ旺盛な気運が感ぜられないこともないが、出版界の大勢から見れば洵に澎々たる有り様である。先だってある新聞のブック・レヴィウ欄に大下が、そこへ行けば如何なる探偵小説でも揃っているという出版書店が欲しいといっていたが、実現したら嬉しき限りである。四五年前の各社の探偵小説全集やドイル全集・ルブラン全集・小酒井不木全集・江戸川乱歩全集の他に甲賀三郎全集が欲しいし、完訳写真入りのヴァン・ダイン全集やエラリイ・クイーン全集も欲しい。こんなことは僕一人のマニアックな夢かも知れぬが、写真入りのヴァン・ダイン全集というのは何にもウイリアム・ポウエルが写っていなくともいいのだ。エジプト学や珍魚や犬に関する図解写真を百科辞典的に挿入した独自形式の逐字訳であれば更に面白く読めると思うのだが、少しトボケているかしら？――こんな独悦的なことを考えていても始まらぬし、現実の探偵小説文壇はあまり楽観的見解を許さない。

先だって或る機会から東京探偵作家新人倶楽部発刊のリイフレット「新探偵」を見ることができたが、この中に伊志田和郎という人が「探偵小説と大衆」という題下で「何故新聞雑誌に随筆評論をドシドシ載せて一般大衆に探偵小説を認識せしめないものだろうか？」といい、探偵小説というものが行き亘っていない事実と作家連中の沈黙を不服としている。ほんとうだ。まことに陳腐な分かり切った主張で、僕も曩《さき》に本誌旧号で作家の独善主義を指摘したこともあるが、繰り返し改めて同感せざるを得なかった。一般読書階級が我々探偵小説ファン同様探偵小説に関心を持っていると考えるのは、我々のロマネスクであり自惚れであって、既成作家や新進の名もぷろふいると新青年の読者である特殊的なファンには或る意味でかなり鮮明に印象づけられてはいるが、ひとたび視野を広めて遥望する時は、正しく影が薄い。こんなことは分かり切った話だが、現在月々生産されつつある探偵小説が次第に視野が狭く、換言すればますます楽屋落ち的な傾向を帯びて排他的になりつつある情勢を見ては、あながちに陳腐だと否定はできないと考える。科学がどうの変格がどうのと、我々の間でこそ至極魅力ある話題であるが、「彼ら」は対岸の火事を見るごとく冷静で無関心である。探偵小説は極度に特殊的なものである。縁無き衆生は度し難しと嘲笑する人もあろうが、排他も程度問題であって同好の趣味もひとたびジャアナリズムを利用して味わうとする以上、一人でも多くの読者を獲得するの努力は望ましいことで、それを否定するくらいなら、穴倉に集合してローソクでも点けてボツボツ凄絶な探偵趣味を語り合っている方がマシナくらいなのである。

岡田三郎は「大衆文学撲滅論」をふりかざし、新聞紙上において純文学が大衆文学に発表のスペースを奪われているといって憤懣を洩らしているが、中央公論・改造・文芸・新潮・行動・文芸春秋その他の雑誌が純文芸のための発表機関であり、新聞が毎月「月評」を掲載している事実を見れば、岡田の不服はいささか贅沢すぎると思うのである。公平に現今のジャアナリズムを展望して、純文芸に比し大衆文芸がそれほど優遇されているのであろうか？　世間的にも通俗作家がいくらエラクなっても尊敬の度合にもリミットがあって、畢竟は通俗作家としか遇せられず、芸術作家に比して遜色なきを得ない。現在、大衆文学の一分野として従属的地位に置かれ、何らの批判も検討も行われぬ探偵小説は、広視野に観察する時、純文芸にもいわゆる大衆文芸以上にも無力であろう。岡田三郎の「新聞は純文学の月評を取り扱いながら何故作品を掲載しないか？」の問に対してジャアナリストの片岡貢は、純小説の制作発表の事実はまぎれもない一つの社会的現象であるから、それを一個の報導記事《ニユース》として取り上げるのであって映画評・劇評の掲載と同意味で、映画評を載せるからといって新聞社が映画会を開催しなければならぬ義務がないように、創作月評を扱うからといって作品まで掲載せねばならぬ義務はなく、要は純文学に読者吸引能力があると認めた暁には両者における待遇上の区別は失くなると答えている。この問題はしかく単純には考えられまい。何故なら映画と文学は飽くまでも異質の芸術なのであるから。だが、この詮索はしばらく措き、探偵小説の生産を現象的に考察する時、新聞は一個のニュースとしても取り上げてはいないのである。月々ぷろふいる、新青年をはじめ、他の通俗雑誌にも一二篇は発表されながら、作品批判を行う雑誌がぷろふいるだけであるということは淋しくて堪らない。淋しい以上に不自然である。この事実は、よりよき探偵小説を読みたいと願う読者及びよりよき発展を遂げるべく努力する作家にとって、一つの不服とはならないものであろうか？

或いは、探偵小説というものを特殊の読者層に限ってそれほどジャアナリスティックにする必要はないと主張して、この「世間的」な考え方を嗤う人もあるだろうが、前にもいった通り、作品を活字の形式にして商品として世に送る以上、既にジャアナリズムに全生命を托しているはずであって、全能力を挙げて世のポピュラリティを獲得すべきであり、徒に否定するのは一種の偽善的な気取りにすぎない。この場合、芸術品も通俗品も区別はないのである。

では、探偵小説をして縦横無尽にジャアナリズム戦線に活躍させるためには、どういう方法があるのかというと、こいつ簡単に答案は書けぬ。だが、僕自身の考えでは、現在の「書きっぱなし」の習慣が一番いけないのではないかと思う、作品検討のないということは、どうしても作者の制作態度をイイジイ・ゴオイングにする。従って作品価値の低下も当然である。探偵小説は芸術品ではないのだから、ああでもないこうでもないの作品評は不要で、一時的に読者を愉しませればそれで能事終われりとする人も、或いはいるかも知れないが、それでは作家生活もあまりに空虚であろうし、第一、検討に拠って生産技術の向上を図るということは、とりもなおさず、読者をより多く愉しませることであって、怠れば怠るほど娯楽読み物としての価値も漸時的に低減して、いくら好人物の読者といえども、終いには愛想を尽かすようになるであろう。作家はただ単に書いて食って適度の名声を得て、それで済ましていていいのだろうか？　脣の寒さを覚えるようなことは、一切他人委せにしていていいのであろうか？　この独善主義的なヤニ下がった態度が探偵小説を今日のごとき一方的な限定状態に置いたのではなかろうか？

　こう考えて来ると、今日の探偵文壇で最も待望される者は、十人の花形作家よりも一人の峻烈な批評家の出現であろう。昭和十年度のぷろふいるの使命もまことに重大なものがあると感じる。営利雑誌の色彩と研究雑誌的面目を兼備している本邦唯一の探偵小説専門雑誌であるぷろふいるは、今後ますますよき批評家を生んで行かなければならぬ義務があるとまで極言したい気持ちである。（本誌旧号の編輯後記に拠れば、初ッ鼻は同人雑誌のスタートを切ったものが中途商業雑誌に転じたとのことであるが、今後も単純な読み物雑誌に固定することなく、研究雑誌的色彩も失ってもらいたくないと思う。いや、評論欄にこそ力点を置くべきではないだろうか？　頭のいい人の研究論文も必須の掲載記事だが、就中、権威ある「月評欄」の建設こそ目下の急務ではあるまいか？）要するに、月々厳正なる作品検討を行って正しい探偵小説の本質を模索し、既成作家の惰眠を敲き、よちよち歩きの新人を正直に指導し、潑溂たる言論気運の勃興を図ることこそ、目下の急務であると信ずる。

それから――探偵小説の本質を本格物にのみ限定することは、ますます探偵小説の世間を縮めて自縄自縛に陥る因をなすものであろう。
これはかなり決定的な事実なのであるが、最近まで有耶無耶に過ごされて来たようである。今では一つの主張としても通用するであろう。作家がそれぞれの才能に応じて自由に各自の読者を獲得すべきであることは論を俟たない。厳密にいって、現在のいわゆる本格物が、形態はともかく、小説の本道からいって「本格物」であるかどうか疑問なきを得ない。本格探偵小説は、技巧的にも形態的にも探偵小説独自の本格道を踏むものであると同時に、「小説」としても隙のないものでなければならないのである。本格物以外のものは探偵小説ではないとする――極言すればぷろふぃいると新青年の読者だけにしか通用しない程度に楽屋落ち的な趣味に堕するということは、（事実、この危険性は大いにあると思う）あたかもつまらぬ身辺雑記的な私小説《イッヒ・ロマン》が次第に萎縮しつつ特定の読者（作家・作家志望者及びそれらの雰囲気に生活する者）以外からは擯斥されつつある過程と全く規を一つにするものであって、私小説のつまらなさをかこつ前に探偵小説のひとりよがりぶりも一応は真剣に反省しなければならない機運ではなかろうか？（さすがに大家は普遍性のあるものを書いているが、このことの警戒を要するものはいまだ経験の浅いいわゆる新人の陥りそうなオナニイではなかろうか？　彼らが探偵小説マニアであればあるだけ！）
更に――探偵小説が特殊性のつよい読み物であるということは、それ自身大きな強味であり魅力である。上のごとく論じたとはいえ、この「独自を誇るもの」を捨てろといっているのではない。捨てられては大いに困る。けれども、それと同時に、ポピュラリティに関する限りこの特殊性が熱烈にすぎると欠点となっている場合がありはしないか？　例を挙げることを許してもらえるならば、江戸川乱歩の「陰獣」であるが、僕自身乱歩のネチネチしたアクドサや猥褻な一面は、それが眼新しい限り好きなのだが、この場合主観を離れていえば、あの「奇癖」は尠くとも上品なインテリ層のサロンでは通用しないもので、母娘揃っては、顔を紅らめずには読めないものであろう。（女流教育家など案外コッソリ読んでいるのだろうが）今はどうか知らぬが、一時ヴァン・ダインの作物がアメリカで非常に売れたというのは、いろいろ理由はあるとして、彼には乱歩的な奇癖がないということも、その一因ではなかろうかと僕は考えている。虚栄心のつよい体裁家の令嬢が「教会」でヴァン・ダインの本を抱えていても恥とも不自然とも思うまい。読者の大半は偽善者なのである。見たいけれども体裁上避けなければならぬ背徳やエロ・グロや変態性慾や惨忍がない。レンズで女の裸体を隙見するような人間の気まりのわるい弱点が発《あば》かれていない。屍体描写のごときも意識的に軽く逃げているようである。このことは一見些事に思えるが「読者」というものを認識するためには、ゆるがせにできない事実だと思う。彼のペダンティックな学識についても、それに関心を持つ教養ある読者には一層の興味を以て読むを得べく、門外漢の読者にはその頁を飛ばして読んでも一向物語の筋には影響なく面白く読めるという点も、彼の著作を世界的に普及させた理由であるともいえるであろう。

甲賀三郎は、その創作活動の初期においては比較的高級読者層を狙っていたようである。が、大衆雑誌に書くようになってから、その凄まじきヴァイタル・エナアジイは一つの驚異であったが、作品は当然低調になった。僕の知る限りにおいて、甲賀三郎に対する批難——というか不満の点は、単なるスリルに終わって、インテリの喜びそうな詩がなく味がなくコクがないことだと思う。「妖光殺人事件」「体温計殺人事件」「誰が裁いたか」「血液型殺人事件」あたりから再び往時の奥行ある調子を見せ始めたようであるが。無論甲賀三郎の探偵小説を大衆化した功績は偉大であり、無条件で頭の下がることであると思っている。

海野十三の主張する「科学小説」も高級読者が的となるものであろうが、作品を検討するに「赤外線男」「浮囚」「人間灰」などは、材料の奇抜さにまけて、馬鹿馬鹿しさが先に立ち甚だ失礼な言い分だが、子供ダマシのような気がする。むしろ前作の「階段」「爬虫館事件」などの方が好評なのではないかと思う。

要之、奇癖作家の存在も大いに祝福すべきだが、欲をいえば洗練された智識層を狙うところの、興味本位からいっても適度のサスペンスがありしかも読後思わず襟を正さしめる底の芸術的探偵小説及び幼稚なスリルに陥らぬ本格探偵小説の分野にも、いまだ充分新進作家の進出の余地があるのではなかろうか？

最後に——繰り返し言いたいことは、作家の言論的沈黙である。底を割ればいろいろ事情もあるのだろうが、作家は謙譲の美徳（！）を備え過ぎて、黙殺戦術を採りすぎているようである。確かに探偵作家はおとなしい。四海浪静かである。「新人無力」という言葉が合言葉のように流行しているが、（いやあまり流行もしていない。ただ黙って事実を認めているだけらしい）既成作家は一二を除いて（この一二に対しては全く感謝している）大抵は物臭太郎のようである。新人（花嫁という意味があるそうだが）に期待するのもいいが、花嫁はどうしても舅小姑の口小言を必要とするのではあるまいか？　何しろ花嫁時代は世間の好奇心を一身に受けているわけで、よほどのシッカリモンでないと、顔や耳ばかり赤くしてモジモジしているのが落ちだ。原稿用紙を忘れて、畳にのの字ばかりかいている。（ただし、このシャレ、駄ジャレ也）そのうちに古くなって飽きられてしまう。小酒井不木は自信のない新人をけなすと延びるべきものも延びなくなってしまうといって、新人過褒論を主張していたが、〽新人殺すにゃ刃物は要らぬ、御作素敵と讃めりゃいい――ともいえるわけで、無暗にほめるのはかえって危険だが、とにかく、先輩にガミガミ言われたり、作品行動に拠って範を示されたら、畜生、今に見ろ！　という気になって奮発心と張り合いがついていいのではないかと思うが、どうであろう？　読者の期待してるものは花嫁の甲斐甲斐しさばかりでなく、舅小姑の指導原理を含む精彩ある作物なのである。

――以上、だらだらと、確乎たる自信もなく、生意気な憎まれ口をたたいた。何らシステマタイズされた理論を持たぬ悲しさに、言うことが支離滅裂で、貴重な紙面を汚してしまった。どうぞ御判読下さい。

終わりにのぞみ、探偵作家新人倶楽部発刊の冊子が、もしそういう企図があるのなら、一日も早く探偵小説専門雑誌に成長することを期待している。我々探偵小説ファンにとって、一冊でも多くよき雑誌が読めるということは幸福だからである。

では――

行け、探偵小説！

昭和十年度のぷろふいる！

相性の読者を一人でも多く獲得せよ！

新年の言葉

一、よく学び、よく遊べ
二、浮き世は嫌なもの、仕事は辛いもの

平凡かつは正月らしくもない言葉ですが、思い浮かんだまま記しました。この二つの句の対照は奇妙ですが、時に順じて使いわけをする心算です。旨く行ったらお慰みですが――。
（一）は（本来の意味の他に）――読書や創作は様々の真実を教えてくれます。けれど、これだけでは片手落ちです。体験の実証が必要です。
（二）は、怠惰で、気分屋の僕をぶん撲るための句です。ヒルティの『幸福論』を読んでこういう気持ちになりました。――以上お答えまで。

失礼ながら写真御容赦被下度候

日記

序

こんな愚にもつかぬものを発表するのは洵に汗顔の至りである。お手紙により、簡単にお引き受けしてしまったものの、さて、何を書こうかと筆をとった時、正直、腹に溜まった何物もないので、何の主張や意見や、具体的な題目が浮かんで来なかったのだ。で、——恥さらしな「日記」の抜粋ということになった。むろん人に読まれるものだから、僕自身の赤裸々な思想や感情や具体的な生活を写しとったものではない。一言で言えば、つまりは「嘘」なのだ。真《まこと》のものは、恐らく、浅猿しい修羅道の消息となるであろう。「ものを言う」ということは、考えてみればつまらないことだ。喋ればボロが出るというものだ。が、これはまア我慢できるとして、ものを言うためには、どうしても一応はポオズをつくって偉そうな顔をしなければならぬ。こいつあどうも我慢がならぬ。

しょんべん臭い僕が、自分の日記を人に読ませようと言うのだから、読者にも編輯者にも、全く我慢のならぬほど恥ずかしいのだ。

もし、どうか、大目に見て下さい。

六月二十日　土曜日

★くさ野球見物。

朝、霧のようなかがやかしい晴天。

午後、絵のようなこまかい細雨。

光明寺グラウンドは、腹を直角に切りとられ、重いロオラアに這い回られた不具の山だ。ホオムから、レフト、ライトに添い、数十丈の裸崖が茶褐色の断層面を露出し、高々と聳えている。これが柵代わりだ。

レフト側の日蔭の崖の中腹に蹲《うずくま》り、雨後の鮮明な球場を見下ろしている僕。

ライト側の崖の天辺《てっぺん》が、一部分、V字型に崩され、その彼方に、雲の流れて行くさまが見えた。

空の無限のコバルト・ブルウ、――瞶めれば瞶めるほど底の知れぬ、眼のさめるような青の透明、――その中を、馥郁たる芳香を放ち、左へ左へ北へ北へと、神秘の交響詩を唄いつつ、徐々に、のろのろと歩み行く、悲愁の、象徴の、夏の真白い雲！

美しいもんだなあ！　僕はたちまち感傷的になった。詩のつくれない自分がずいぶん不粋だと思った。ドビュッスイの「雲」とボオドレエルの「奇妙な男」を想って我慢をした。

――おれは雲を愛する。とおりすぎてゆく雲を……はるかむこうの方を、……あの素晴らしい雲を！

僕は時たま感傷的になる。こういう時は、大体、いい気持ちのものだ。

――おうい、何してるんだ、そんなところでエ!?

顔見知りが下から、降りて来いと手招きしながら我鳴った。声が木霊《こだま》する。

——雲を見てるんだア。野球より面白《おもしれ》えやア。

僕はこう我鳴り返したが、その時はそうキザにも思えなかった。
★新しい雑誌のペエジをめくるのは愉しい暇つぶしだ。
「改造」と「ぷろふいる」を買う。

「ぷろふいる」に小栗虫太郎の写真がのっている。怪人虫太郎はこういう人かと思いながら見た。

鋭く、美しい顔だ。さすがは鬼才という感じがする。このものを見透すような双の眼が見まいとしても見ずにはいられない眼、和やかな眼——こういう眼になったらなお凄いぞと思った。

谷崎潤一郎の「猫と庄造と二人のをんな」を読む。

相変わらず、悠々たる遊戯三昧だ。

ドストエフスキイの「未成年」を読み続ける。

六月二十一日　日曜日

★くさ野球試合。
きょうの試合で、僕たちのティームの春の試合は終わった。

四戦三勝一敗、——全勝ティームがあるために決勝戦には出られなくなった。

この前、この全勝ティームとのマケ試合の時、八回表、二死走者二塁三塁に際し、僕はピンチ・ヒッタアとして登場し、あえなき三振を喫した。

第一球はストライク、――肩の辺を通る速球をボオルと睨んで見逃し、第二球はアウトロを空振り、三球目を空振りから姿勢の定まらないうちに、低目の外角を直球で衝かれ、手も出さずに見送ってしまった。敵軍投手はY商業の正投手だそうだが、何でもこの空振りの後の打者のフォオムの定まらないうちに素早く直球を、しかもストライクを通すのが得意な選手とのことである。

ぼんやりしている方が間抜けだが、謂わばヤミウチだ。僕が投手なら、「さあ投げるぞ、打てるなら打ってみろ！」という態度でやりたい。何しろ赫々たる太陽の下でやる仕事だ。

僕はカモには相違ないが、中学時代の腕に満更覚えのないこともない。外角低目はさして嫌いな球でもないので、場合によってはどこかへ持って行くことができたかも知れぬと思うと残念である。

三球目がプレエトの角を通過した時僕の肩がぴくりと痙攣した。空虚な、不気味な感覚である。

里見弴のティームは病人続出のため棄権した由。

★夜、選手たち十人ばかり家に集まり、騒いだ。ベエトオベンの「第八」をかけ、飽きたら中途で止めるつもりだったが、結局全部かけてしまった。

僕たちのティームは土着の商人が多く、ユニフォオムも揃わず、審判を撲ったりして一番柄の悪いティームだと言われている。

六月二十二日、月曜日

★下痢である。

数年前の大腸カタル以来確かに胃腸が弱くなった。その衰弱から肺病にもなった。小酒井不木の「闘病術」を読み、面白く思ったのもその頃だった。

★庭の竹籔が陽気の加減で大分繁茂した。暑苦しいので新幹《しんみき》を切りとる。

★裏庭の鶏小屋で鶏の交尾の模様を観察する。雌鶏でトサカのうしろの毛が抜けているのは確かに処女ではない。人間の女も判乎《はっきり》こういう具合に分かると、案外悲劇が減少するかも知れぬ。呵々。

★雄鶏二羽、雌鶏四羽、皆ひよっこから面白づくに飼った。今では毎日卵を生む。雄鶏は僕が軍鶏的に血だらけにし気荒く育てたので、憶病な犬などは威嚇される。出入りの御用聞きにもとびかかる。番犬の代わりになるね、とからかわれる。

この間は僕に跳びかかって来た。二三度たしなめたがどうした虫の加減か一向に退却せず、一層猛烈な闘志を以て顔の辺まで狙って来たので、僕はついに疳癪を起こした。尻尾を捉え逆さにぶら下げ空中に十数回振り回し、地べたへ叩きつけた。ドサンという音がし、二三度くるくる転がると砂煙が立った。なお起き上がって逃げようとするところを、手近にあったスポンジ・ボオルを胴腹めがけて投げつけた。ちょっとの間ノビていた。

翌朝死んでいるかと思ったら依然ピンピンしている。相変わらず闘志極めて盛んである。

ロオジャア・スカアレットの「バック・ベイ・マアダア・ミステリイ」の何とか言う探偵によれば僕はサディストで、殺人があれば犯人にされそうである。

この雄鶏は人を笑わせることがある。デュウク・エリントンのジャズをかけると、誘われて必ずコケコッコウとやり出す。夜でも眼をさまして啼く。エリントンのジャズは、特に管楽器の部分が、なるほど、鶏のときをつくる声に似ている。

★「未成年」を続け、「コクトオ口伝」「コクトオ口占」「嘘つきアパート」などを読む。コクトオは変に神経質に絶えず肩肱をいからしているので、弱々しく感じられる。が、オピアムを喫するほど悲劇的なペシミストであると思うと——芸術論集「阿片」は阿片を健康的に表現したものである由だが、——何がなしヒュウメエンを哀愁に搏たれる。簡単には突き放せない気がする。しかし、確かに華彩ではあるが「窮屈なチョッキ」を着ているに相違ない。

大下宇陀児の名はあまりにも old favourite であり過ぎるために、新鮮さが失くなった。こうなると多作も考え物だ。「偽悪病患者」は素晴らしい傑作だったが。

甲賀三郎、城昌幸、木々高太郎の作を読みたい。

城昌幸の二つの短篇集「殺人淫楽」「ひと夜の情熱」は洵に面白い本だ。この本の中には僕たちのかなり無理な空想を大抵は充たしてくれる様々の奇抜な話が、縦横無尽に織り込まれてある。構成力のキビキビした独自の理知的な作家だ。難を言えば、あまりにも、well-made novel（よくできた小説）であり過ぎる点ではないか？　そのために「重量《ボア》」がない。

甲賀三郎は、その理解し易い点において、腰のふらついていない点において、率直な一本の不動のモラルを持っている点において、その適確な名文において、そして就中再び、腰のふらついていない点において、——以前から愛読している。

木々高太郎は、その作の特に探偵小説的でない部分に興味を持つ。「人生の阿呆」の良吉がモスコウへ行く途中はいい。何とも言えぬロシヤ式のトスカが漂うている。

六月二十三日　火曜日

★「新青年」の「金狼」を読む。

面白そうな新人だ。殺人が殺人らしく凄味がある。これは難しいことに相違ない。全体にドストエフスキイ・トオンがあるようだ。様々な個性的な登場人物の今後の現実が如何に展開して行くか、愉しみだ。

★「未成年」上巻通読。

新人はいずれにせよ好奇心が持てる。その珍しい間だけでも。

トルストイの「復活」のごとき、作者の神経の細かく行き届いたかゆいところを掻いてもらえるような、どんな隅々にまでも光線の当たった小説と比べて「未成年」や「悪霊」は混沌たる暗鬱の世界だ。これが怒翁独特の現世の混沌の忠実な再現なのであろうが、読んで退屈するのは、正宗白鳥と僕だけであろうか？

★「ラ・ロシュフコオ箴言録《マクシム》」の拾い読み

——大部分の女性が身を任せるのは情熱よりもむしろ弱さによる。よしんば他の人々より愛すべき男でなくとも、通常大胆な男が他よりも成功するのはここから来ている。

やっぱりそうかなと思う。

——恋愛においては、愛さないことが愛せられるための確実な手段である。

やっぱりそうかな、と思う。バルザックも同じようなことを言っている、——惚れられたければ惚れるな、と。しかし、この一元論では失敗する。

僕は空想の中では、どんな女でもいいと思える。が、しかし、現実の場合は幻滅の方が多いようだ。

＊　＊　＊

六月三十日　火曜日

★一週間ぶりで再び机の前に座ることができた。が、枚数も大分超過している。

きょうも朝から霧雨。海岸に茶屋の屋根が大分並んだ。この雨が歇めば、鎌倉は突然ダイナミックになる。夏は避暑人が幅を利かし、土地の者の影が薄くなる時だ。

★いいものを書きたく思う。ルナアルの「日記」に「いいものを書くためには、お前はいいものを書きたいという欲望を持ちすぎている」という言葉がある。いいものの書ける時は淡々たる無欲時代だ。しかしやはりいいものを書きたい。

★書き終えて、これを封筒に入れる。

ハガキ回答

昭和十一年度の探偵文壇に

一、貴下が最も望まれること

二、貴下が最も嘱望される新人の名

（一）は江戸川乱歩の復活を希望します。これに較べたら他の片々たる希望など、その強さにおいて問題ではありません。が、過去のままの乱歩では物足りません。理智的、心理的に深まった江戸川乱歩です。

（二）は従って次の名を挙げとう存じます。

――新人江戸川乱歩

（『探偵文学』第一巻第一〇号、一九三六年一月）

解題

横井司

西尾正は一九〇七（明治四〇）年一二月一二日、東京は本郷の真砂町《まさごちょう》で生まれた。八人兄弟の次男で、「幼少の頃から虚弱体質であった」という（鮎川哲也「幻の作家を求めて・6／凩を抱く怪奇派・西尾正」『幻影城』一九七五・一〇）。西尾正は本名で、亀の子束子《たわし》で知られる西尾商店の一族にあたる。のちに西尾がデビューすることになる雑誌『ぷろふいる』の編集に携わった九鬼紫郎によれば、西尾正自身は「鎌倉の材木座に自宅を持つ銀行マンで、横浜の一流銀行の、重役の息子さんではなかったかと思う」とのことである（「『ぷろふいる』編集長時代」『幻影城』七五・六）。西尾の弟と令息にインタビューした鮎川哲也は、西尾が少年時代から鎌倉へ避暑に出かけ、海に親しんでいたと述べているが、九鬼の回想に「自宅」とあるのが正しければ、避暑に出かける夏だけに限らず、つねに海に親しむ環境にあったことになる。ただし鮎川のインタビュー記事に示された学歴から考えると、九鬼の回想の方が誤りかもしれない。鮎川の記事によれば、西尾は市立真砂小学校を卒業。その後、慶応義塾・普通部（中等学校にあたる）に入学し、そのまま大学予科、経済学部へと進んだという。大学時代は演劇青年で、「舞台に立ったり演出を手がけたりした」ほか、「戸原謙《とばらけん》の筆名で演芸関係の原稿を書いていた」。そのころから小説の執筆を始め、「夏休みに避暑にいった鎌倉の家でもコツコツと暇をみて書きつづけた」そうだ。

　鮎川哲也は、演劇青年時代に書いていたのがデビュー作の「陳情書」ではないかと述べているが、実は「陳情書」の前に「三重殺人事件」と「手」という二作品を『ぷろふいる』に投稿していたことが、同誌一九三四（昭和九）年五月号の編集後記で確認できる。翌六月号の「投稿作品評」欄には「三重殺人事件」が、また七月号の同欄には「手」が取り上げられている。複数投稿作品が共に評されていることから、その作品のレベルが高かったことがうかがわれる。「三重殺人事件」については、「堂々五十余枚の本格物であるが、そのオリヂナリテイは相当だと感じる」と評されており、現在、巷間知られている西尾の作風とは異るものであったことがうかがわれる。「手」については、「好もしい作品」であり、「広義における立派な探偵小説ではある」と書かれているから、現在の西尾を代表する作風に近いものであったと考えられる。「手」の選評が載った同じ七月号に「陳情書」が掲載されているのだから、その速筆ぶりが察せられよう。

ただし、西尾の『ぷろふいる』登場は、小説が最初ではなく、まずは読者投稿欄「談話室」への寄稿から始まった。三四年三月号の投稿者「鎌倉　T・N生」というのがおそらく西尾であろう。同じ筆名で四月号にも投稿している。同誌は読者投稿の盛況に応えて三四年五月号から「PROFILE　OF　PROFILE」（以下POPと略記）としてその拡大版を併設し、長文の読者批評欄として開放している。その新設なったばかりの「POP」に、三田正名義の「四月号雑感」が掲載されているが、これが西尾の別名であった。三田正という筆名が慶応義塾在学にちなんで付けたことは容易に想像がつくが、おそらくは普通の投稿であったと思われる「四月号雑感」が三田名義で発表された背景には、当時同誌が主催していた作家や同人、読者の集まりである「探偵倶楽部」の集会で、新設欄に載せるからという編集部からのオファーがあったものと想像される。というのも他の「談話室」への投稿者の文章から、当時から西尾正＝三田正であることが知られていたことが確認できるからである。たとえば『ぷろふいる』三四年一一月号の「POP」欄に掲載された福田照雄「秋酣新人不肥事」には、「この機会に、案外好評であるらしい三田正さんの『海よ罪つくりな奴』に一言」と書かれている（なお、福田の文章を読むと、当時の西尾が材木座に住んでいたことが判り、先に引いた九鬼の回想もあながち間違いとばかりはいえないのであるが……。ついでながら、福田は戦後創刊された雑誌『新探偵小説』の編集者を務めている)。

「四月号雑感」こそ、従来の読者投稿の域は出ていないが、翌六月号の「探偵雑記」になると、江戸川乱歩や小栗虫太郎に対する感想を絡めて探偵文壇に対する現状分析を展開した堂々たる論文といっても遜色ないものになっている。以後、翌年二月号まで三田正名義で、「POP」を中心に、その探偵小説観が披瀝されていくことになる。三五年二月号の「行け、探偵小説!――僕のノオト2」は単発の評論として掲載されたものだったが、それを最後に、プライベートで多忙になったためか、病気が進行したためか、創作に専念しようと考えたためか、三田名義で評論が書かれることはなかった。三田正として、探偵小説に対する造詣の深さとその鋭い舌鋒が敬意を持たれていただけに、不可解ではあるが、残念としかいいようがない。

一九三四年七月号の『ぷろふいる』に「陳情書」が掲載され、新人作家・西尾正が誕生した。読者の評判も良かったようだが、同作品を掲載した『ぷろふいる』は内務省により発禁処分を受けてしまう(翌月号の編集後記に「当局の御意に触れ八五頁から九〇頁までを削除して、改訂版として発売せよとのお達しがあつた」と書かれている)。こうした事態を西尾がどのように受け止めていたかは伝わっていない。ただ、同年九月に「海よ、罪つくりな奴!」を『ぷろふいる』に、さらに十一月には「骸骨」を『新青年』に発表していることから、鮎川哲也は「さして打撃も受けなかったように思えるのである」と述べ、むしろ「当局の理解に欠ける措置によって意欲をかき立てられたのではないかと思う」と推察している(前掲「凩を抱く怪奇派・西尾正」)。

「骸骨」を『新青年』に発表してのちも、主要な発表舞台は『ぷろふいる』であったが、その他に『オール読物』や『探偵春秋』にも作品を寄せている。『探偵春秋』は専門誌とはいえ、『ぷろふいる』同様、愛好家が支えたリトル・マガジンであったから良いとしても、『新青年』からの依頼を受けることは、当時の感覚では一流作家に仲間入りしたことにも等しい。それに加えて『オール讀物』に寄稿しているのが目を引く。その筆力が探偵文壇だけにとどまらないものであることの証左といえるかもしれないのだが、三九年に戦前最後の作品を『新青年』に発表するまでに、二〇編に満たない作品を発表するにとどまっている。デビュー当時の速筆ぶりから考えると少ないともいえるし、あるいは病弱であるため無理が利かなかったものだろうか。

三九年九月には第二次世界大戦が勃発。三七年七月の蘆溝橋事件をきっかけに始まった日中戦争以来、軍国化を進めていく日本の国内情勢と踵を接するようにして、探偵小説専門誌が次々と終刊を迎えている。西尾の活動の母体である『ぷろふいる』は三七年四月号で終刊したのを始めとして、『探偵春秋』は三七年八月号で、『シュピオ』は三八年四月号で、それぞれ終刊を迎えた。こうした動向の中で、作家として書きつづけていくことは困難であったろう。戦時中は「やむなく海上火災保険に勤め」たが、「このときの過労がもとで」「結核が再発することにな」ったという（前掲「夙を抱く怪奇派・西尾正」）。

戦争が終って一年後の四六年、西尾は「守宮《やもり》の眼」を、復刊なった『ぷろふいる』創刊号に発表する。これ以降、堰を切ったかのように、翌年には七編もの作品を発表。そのころの西尾は「かなり病状が悪化していた」が、「午後の一時間を安静の時間としてベッドに臥《ね》ているように医師から支持されていたにもかかわらず」「微熱のある体で机に向かっていた」と伝わっている（前掲「夙を抱く怪奇派・西尾正」）。その旺盛な執筆の背景として、戦時中の弾圧から解放されたことと共に、「生活費の一助とするために働かざるを得なかったのである」と鮎川は推察している。病を圧して執筆した無理がたたってであろう、四八年には二編と創作が激減し、ついに、翌四九年三月一〇日、鎌倉市材木座下河原の自宅で病歿した。享年四十二歳であった。

江戸川乱歩は、『日本探偵小説傑作集』（春秋社、三五・九）の序文として書き下ろした「日本の探偵小説」（以下引用は、『江戸川乱歩コレクション・Ⅲ／一人の芭蕉の問題——日本ミステリ論集』河出文庫、九五から）において、「その嗜好がより一層『論理的』なものに傾いているか『文学的』なものに傾いているかによって」、日本の探偵作家を「二つの大きな潮流に分つことができる」といい、「『文学派』は論理よりは何かしら芸術的なものへの憧れの強い人々」、その「嗜好は『探偵』よりは『犯罪』、『論理』よりは『感情』、『正常』よりは『異常』に傾き、その作品も犯罪、怪奇、幻想の文学が大多数を占めているような作家群」だと位置づけている。そして、大下宇陀児、横溝正史、夢野久作、水谷準、松本泰、牧逸馬、城昌幸、橋本五郎、山下利三郎らと並べて、西尾正の名を挙げている（横溝正史は、戦前においては、主に怪奇幻想的傾向の作品を書いていた）。ただし個別に言及されることなく、戦後になって『探偵小説四十年』（桃源社、六一。以下引用は光文社文庫、二〇〇六から）の中で言及した際も、「一度も会っていないように思う」し「文通もほとんどしなかったよう」なので、「この人については余り書くこともない」というだけで、中島河太郎の「探偵小説辞典」（『宝石』五二・一一～五九・二一。講談社文庫、九八）の記事をもってその紹介に代えているくらいであった。

その中島河太郎は、個人誌『黄色の部屋』に遺稿である「海辺の陽炎」を掲載した際に、「一人称の世界——西尾正論」を書き下ろしている（五二年九月一〇日発行号）。そこで中島は以下のように述べている。

探偵文壇でも怪奇小説の名称に値するものは、事実寒々たるものであつて、その作品の殆んど全てをこの野に鍬を振つた故人の驚くべき執念と努力の迹は、当然顧みるに値し珍重すべき作家ではあつた。

　併し故人の療養生活といふ環境が舞台や材料を狭くしたし、可笑しな程の一人称文体への執着が的確明晰な解剖を妨げてゐる。元より構想力の貧困は救ふべくもないが、氏はそれを雰囲気描写によつて乗り切らうとし、事実その点が幾つかの不満がありながら、私をして氏への愛惜を深くせしめるのであるが、一方プロットの混乱に明快な整理を見せなかつたのは遺憾である。怪奇小説はそれなりに一貫した脈絡のある事は不可欠なのに、ややもすると破綻と撞着とに堕れてしまつた。

（略）

氏の「骸骨」「青い鴉」「海蛇」は夫々欠点はあるが、それなに《ママ》氏が全力を傾注し、内蔵したものを雑然と吐露し、一種の迫力を生じてゐる。その後、雑物を排除して洗練する機会さへあれば、すぐれた怪奇作家として燦然たる名声を遺すべきであつたらうが、一人称の世界に跼蹐し、怪奇美の素描にだけ甘んじてしまつたことを、かへすがへす悔む他はない。

　こうした中島の評価は、近年に書かれた山下武の「生涯に二十七篇のサスペンス物、怪奇物を書いているが、その作風はドッペルゲンガーを扱ったデビュー作の『陳情書』が最も端的に代表しているといえよう。但し、発想が類型的で独創性に欠ける憾みがあるのはこの作品でも明らかだ」（『20世紀日本怪異文学誌――ドッペルゲンガー文学考』有楽出版社、二〇〇三）という評価や、「海蛇」を採録した『日本怪奇小説傑作集』第二巻（創元推理文庫、二〇〇五）において、「時代の桎梏」の中で「妖異夢幻の世界へ惑溺しようとする昏い情熱の滾《たぎ》り」が認められる「典型」として「海蛇」を位置づける、東雅夫の解説にまで響いているような気がしてならない。

もちろん、いずれ劣らぬ怪奇幻想文学の優れた読み手である以上、山下や東の評価に否やを唱えるつもりはないのだが、今少し、個々の作品の差違にこだわった読みが試みられても良いのではないかと考えずにはいられない。中島は、西尾が「一人称の世界に踞蹐」していることを難じているが、同じ一人称でも、事件の中心にいる者と傍観者のそれとではレベルが異るだろうし、語られた場合と書かれた場合との違いや、最初から最後まで同一人の一人称である場合と、複数人の一人称で構成されている場合との違いなども検討すべきだろう。

そうした検討を行なっていくためにも、従来アンソロジーなどで一部の代表作のみが読まれてきた状況を打開し、生誕百年目にして初めてその作品が集成されることは、意味あることに違いない。大場啓志《ひろゆき》が「西尾正と単行本のない探偵小説作家」（『彷書月刊』二〇〇〇・七）でも書いているように、「戦前にも熱心な読者がいた」にもかかわらず、これまで西尾正の単行本が刊行されたことは一度もなかった。本書によって西尾文学再評価のきっかけとなれば幸いである。

以下、本書収録の各編について、簡単に解題を付しておく。作品によっては内容に踏み込んでいる場合もあるので、未読の方はご注意されたい。


〈創作篇〉

「陳情書」は、『ぷろふいる』一九三四年七月号（二巻七号）に掲載された。のちに、『幻影城』七七年四月号（三巻四号）に再録された他、ミステリー文学資料館編『幻の探偵雑誌①／「ぷろふいる」傑作選』（光文社文庫、二〇〇〇）に採録された。

中島親《したし》は本作品を一読して「思ふに氏は、パヅル式の本格探偵畑の人と言ふよりも、得意の表現力や巧妙な話術を駆使して怪談めいた因果物語や変態心理を主題とした怪奇小説の分野に縦横の活躍をすべき才能をより多分に有する人ではなからうか」とその印象を述べた（「管見録」『ぷろふいる』三四・八）。その後の西尾の軌跡と評価を先取りした炯眼といえよう。また、荘司平太郎は「七月号創作雑感」（同）で「夢野久作を襲ふ者は、この人ではないだらうか」と述べているが、中島親もまた本作品から夢野と似たものを感じとっている。

なお、山下武は前掲『20世紀日本怪異文学誌』の中で本作品に言及して、「芥川龍之介の『二つの手紙』とあまりに類似点の多いことが著しく興味を殺ぐ。偶然の一致というより、限りなく剽窃に近いのである」と述べているが、「剽窃」とまでいえるかどうか。「陳情書」中でドッペルゲンガーについて説明する部分に出てくるDr. WERNERは、「二つの手紙」中にも見られる名前で、芥川作品に対するリスペクトであろう。芥川がDr. Wernerの著書名まで示さなかったのに対して、西尾はドイツ語の原題まで掲げており、こうした箇所に衒学趣味や遊戯性ないしは西尾自身のいわゆる「芥川式の書淫」（「談話室」『ぷろふいる』三四・三）を見出すことも可能であろう。

「海よ、罪つくりな奴！」は、『ぷろふいる』一九三四年九月号（二巻九号）に掲載された。単行本に収められるのは今回が初めてである。

本作については福田照雄「秋酣新人不肥事」（『ぷろふいる』三四・一一）で「あの歯の浮く様な、物の見方、つかみ方表題。何と云ふ淋しさ、はかなさだつたらう。『窮屈な思をしてゐるらしい読者の息抜きに』となら、我々には講談倶楽部がある。『典型的な大衆小説の見本を一つ見せてやる』となら、失礼だが、あれは大衆小説ぢやない」と評されている。

「骸骨　AN EXTRAVAGANZA」は、『新青年』一九三四年一一月号（一五巻一三号）に掲載された。のちに、鮎川哲也編『怪奇探偵小説集』（双葉社、七六）およびその文庫版である『怪奇探偵小説集1』（双葉文庫、八三／ハルキ文庫、九八）、ほんの森編『恐怖ミステリーBEST15』（シーエイチシー、二〇〇六）に採録された。

井上良夫は本作品について「力作であり、作図したところもよく、（略）西尾正の本領たるべきものが窺へる」と述べている（「作品月評」『ぷろふいる』三五・一二）。中島河太郎もまた「西尾氏の特徴を最も露骨に表現してゐる代表作」と位置づけている（前掲「一人称の世界」）。なお、鮎川哲也によれば、「この作品のなかで作者はかなり客観的に自分のことを述べている」そうである（「解説」前掲『怪奇探偵小説集』）。また東雅夫は「谷崎潤一郎『友田と松永の話』や梶井基次郎『Kの昇天』、ショーペンハウエルや『青い花』などへの言及があり、作者の精神的バックボーンを窺うことができる」と指摘している（前掲『日本怪奇小説傑作集2』）。

EXTRAVAGANZAとは「狂想曲」の意。冒頭の芭蕉の句は『続猿蓑』収録のもの。金玉均（一八五一～九四）は実在の李朝朝鮮の政治家で、一八八四年に現政権打倒のクーデターを起こすが、清の介入で失敗し、日本に亡命した。一九二六年に小山内薫が「金玉均」という戯曲を発表しており、本作中の記述もそのことを踏まえたものと思われるが、「U・A老」については不詳。Nel mezzo del cammin di nostra vitaはダンテDante Alighieri（一二六五～一三二一、伊）『神曲』*La Divina Commedia*（一三二一年成立）地獄篇にみられる一節である。nom de plumeはペンネームの意。vis-a-visとは、差し向いの、というくらいの意であろう。「鍵井暴次郎」とは、もちろん梶井基次郎のこと。『青い花』*Heinrich von Ofterdingen*（一八〇二）はノヴァーリスNovalis（一七七二～一八〇一、独）の未完の小説。ショーペンハウエルArtuer Schopenhauer（一七八八～一八六〇、独）の『人生達観』は、一九二四年に増富平蔵訳で玄黄社から実際に刊行されている。同書は仏訳編纂書をもとに訳者がさらに編纂したもので、ショーペンハウアーの該当原著は存在しない。

「土蔵」は、『ぷろふいる』一九三五年一月号（三巻一号）に掲載された。のちに、『新人傑作／探偵小説選集』（ぷろふいる社、三五）に採録された。また『幻影城』七五年一〇月号（一巻一〇号）に再録されている。

井上良夫は本作品について「どちらかと云へば『打球棒』と同傾向のもので、ストーリイも形式も二つながら一と頃日本だけに流行つたつまらぬ探偵小説型のそれである」と評した（前掲「作品月評」）。中島河太郎も、前掲「一人称の世界」で「どんでん返しに憂身をやつして、作意の目立ちすぎる嫌ひあり」と述べており、同じ視点であろう。ただし鮎川哲也は、「骸骨」に「劣らぬ秀作」と好意的であった（前掲「凩を抱いた怪奇派・西尾正」）。

なお、ハンセン病は、本作品が発表された時代においては不治の病とされてきたが、現在では薬によって完治できる病気となったことを付け加えておく。

「打球棒殺人事件」は、『ぷろふいる』一九三五年六月号（三巻六号）に、「白線の中の道化」は、『ぷろふいる』一九三五年七月号（三巻七号）に掲載された。連続読切短編として企画された野球もの三部作の第一編と二編で、いずれも単行本に収められるのは今回が初めてである。

中島河太郎は前掲「一人称の世界」の中で、この二編を「野球を素材にした本格」と述べているが、いずれも初出時の世評は芳しくなかった。たとえば井上良夫は『ぷろふいる』三五年七月号の「作品月評」欄で「打球棒殺人事件」についてふれ、「これはたゞ作者の遊戯である。ストーリイに就いて云へば、殆んどこぢつけにひつくり返すばかりがこの作での作者の仕事としか思はれないし、文章に就いて云つても、自分の好きな所では腕にまかせて幾らでも長々と書きつぱなしで行くといつた感じである。すべてが作者だけの遊戯としか思はれない。（略）恐らく、かうした探偵小説風なものは、西尾氏の本領ではないことであらう」と手厳しい。また西田政治《まさじ》も同様に、「これ等の二作を読んでゐると作者がい、気になつて、書いてゐることが感じられる。悪達者な感じが、ひし〳〵と身にせまつてくる。キングや講談倶楽部などの読者層には或は相当に迎えられるかも知れないが、探偵小説としては少し邪道のやうに思はれてならない」と評した（「読後寸感録」『ぷろふいる』三五・八）。「PROFILE OF PROFILE」欄での読者評価も芳しいものではなく、そのためでもあろうか、野球もの三部作の第三編は、ついに書かれずに仕舞いに終わった。

「床屋の二階」は、『オール読物』一九三五年七月号（五巻七号）に掲載された。「怪奇探偵コント集」の一編として、水谷準、橋本五郎、木々高太郎らと共に名前を連ねている。単行本に収められるのは今回が初めてである。

「青い鴉」は、『新青年』一九三五年一〇月号（一六巻一二号）に掲載された。単行本に収められるのは今回が初めてだが、これまで『月刊推理界』七〇年五月号（四巻五号）、『小説推理』七四年八月増刊号（一四巻九号）に再録されている。

井上良夫は本作品について「さして引き立たぬストーリイを文章が読ませてゐる。それだけこの方が西尾氏の本領のものだと思ふ。西尾氏の筆には確かに惹きつけるものがある。坦々と描写がしてあるところなどは特によい」（「作品月評」『ぷろふいる』三五・一一）と評している。また、「現代作家がえらぶ傑作ミステリー集」という特集で本作品をあげた石沢英太郎は、「一種の幻想夢を、こってりとした筆致でよくまとめあげている。（略）小説のアトモスフェアから、どんより曇った暗い鎌倉の海が、作品全体をおおう。（略）ムード小説とも読んでいい」（「推薦者の言葉」『小説推理』七四・八増刊）とその魅力を述べている。

なお、本作品にも自伝的描写が散見される。冒頭で菓子屋が「パテエ・ベビイの映写機」で撮影する場面がある。パテーベビー Pathe-Baby はフランスのパテー社がアマチュア向けに開発した家庭用撮影・映写機で、大正末から昭和初期にかけて流行、西尾もまたパテーベビーで夫人をモデルに撮影していたそうだ（前掲「凩を抱く怪奇派・西尾正」）。語り手のNと菓子屋とは「土地のテイームの野球友達」とあるが、西尾もまた海岸でやる「裸野球」という軟式野球」に駆り出されていたという（同）。

「奎子の場合——小説家U君の草稿《ノオト》」は、『ぷろふいる』一九三五年一一月号（三巻一一号）に掲載された。女性犯罪特集のために書かれ、単行本に収められるのは今回が初めてである。

「海蛇」は、『新青年』一九三六年四月号（一七巻五号）に掲載された。のちに、中島河太郎編『新青年傑作選3』（立風書房、六九／七五／九一）、『大衆文学大系30』（講談社、七三）、山村正夫編『釣りミステリーベスト集成』（徳間ノベルス、七八）、紀田順一郎・東雅夫編『日本怪奇小説傑作選2』（創元推理文庫、二〇〇五）に採録された。

右にあげた『日本怪奇小説傑作選2』の作者紹介で、東雅夫は本作品について「グロテスクな怪奇美の世界を一途に追求してやまなかった作者の特質が燐光のごとく煌めく逸品である」と述べている。また「戦前戦後の探偵小説作家のなかで、なんとなく記憶の底から離れなかったひとり」が西尾正だという大場啓志《ひろゆき》は、中島河太郎がベストとしてあげた三編——「骸骨」「青い鴉」「海蛇」の中では、本作品が「最も怪奇ムードが巧く表れていて面白く思われる」と書いている（前掲「西尾正と単行本のない探偵小説作家」）。

「線路の上」は、『ぷろふいる』一九三六年五月号（四巻五号）に掲載された。単行本に収められるのは今回が初めてである。

「めつかち」は、『月刊探偵』一九三六年六月号（二巻五号）に掲載された。単行本に収められるのは今回が初めてである。題名は、片方を失明している状態、あるいは両目の大きさが異る状態を意味する。

中島河太郎は前掲「一人称の世界」のなかで本作品について「因縁譚めかしてあるだけで筋は支離滅裂である」と評しているが、説明のつかない顔が見えるという設定は、現代からするとかなり新しい感覚のものではないかと思われる。

「放浪作家の冒険」は、『探偵春秋』一九三六年一二月号（一巻三号）に掲載された。のちに、ミステリー文学資料館編『幻の探偵雑誌④／「探偵春秋」傑作選』（光文社文庫、二〇〇一）に採録された。

『ぷろふいる』三七年一月号の月評欄「展望塔」で、白牙という筆者によって「かう云ふ怪奇ロマンスとデカダンスの混合を書かすと、作者の筆は躍るかのやう。最後のあたり、どうして真似手のない描法には感心させられる。但し、このストリイは久駄らぬもので、本篇の興味は五郎蔵なるボヘミアンの体臭と、作者の文学的なカルチユアといふ奴に、専らか、つてゐるものだ」と評されている。なお、「映画俳優のSo-jin」とは、ハリウッドで活躍した日本人俳優・上山草人《かみやまそうじん》（一八八四〜一九五四）のことである。


〈評論・随筆篇〉

「談話室（一）」は、『ぷろふいる』一九三四年三月号（二巻三号）および四月号（二巻四号）の「談話室」欄に、T・N生名義で掲載された投稿をまとめたものである。この当時、エラリー・クイーン Ellery Queen（フレデリック・ダネイ Frederic Dannay［一九〇五〜八二、米］とマンフレッド・B・リー Manfred B. Lee［一九〇五〜七一］の共同ペンネームであることや、バーナビー・ロス

Barnaby Ross と同一人であることは、この当時まだ知られていなかった）編集の雑誌 Mystery League（三三・一〇～三四・一）に眼を通していることに驚かされる。「グリイク・コフイン」は『ギリシャ棺の謎』*The Greek Coffin Mystery*（三二）で、伴大矩《ばんだいく》の訳で『ぷろふいる』三四年四月号から連載が始まったが、八月号で中絶した。なお蛇足ながら、「D・S」というのは Detective Story の略称。他に探偵小説の略称として「探小」というのも当時よく使われた。

「四月号雑感」は、『ぷろふいる』一九三四年五月号（二巻五号）の「PROFILE OF PROFILE」欄に、三田正名義で掲載された。

「探偵時評」は、『ぷろふいる』一九三四年六月号（二巻六号）の「PROFILE OF PROFILE」欄に、三田正名義で掲載された。

「作者の言葉」は、『ぷろふいる』一九三四年七月号（二巻七号）に掲載された。

「戦慄やあい！——一読者の探偵作家に対する注文」は、『ぷろふいる』一九三四年七月号（二巻七号）の「PROFILE OF PROFILE」欄に、三田正名義で掲載された。

「再び「芸術品の気品」に就いて他」は、『ぷろふいる』一九三四年八月号（二巻八号）の「PROFILE OF PROFILE」欄に、三田正名義で掲載された。ここで言及されている三木音次の「芸術品の気品」は六月号に掲載された。

「貝殻」は、『ぷろふいる』一九三四年九月号（二巻九号）の「PROFILE OF PROFILE」欄に、三田正名義で掲載された。なお稲木勝彦「毒殺六人賦」（『新青年』三四・八）は創作ではなく、アントニイ・バークリー Anthony Berkeley（一八九三～一九七一、英）『毒入りチョコレート事件』*The Poisoned Chocolate Case*（二九）の翻案であることは、今日では知られているが、当時も気づいていた人間はいたようだ（『ぷろふいる』三四年九月号「談話室」の「探偵作家新人倶楽部」名義の投書を参照のこと)。『妖女ドレッテ』*Drette Lächelt*(三〇)はワルター・ハーリヒ Walther Harich(一八八八〜一九三一、独)の作品で、『新青年』三四年一月増刊号に訳された。

「談話室(二)」は、『ぷろふいる』一九三四年一〇月号(二巻一〇号)および一一月号(二巻一一号)の「談話室」欄に、三田正名義で掲載された投稿をまとめたものである。また、三四年一一月号(二巻一一号)に掲載された中島親《したし》の投稿を参考までに併録した。「猟奇クラブ(別名投書狂クラブ)様――御挨拶有難う」とあるのは、三四年九月号で「三田正氏に告ぐ。七月十日午後十時。こゝに猟奇クラブ(別名投書狂クラブ)創立致しました。何卒旧に倍して御声援あらん事を」という投書を受けたもの。

「僕のノオト I」は、『ぷろふいる』一九三四年一一月号(二巻一一号)の「PROFILE OF PROFILE」欄に、三田正名義で掲載された。

「我もし人魂なりせば――狂人の手記」は、『ぷろふいる』一九三四年一二月号(二巻一二号)に、三田正名義で掲載された。「われもし?なりせば」というテーマを与えられて、「?」の部分に好きな言葉を当てはめて文章をまとめるという特集中の一編。

「行け、探偵小説! ――僕のノオト2」は、『ぷろふいる』一九三五年一二月号(三巻一二号)に、三田正名義で掲載された。

「新年の言葉」は、『ぷろふいる』一九三六年一月号(四巻一号)の「新人の言葉」欄に掲載された。

「日記」は、『探偵文学』一九三六年九月号(二巻九号)に掲載された。西尾の野球趣味をうかがい知ることのできる貴重なエッセイ。

「ハガキ回答」は、『探偵文学』一九三六年一月号(二巻一号)に掲載された。

［解題］**横井 司**（よこい つかさ）
1962年、石川県金沢市に生まれる。大東文化大学文学部日本文学科卒業。専修大学大学院文学研究科博士後期課程修了。95年、戦前の探偵小説に関する論考で、博士（文学）学位取得。『小説宝石』、『週刊アスキー』等で書評を担当。共著に『本格ミステリ・ベスト100』（東京創元社、1997年）、『日本ミステリー事典』（新潮社、2000年）など。現在、専修大学人文科学研究所特別研究員。日本推理作家協会・日本近代文学会会員。

> 中島親氏の著作権継承者と連絡がとれませんでした。
> ご存じの方はご一報下さい。

西尾正探偵小説選Ⅰ　〔論創ミステリ叢書23〕

2007年2月10日　初版第1刷印刷
2007年2月20日　初版第1刷発行

著　者　西尾　正
装　訂　栗原裕孝
発行人　森下紀夫
発行所　論　創　社
〒101-0051 東京都千代田区神田神保町2-23 北井ビル
電話 03-3264-5254　振替口座 00160-1-155266

印刷・製本　中央精版印刷

Printed in Japan　ISBN978-4-8460-0711-9

論創ミステリ叢書

刊行予定

★平林初之輔Ⅰ
★平林初之輔Ⅱ
★甲賀三郎
★松本泰Ⅰ
★松本泰Ⅱ
★浜尾四郎
★松本恵子
★小酒井不木
★久山秀子Ⅰ
★久山秀子Ⅱ
★橋本五郎Ⅰ
★橋本五郎Ⅱ
★徳冨蘆花
★山本禾太郎Ⅰ
★山本禾太郎Ⅱ
★久山秀子Ⅲ
★久山秀子Ⅳ
★黒岩涙香Ⅰ
★黒岩涙香Ⅱ
★中村美与子
★大庭武年Ⅰ
★大庭武年Ⅱ
★西尾正Ⅰ
西尾正Ⅱ
戸田巽Ⅰ
戸田巽Ⅱ
林不忘
牧逸馬
山下利三郎Ⅰ
山下利三郎Ⅱ 他

★印は既刊

論 創 社